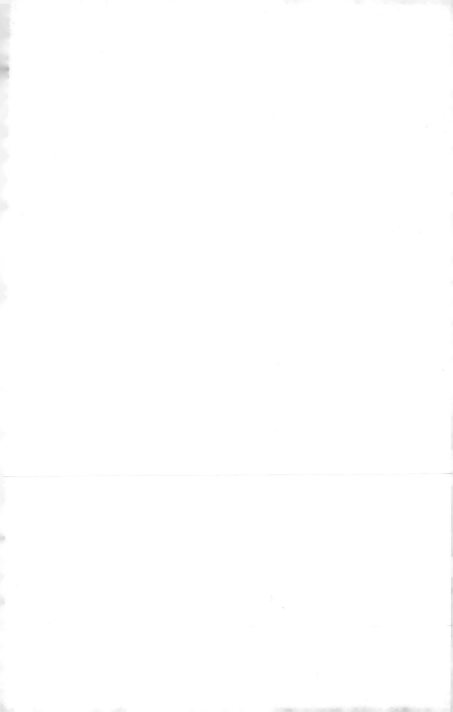

中國文化史叢書

中國小說史

郭箴一 著

主編者
王雲五
傅緯平

臺灣商務印書館發行

中國小說史

目次

中國小說史

第一章 緒論

中國小說之演變

中國「小說」兩字最早見於記載為莊子外物篇，「飾小說以干縣令其於大道亦遠矣。」其次是荀子正名篇，「故智者論道而已矣。小家珍說之所願皆衰矣」荀子所謂「小家珍說，」其意義和莊子所謂「小說」完全相同。他們把它與「大道」對稱。正和後人把它和「載道」的古文對稱一樣完全是一種輕視的態度。但它的內容卻相當於後代雜記瑣事的書，所以它並沒超出中國小說領域之外。

漢書藝文志是一篇較古的含有學術史意味的文章。它把小說列爲九流十家之一，而且說：『小說家者流，蓋出於稗官。街談巷語，道聽途說者之所造也。』孔子曰：『雖小道，必有可觀者焉，致遠恐泥，是以君子弗爲也。然亦弗滅也，閭里小智者之所及，亦使綴而不忘，如或一言可採，此亦芻蕘狂夫之議也。』如淳注云：『王者欲知閭巷風俗，故立稗官，使稱說之。』由此看來，那麼所謂『稗官』猶如古代採詩之官，而所謂小說，也和國風一樣，都是民間諷世寫懷之作了。所以桓譚新論世說：『小說家合殘叢小語，近取譬喻，以作短書，治身理家，有可觀之辭。』但一考藝文志所錄小說家十五家的性質，卻又不像藝文志的諸子略裏載有小說一家，自伊尹說以下至虞初周說凡十五家，千三百八十篇。現在這些東西已片言隻字無存，所以我們不知道他們的內容究竟如何，尚存於今的小說，最古的是燕丹子，係敍燕太子丹欲報秦仇，遣荊軻入秦刺始皇的事略。後則有託名於東方朔所作的神異經、海內十洲記，託名於班固著的漢武故事，又有題爲郭憲撰的別國洞冥記，題爲伶玄撰的飛燕外傳反趙曄的吳越春秋以上燕丹子傳係秦人作，外則爲漢時的人所作。吳越春秋爲最可信是後漢人所作，其他神異經、漢武故事、飛燕外傳及別國洞冥記等，其作者俱未必爲漢時人，大約都是晉以後的人所依託的六朝之時，這一類的著作，異常的發達，在他們明標出爲六朝人所著的這些作品中，可大別之爲二類：一類是敍述超自然的神怪的故事的如搜神記、續齊諧記等，一類是敍述人間的名雋可傳的言行及一切瑣雜之事的，如西京雜記、世說新語等第一類的著作極多，影響於後來的作者也極大，直到公元十七、八世紀以及今時，還有他們的嫡派的模倣者，如閱微草堂筆記之類。第二類記述人間瑣事雋言的書，實始於魏、晉之時，那時清談之風甚盛，士大夫每以一二名雋之言相誇讚。

漢、魏六朝實無小說；只有一些零碎的筆記，可以勉強算作小說。

中國前此對於『小說』這一個觀念，幾於人各不同，所以牠的界限也模糊不清。如繩以現代所謂小說，那麼幾乎無一與之適合。但小說的觀念和界限儘管分辨不清，而每個時代都有小說產生，卻是不可掩沒的事實。前代目錄家儘不著錄眞正的小說，而小說的流傳卻未必因此而減少。所可惜的是那些佚亡的作品，牠的作者白白費去了他的心血，卻永遠沉埋在不可知之中。然世事本來有幸有不幸，即爲各時代所宗奉的正統文學，其作者亦儘有姓名被埋沒的人，惟小說家更甚罷了。

古代神話爲後來小說的濫觴，無論中國外國都是如此。中國向無研究神話的專著，前人亦僅指雜記瑣事而無當於大道的書爲古代小說，因此神話多被掩埋。及今人著中國小說史略，開卷即敍神話，而玄珠著中國神話研究，專替古代神話作發掘，於是被掩埋的神話漸被發現出來。

至於漢人小說，向來亦專指劉向新序、說苑……之流。其實新序、說苑僅爲雜史之屬，且大都採自古籍，如以其中若干則作爲古代寓言觀，尚不失爲思想豐富之作，如逕以代表漢人小說，則大謬不然。因爲漢代是一個神仙思想方士勢力最盛的時代，上至帝王，下至愚民，莫不沈溺其中，終於釀成黃巾之亂。說苑、新序……一類的書，不獨於當時社會不發生什麼關係，且與古代神話和六朝志怪書，無淵源及遞嬗蛻化之跡可尋。故敍漢人小說，自當以敍述神仙故事的作品爲主，而以漢人所謂小說附見於後。

唐代小說可說是到了成立期，唐以前的小說很少有描寫的，大半都是些簡短的筆記，直到唐代尤其是中唐，方纔有意寫小說，不僅是事實的報告，並且有較細的描寫，有時竟能寫得生動感人。

唐人承六朝志怪餘風，一面受古文運動影響而創新體小說，名爲傳奇。古代神話全爲民間產物，漢代神仙故事爲半貴族半平民文學，六朝志怪書又略向平民化，至唐人傳奇乃十足成爲貴族文學。無論何種文學，皆始由民間產生而末則趨向貴族化，至十足貴族化時此文學乃至末路。蓋由古代神話至唐代傳奇，在中國小說史上一氣相傳，到此時遂趨於末路。另外，俗文小說卻在民間由萌芽而逐漸發展開來，爲文言小說播下那將來的革命的種子。

代小說是由『說話人』說唱的，元代小說不復是短篇話本而是長篇的話本；不再是煙物靈怪，而是撥刀趕棒，元小說的重心是講史和英雄傳奇，以全相平話五種和羅貫中的作品爲代表。

宋、元小說爲『說話』與『講史』的底本『話本』，其發軔在於唐末。牠在中國小說史上爲新起的一系。唐末的俗文小說，相當於前一系中的古代神話；而宋、元話本則相當於漢、魏六朝的神仙志怪。所以牠的文筆儘管怎樣幼稚，牠的辭句儘管怎樣簡陋，但牠是後來通俗小說的祖宗；而且牠的產生又有社會的背景，在那樣社會裏也僅能產出那樣程度的作品。在北宋開國之初，上一系小說的勢力尚未全泯，而且又在那時作了一個總結束。

明代小說主要的有神魔小說人情小說和評話，神魔小說重要的有西遊記、封神傳等。清代傳奇不及明代之盛，惟無名氏的作品較多於明。

清代小說可分爲筆記、諷刺、人情、才藻、狹邪、俠義以及譴責七種。筆記小說以聊齋志異爲代表，諷刺小說以儒林外史爲代表，人情小說以紅樓夢爲代表，才藻小說以鏡花緣爲代表，狹邪小說以花月痕爲代表，俠義小說以三俠五義爲代表，譴責小說以老殘遊記爲代表。

通俗小說係直接承話本而來，卻成爲明、清兩代小說的代表作。由明代中葉到清代之初，通俗小說正在積極着發展。牠的題材自歷史、神怪、英雄、世情，無不各方俱到。但這一系的小說到了這個時候，牠的發展也將近到了極度了。清初以後，牠的作者由非專門文人移入專門文人之手，而又專寫些抒發個人才思及有閒階級荒淫無聊的故事。牠到了這個時候，自是已失去平民立場；雖然新的平話體的俠義小說又在起來，可是時代又在轉變着更新的受了西洋小說影響的小說種子，早潛伏在民間而等待着牠的出世的機會，淸代傳奇志怪書亦一度發達，與通俗小說相角逐，然與通俗小說同其命運，也隨着通俗小說走上了最後的路。

二十世紀已過了四分之一，在這二十六、七年間，文學界也與世界的政治經濟狀況一樣，起了一個很大的變化，與前世紀很不相同；尤其是自一九一四年的歐洲大戰和一九一七年的俄國大革命之後，更爲具有特異的色彩。

中國的文學在新世紀是一個大變動的時代；一方面是舊式的作家在並不衰頹的寫作着，一方面新的作家，努力於西洋文藝的介紹，努力於新的作品的創造。

承襲了傳統的文格者有李寶嘉之官場現形記，吳沃堯的二十年目覩之怪現狀等。

其超出於諷罵小說範圍之外的，有老殘遊記及孽海花。老殘遊記題洪都百鍊生著，實爲劉鶚的作品，孽海花是曾孟樸所作。

林紓之功績在翻譯，他的譯文凡一百五十餘種，以小說爲最多，史格得、狄更司、大仲馬諸人皆由他的介紹而始爲中國讀者所知，可惜他不懂外國語，他的譯文皆由另一人口譯後由他筆述的，所以有時不大與原文吻合。

自一九一七年，胡適在新青年月刊上發表他的文學改革論後，中國的文壇起了一個大變動。文字從拘謹的古文，對偶的駢文，一變而爲活潑潑的運用現代人的言語的語體文，文體從固定的小說的舊格律下解放了而爲自由的盡量發揮作者個性，盡量採納外來影響的新的文體，這是一個極大的改革。

第二章　東周以前至秦

第一節　中國古代神話

(一)中國神話的起源

神話是神奇的傳說，當然不專屬於小說，但是我們不能說神話卽是小說的開始。不錯，神話僅是文學內容的一種，用牠可以做成一篇小說，同時也可寫成一首敍事詩，或編成一本戲劇。然因牠所敍述都是神人的行事，是敍事文而不是抒情文，牠的文體宜於散文而不便於韻文，所以牠用散文來比現實較韻文爲多。雖然小說的體裁也不限於散文，近世研究家有把敍事詩列爲小說的一體的。可是在事實上，神話的確是後世小說的濫觴，牠給予小說的影響，確較詩歌戲劇爲重大。

神話的起源，是初民因被自然經濟所支配，依賴自然之力量而生信仰，神話是初民的知識的積累，是初民的生活狀況與心理狀況的必然的產物。神話中有他們的宇宙觀，宗教思想，道德標準，並有民族歷史最初期的傳說，及對於自然界的認識等等。然因各民族的不同，他們的生活狀況和心理狀況的不一致，所以各民族的神話的內容自然各異。

當那個時候，生產工具很簡單。初民在滿足他們的簡單地生活需要之際，偶然感到自然給予他們這種需要的恩惠的厚大，便不期然而然的起一種敬仰的觀念。可是『自然』只有其作用而不見其寓形，更不知誰是牠的主宰。於是憑他們蒙昧的想像力，造出種種不同的神像，以爲他們頂禮膜拜的對象。神既有像，自會行動，種種神話，遂由此產生出來。

希臘神話已成爲歐洲藝術的最重要的原料之一；有多少甜美幽妙的詩篇是以它爲題材的，

有多少優雅雄偉的雕刻與繪畫是寫刻它的主要人物與事迹的，無論是在古代或在近代，沒有一個人不爲它的美麗與有趣味的故事所感動的，卽全世界的兒童也常取它當中的許多故事，以爲童話的絕好資料。我們如欲充分了解古代及近代的文學，便不能不對於神話先有一種了解，同時神話的自身也是人類的想像的最高創造，在文學上也自有敍述的價值。

「爲了居住的地域不同的關係，住在海濱的人，他們天天面對這茫茫無際的大海，風濤的變幻瞬息千端，鳥類飛在水面何等自由，魚介類浮在水裏何等豪邁？但人類卻一不小心，墮入了便要溺斃。他們不禁咒詛起來了，於是來了「精衞啣石塡海」的神話。有時對牠的富麗不禁因豔羨而起贊美，以爲一定另有這富麗的享受者，於是海底便有了富藏珍寶的龍宮，海面上便有了那專居仙人的蓬萊、瀛洲、方壺等山。

居住在南荒的人民，譬如住在那長江和沅湘一帶的人。那邊的水是連綿千里，山也蜿蜒到很遠很遠的地方去。較熱的地方的樹林，是蓊鬱得可以咫尺隔絕人面的。水氣又容易蒸騰，雲雨的變化，早與夕已是不同，一忽兒雨，一忽兒又晴了。令人時常恍惚生活在迷糊的神祕的睡夢中。於是，疑神疑鬼的結果，湘妃、湘夫人、巫山神女以及類於她們的神話，便一一搬到了當時人們的心上。』

近人的意見是：志怪的寫作，莊子說有齊諧，列子則稱爲夷堅，然而這都是寓言，不足徵信。漢志乃云出於稗官，所謂稗官，職務是採集而不是創作；『街頭巷語』自然是出於民間，不是那一個人所獨自創造出來的。探求小說的根源，則也是同其他的民族一樣，是神話與傳說。

古時的人民，看見天地萬物變異不常，這些現象又超出於人的能力以上，就自己造出許多說法解釋它。凡是關於這一類的解釋，就是現在所稱的神話。神話大多數是一『神格』爲中樞，又將它推演而敍說，所敍說的神，所敍說的事，自己又從而信仰它，敬畏它；於是歌頌它的威靈，致美於壇廟，快快地社會演進，文物遂繁。所以神話不特爲宗教的萌芽，美術所由起，而且確實爲文章的淵源。但是神話雖然生出文章，可是詩人則爲神話的讎敵，因爲當歌頌記敍的時候，每每不免有所粉飾，失去了本來面目。是以神話雖託賴詩歌以光大，以存留，然而也因爲這個緣故而改易而銷歇呢。倒如天地開闢的傳說，在中國所遺留的，已經設想比較高，而初民的本色看不出來。

天地混沌如鷄子，盤古生其中，一萬八千歲，天地開闢，陽淸爲天，陰濁爲地，盤古在其中，一日幾變，神於天，聖於地。天日高一丈，地日厚一丈，盤古日長一丈，如此萬八千歲，天數極高，地數極深，盤古極長。後乃有三皇。（藝文類聚一引徐整三五歷記）

天地亦物也。物有不足，故昔者女媧氏鍊五色石以補其闕，斷鼇之足以立四極。其後共工氏與顓頊爭爲帝，怒而觸不周之山，折天柱，絕地維，故天傾西北，日月星辰就焉，地不滿東南，故百川水源歸焉。（列子湯問）

迨神話演進，則以神話作爲中樞的漸近於人性，凡所敍述的，現在謂之爲傳說。傳說之所論到的，或爲神性的人，或爲古英雄。他的奇才異能神勇爲平常人所不及，他們是由於天授，或者是有天相的，簡狄吞燕卵而生商，劉媼得交龍而孕季，都是這一類的例子。此外還有很多。

堯之時，十日並出，焦禾稼，殺草木，而民無所食，猰貐鑿齒九嬰大風封豨脩蛇，皆爲民害。堯乃使羿……上射十日而下殺猰貐。……萬民皆喜，置堯以爲天子。（淮南子本經訓）

羿請不死之藥於西王母，姮娥竊以奔月。（淮南子覽冥訓。高誘注曰，姮娥，羿妻，羿請不死之藥於西王母，未及服之，姮娥盜食之，得仙，奔入月中，爲月精。）

昔堯殛鯀於羽山，其神化爲黃熊，以入於羽淵。（春秋左氏傳）

瞽叟使舜上塗廩，從下縱火焚廩，舜乃以兩笠自扞而下去，得不死。瞽叟又使舜穿井，舜穿井爲匿空旁出。（史記舜本紀）

第二節　中國多含神話之書

（一）山海經

中國之神話與傳說，現在尚沒有集錄爲專書的，僅有些散見在古籍中，而山海經中特別記載的比較多。山海經今所傳本有十八卷，記海內外山川神祇異物及祭祀所宜，以爲禹益作者固然不對，而謂因楚辭而造者也不是；所載祀神之物多用糈（精米），與巫術合，大概這是古代的巫書。然而秦、漢人也有增益。

神話產生了以後，起初它只是流布在人們的口中，寫到書本上去，乃是當時或後世文學家的功勞。不過因爲是由口傳寫到書本上，所以有時不免與原來的式樣不大同，或者因口傳的歧誤，同爲一事，各人寫到書本上時，有的竟會內容各異。

除去了僞書不算，山海經的確算得一部中國古代神話的大寶藏。漢書藝文志將山海經列在形法家中，隋書以下加入於地理書之首，而在四庫全書提要裏卻屬於小說家的部分。大概原是周、秦間的雜書，爲後人所附益的。在史記大宛傳底贊裏有『禹本紀山海經所有怪物，余不敢言，』的話，那太史公也看見過本書無疑的。但如所謂南倭北倭屬燕（海內北經）必是後人的補筆。與其說是地理書，不如說是各方的異聞傳說的雜錄。在這書裏好像原來是附有圖的。陶淵明讀山海經詩有所謂『汎覽周王傳，流觀山海圖，』可證。而且本文是記其圖畫底說明的，完全是繪卷之類了。這樣從楚辭山海看來，在古代也有這種的學問是約略可以想像的。在朱子語錄裏說：

問山海經曰一卷說山川者好，如說禽獸之形，往往是記錄漢家宮室中所畫者，如說『南向』『北向，』可知其爲畫本也。

王應麟據此也說：

山海經記諸異物飛走之類，多云『東向』或曰『東首。』疑本因圖畫而述之，古有此學，如九歌天問皆其類也。

然而在山海經可見的神話傳說之中最有名的要算崑崙山與西王母。至後世說到崑崙山就作為天國，說到西王母就當作神仙作為中國人的一種理想。但其初決不是這樣的。在上古的地理書書經底禹貢篇及古代的辭書爾雅之中所能見到的崑崙底稱謂，不過是西方黃河上流的一地名，又西王母據爾雅則是西戎底國名。

織皮崑崙析支渠搜，西戎即敍。（禹貢）

河出崑崙虛。（爾雅釋水）

三成為崑崙丘。（同釋丘）

觚竹、北戶、西王母，日下為四荒。（同釋地）

然山海經在莊、列、楚辭、竹書紀年（從汲冢出但今所傳的已非原本）等裏均以為是依據太古傳說而小說化了的。

崑崙山底記事散見於各書，試抄錄如左：

槐江之山……多藏琅玕黃金玉其陽多丹粟其陰多采黃金銀實惟帝之平圃……南望崑崙其光熊熊，其氣魂魂……崑崙之丘是實爲帝之下都神陸吾司之其神狀虎身而九尾人面而虎爪，是神也司天之九部及帝之囿時。（西山經）

海內崑崙之墟在西北帝之下都。崑崙之墟，方八百里高萬仞，上有木禾長五尋大五圍，面有九井，以玉爲檻面有九門，門有開明獸守之。百神之所在，在八隅之巖赤水之際，非仁羿莫能上岡之巖。（郭璞傳云：羿常請藥西王母，亦言其得道也。）（海內西經）

崑崙南淵深三百仞，開明獸身大類虎而九首皆人面東嚮立崑崙上。（海內西經）

崑崙山實是西北的名山，在帝都之下。且神陸吾與開明獸是同一獸的名稱。在天問篇內是說：——

崑崙縣圃，其尻安在，增城九重，其高幾里。

注說：『崑崙之山三汲，上曰增城，次曰縣圃。』在淮南子上說『增城九重其高萬一千里百一十四步二尺六寸。』或說崑崙上又有五城十二樓，加之在列子和穆天子傳內有所謂周穆王驅八駿以周遊天下，至崑崙山，在瑤池與西王母開宴會的話，由此崑崙就成了天國。陶淵明的詩，也說到崑崙底事。

迢遞槐江嶺　是謂玄圃丘　西南聖崑崙　光氣難與儔
亭亭明玕照　落落清瑤流　恨不及周穆　託乘一來遊

其次是關於西王母的記事也抄錄於後：

玉山（郭璞傳云穆天子傳謂之羣玉之山）是西王母所居也。西王母其狀如人，豹尾虎齒而善嘯蓬髮戴勝，是司天之厲及五殘。（西山經）

蛇巫之山上有人，操杯而東向立，一曰龜山西王母梯幾而戴勝杖，其南有三青鳥，爲西王母取食，在崑崙虛北。（海內北經）

西海之南，流沙之濱，赤水之後，黑水之前，有大山名崑崙之丘；有神，人面虎身，有文有尾，皆白處之，其下有弱水之淵環之，其外有炎火之山，投物輒然，有人戴勝，虎齒有豹尾，穴處。名曰西王母，此山萬物盡有。（大荒西經）

據此則以西王母是虎齒豹尾六神，司馬相如底大人賦『吾乃今日覩西王母，暠然白首戴勝而穴處,』是出自山海經底蓬髮而成爲老婆婆,李白底飛龍引也說:『下視瑤池見王母,蛾眉蕭颯如秋霜。』這些猶不失古意,到後來以西王母爲神仙美人那是完全本於漢武內傳(見後)的所以在陶詩內不取虎齒豹尾與白首戴勝之說,卻成爲妙齡的仙女了。

玉臺凌霞秀　王母怡妙顏　天地共俱生　不知幾何年
靈化無窮已　館宇非一山　高酣發新謠　寧傚俗中言

(二)穆天子傳

晉咸寧五年,汲縣民不準盜發魏襄王冢,得竹書穆天子傳五篇又雜書十九篇,穆天子傳今存的凡六卷;前五卷記周穆王駕八駿西征之事,後一卷記盛姬卒於塗次以及反葬,卽雜書的一篇。所記周穆王西征見西王母,而不敍諸異相,其狀已頗近於人王,這就是所寫西王母的形相,已由山海經的獸形變爲人相,作者已將神話『人話化』了。因此知其作書年代當在山海經之後。

吉日甲子,天子賓於西王母,乃執白圭玄璧以見西王母。好獻錦組百純,□組三百純,西王母再拜受之,□乙丑。天子觴西王母於瑤池之上,西王母爲天子謠,曰:『白雲在天,山陵自出,道里悠遠，山川間之，將子無死，尚能復來。』天子答之曰：『予歸東土，和治諸夏，萬民平均，吾顧見汝，比及三年，將復而野。』天子遂驅升於弇山，乃紀可跡於弇山之石，而樹之槐，眉曰西王母之山。（卷三）

有虎在乎葭中。天子將至。七萃之士高奔戎請生捕虎，必全之，乃生捕虎而獻之。天子命之爲柙而畜之東虞，是爲虎牢。天子賜奔戎畋馬十駟，歸之太牢，奔戎再拜䭫首。（卷五）

穆天子傳卽關於周穆王西征的小說，與竹書紀年同傳爲晉太康中從汲冢（在汲縣的戰國魏王之墓）掘出的，但依列子與山海經等大概是漢以後做成的東西罷。唐之詩人賦玄宗與楊貴妃之事，避忌明白地說出，多引用穆天子和漢武帝底故事，因此愈加以西王母爲美人了。

清平調（三首之一）　李白

雲想衣裳花想容　春風拂檻露華濃　若非羣玉山頭見　會向瑤臺月下逢

羣玉山卽西王母所居的地方。

漢應邵說，周書爲虞初小說所本，而今本逸周書中惟克殷世俘王會太子晉四篇，記述頗多夸飾，類於傳說，餘文不是這樣，至汲冢所出周時竹書中本有瑣語十一篇，爲諸國卜夢妖怪相書，現在已經佚亡。

他如漢前的燕丹子，漢揚雄的『蜀王本紀』，趙曄的吳越春秋，袁康、吳平的越絕書等，雖然本着史實，並且包含異聞。

（三）楚辭

春秋的時代，歌詠很少流傳，而在文學上，上追雅頌，下開秦、漢的是那光輝的楚民族之詩——楚辭。

楚文學最早的，是九歌，在其中看見了楚民族的風習、神話、傳說等等，他們是水邊的居民，三湘、七澤之間，生出許多光怪陸離的神話。於是演成九歌中的河神、雲神、山鬼……的描寫，九歌自非屈原所作，但相傳爲屈原所修飾，並且是屈原作品的先驅，王逸所說那是沅、湘間民間祭歌，那些神和神話，頗類似希臘的。至屈原出以其豐富的天才，深刻的思想，偉大的想像，雄厚的組織力，綜合故國文學的遺產，抒寫其幽憤坎坷的身世，成爲千古的絕唱，而也是中國抒情文學，敍事文學最初的典型。屈原的離騷，其中也含有神話不少，是表示文學超越宗教的第一部作品。然而，那豐富的詞藻，固非典型封建社會產生，而其作品內容也正是封建貴族崩潰的產物。離騷不僅是他個人的悲歌，也是舊封建貴族的白烏之歌。

在離騷中已有宓妃的神話：

『吾令豐隆乘雲兮，求宓妃之所在。解佩纕以結言兮，吾令蹇修以爲禮。紛總總其離合兮，忽緯繣其難遷。夕歸次於窮石兮，朝濯髮於洧盤；保厥美以驕傲兮，日康娛以淫游；雖言美而無禮兮，來違棄而改求。』

宓妃爲洛水之神，寫來殊覺她有些浪漫的氣息。但這僅是鱗爪，關於整個的洛神的神話，現在早已不存在了。

九歌十一篇昔人都說是屈原所作，並把君臣譬喻之類的話附會上去。趙景深先生說其實九歌是祀神曲，說它經過屈原的改削，已經不大可靠；說它與屈原的生活有關，那就簡直是糊鬧了。

九歌。有十一篇即東皇太一、雲中君、湘君、湘夫人、大司命、少司命、東君、河伯、山鬼、國殤以及禮魂。

歷來關於九歌的數目，聚訟紛紜，莫衷一是。趙先生則主張九歌前九篇都是關於神鬼的，所謂九歌卽指這九篇。至於後兩篇都說的是死人，與神鬼無關；所以九歌實是九神歌的意思。國殤是祭戰死之人的，禮魂是祭善終者的；無論祭戰死者或善終者都用得着九歌；猶之和尚放燄口念佛名一樣。元人阿魯威所作蟾宮曲（見陽春白雪前二）就是只詠九歌中的九個神的。

九歌非屈原作的證據有三：一、兮字位置在中央；二、篇幅過短；三、無亂辭。這三點都是與離騷九章不同的。

九歌中所說的神有可與希臘、北歐神話相對照的。茲據玄珠的中國神話研究ABC列表如下：

九歌	東君	大司命	少司命	山鬼	國殤
希臘神話	Apollo	Atropos	Clotho	Nympho	
北歐神話	Baldur	Vrdur	Shuld		Valkyro

的確，像九歌這樣的人神交通的神話和它裏面所含的熱情，與西洋文學的泉源很有類似的

地方。

楚辭的作者最著名的是屈原。他的太祖是伯庸。他在二十五歲的時候，就任左徒。當時作有橘頌。因爲是他的處女作，所以藝術尙不十分熟嫻佳妙，但他的人格已可於此窺見；他之所以要稱讚橘樹，願與它爲師友，是因爲它『蘇世獨立，橫而不流兮。』後來懷王託他造縣令，他『屬草稿未定，上官大夫見而欲奪之，屈平不與，因讒之曰：『王使屈平爲令，衆莫不知。每一令出，平伐其功曰，以爲「非我莫能也！」王怒而疏屈平。』他就憤而作離騷。此篇長二千餘字，先敍自己的身世，和他的政治活動。因爲懷王不能用他，他就大失所望。

作離騷的翌年，『屈原爲楚東使於齊，以結強黨。秦國患之，使張儀之楚，貨楚貴臣上官大夫，靳尙之屬，上及令尹子蘭，司馬子椒，內賂夫人鄭袖，共譖屈原。屈原遂放於外。』此時他作抽思。

接着是懷王上了張儀的當，交秦絕齊，秦竟悔商於六百里之約。楚攻秦，又爲秦所敗，齊國不去救它。這時懷王方纔覺悟，復用屈原。秦割漢中地求和；懷王不願漢中地，只要張儀，但張儀終於逃走。過了十二年，懷王又上了秦昭王的當，不聽屈原的阻止，赴秦結親，以致被圍，迫割土地，終死於秦。子頃襄王立，聽了上官大夫的讒言，第二次放逐了屈原。屈原的哀郢即在此時作。

後來屈原懷念故國，便從被放逐的夏浦西還。將要走到三叉路口，本想回郢，又怕頃襄王見責，只得咬緊牙關，下了溆浦。涉江和天問二篇都在此時作；前者記錄沿途的行程，後者記錄沿途片斷的感想。

但他終於忍受不住寂寞，熱烈的心使他追慕着頃襄王，於是又從溆浦回轉身來，逆流而上。可憐他五十多歲的一個老翁，像浮萍一般的飄蕩，受盡了風雪之苦。後來他走到汨羅，竟終於不敢再見頃襄王，作過懷沙，就投河自殺了。

屈原的作品只有離騷，天問和九章裏的橘頌、抽思、哀郢、涉江、懷沙這七篇。此外如九章裏的惜誦、思美人、惜往日、悲回風以及遠遊、大招、卜居、漁父這八篇都不是屈原的作品。

趙景深先生認為屈原與意大利的但丁實是很好的對照：

一、二人的地位相等，都是最偉大的詩人。

二、二人的地域相同，都生長於花光愛的南國。

三、二人都關懷政治，但丁是擁護皇帝的吉柏林派，受擁護教皇的歸爾富派反對；屈原也是如此。他是親齊派，受親秦派的反對。

四、但丁的神曲是一首長詩，上天入地，無所不到；屈原的離騷也是一首長詩，也是『上窮碧落下黃泉』的。

此外，屈原的天問一篇中，尤含有多量的神話的片段。不過因爲太是片段了，有幾處竟完全令人不解。相傳屈原被放之後，在廟祠中見壁上所繪大地山川神靈及古聖賢怪物行事，乃發生種種疑問，隨筆亂書，故全篇毫無組織。但前半篇所寫大都是關於宇宙開闢的神話，後半篇是關於歷史的神話。全文很長，且非注不明，故不引錄。隨便舉一例，像女媧及共工氏觸不周山一事，在天問中便有如下之問：

女媧有體，孰制匠之？

康回馮怒，墜何故以東南傾？

八柱何當，東南何虧？

康回是共工之名，後二段大概就是指共工氏頭觸不周山以至天傾西北，地不滿東南而言。但第一段雖說到女媧，卻未提到補天之事。補天事出淮南子。

屈原所賦天問，如『夜光何德，死則又盲？厥利惟何，而顧菟在腹？』『鯀何所營？禹何所成？康回憑怒，地何故以東南傾？』『崑崙縣圃，其尻安在？增城九重，其高幾里？』『鯪魚何所？鬿堆焉處？羿焉彃日？烏焉解羽？』是。

王逸曰：『屈原放逐，彷徨山澤，見楚有先王之廟及公卿祠堂，圖畫天地山川靈琦瑋譎佹及古聖賢怪物行事，……因書其壁，問之。』由此知道此種故事，當時不特流傳人口，且用為廟堂之飾。這樣的流風至漢仍不絕。今在墟墓間猶見有石刻神祇怪物聖哲士女之圖，晉既得汲冢書，郭璞為穆天子傳作注，又注山海經，作圖讚，其後江灌亦有圖讚，蓋神異之說，晉以後尚為人士所深愛。然自古以來，終不聞有薈萃融鑄為巨製，如希臘史詩者，第用為詩文藻飾，而於小說中常見其迹象而已。

中國神話之所以僅存零星的，說有兩個緣故：一、是因為華土的百姓，先居黃河流域，頗乏天惠，他們的生活勤苦，所以重實際而黜玄想，不能更集古傳而成大文。二、是孔子出，以修身齊家治國平天下等實用爲教育，不願意說到鬼神，太古荒唐的傳說，俱爲儒者所不屑道。是以到後來神話不特無所光大而且又有散亡了的。

第三節　歷史家所錄先秦小說

尚有不載於漢書藝文志的小說一種，即永樂大典中所收的燕丹子三篇，後世目錄家亦把牠列入小說類。孫星衍以爲：『其書長於序事，嫺於詞令，審是先秦古書。』書敍燕太子丹報仇事，舊題『燕太子丹撰，』那自然是不確的。其書首敍丹與秦王結怨之始，末述荆軻刺秦王，均寫來十分緊張，而末段尤爲出色：

燕太子丹質於秦，秦王遇之無禮，不得意，欲求歸。秦王不聽，謬言：『令烏白頭，馬生角，乃可許耳！』丹仰天嘆，烏卽白頭，馬生角。秦王不得已而遣之，爲機發之橋，欲陷丹。丹爲之，橋爲不發。夜到關，關門未開，丹爲鷄鳴，衆鷄皆鳴，遂得逃歸。深怨於秦，求欲復之，奉養勇士，無所不至。……（卷上）

……荊軻入秦，不擇日而發，太子與知謀者皆素衣冠送之於易水之上。荊軻起爲壽，歌曰：

風蕭蕭兮易水寒，壯士一去兮不復返！

高漸離擊筑，宋意和之，爲壯聲則怒髮冲冠，爲哀聲則士皆流涕。二人皆升車，終已不顧也。二子行過，夏扶當車前刎頸以送二子。行過陽翟，軻買肉爭輕重，屠者辱之，武陽欲擊，軻止之。西入秦至咸陽，因中庶子蒙白曰：『燕太子丹畏大王之威，今奉樊於期首與督亢地圖，願爲北蕃臣妾。』秦王喜，百官陪位，陛戟數百，見燕使者。軻奉於期首，武陽奉地圖，鐘鼓並發，羣臣皆呼萬歲。武陽大恐，兩足不能相過，面如水灰色。秦王怪之，軻顧武陽，前謝曰：『北蕃蠻夷之鄙人，未見天子，願陛下少假借之，使得畢事於前。』秦王謂軻曰：『取圖來！』軻起督亢圖進之。秦王發圖，圖窮而匕首出。軻左手把秦王袖，右手椹其胸，數之曰：『足下負燕日久，貪暴海內，不知饜足。於期無罪而夷其族，軻將[爲]海內報讎。今燕王母病，與軻促期，從吾計則生，不從則死？』秦王曰：『今自之事，從子計耳。乞聽琴聲而死。』召姬人鼓琴，琴聲曰：

羅縠單衣，可掣而絕；八尺屏風，可超而越；鹿盧之劍，可負而拔。

軻不解音。秦王從琴聲，負劍拔之，於是奮袖超屏風而走。軻拔匕首擿之，決秦王耳，入銅柱，火出然。秦王還，斷軻兩手。軻因倚柱而笑，箕踞而罵曰：『吾坐輕易，爲豎子所欺，燕國之不報，我事之不立哉！』……（卷下）

第三章　漢魏六朝

第一節　漢代神仙故事的起來

古代神話，遺留到秦、漢的時候，已漸漸失去了它本來的意義，也改變了它本來的面目。在古代的神話裏，神的行事固然是超人的，但它也住在人間，它和人的關係卻很接近，神也會死，惟其力量勝於凡人罷了。到了秦時，神與人就漸至互相隔離，神住在另外一個世界，人已不能隨便與神接觸。神是長生不死的一體，而人也可爲神，只要服食了不死之藥，這種思想，卻來源於燕、齊的方士，他們一致的承認仙人住居於海中的三神山。這是和他們所處的環境有關係的，因爲燕、齊正是二個濱海的國家，海的影象和古代神話相結合，便造成他們這種荒誕無稽的思想。又恰巧逢到那位雄才大略的秦始皇帝，百事遂心，惟少『不死』的本領，遂竭全力以求達到他的希冀。這樣兩相遇合，種種神仙故事便由是發軔了。不久，又來了漢武帝，對於神仙也熱烈的憧憬，神仙故事瀰漫滿整個的朝野，遂造成了這樣一個富麗的神仙故事時代。

始皇的迷信神仙，卻至死未悟。但武帝就不然了，他在迷信着的時候，尤較始皇爲熱烈，但最後終來了一個覺悟。這或者正是這兩個雄主的不同的地方。

〔本註〕其所錄小說今皆不存，故莫得而深考，然審察名目，乃殊不似有採自民間，如詩之國風者，其中依託古人者七，曰：伊尹說，鬻子說，師曠、務成子、宋子、天乙、黃帝。記故事者二，曰：周考、青史子、皆不言何時作。明著漢代者四家，曰：封禪方說，待詔臣饒心術，臣壽周記，虞初周說。待詔臣安成未央術與百家，雖亦不云何時作，而依其次第，自亦漢人。

(一)伊尹說

漢書藝文志道家有伊尹說五十一篇，今佚，在小說家之二十七篇亦不可考，史記司馬相如傳注引伊尹書曰『箕山之東，青島之所，有盧橘夏熟』當是遺文之僅存的。呂氏春秋本味篇述伊尹以至味說湯，亦云：『青島之所有甘櫨，』說極詳盡，然文豐贍而意淺薄，蓋亦本伊尹書。伊尹用割烹，要湯，孟子嘗所詳辯，大概這是到戰國之士所為的呢。

(二)鬻子說

漢志道家有鬻子二十一篇，今僅存一卷，有人因為他的語言淺薄，疑不是道家的話，然唐、宋人所引逸文，又有與今本鬻子頗不相同的，則殆眞不是道家的話哩。

武王率兵車以伐紂，紂虎旅百萬，陣於商郊，起自蕙鳥，至於赤斧，走如疾風，聲如振霆。三軍之士，靡不失色。武王乃命太公把白旄以麾之，紂軍反走。（文選李善注及太平御覽三百一）

（三）青史子

青史子爲古之史官，然不知在何時。其書隋世已經佚亡，劉知幾史通云：『青史由綴於街談』者，蓋據漢志上說的，不是逮唐而復出的，遺文今存三件事，都說的禮，也不知道當時何以列入小說。

古者胎教，王后腹之七月而就宴室，太史持銅而御戶左，太宰持斗而御戶右，太卜持蓍龜而御堂下，諸官皆以其職御於門內。比及三月者，王后所求聲音非禮樂，則太史縕瑟而稱不習，所求滋味者非正味，則太宰倚斗而不敢煎調，而言曰『滋味上某。』太卜曰『命云某。』然後爲王太子懸弧之禮義。……（大戴禮記保傅篇，賈誼新書胎教十事）

古者年八歲而出就外舍，學小藝焉，束髮而就大學，學大藝焉，履大節焉。居則習禮文，行則鳴珮玉，升車則聞和鸞之聲，是以非僻之心無自入也。……古之爲路車也，蓋圓以象天，二十八橑以象列星，軫方以象地，三十幅以象月，故仰則觀天文，俯則察地理，前視則睹和鸞之聲，側聽則觀四時之運，此巾車教之道也。（大戴禮記保傅篇）

雞者東方之畜也，歲終更始，辨秩東作，萬物觸戶而出，故以雞祀祭也。（風俗通義八）

（四）師曠

漢志兵陰陽家有師曠八篇，是雜占之書，在小說家者不可考，惟據本志注，知其多本春秋而作，逸周書太子晉篇記師曠見太子，『聆聲知其不壽，太子自已也知道後三年當賓於帝所。』他的敍說頗像小說。

（五）虞初周說

虞初周說九百四十三篇。注：『河南人，武帝時，以方士侍郎，號黃車使者。』應劭注：『其說以周書為本。』顏師古注：『史記云虞初，洛陽人，即張衡西京賦「小說九百本自虞初」者也。』太初元年，（前一〇四）虞初嘗與丁夫人等以方祠詛匈奴、大宛，見漢書郊祀志。周說今亦不傳。晉、唐人所引周書，有三事似山海經及穆天子傳，與逸周書不類，朱右曾（逸周書校釋十一）疑即為虞初周說的逸文：

天狗所止地盡傾，餘光燭天爲流星，長十數丈，其疾如風，其聲如雷，其光如電。（山海經注十六）

穆王田，有黑鳥若鳩，翩飛而跱於衡，御者斃之以策，馬佚，不克止之，蹶於乘，傷帝左股。（文選李善注十四）

嶓山，神蓐收居之。是山也，西望日之所入，其氣圓，神經光之所司也。（太平御覽三）

（六）百家

百家百三十九卷。劉向說苑敍錄云『說苑雜事，……其事類衆多，……除去與新序復重者，其餘淺薄不中義理，別集以爲百家。』由此觀之，百家爲劉向所編。但漢書未曾注明，未知何故。書雖不傳，但觀今本說苑及新序內容，則所記亦當爲古人行事之跡，惟『不足爲法戒』及『無當於治道』罷了。

其他被稱爲漢人所作的小說，尙有劉歆的西京雜記，伶玄的飛燕外傳，無名的雜事祕辛數書

皆託名漢人，然今人皆謂爲僞作。（小說史略）

第二節　今所見漢人小說

現在存留的所謂漢人小說，可是沒有一部是眞正出自漢人之手。晉以來，文人方士，皆有僞作，到了宋朝明朝尚不絕跡。文人好逞狡獪，或者想諒示異書，方士則意在自神其教。所以往往託古籍以衒人；晉以後就託漢，也就猶如漢人的依託黃帝、伊尹呢。在這些書中，有稱東方朔、班固撰的各二，郭憲、劉歆撰的各一，大半談荒外的事，就說是東方朔、郭憲，關於涉及漢事的，就說是劉歆、班固，而大半的意旨，不離開神仙。

（一）漢武故事

漢武故事現在存一卷，記武帝生於猗蘭殿至崩葬茂陵雜事，其中雖多神仙怪異的事，然不信方士，文亦簡雅，篇末『每見羣臣自嘆愚惑，天下豈有仙人，盡妖妄耳。節食服藥，差可少病』數語，司馬光據以錄入通鑑。可見書雖未必果出班固，然可決其必爲漢代文人。漢武內傳亦記帝初生至崩葬事，而於西王母降臨事特詳，所述大類方士口吻，兼雜釋家言。其著作時代自當在後，宋時尚不題撰人，至明乃並漢武故事依託班固作，內傳所記武帝初生前事，即全爲怪談。

『漢孝武皇帝者，景帝子也。未生之時，景帝夢一赤彘從雲中下，直入崇芳閣。景帝覺而坐閣下，果有赤龍如霧，來蔽戶牖，宮內嬪御望閣上有丹霞蓊蔚而起，霞滅，見赤龍盤迴棟間。景帝召占者姚翁以問之。翁曰：「吉祥也。此閣必生命世之人，攘夷狄而獲嘉瑞，爲劉宗盛主也。然亦大妖。」景帝使王夫人移居崇芳閣，欲以順姚翁之言也，乃改崇芳閣爲猗蘭殿。旬餘，景帝夢神女捧日以授王夫人，夫人吞之，十四月而生武帝。……』

漢武故事中有名的是誰也知道的『金屋藏嬌』與『神君』之話。

帝以乙酉年七月七日旦生於猗蘭殿，年四歲，立爲膠東王。……膠東王數歲，『長』公主抱置膝上，問曰：『兒欲得婦否？』長主指左右長御百餘人，皆云：『不用。』指其女：『阿嬌好否？』笑對曰：『好若得阿嬌作婦，當作金屋貯之。』長主大悅，遂成婚焉。

神君者，長陵女子也，先嫁爲人妻，生一男，數歲死；女子悲哀悼痛之，亦死。死而有靈，其姒宛若祀之，遂闕言語，說人家小事，頗有驗。上遂祠神君，請術。初，霍去病微時數自禱於神君。神君乃見其形，自修飾，欲與去病交接，去病不肯，乃責之曰：『吾以神君清潔，故齋戒祈福，今覬欲爲淫，此非神明也！』因絕不復往。神君亦慚。及去病疾篤，上令爲禱於神君，神君曰：『霍將軍精氣少，壽命弗長，吾嘗欲以太乙精補之，可以延年。霍將軍不曉此意，遂見斷絕。今病必死，非可救也。』去病竟薨。……

兩書記武帝死後，亦多怪事，今不備錄。

（二）郭憲漢武洞冥記

漢武洞冥記的作者爲郭憲，字子横，汝南宋人，剛直敢言，因他有『潠酒救火』一事，故爲方士所攀引。此書大概爲六朝人作，內容與神異經相類，所記都爲異事奇物，但幾每事均與武帝東方朔有關。此書第三卷之首，有洞冥草底記事：

漢文二年，帝昇蒼龍閣，思仙術，召諸方士言，遠國遐方之士，唯東方朔下席，操筆跪而進。帝曰：大夫爲朕言乎。朔曰：臣遊北極，至種火之山，日月所不照，有青龍銜燭火，以照山之四極，亦有園圃池苑，皆植異木異花，有明莖草，夜如金燈，折枝爲炬，照見鬼物之形。仙人寧封，常服此草於夜暝時，轉見腹光通外，亦名洞冥草。帝命剉此草爲泥，以塗雲明之館，夜坐此館，不加燈燭，亦名照魅草。以藉足履水不沈。

此篇古時恐怕是在開首第一的，所以名爲『洞冥記』的罷。

總之，武帝以好神仙之故，所以一切無稽荒唐神祕之談，都盡量集中在他的身上。不但他的初生及死後有種種奇事，凡與他有關的一事一物，甚至他寵愛的女性，無一而非神奇。自古以來所有種種神仙故事，武帝要算是個最大的箭垜了。

(三)東方朔

東方朔是與虞初等同以博識智辯爲漢武帝所寵幸的稗官的人物，漢書東方朔傳贊裏說：

「劉向言少時數問長老通於事及朔時者，皆曰：「朔口諧倡辯，不能持論，喜爲庸人誦說，故令後世多傳聞者。」而揚雄亦以爲「朔言不純師，行不純德，其流風遺書蔑如也。」然朔名過實者，以其詼達多端，不名一行，應諧似優，不窮似智，正諫似直，穢德似隱，非夷、齊而是柳下惠，戒其子以上容首陽爲拙，柱下爲工，飽食安步，以仕易農，依隱玩世，詭時不逢，其滑稽之雄乎！朔之詼諧；逢占射覆，其行事浮淺，行於衆庶，童兒牧豎，莫不眩耀。而後世好事者，因取奇言怪語附著之朔。」

這段文字評隲東方朔的爲人，頗爲確當。而且又使人明白了後世『奇言怪語』何以附著於他的理由。傳中所敍，並無一事及於神怪，惟處處使人感到幽默而已。傳中說他有一次曾『因醉入殿中，小遺殿上』可見他的爲人眞放浪到極點。他的『割肉歸遺細君』故事，至今盛傳爲一個詼諧的典故。他實是漢武帝時的一個怪人。但班固已云『奇言怪語附著之朔』可見在東漢之時，朔早已成爲一個神仙故事的箭垜。

又在漢書論贊裏藝文志底雜家之部有『東方朔二十篇』可惜不傳於後，紀述東方朔的『奇言怪語』的書，有稱爲朔自著的海內十洲記，班固的漢武故事，郭憲的漢武洞冥記及東方朔傳，這幾種書的作者盡屬僞託，其中東方朔傳實係概括洞冥記所述朔的故事而成，敍述最詳，今摘錄於後。東方朔傳云：

東方朔，小名曼倩。父張氏，名夷，字少平，母田氏，夷年二百歲，顏若童子，朔生三日，而田氏死，死時，漢景帝三年也。鄰母拾朔養之，時東方始明，因以姓焉。年三歲，天下祕識，一覽暗誦於口，恆指揮天上空中獨語。鄰母忽失朔，累月，暫歸，母笞之，後復去，一年乃歸。母見之，大驚曰：『汝行經年一歸，何以慰吾？』

朔復去家萬里，見一枯樹，脫布掛樹，布化爲龍，因名其地爲布龍澤。

朔既長，仕漢武帝爲大中大夫。武帝暮年好仙術，與朔狎暱。一日，謂朔曰：『朕欲使愛幸者不老，可乎？』朔曰：『臣能之。』帝曰：『服何藥？』曰：『東北地有芝草，西南有春生之魚。』又武帝嘗見彗星，朔折指星木以授帝，帝指彗星，應時星沒。時人莫之測也。

朔又善嘯，每曼聲長嘯，塵落漫飛。

朔未死時，謂同舍郎曰：『天下人無能知朔，知朔者唯大王公耳？』朔卒後，武帝得此語，卽召大王公問之，曰：『爾知東方朔乎？』公對曰：『不知。』『公何所能？』曰：『頗善星曆。』帝問諸星皆具在否？曰：『諸星具在，獨不見歲星十八年，今復見耳。』帝仰天嘆曰：『東方朔生在朕傍十八年，而不知是歲星哉！』慘然不樂。

其餘事跡，多散在別卷，此不備載。

東方朔不但爲人家造出許多神怪的事，而且又把人家談神怪之書也託名爲他所作。他在漢代不過是個小官，他在文字方面的成績也遠不及司馬相如、揚雄等。但他的名聲卻很大，許多關於他的故事在民間一代一代流傳下去。到了元、明之際，戲曲家曾採他的故事作題材，小說家也把他故事寫入小說。他眞是一個曠古的幸運兒！

（四）西王母與東王公

在古代神話中，西王母的故事本是極簡樸的。但到了神仙故事盛行的漢代，牠也逐漸脫去了神話中的神樣，而趨向神仙故事中的神仙化。牠的演化的段落是很顯明的。在山海經上的西王母，牠是一個人身虎面豹尾食鳥的怪物，寫得很是可怕。到了戰國時人作的穆天子傳中的西王母就不同了。穆天子傳記周穆王西征見西王母事，這裏的西王母已變成一個文雅的國王，到漢代稱爲班固作的漢武故事及漢武內傳裏所記，便與前此大不相同了。內傳裏的西王母，竟一變而爲『年可三十許』的麗人。故事寫西王母會見漢武帝的情形云：

七月七日，上於承華殿齋日正中忽見有青鳥從西方來。上問東方朔。朔對曰：『西王母暮必降尊像上，』……是夜漏七刻空中無雲隱如雷聲，竟天紫氣。有頃王母至，乘紫車，玉女夾馭；戴七勝青氣如雲有二青鳥夾侍母旁。下車，上迎拜，延母坐請不死之藥。母曰：『……帝滯情不遺，慾心尚多，不死之藥，未可致也。』因出桃七枚，母自噉二枚，與帝二枚。帝留核箸前。王母問曰：『用此何爲？』上曰：『此桃美，欲種之。』母笑曰：『此桃三千年一著子，非下土所植也。』留至五更，談語世事而不肯言鬼神，肅然便去。……母旣去，上惆悵良久。（說郛卷五十二所錄無此一段）

內傳裏也有一段同樣的記事，但文辭更爲縟嚴，現亦錄於後：

到七月七日，乃修除宮掖，設坐大殿，以紫羅薦地，燔百和之香，張雲錦之幃，然九光之燈，列玉門之棗，酌葡萄之醴，宮監香果，爲天宮之饌。帝乃盛服立於階下，勅端門之內不得有妄窺者；內外寂謐，以候雲駕。到夜二更之後，忽見西南如白雲起，鬱然直來，逕趨宮庭。須臾轉近，聞雲中簫鼓之聲，人馬之響。半食頃，王母至也，縣投殿前，有似鳥集：或駕龍虎，或乘白麟，或乘白鶴，或乘軒車，或乘天馬，羣仙數千，光耀庭宇。既至，從官不復知所在，唯見王母乘紫雲之輦，駕九色斑龍，別有五十天仙，側近鸞輿，皆長丈餘，同執綵旄之節，佩金剛靈璽，戴天眞之冠，咸在殿下。王母惟扶二侍女上殿。侍女年可十六七，服青綾之袿，容眸流盼，神姿清發，眞美人也；王母上殿東向坐，着黃金褡襹，文采鮮明，光儀淑目，帶靈飛大綬，腰佩分景之劍，頭上太華髻，戴太眞晨嬰之冠，履元璚鳳文之舄，視之可年三十許，修短得中，天姿掩靄，容顏絕世，眞靈人也，不車登牀，帝跪拜問寒暄畢，立。因呼帝共坐，帝面南。王母自設天廚，眞妙非常，豐珍上果，芳華百味，紫芝萎蕤，芬芳塡樏，清香之酒，非地上所有，香氣殊絕，帝不能名也。又命侍女更索桃果。須臾，以玉盤盛仙桃七顆，大如鴨卵，形圓青色，以呈王母。母以四顆與帝，三顆自食，桃味甘美，口有盈味。帝食輒收其核。王母問帝，帝曰：『欲種之。』母曰：『此桃三千年一生實，中夏地薄，種之不生。』帝乃止。於坐上酒觴數遍，王母乃命諸侍女，王子登彈八琅之璈，又命侍女董雙成吹雲和之笙，石公子擊昆庭之金，許飛瓊鼓震靈之簧，婉凌華拊五華之石，范成君擊湘陰之磬，段安香作九天之鈞，於是衆聲澈明，靈音駭空，又命法嬰歌元靈之曲。……

西王母故事的演化既如此，其實一切神話故事的演化未嘗不如此。而且西王母故事到了漢代，人們覺得有了皇后必有皇帝，何以西王母獨有母而無公，所以又另外造出一個東王公來。東王公故事，見於神異經：此書當爲晉以後人作，稱東方朔撰，僞託也。

東荒山中，有大石室，東王公居焉。長一丈，頭髮皓白，人形鳥面而虎尾，戴一黑熊，左右顧望。恆與一玉女投壺，每投千二百矯，設有入不出者，天爲之噏噓。矯出而脫誤不接者，天爲之笑。

（東荒經）

中國小說發達史說：『寫東王公的故事始於此書。牠所寫的形像雖然模仿山海經的西王母，但究竟因在古代神話裏沒有根據，所以他就不能和西王母同樣惹人的注意。』神異經又寫東王公與西王母的會合：

崑崙之山有銅柱焉，其高入天，所謂『天柱』也，圍三千里，周圓如削。下有回屋，方百丈，仙人九府治之。上有大鳥，名曰希有，南向，張左翼覆東王公，右翼覆西王母；背上小處無毛，一萬九千里，西王母歲登翼上，會東王公也。（中荒經）

『既有公而又有母，他們自然必須會合。但他們是仙人而不是凡人，所以同牛郎織女一樣，僅是每年會合一次。』

『桓驎的西王母傳也敍及東王公，而且更顯明的寫明他們的關係。他們在自然史上，彷彿創世記中的亞當與夏娃。』

在昔道氣凝寂湛體無爲，將欲啓迪玄功，化生萬物，先以東華至眞之氣，化而生木公。木公生於碧海之上，芬靈之墟，以主陽和之氣，理於東方，亦號曰東王公焉。又以西華至妙之氣，化而生金母。金母生於神州伊川，厥姓侯氏，生而飛翔，以主元毓，神玄奧於眇莽之中，分大道醇精之氣，結氣成形，與東王公共理二氣，而育養天地，陶鈞萬物矣。

(五)西京雜記

西京雜記，雜載朝野瑣事，本二卷，今六卷，是宋人所分，末有葛洪跋言：『其家有劉歆漢書一百卷，考校班固所作，殆是全取劉氏，小有異同；固所不取，不過二萬許言。今抄出爲二卷，以補漢書之闕。』然隋志不著撰的人，唐書藝文志遝云葛洪撰。可見當時人都不相信是劉歆的手筆。現代有人

亦謂爲葛洪所作，今姑不論其眞僞，「若論文學，則此在古小說中，固亦意緒秀異，文筆可觀者也。」（中國小說史略三四頁）

司馬相如初與卓文君還成都，居貧憂懣，以所著鷫鸘裘就市人陽昌貰酒，與文君爲歡。既而文君抱頸而泣曰：「我生平富足，今乃以衣裘貰酒！」遂相與謀，於成都賣酒。相如親着犢鼻褌滌器，以恥王孫。王孫果以爲病，乃厚給文君，文君遂爲富人。文君姣好，眉色如望遠山，臉際常若芙蓉，肌膚柔滑如脂，爲人放誕風流，故悅長卿之才而越禮焉。長卿素有消渴疾，及還成都，悅文君之色，遂以發痼疾。乃作美人賦，欲以自刺，而終不能改。卒以此疾至死。文君爲誄，傳於世。

元帝後宮既多，不得常見，乃使畫工圖形，案圖召幸之。諸宮人皆賂畫工，多者十萬，少者亦不減五萬。獨王嬙不肯，遂不得見。匈奴入朝，求美人爲閼氏；於是上案圖以昭君行。及去，召見，貌爲後宮第一，善應對，舉止閑雅。帝悔之，而名籍已定。帝重信於外國，故不復更人，乃窮案其事，畫工皆棄市。……

廣川王去疾聚無賴發欒書冢，棺柩明器，朽爛無餘。有一白狐，見人驚走，左右擊之，不能得，傷其左脚。其夕，王夢一丈夫鬚眉盡白，來謂王曰，『何故傷吾左脚？』乃以杖叩王左脚。王覺，脚腫痛生瘡，至死不差。

葛洪字稚川，丹楊句容人，少以儒學而知名，他研究博覽典籍，尤其愛好神仙導養的法術。太安中，官伏波將軍。因平賊有功封關內侯。干寶深相親善，薦洪才堪國史，而洪聞交阯出丹，自求為勾漏令，行到廣州，被刺史所扣留，就停止在羅浮，年八十一，兀然若睡而卒。有他的傳在晉書，洪著作甚多，可六百卷。葛洪雖然是離漢朝不遠的人，但是他溺於神仙，所以他的話也不足以為根據。

第三節　六朝鬼神志怪書

(一)產生鬼神志怪書的時代背景

古代神話，遺留到秦、漢之際，便造成了秦皇、漢武及漢武時舉國若狂的迷信神仙；秦、漢以來，神仙的傳說盛行，一傳到東漢之末，又大暢巫風，而鬼道愈熾；會小乘佛教，也傳入中國的土地，漸漸已流傳了。佛教雖後漢之初已傳入中國，但當時一般還未曾流行。魏、晉以後，名僧輩出，經典的翻譯開始了，法顯宋雲之徒爲了求法而入竺，加之梁武帝時有名的達摩太師來到中國，以武帝爲始，沈約等也皈依三寶，又北魏底胡太后篤信佛，刻石佛於龍門，通南北朝。自晉訖隋，特別多有鬼神志怪的書籍。這些書有出於文人的，有出於教徒的。文人的作品，雖然不是像釋道二家，意思是在自己的教，但也不是有意爲小說。大概當時以爲幽明雖不同道路，而人、鬼乃都是實有的。所以他們敍述異事，與記載人間的常事，自己認爲沒有誠實和虛妄的分別呢。

六朝的鬼神志怪書，較漢代神仙故事有一不同之點，『怪』的來源不必說，當然遠始於古代的神話。惟古代以怪爲神，這是以怪爲怪，古代的怪有一定形體，這裏則變化多端而已。至於鬼的來源，左傳已有『新鬼大，故鬼小』之說，所載鬼事亦多，可見鬼事且爲歷史家所承認。惟以前的鬼，但離去人身而獨立，這裏則亦形狀多端，變化莫測，且與神仙幾不相分別。六朝時代，求仙不死的迷夢既逐漸打破，於是轉而憧憬於死後魂魄的種種，又羨慕着人以外的物體反而不易消滅，自然『鬼』『怪』之說會和神仙故事等量齊觀的多起來了。

第四節　文士之傳神怪

本節專敍幾個著名的有作品傳下的鬼神志怪書的作家。

(一)魏文帝列異傳

曹丕(一八七至二二六)字子桓，沛國譙人。漢末爲五官中郎將，有文學，喜交文士。父操封魏王，丕爲太子。後篡漢自立，改元黃初。在位六年，卒，謚文帝。隋書經籍志有列異傳三卷，署魏文帝撰，今佚。兩唐志則云張華撰，未知孰是。然其書嘗爲宋裴松之三國志注所引，那麼可決其必爲魏、晉人所作。據其遺文以觀，正如隋志所云：『以序鬼物奇怪之事。』

南陽宗定伯年少時，夜行逢鬼，問曰：『誰？』鬼曰：『卿復誰？』定伯欺之，言：『我亦鬼也。』鬼問：『欲至何所？』答曰：『欲至宛市。』鬼言：『我亦欲至宛市。』共行數里，鬼言：『步行大亟，可共迭相擔也。』定伯曰：『大善。』鬼便先擔定伯數里，鬼言：『卿太重，將非鬼也？』定伯言：『我新死，故重耳。』定伯因復擔鬼，鬼略無重。定伯復言：『我新死，不知鬼悉何所畏忌？』鬼曰：『唯不喜人唾。』……行欲至宛市，定伯便戴鬼至頭上，急持之。鬼大呼，聲咋咋索下，不復聽之。徑至宛市中，著地化爲一羊，便賣之，恐其便化，乃唾之，得錢千五百。（太平御覽八百八十四，法苑珠林六）

神仙麻姑降東陽蔡經家，手爪長四寸。經意曰：『此女子實好佳手，願得以搔背。』麻姑大怒。忽見經頓地，兩目流血。（太平御覽三百七十）

此外其中有一節，略似希臘神話裏的邱比特與賽契的故事：

『談生者，年四十無婦。……夜半有女子，可年十五六，姿顏服飾，天下無雙，來就生爲夫婦，乃言：「我與人不同，勿以火照我也，三年之後方可照。」爲夫妻，生一兒，已二歲，不能忍，夜伺其寢後，盜照視之。其腰以上生肉如人，腰下但有枯骨。』

結果是破了禁忌，只得離別，女子贈珠袍而去。賽契照了邱比特，他不是也立刻飛去，不再回來了麼？

（二）張華博物志

張華（二三二至三〇〇）字茂先，范陽方城人。魏初舉太常博士，入晉爲中書令，拜黃門侍郎。官至司空領著作，封壯武郡公，永康元年四月趙王倫之變，華爲孫秀所害，夷三族；時年六十九。華生時有博物洽聞之稱，通圖讖，多覽方技書，能識災祥異物，嘗類記異境奇物及古代瑣聞雜事，著博物志四百卷，進於武帝。帝令芟截浮疑，分爲十卷，今猶行世。不過剌取故書，殊乏新異，自後凡關異物奇事，都託之張華，或由後人綴輯復成，不是原本。今所存漢至隋小說，大抵此類。

周書曰『西域獻火浣布，昆吾氏獻切玉刀，火浣布汙則燒之則潔，刀切玉如蠟。』布漢世有獻者，刀則未聞。（卷二異產）

燕太子丹質於秦，……欲歸，請於秦王。王不聽，謬言曰：『令烏頭白，馬生角，乃可。』丹仰而嘆，烏卽頭白，俯而嗟，馬生角。秦王不得已而遣之，爲機發之橋，欲陷丹，丹驅馳過之而橋不發。遁到關，關門不開，丹爲雞鳴，於是衆雞悉鳴，遂歸。（卷八史補）

穿胸國：昔禹平天下，會諸侯會稽之野，防風氏後到，殺之。夏德之盛，二龍降之，禹使范成光御之行域外。旣周而還，至南海，經防風，防風之神二臣，以塗山之戮，見禹使，怒而射之。迅風雷雨，二龍昇去。二臣恐，以刃自貫其心而死。禹哀之，乃拔其刃，療以不死之草，是爲穿胸氏。

昔劉玄石於中山酒家酤酒，酒家與千日酒，忘言其節度。歸至家當醉，而家人不知，以爲死也，權葬之。酒家計千日滿，乃憶玄石前來酤酒，醉當醒耳，往視之，云：『玄石亡來三年，已葬。』於是開棺，醉始醒。俗云：『玄石飲酒，一醉千日。』

(三)干寶搜神記

干寶(約三一七前後在世)字令昇，東晉新蔡人。少博覽，以才器聞。元帝之時被召爲著作郎，以平杜弢功賜關內侯。王導薦領國史，著晉記三十卷，稱良史。以家貧求補山陰令，遷始安太守，官至散騎常侍。性好陰陽術數，嘗有感於他的父婢死而再生，及兄氣絕復蘇，自言見天神事，乃撰搜神記二十卷，以明神道之不誣。書成以示劉琰，琰云：『卿可謂鬼之董狐。』其書於神祇靈異人物變化之外，頗言神仙五行，又偶有釋氏之說。

董永父亡，無以葬，乃自賣爲奴。主知其賢，與錢千萬，遣之。永行三年喪畢，欲還詣主，供其奴職。道逢一婦人，曰：『願爲子妻。』遂與之俱。主謂永曰：『以錢丐君矣。』永曰：『蒙君之恩，父喪收藏；永雖小人，必欲服勤致力，以報厚德。』主曰：『婦人何能？』永曰：『能織。』主曰：『必爾者，但令君婦爲我織縑百匹。』於是永妻爲主人家織，十日而百匹具焉。

阮瞻字千里，素執無鬼論，物莫能難，每自謂此理足以辨正幽明。忽有客通名詣瞻，寒溫畢，聊談名理，客甚有才辨，瞻與之言良久，及鬼神之事，反復甚苦，客遂屈，乃作色曰：『鬼神古今聖賢所共傳，君何得獨言無？卽僕便是鬼！』於是變爲異形，須臾消滅。瞻默然，意色大惡，歲餘而卒。（卷十六）

此外搜神記中如卷十三由拳老嫗和卷二十的古巢老姥的故事，可說是至今仍然流傳民間的，著名的地方傳說，後來，梁任昉的述異記也記有類似的故事：

『和州歷陽淪爲湖。昔有書生遇一老姥，姥待之厚，生謂姥曰：「此縣門石龜眼血出，此地當陷爲湖。」姥後數往視之。門吏問姥，姥具答之。吏以硃點龜眼，姥見，遂走上北山，顧城遂陷焉。今城中有名府魚、奴魚、婢魚。』

（四）王嘉拾遺記

王嘉（？至約三九〇）字子年，是苻秦底方士，隴西安陽人。貌醜好談笑，不食五穀，淸虛服食，隱東陽谷，鑿崖穴居，受業者數百人。後遷隱終南，苻堅累徵不起。好言未來之事，日後盡驗。姚萇入長安，逼之自隨，以問答失萇意，爲所殺。嘉著有拾遺錄，今本名拾遺記，前有梁蕭綺序，言書本十九卷二百二十篇，當苻秦之季，典章散滅，此書亦多有亡，綺更删繁存實，合爲一部，凡十卷。從一卷到九卷是收錄了從庖羲、神農、經五帝、三王、兩漢、三國而至晉底時事的奇談珍聞，特爲周穆王、燕昭王、秦始皇、立傳，第十卷是載的崑崙山、蓬萊山等傳說，倣洞冥記，盡荒誕之言，其文筆頗靡麗，而事皆誕謾無實，與蕭綺之言亦不合。明胡應麟以爲『蓋卽綺所撰而託之王嘉，』但言無佐證，不當就相信他。

田疇北平人也，劉虞爲公孫瓚所害，疇追慕無已，往虞墓設鷄酒之禮慟哭之音動於林野；翔鳥爲之悽鳴，走獸爲之吟伏。疇臥於草間，忽有人通云『劉幽州來，欲與田子泰言生平之事。』疇神悟遠識，知是劉虞之魂。旣近而拜，疇泣不自支，因相與進鷄酒。疇醉，虞曰：『公孫瓚購求子甚急，宜竄伏避害。』疇對曰：『聞君臣之義，生則盡禮，今見君之靈，願得同歸九泉，死且不朽，安可逃乎？』虞曰：『子萬古之貞士也，深愼爾儀。』奄然不見。疇醉亦醒。（卷七）

又崑崙山底記載中如：

崑崙山者西方曰須彌山，對七星之下，出碧海之中。

於從來的崑崙思想中混入了佛說須彌山底理想，正可認識爲佛教底影響。

（五）陶潛搜神後記

陶潛（三七二至四二七）字淵明，一作名淵明，字元亮，潯陽柴桑人。胸懷高曠，任眞自得。嘗爲彭澤令，以不願束帶見督郵，遂棄官歸。不治生業，終日醉於酒。今有搜神後記十卷，題陶潛撰，亦記靈異變化之事。近人云：『陶潛曠達，未必拳拳於鬼神，蓋僞託也。』其言甚確。

干寶字令升，其先新蔡人。父瑩，有嬖妾，母至妬，寶父葬時，因生推婢著藏中。寶兄弟年小，不之審也。經十年而母喪，開墓，見其妾伏棺上，衣服如生，就視猶暖，輿還家，終日而蘇。云：『寶父常致飲食，與之寢接，恩情如生。』家中吉凶輒語之，校之悉驗。平復數年後方卒。寶兄常病，氣絕積日不冷。後遂寤，云見天地間鬼神事，如夢覺，不自知死。（卷四）

題作陶潛的續搜神記，卷一有桃花源記，與此篇相類的，前後所錄，約有二篇：

『徑向一山。山有穴，纔容一人。其人命入穴，何亦隨之入。初甚急，前輒閒曠，便失人。見有良田數十頃。何遂墾作，以爲世業，子孫至今賴之。』

『長沙醴陵縣有小水。有二人乘船取樵，見岸下土穴中，水逐流出，有新斫木片，逐流下，深山中。有人跡，異之，乃相謂曰：「可試如水中看何由爾。」一人便以笠自障入穴，穴纔容人，行數十步，便開明朗然，不異世間。』

搜神後記不但作者姓名難以置信，就是這名稱也覺不妥。既是續書，不應該與搜神記有重複的，但隨便一翻，就發現好幾節與搜神記相同的，只是文字的詳略或記述方式不同罷了。例如郭璞爲趙固救馬使活的故事，既見搜神記卷三，又見搜神後記卷二，又如蔣侯贈果物愛人吳望子的故事，既見搜神記卷五，又見搜神後記卷五。

（六）劉敬叔異苑

劉敬叔（？至約四六八）字敬叔，彭城人。少穎敏，有異才。由司徒掌記至南平國郎中令。晉末，爲宋長沙王驃騎將軍。入宋爲給事黃門郎，數年，以病免，泰始中卒於家（約三九〇至四七〇）所著有異苑十餘卷，今本存十卷，已非原書。

義熙中，東海徐氏婢蘭忽患羸黃，而拂拭異常。共伺察之，見掃帚從壁角來，趨婢牀。乃取而焚之，婢即平復。（卷八）

魏時，殿前大鐘無故大鳴，人皆異之，以問張華。華曰：『此蜀郡銅山崩，故鐘鳴應之耳。』尋蜀郡上其事，果如華言。（卷二）

東莞劉邕性嗜食瘡痂，以爲味似鰒魚。嘗詣孟靈休，靈休先患灸瘡，痂落在牀。邕取食之，靈休大驚。痂未落者悉褫取飴邕。南康國吏二百許人，不問有罪無罪，遞與鞭，瘡痂落，常以給膳。（卷十）

（七）劉義慶幽明記

劉義慶（四〇三至四四四）字不詳，彭城綏里人。襲封臨川王，官至南兗州刺史。卒，謚康。性簡素，愛好文義，常招聚文學之士，如何長瑜、鮑照……等，均集其門。義慶爲六朝最大之小說家，著有幽明錄三十卷、宣驗記三十卷、世說八卷……等。幽明錄有楊林故事，爲枕中記黃粱夢等所本，似較近人所記的搜神記，（今本無此記太平寰宇記引）爲遲，幽明錄內容如搜神記，皆集前人所作編成，唐時嘗盛行。劉知幾云：『晉書多取之。』書已佚，太平廣記等書徵引甚多。

宋世焦湖廟有一柏枕，或云玉枕，枕有小坼。時單父縣人楊林爲賈客，至廟祈求。廟巫謂曰：『君欲好婚否？』林曰『幸甚。』巫卽遣林近枕邊因入坼中，遂見朱樓瓊室，有趙太尉在其中，卽嫁女與林，生六子，皆爲祕書郎。歷數十年，並無思歸之志。忽如夢覺，猶在枕旁。林愴然久之。（太平廣記卷二百八十三）

（八）吳均續齊諧記

吳均（四六九至五二〇）字叔庠，吳興故鄣人。家世寒賤，好學有俊才。天監初爲吳興主簿，旋兼建安王偉記室。終除奉朝請，以撰齊春秋不實免職。已而復召，使撰通史，草本紀世家已畢，唯列傳未就，普通元年遽卒，年五十二，均有詩名，文體淸拔有古氣，好事者學之，稱爲吳均體。所爲小說唐、宋文人多引爲典據；但語多怪誕，世因目語之無稽者曰『吳均語。』有續齊諧記一卷，蓋續東陽無疑的齊諧記而作。宋散騎侍郎東陽無疑有齊諧記七卷，見於隋志，現在已經佚亡。

陽羨鵝籠的記，尤其是續齊諧記中的奇詭的哩。

陽羨、許彥於綏安山行，遇一書生，年十七八，臥路側，云脚痛，求寄鵝籠中。彥以爲戲言，書生便入籠，籠亦不更廣，書生亦不更小，宛然與雙鵝並坐，鵝亦不驚。彥籠而去，都不覺重，前行息樹下，書生乃出籠謂彥曰：『欲爲君薄設。』彥曰『善。』乃口中吐出一銅匳子，匳子中具諸殽饌。……酒數行，謂彥曰：『向將一婦人自隨，今欲暫邀之。』彥曰：『善。』又於口中吐一女子，年可十五六，衣服綺麗，容貌殊絕，共坐宴。俄而書生醉臥，此女謂彥曰：『雖與書生結妻，而實懷怨，向亦竊得一男子同行，書生旣眠，暫喚之，君幸勿言。』彥曰『善。』女子於口中吐出一男子，年可二十三四，亦穎悟可愛，乃與彥敍寒溫。書生臥欲覺，女子口吐一錦行障遮書生，書生乃留女子共臥。男子謂彥曰：『此女雖有情，心亦不盡，向復竊得一女人同行，今欲暫見之，願君勿洩。』彥曰：『善。』男子又於口中吐一婦人，年可二十許，共酌，戲談甚久，聞書生動聲，男子曰：『二人眠已覺。』因取所吐女人，還納口中。須臾書生處女乃出謂彥曰：『書生欲起。』乃吞向男子，獨對彥坐。然後書生起謂彥曰：『暫眠遂久，君獨坐，當悒悒耶，日又晚，當與君別。』

遂吞其女子，諸器皿悉納口中，留大銅盤可二尺廣，與彥別曰：『無以藉君，與君相憶也。』彥大元中爲蘭臺令史，以盤餉侍中張敬；敬看其銘題，云是永平三年作。

近人嘗謂此類思想，非中國所故有，段成式已謂出於天竺，酉陽雜俎（續集貶誤篇）云，『釋氏譬喻經云，昔梵志作術，吐出一壺，中有女子與屏，處作家室。梵志少息，女復作術，吐出一壺，中有男子，復與共臥。梵志覺，次第互吞之，柱杖而去。余以爲吳均嘗覽此事，訝其說以爲至怪也。』所云釋氏經者，卽舊雜譬喻經，吳時康僧會譯，今尙存。魏、晉以來，漸譯釋典，天竺故事亦流傳世間，文人喜其穎異，處蛻化爲國有。

此外確知六朝人所作的鬼神志怪書，尙有孔約的志怪四卷，荀氏的靈鬼志四卷，謝氏的鬼神列傳二卷，及陸氏的異林……等。然亦作品皆佚，作者生平不可考，僅能見其遺文罷了。

晉明帝時，『有』獻馬者，夢河神請之。及至，與帝夢同，卽投河以奉神。始，太傅褚褒亦好此馬，帝云：『已與河神。』及褚公卒，軍人見公乘此馬矣。（志怪、太平廣記卷二百七十六）

河內姚元起居近山林，舉家恆入野耕種。唯有七歲女守屋，而漸覺瘦。父母問女，女云：『常有一人長丈餘，而有四面，面皆有七孔，自號高天大將軍，來輒見吞，逕出下部，如此數過。云：『愼勿道我，道我當長留腹中。』闔門駭惋，遂移避。（靈鬼志、太平廣記卷三百二十）

第五節　佛教徒怎樣利用鬼神志怪書

佛教自漢時傳入中國，因其思想與中國人民崇尚玄虛的心理相合，所以立卽在社會傳布。漢時已有經典的繙譯，至晉時更大盛行，當時且由私人對譯而闢大規模的譯場。到南北朝時，往印度遊學者甚多，佛寺的建築，和佛畫的遺留，可見社會人士對於佛教信仰之篤。卽當時的文學家，在作品中也常常露出頌揚功德之意。蕭衍捨身佛寺，劉勰薙髮出家。帝王與文學之士尙如此，其他更可想見了。

但是佛教徒中本有不少聰明的文人，他們很深切地了解鬼神志怪書在普通社會的勢力，而也明白，這種勢力的造成，全在乎完全能適合一般民衆的心理。他們把佛教中最膚淺的因果思想及靈驗的事，用志怪書的故事體裁發揮出來。這樣，在六朝的神鬼志怪書就被佛教徒利用了。

雖不過是一種傳教書，只利用志怪書的體裁而已。但這卻很有影響於整個社會的信仰與思想，與後來的小說裏的思想卻發生了密切的關係。（如金瓶梅的收場就在講果報。）

這類書籍，現在仍然存在的有顏之推的冤魂志一卷。其他有逸文可見而有作者可考者，有宣驗記、冥祥記、集靈記、旌異記四種。

（一）宣驗記

宣驗記三十卷，劉義慶撰。義慶的生平已在前面敘述了的。

車母者，遭宋廬陵王青泥之難，爲虜所得，在賊營中。其母先本奉佛，即燃七燈於佛前，夜精心念『觀世音』，願子得脫。如是經年，其子忽叛還。七日七夜獨行，自南走，常值天陰，不知東西，遙見有七段火光，望火光而走，似村欲投，終不可至。如是七夕，不覺到家，見其母猶在佛前伏；地又見七燈，因乃發悟，母子共談，知是佛力，自後懇禱，專行慈悲。（太平廣記卷一百十）

（二）冥祥記

冥祥記十卷，王琰撰。琰（約四七〇前後在世）字不詳，太原人。幼在交阯，受五戒。於宋大明及齊建元年兩感金像之異，因作冥祥記，撰集像事，繼以經塔。冥祥記中自序其事甚詳。書雖佚，然存於法苑珠林及太平廣記中的尚不少。其文以敍述委曲詳盡勝。

漢明帝夢見神人，形垂二丈，身黃金色，項佩日光，以問羣臣。或對曰：『西方有神，其號曰佛，形如陛下所夢，得無是乎？』於是發使天竺，寫致經像，表之中夏，自天子王侯，咸敬事之，聞人死精神不滅，莫不懼然自失。初，使者蔡愔將西域沙門迦葉摩騰等，齎優塡王畫釋迦佛像，帝重之，如夢所見也。乃遣畫工圖之數本，於南宮清涼臺及高陽門、顯節、壽陵上供養。又於白馬寺壁畫千乘萬騎遶塔三匝之像，如諸傳備載。（法苑珠林卷十三）

宋張興，新興人，頗信佛法，常從沙門僧融、曇翼時受八戒。元嘉初，興嘗爲劫賊所引，逃避。妻繫獄，掠笞積日。時縣失火，出囚路側；會融、翼同行，偶經囚邊，妻驚呼闍梨，何不賜救？融曰：『貧道力弱不能救，如何？惟宜勸念觀世音，庶獲免耳。』妻便晝夜祈念，經十日許，夜夢一沙門以足蹋之，曰：『咄咄可起！』妻卽驚起，鉗鎖桎梏俱解。然閉戶驚防，無由得出，慮有覺者，乃卻自械。又夢向者沙門曰：『戶已開矣。』妻覺而馳出，守備俱寢，安步而逸。闇行數里，卒値一人，妻懼

蹡地。已而相訊，乃其夫也，相見悲喜，夜投僧翼，翼匿之，獲免焉。（太平廣記卷一百十）

晉謝敷字愛緒，會稽山陰人也。……少有高操，隱於東山，篤信大法，精勤不倦，手寫首楞嚴經，當在都白馬寺中，寺爲災火所延，什物餘經，並成煨燼，而此經止燒紙頭界外而已，文字悉存，無所毀失。敷死時，友人疑其得道，及聞此經，彌復驚異。……（珠林十八）

（三）寃魂志

寃魂志一卷（一名北齊還寃志，兩唐志作三卷）今存；集靈記十卷，今佚，皆顏之推撰。之推（五三一至五九一以後）字介，琅邪臨沂人，本是梁人，仕於北齊，以至於隋，好學博覽，性任誕，好飲酒。初仕梁，爲湘東王繹記室，遷散騎侍郎。入齊爲中書郎，尋除黃門侍郎，齊亡入周，爲御史上士。隋開皇中，太子召爲文學，尋以疾卒，年六十餘。之推篤信佛法，在其所作，以家訓中的歸心篇裏盛說因果之理。寃魂志嘗以經史上自春秋下至晉、宋的事例，以證報應，其文詞頗古雅，尚未脫儒家本色；但其報應勸戒太淺薄，着重於佛教之果報，不失爲宣揚教義的書而已。

吳王夫差殺其臣公孫聖，而不以罪。後越伐吳，王敗走，謂太宰嚭曰：『吾前殺公孫聖，投於胥山之下，今道由之吾上畏蒼天下慚於地吾舉足而不能進，心不忍往。子試唱於前，若聖猶在，當有應聲。」嚭乃登餘杭之山，呼之曰：「公孫聖！」聖卽從上應曰：「在。」三呼而三應，吳王大懼，仰天歎曰：「蒼天乎！寡人豈可復歸乎！」吳王遂死不返。

（四）旌異記

旌異記十五卷，爲侯白所撰。白（約五八一前後在世）字君素，魏郡的人。而有捷才好學，滑稽善辯，舉秀才爲儒林郎。通侻不持威儀，好爲俳諧雜說，人多愛狎之。所在之處難之者如市，隋文帝令於祕書修國史，每將擢之，輒曰：「侯白不勝官」而止。後給五品食月餘而死。時人咸傷其薄命。又有啓顏錄二卷，係諧談之書，亦佚。然太平廣記引用甚多。

開皇中，有人姓出名六斤，欲（楊）素齎名紙至省門，遇白，請爲題其姓，乃書曰「六斤半。」名旣入，素召其人，問曰：「卿姓六斤半？」答曰：「是出六斤。」曰：「何爲六斤半？」曰：「向請侯秀才題之，當是錯矣。」卽召白至，謂：「卿何爲錯題人姓名？」對云：「不錯。」素曰：若不錯，何因姓出名六斤，請卿題之，乃言六斤半？」對曰：「白在省門會半無處覓稱，旣聞道是出六斤，

斟酌只應是六斤半。』素大笑之。（廣記二百四十八）

第六節　笑話集與清言集

『在東漢末神怪思想瀰漫着民間的時候，在政府方面卻產生了一派所謂「清流」人物。他們是當時宦官極度干政的反動，他們的行爲正合於所謂「非禮弗聽」「非禮弗言」「非禮弗視。」他們對於普通人物的批評，正是「一言之褒，榮於華袞；……」關於這種批評，當時叫做「清議。」凡爲「清議」所貶的人，卽爲社會所不齒。這派的代表人物，就是李膺，李固……等。但不久卽來了「黨錮之禍，」由禁錮而遭大肆殺戮，這派人幾無一幸免。漢室也跟着亡了。』

這種『清流』風氣既養成，牠倒並不『人亡政息，』牠的勢力仍舊存在。但這種風氣行於士大夫相與之間，卻尙沒有什麼不好；可是對於政府的行政方面，就要發生種種不便了。大政治家及大文學家曹操很反對這種風氣，所以他在徵求人才時卻這樣說，不忠不孝不要緊，只要有才便可以。在大亂時代的用人，的確，人才主義纔是對症發藥。『清流』派雖是正人君子，然而確實無補於亂世的政治的。

在那『非禮弗言』的『清議』時代，凡屬士大夫之流，既不能隨便說話，但不能不說話，於是他們專說些幽默風雅的話，以免爲『淸流』所指摘。接着，政治上又來了一度大變化，魏代有了漢室的天下，不久晉又替代了魏。在易朝換代之際，當局者受正人君子的指摘是常有的事，但也爲他們所最痛忌。所以等到時局一定，他們就要受裁制，或爲當局者借端報復，就不易隨便發言了。他們中乖一點的人，表面上也假做說些反對正人君子的論調，說些什麼『禮豈爲我輩設哉』的話，行動上也極端通脫，甚至假做『醉臥於人妻之側』而處之泰然，而實際上他們何嘗忘懷於禮教！他們還在指摘當道，還在發他們的牢騷，不過換了一種說話方法，就利用那本來避免淸議指摘的說話藝術，就是所謂『淸談』，也就是現在正在盛行的『幽默』。『淸議』，『淸談』，卽從名字去觀察，便可知道他們是同出一源啊！可是他們的手段卻高明極了！

這樣，在文學上面，就產生了笑話集和淸言集。笑話集產生最早，在漢末已有，淸言集卻到東晉以後纔盛行。這二種文學作品都是極幽默而雅緻的小品文字，是專供士大夫階級閱讀鑑賞的東西，一般社會的人是不了解的。牠和同時風行的鬼神志怪書站在反對的地位：鬼神志怪書代表了平民階級裏普遍的迷信思想，所以為一般社會所『雅俗共賞』；牠代表了知識階級而不肯流入迷信思想，專在宣揚風雅，所以不能配合一般人的胃口而獲得他們的了解。總而言之：志怪書是平民小說，而牠總不脫為一種『貴族文學』。這是譚正璧中國小說發達史上的意見。

(一)笑林

最古的笑話集的逸文，為東漢末邯鄲淳的笑林。笑林凡三卷，原書已佚，遺文在太平廣記等書裏還可看見二十餘則。作者邯鄲淳（一三二至？）一名竺，字子叔，潁川人。生有異才，元嘉元年，曾為曹娥作碑文，操筆立成，於是遂知名。初平中，寓居荊州，曹操很敬禮他。曹丕自立，以他為博士給事中。淳嘗作投壺賦千餘言奏之，丕賜帛千匹。時年已九十餘。笑林所敍，都為當時流行的笑話：

傖人欲相共弔喪，各不知儀。一人言粗習謂同伴曰：『汝隨我舉止』既至喪所，舊習者在前，伏席上，餘者一一相髡於背，而為首者以足觸詈曰：『癡物！』諸人亦為儀當爾，各以足相踏曰：『癡物！』最後者近孝子，亦踏孝子而曰：『癡物！』（太平廣記卷二百六十二）

魯有執長竿入城門者，初豎執之不可入；橫執之，亦不可入，計無所出。俄有老父至曰：『吾非聖人，但見事多矣。何不以鋸中截而入？』遂依而截之。』（同上）

桓帝時，有人辟公府椽者，倩人作奏記文，人不能爲作，因語曰：『梁國葛龔先善爲記文，自可寫用，不煩更作。』遂從人言寫記文，不去葛龔名姓。府公太驚，不答而罷歸。故人語曰：『作奏雖工，宜去葛龔。』（以上皆舊小說甲集一）

平原陶丘氏取渤海墨台氏女，女色甚美，才甚令，復相敬，已生一男而歸。母丁氏，年老，進見女婿。女婿既歸而遣婦，婦臨去請罪，夫曰：『曩見夫人年德以衰，非昔日比，亦恐新婦老後，必復如此，是以遣，實無他故。』（太平御覽四百九十九）

（二）解頤

笑林之後，不乏繼作，隋志有楊松玢的解頤二卷，但不惟書已佚亡，即遺文亦一字不存。又太平廣記，詼諧類所引談藪多至數十條，其所述止於隋，或卽作於此時，惜不知作者爲何人，其卷數亦已莫得而詳。說郛亦收談藪凡七卷，係宋人龐元英作，與此別爲一書。

齊黃門郎吳興沈昭略，侍中文叔之子，性狂儁，使酒任氣，朝士常憚而容之。常醉負杖至蕪湖苑，遇琅琊王約，張目視之曰：『汝王約耶？何肥而癡？』約曰：『汝是沈昭略耶？何瘦而狂？』昭略撫掌大笑曰：『瘦已勝肥，狂又勝癡。』約，景文之子。（以上皆太平廣記卷二百四十七）

隋前內史侍郎薛道衡，以醴和麥粥食之，謂盧思道曰：『「禮之用，和爲貴，先王之道，斯爲美」思道答曰：『「知和而和，不以禮節之，亦不可行也。」』（太平廣記卷二百四十八）

觀其所引，皆爲雋談，故魯迅以爲『世說之流』。

(三)啓顏錄

侯白所作啓顏錄二卷，今已佚。白生平已在前面述及。啓顏錄見引於太平廣記頗多，觀其內容，大抵取資於子史的舊文，近記一己的言行，事多浮淺，又好以鄙語調侃他人，往往流爲輕薄，中記及唐代事，當爲後人所加，古書中常常有的。

先錄一則巧女故事。

晉劉道眞遭亂，於河側與人牽船，見一老嫗操櫓，道眞嘲之曰：『女子何不調機弄杼，因甚傍河操櫓?』女答曰:『丈夫何不跨馬揮鞭,因甚傍河牽船?』

又嘗與人共飯素盤草舍中,見一嫗將兩小兒過,並着青衣,嘲之曰:『青羊引雙羔。』婦人曰:『兩豬共一槽。』道眞無語以對。

山東人娶蒲州女,多患癭,其妻母項癭甚大。成婚數月,婦家疑壻不慧,婦翁置酒盛會親戚,欲以試之。問曰:『某郎在山東讀書,應識道理。鴻鶴能鳴,何意?』曰:『天使其然。』又曰:『松柏冬青,何意?』曰:『天使其然。』又曰:『道邊樹有骨骴,何意?』曰:『天使其然。』婦翁曰:『某郎全不識道理,何因浪住山東?』因以戲之曰:『鴻鶴能鳴者頸項長,松柏冬青者心中強,道邊樹有骨骴者車撥傷:豈是天使其然?』壻曰:『請以所聞見奉酬,不知許否?』曰『可言之。』壻曰:『蝦蟆能鳴,豈是頸項長?竹亦冬青,豈亦心中強?夫人項下癭如許大,豈是車撥傷?』婦翁羞愧,無以對之。(太平廣記卷二百四十八)

啓顏錄與笑林相比,文字內容,均有雅俗之分。蓋啓顏錄著作時代較後,已脫離貴族文學而儕於平民讀物之林,不似前此的笑話書,專爲供士大夫的淸賞而作了。

但自後作者遂多：唐有何自然的笑林，今已佚。宋有呂居仁的軒渠錄，沈徵的諧史，周文玘的開顏集，天和子的善謔集；元、明迄淸又不下十餘種，至今尙有滑稽大觀類的書的纂輯，可見牠的『流風餘韻』一時尙還未已咧。

第七節　由語林到世說俗說與小說

專記『淸言』的書，始自東晉裴啓的語林，繼之以郭澄之的郭子，宋劉義慶的世說，梁沈約的俗說及殷芝的小說。諸書以世說爲最著名。

裴啓（約三六二前後在世）一作名榮，字榮期，河東人。父穉爲豐城令。啓少有風姿才氣，好論古今人物，嘗撰漢、魏以來迄於當世言語應對之可稱述者，謂爲語林。時人都好其書，頗見流行。以記謝安語不實，爲安所詆毀，其書遂廢。語林凡十卷，至隋時已佚。但其遺文散見於他書所引，尙不下數十條，牠的內容遂賴此得以考見。

王武子葬夕，孫子荊哭之甚悲，賓客莫不爲垂淚。哭畢，向靈座曰：『卿常好驢鳴，今爲君作驢鳴。』旣作，聲似眞，賓客皆笑。孫曰：『諸君不死，而令武子死乎！』賓客皆怒。須臾之間，或悲或哭。

王子猷嘗暫寄人空宅住，便令種竹。或問：『暫住何煩爾？』嘯詠良久，直指竹曰：『何可一日無此君！』（御覽三百八十九）

魏武云：『我眠中不可妄近，近輒斫人不覺。左右宜愼之，』後乃陽凍眠，所幸小兒竊以被覆之，因便斫殺，自爾莫敢近。（太平御覽七百七）

鍾士季嘗向人道：『吾年少時一紙書，人云是阮步兵書，皆字字生義，旣知是吾，不復道也。』

郭澄之（約四〇三年前後在世）字仲靜，太原陽曲人。少有才思，機敏過人。嘗爲南康相。劉裕引爲相國參軍，從裕北伐。位至相國從事中郎，封南豐侯，卒於官。隋志有所著郭子三卷，亦名郭玄，賈泉爲之注，其書在唐時猶存，今已佚亡。所述間與世說相同，譚正璧舉例遺文二則，卽亦爲世說所有。

許允婦是阮德如妹，奇醜，交禮竟，許永無復入理。桓範勸之曰：『阮嫁醜女與卿，故當有意，宜察之。』許便入見，婦卽出，提裾裾待之。許謂婦曰：『婦有四德，卿有幾？』答曰：『新婦所乏唯容。士有百行，君其有幾？』許曰：『皆備。』婦曰：『君好色不好德，何謂皆備？』許有慚色，遂雅相敬重。允爲吏部郎，多用其鄉里。帝遣虎賁收允，婦出閤戒允曰：『明主可以理奪，難以情求。』允至，明帝核之，允答曰：『「舉爾所知」，臣之鄉人臣所知也，願陛下檢校爲稱職與否。若不稱職，臣宜受其罪。』旣檢校，皆其人，於是乃釋。允舊服敗壞，乃賜新衣。初被收，允新婦目云：『無憂，尋還。』作粟粥待之，須臾允至。

王渾妻鍾，生女甚賢明，令武子爲姊擇嘉壻而未有其人；兵家子有才，欲以妻之，獨與之議，初不告，事定乃白。母曰：『誠是地也，自可貴，要當令我見之。』於是武子令此兵與羣小雜處，使母微察之。母曰：『刑衣者汝可（？）拔乎？』武子曰：『是。』母曰：『此才足以拔萃，然地寒非長年，不足展其才用。觀其形骨，恐不可與婚。』數年，果死。

劉義慶的生平已見前。他所著的世說，原本爲八卷；梁劉孝標爲作注，擴爲十卷。今本名爲世說新語，凡三卷，爲宋詞人晏殊所删併，於注亦小有剪裁。唐時則名爲世說新書。今本世說新語凡分三十八篇，每篇爲一類，事起後漢，迄於東晉。孝標注頗淵博，所引書多至四百餘種，且大都今已不存，故後人以之與裴松之三國志注並珍。書中文字，與語林，郭子中同者頗多，當亦爲纂輯舊文而成，非屬創作。義慶尙著有小說十卷，見兩唐志，今佚。然太平廣記所引，除殷芸小說均注明『商芸小說』外，又有單注『小說』者甚多。例之志怪亦有兩種，於孔約的志怪注明『孔約志怪』於祖台之所作則不著姓名而僅注『志怪』；則此單注『小說』者，或卽爲義慶所作。宋書言義慶才詞不多，而招聚文學之士遠近必至。今人謂諸書或成於衆手亦未可知。

阮光祿在剡，曾有好車。借者無不皆給。有人葬母，意欲借而不敢言。阮後聞之，歎曰：『吾有車而使人不敢借，何以車爲。』遂焚之。（卷上德行篇）

公孫度目邴原：『所謂雲中白鶴，非燕雀之網所能羅也。』（卷中賞譽篇）

劉伶恆縱酒放達，或脫衣裸形在屋中。人見譏之，伶曰：『我以天地爲棟宇，屋室爲褌衣，諸君何爲入吾褌中？（卷下任誕篇）

石崇每要客燕集，常令美人行酒，客飮酒不盡者，使黃門交斬美人。王丞相與大將軍嘗共詣崇，丞相素不能飮，輒自勉強，至於沈醉。每至大將軍，固不飮以觀其變。已斬三人，顏色如故，尙不肯飮。丞相讓之，大將軍曰：『自殺伊家人，何預卿事？』（卷下汰侈篇）

沈約（四四一至五一三）字休文，吳興武康人。少孤貧，好學，晝夜不倦。左目重瞳子，聰明過人。仕宋為尚書度支郎。入齊，初為文惠太子管書記，校四部圖書。累至五兵尚書。後與范雲等助蕭衍建梁國，累至尚書令太子少傅。卒，謚隱。約好聚書，晚年聚至二萬卷，著作亦宏富，不下數百卷。其俗說三卷，今已佚。以書名及遺文觀之，便知牠和世說小說是同類了。

荀介子為荊州刺史，荀婦大妬恆在介子齋中，客來便閉屛風。有桓客者，時在中兵參軍，來詣荀諮事，論事已訖，為復作餘語。桓時年少，殊有姿容，荀婦在屛風裏便語桓云：「桓參軍，君知作人不？論事已訖，何以不去？」桓狼狽便走。

殷芸（四七一至五二九）字灌蔬，陳郡長平人。性倜儻，不妄交友，勵精勤學，博洽羣書，齊永明中，為宜都王行參軍。梁天監中，累遷國子博士，昭明太子侍讀。普通末，直東宮學士省，卒於官。芸官安右長史時，嘗奉武帝命撰小說三十卷。其書至隋僅存十卷；明初尚存，今乃衹見於太平廣記續談助及原本說郛中。書亦采集羣書而成，以時代為次序，特置帝王事於全書之首，始於周、漢而迄於南齊。

晉咸康中，有士人周謂者，死而復生，言天帝召見，引升殿，仰視帝，面方一尺。問左右曰：『是古

張天帝耶？』答云：『上古天帝，久已聖去，此近曹明帝也。』（紺珠集二）

漢末陳太丘實與友人期行，過期不至，太丘捨去，去後乃至。其子元方，年七歲，在門外戲，客問元方：『尊君在否？』答曰：『待君不至，已去。』友人便怒曰：『非人哉！與人期行，委而去！』元方曰：『君與家君期日中時，過申不來，則是無信；對子罵父，則是無禮。』友人相慚，下車引之。元方遂入門不顧。（太平廣記卷一百七十四）

上述諸書，以世說為最著名，所以後世仿作的特多。唐有王方慶作續世說新書，宋有王讜作唐語林，孔平仲作續世說，明有何良俊作何氏語林，李紹文作明世說新語，焦竑作類林，張墉作二十一史識餘，鄭仲夔作清言，清有吳肅公作明語林，章撫功作漢世說，李清作女世說，顏從喬作僧世說，王晫作今世說，汪琬作說鈴，今尙有易宗夔作新世說；陳灨一作新語林。最近，新文學家亦有此種著作哩。

第四章　隋唐

在原始社會最初分工所發展的商業，是在種族部落與種族部落相互間。在奴隸社會的商業，主要地在國家與國家間在海陸交通地發展起來。而在封建社會底商業，也是海上和陸地交通便利底地方開始的。

自晉室渡江，三吳最爲富庶，貢賦商旅，皆出其地（通鑑）而隋代則商業更從東南沿海，擴張及於中原與全國。

隋代國內貿易發達，爲國內運河及陸道交通之結果。而內地大陸交通及東南海外交通，又促起國外貿易。『煬帝卽位，西域諸藩，多至張掖與中國市場，帝令裴矩掌其事』（隋書裴矩列傳）裴矩由此而撰西域圖，擴大了中國人的地理知識。『陳稜汎海擊琉球，琉球人初見船艦，以爲商旗，往往詣軍貿易』（陳稜列傳）這又述明海外早有貿易了。

唐代底國內貿易甚盛，和隋代一樣，首先是從運河及內河交通可以看出來的。漕運附帶的便是商業。而隋、唐兩代國內外商業的中心地點，便在揚州。

唐代海外貿易的發展，是從東海轉移到南海底發展陸地國外貿易，則仍隋之舊，而更向設安西都護府於高耆。南海於交州設有安南都護府。而印度、錫蘭一島遂成為世界交易底中樞。

唐代商業的繁盛，文明的發達，與商業交通有關聯的。隋煬帝、唐太宗都出於『世家，』有點市民的氣質，所以都算開明，而唐代文明尤為歷史上的光彩。

小說也與一般文學底發達一起至唐代而達於絢爛之域了。從前的漢、晉小說不是神仙談就是宮闈的情話，而且不過是斷片的逸話奇聞；唐代的小說雖是短篇，然是關於一人一事的聯絡。加之作者多是元稹、陳鴻、楊巨源、白行簡、段成式、韓偓等顯著的人才，其中自然也有出於假託的，但也是下第不遇的秀才輩藉仙俠豔情以吐露其無聊與不平的感慨，所以事既新奇，情復悽惋，文又典麗而富於風韻，眞有一唱三歎的妙味。洪容齋說：——

唐人小說不可不熟，小小事情悽惋欲絕，洵有神遇，而不自知者，與詩律可稱一代之奇。

第一節　唐始有意爲小說

小說亦如詩，到唐代就變了。雖是仍離不了搜奇記逸，然而敍述婉轉，文辭華豔，與六朝的粗陳梗概的比較，演進了的痕跡甚爲明白。尤爲顯著的，就是到了唐代方纔有意爲小說。胡應麟（筆叢三十六）云『變異之談，盛於六朝，然多是傳錄舛訛，未必盡幻設語，至唐人乃作意好奇，假小說以寄筆端。』

所謂『作意』所謂『幻設』那就是意識的創造呢。像這一類的文字，當時或爲叢集，或爲單篇，大率篇幅曼長，記敍委曲，有時殊與誹諧相近，所以批評的人每每目之爲卑下，貶之命名『傳奇』用以別於韓、柳的高文『傳奇』當世盛爲風行，文人往往有這種作品，投謁的時候，或者用它做行卷，今尚有留存在太平廣記中的。（他書所收時代及撰人多錯誤不足據）實在『傳奇』是唐代特別超集的作品哩。然而後來流派，也不昌盛，但只是演述或摹擬而已，獨有元、明人多本其事作雜劇或傳奇，逐漸影響到曲的方面。

幻設爲文，晉世固已大盛，像阮籍的大人先生傳，劉伶的酒德頌，陶潛的桃花源記，五柳先生傳都是。然多半是以寓言爲本文詞爲末，所以它的流可衍爲王績醉鄉記，韓愈圬者王承福傳，柳宗元種樹，郭橐駝傳等而無涉於傳奇傳奇的源流大概出於志怪，然而施之藻繪，擴其波瀾，所以它的成就乃特異，其間雖然也或談諷喻以抒牢愁，或談禍福以寓懲勸，而大歸則究在文采與意想與昔日的傳說鬼神明白因果而外，沒有其他意見的，眞是不同趣旨哩。

總之唐代傳奇，不過是文人的餘業，酒後茶前的助談，卻不是說大眞理，垂大教訓的東西，無論怎樣，既不是像李、杜的詩一樣，或是像韓、柳的文一樣，使唐代的文學置重於後世，也並不是像水滸、西廂那樣的雄篇傑作。眞的中國小說定要到元以後纔發生哩。唐代所謂『傳奇』小說，只是一篇有條理的逸事奇談之類。後世的戲曲小說多取此以爲材料，有名的西廂琵琶底粉本，都在唐代的『傳奇中。』

第二節　唐代產生小說的新環境

唐代歷史上有三樁爲其新時代所無或不同的事件，就是：一、佛道二教的特別發達，二、女性的解放，三、藩鎮的專橫。『文學是時代的反映，』這三樁事件反映於傳奇，自然成爲傳奇的神怪、戀愛、豪俠三種故事的對象了。

唐代不用說是佛教道教的黃金時代，唐三藏取經故事就產生在這個時代，而佛教經典翻譯也以此時爲最多。古文家韓愈爲了反對憲宗迎佛骨，以致被貶潮州，尤爲佛家勢力戰勝儒家勢力的一種最有力的表現。另外，唐代的國姓是李，而爲道教所托始的太上老君也姓李，於是高宗尊李耳爲玄元皇帝，竭力的崇高道教的地位。到了玄宗時，玄宗遊月宮及方士於海外仙山找到楊妃兩樁故事一產生，道家的神通也表現到十足。在上者旣推崇之在下當然也羣起而效尤。於是道士在社會上成爲一個特殊階級了。在他們中間，也產生過不少的文人。佛教的報應之談，及道教的種種神通故事和六朝志怪書中所述的相糅合，這樣就產生了描寫神怪故事的傳奇。

在唐以前，女性不獨在政治上社會上沒有地位，卽在法律上亦不以人類相待。東晉以後，來了外族的陵略，受了外來的習俗的感染，此風已稍好，所以也產生過像大義公主一類的英雄，可是終竟也失敗了。唐代便是女性解放的時代了。雄才大略的武媚娘，居然一躍而爲則天皇后，再躍而爲大周金輪皇帝。她在爲皇后時期，不但常代高宗臨朝視事，也參加封禪典禮，又請廢除了『父在爲母齊衰期』的古禮，而實行『父在爲母齊衰三年。』她一旦爲帝，便盡效男性所爲，以男性爲妃嬪，也加以玩弄。這種報復手段，在男性看來，自是奇恥大辱。但此後的女性，不獨打破了專責女子守貞而允許男性放蕩的舊觀念，她們的行動也由此得了自由。只要與男性有接觸的機會，她們就敢大膽不顧一切地發揮她們的本能了。門閥的限制也無用了，父兄的尊嚴也失掉了。戀愛，戀愛，只要戀愛了，一切藩籬在她們是等於沒有了。加之女子有才的爲社會推重，女子爲求脫離家庭的束縛而爲女道士之風又盛極一時，妓女制度也公開地成立，女性解放同時也便宜了寒素的男性。他們本以婚姻爲苦事，沒有黃金休想娶得滿意的妻子，沒有閥望更攀不上高貴的女性。這時便不然了，只要她和你戀愛，黃金和閥望也失去了魔力了。在這樣一個環境裏，偉大的戀愛故事當然很自然地產生了。

唐代藩鎮的專橫，不下於近年來軍閥的跋扈。他們大都屬於非知識階級，所以他們沒有高貴的願望。他們只知圖物質的奢侈，奪人財貨，刦人妻女，都視爲常事。政府卻奈何他們不得。有時在他們的中間，爲了私怨而起衝突，便臨之以武力。這樣，豈不又苦了一般小百姓？政府旣不敢干涉，於是各藩鎮增高軍力，且各蓄死士以從事暗殺。所以所謂劍俠，遂得橫行當時。

依照近人說法『唐代「傳奇文」是古文運動的一支附庸，卻由附庸而蔚成大國。其在我們文學史上的地位，反遠較蕭、李、韓、柳之散文爲重要。』又說：『他們乃是古文運動中最有成就的東西——雖然後來的古文運動者們未必便引他們爲同道。』（中國文學史四九三頁）這自是研究有得的話，我們儘可以深信而不疑的。（本節參閱中國小說發達史）

第三節　傳奇小說三大類

四庫全書分小說爲：

其一、敍述雜事

其二、記錄異聞

其三、綴輯瑣語

以漢魏叢書爲類來說，則西京雜記、世說新語屬第一類；神異經、十洲記屬第二類；博物志述異記是屬於第三類的，然而它的區別不甚明白，因而槐翁更改之爲如次的三類：

一、別傳　關於一人一事的逸事奇聞（所謂傳奇小說）

二、異聞瑣語　架空的怪談珍說

三、雜事　史外的餘談，虛實相半以補實錄所缺的。

由是以觀，三類不足爲小說，二類稍有小說底材料，然唐人小說的精華是一類，所以以下想把其中的主要的從唐代叢書裏引來說一說。且細別爲神怪、戀愛、豪俠。

（一）神怪　（神仙道釋妖怪談）

古鏡記　白猿傳　柳毅傳　枕中記　李章武傳　南柯太守傳　秦夢記等等……

（二）戀愛　（佳人才子的豔情故事）

遊仙窟　離魂記　章臺柳傳　李娃傳　霍小玉傳　東城老父傳　長恨歌傳　會眞記

非烟傳等等……

(三)豪俠　(俠男俠女底武勇談)

上清傳　謝小娥傳　紅線傳　劍俠傳　崑崙奴傳　明珠記　紅拂記等等……

(一)神怪

神怪類是關於神仙釋道怪談的小說，乃直接由六朝鬼神志怪書演變而來，所以產生的時期在傳奇中爲最早。因其是唐人手筆事跡有趣，文章華麗，固不可同日而論。像王度古鏡記，無名氏的補江總白猿傳，都產生在隋、唐易代之際。當然在技巧上不能與唐代中葉及中葉以後的作品相比擬，不過篇幅長短有相似之處而已。

王度(？至六四四前不久)一作名凝，字不詳，絳州龍門人。他是當時思想家王通的弟弟。隋大業中，爲御史，罷歸河東。復入爲著作郎，奉詔修國史。又出爲芮城令，持節河北道。其餘事迹不很可考。他所著的古鏡記，係敍他自己獲神鏡於侯生，能降妖魔。後來他的弟弟勣遠遊，借以自隨，也殺了許多鬼怪，最後鏡乃化去。度的其他著作未見，今惟此篇尚存。

……遊江南，將度廣陵揚子江，忽暗雲覆水，黑風波湧，舟子失容，慮有覆沒，勣攜鏡上舟，照江中，數步明朗徹底，風雲四斂，波濤遂息。……是時利涉浙江，遇潮出海，濤聲振吼，數百里而聞。舟人曰：『濤既近，未可渡南，若不迴舟，吾輩必葬魚腹。』勣出鏡照，江波不進，屹如雲立。……遂登天臺，周覽洞壑，夜行佩之山谷，去身百步，四面光徹，纖微皆見。林間宿鳥，驚而亂飛。……

補江總白猿傳不知何人所作，僅知牠是唐初作品。傳中敍梁將歐陽紇略地至長樂，深入溪洞，其妻貌美，乃為白猿所掠。及救歸，已懷孕，週歲生子，貌竟如猿。紇後為陳武帝所殺，子詢以江總收養成人，入唐，有盛名。相傳詢貌類獼猴，所以他的仇家造此故事來汚蔑他，事實當然是憑空揑造的。這樣，無怪作者姓氏不傳了，近人云：『是知假小說以施誣蔑之風，其由來亦頗古矣。』眞慨乎言之！

……有東向石門，婦人數十，被服鮮澤，嬉遊歌笑，出入其中。見人皆謾視遲立，至則問曰：『何因來此？』紇具以對。相視歎曰：『賢妻至此月餘矣。今病在牀，宜遣視之。』入其門，以木為扉，中寬闢若堂者三四，壁設牀，悉施錦薦。其妻臥石榻上，重茵累席，珍食盈前。紇就視之，回眸一睇。卽疾揮手令去。

李朝威（約七五九前後在世）字不詳，隴西人。生平不可考。著有傳奇柳毅傳，敍洞庭龍君之女爲舅姑丈夫所虐，懇柳毅寄信於其父。爲叔錢塘君所知，乃出兵討伐，呑了她丈夫。因感柳毅傳書之德，以龍女嫁之，毅不允。毅後娶張娶韓皆夭亡。後於金陵娶盧氏，歲餘生一子，盧氏始自認卽龍女。乃相與朝洞庭，徙居南海。開元中，復歸洞庭，遂成仙。開元末，毅表弟薛嘏經洞庭，見毅，與藥五十九。嘏後亦不知所在。元人尙仲賢據之以作柳毅傳書，淸人李漁又作蜃中樓。又有柳參軍傳，亦題朝威作，然其享名不及柳毅傳之盛。

詞未畢，而大聲忽發，天折地裂，宮殿擺簸，雲烟沸湧。俄有赤龍，長千餘尺，電目血舌，朱鱗火鬣，項掣金鎖，鎖牽玉柱，千雷萬霆，激繞其身，霰雪雨雹，一時皆下。乃擘靑天而飛去。毅恐蹶仆地。君親起扶之曰：『無懼，固無害。』毅良久稍安，乃獲自定，因告辭曰：『願得生歸，以避復來。』君曰：『必不如此。其去則然，其來則不然。幸爲少盡繾綣。』因命酌互舉，以款人君。俄而祥風慶雲，融融怡怡，幢節玲瓏，簫韶以隨。紅粧千萬，笑語熙熙。中有一人，自然蛾眉，明璫滿身，綃縠參差，迫而視之，乃前寄辭者。然而若喜若悲，零淚如絲。須臾，紅煙蔽其左，紫氣舒其右，香氣環旋，入於宮中。君笑謂毅曰：『涇水之囚人至矣。』……這一段實爲一篇中出色的文字。

沈既濟（約七八〇前後在世）字不詳，蘇州吳人，或作吳興武康人。明經學，楊炎薦其有史才，召拜左拾遺史館修撰。後炎得罪，既濟坐貶處州司戶參軍。復入朝，位禮部員外郎，卒。（約七五〇至八〇〇）他官修撰時，嘗請省天后紀以合中宗紀，又諫德宗權公錢政子瞻用，可見他是一位有剛直之氣的人物。著有建中實錄十卷，及傳奇枕中記與任氏傳二篇。枕中記或題李泌作，不是的。記敍道士呂翁行至邯鄲道中，於旅店遇盧生，見他因窮困歎息，便以一枕授生枕之，生遂入夢：夢娶清河崔氏，登顯宦，直爲宰相，雖爲人所忌，以飛語受貶，然不久卽復官，後壽八十，子孫滿前而死。至此盧生乃醒，時旅舍主人蒸黃粱尚未熟，呂翁顧他笑道：人世之事，不過如此而已。生撫然良久，拜謝別去。元人馬致遠等合作之黃粱夢，和明人湯顯祖的邯鄲記二劇，都據此文而作。既濟文筆簡鍊，又多規誨之意，故事雖不經，尙爲當時所推重。

李景亮（約八〇四前後在世）的字里無考。生平事迹，也僅知他於貞元十年舉『詳明政術可以理人』科擢第。著有李章武傳及人虎傳。李章武傳敘章武自長安往華州詣別駕崔信，偶於市中見一美婦，遂賃舍於其家。主人王姓，美婦爲其媳，因與私通。章武歸長安，互贈詩物爲別。八九年後，章武往訪，則王氏已亡，遺命仍留止其舍。是夜，果與王氏鬼魂會，歡洽如初。臨別，復贈以白玉寶簪及詩。後有胡僧求見其簪，謂爲天上至物，非人間所有。

……乃具飲饌，呼祭。自食飲畢，安寢。至二更許，燈在床之東南，忽而稍暗，如此再三。章武心知有變，因命移燭背牆，置室東南隅。旋聞西北角悉窣有聲，如有人形，冉冉而至。五六步，即可辨。其狀貌衣服，乃主人子婦也，與昔見不異，但舉止浮急，音調輕清耳。章武下床，迎擁攜手，款若平生之歡。自云：『在冥錄以來，都忘親戚，但思君子之心，如平昔耳。』章武倍與狎暱，亦無他異。但數請令人視明星，若出，當須還，不可久住。每交歡之暇，即懇託謝鄰婦楊氏，云：『非此人，誰達幽恨？』至五更，有人告可還。子婦泣下床，與章武連臂出門，仰望天漢，遂嗚咽悲怨。……

（李章武傳）

白行簡（？至八二六）字知退，其先蓋太原人，後家韓城，又徙下邽。他是大詩人白居易的季弟。第進士，辟盧坦劍南東川府。元和十五年，授左巡遺，累遷司門員外郎，主客郎中。寶歷二年冬，以病卒，年五十餘歲，行簡有文集二十卷今已失。所作傳奇，有李娃傳與三夢記。李娃傳言巨族之子溺於長安娼女李娃，貧病至流落爲乞丐，爲李娃所拯救，勉之學，遂官至參軍。三夢記記之事，敍述皆甚簡質，而事特瑰奇，文章類志怪書。三事爲彼夢有所往而此遇之者，或此有所爲而彼夢之者，或兩相通夢者，其第一事尤勝。

天后時，劉幽求爲朝邑丞，嘗奉使夜歸，未及家十餘里，適有佛堂寺，路出其側。聞寺中歌笑歡恰，寺垣短缺，盡得覩其中。劉俯身窺之，見十數人兒女雜坐，羅列盤饌，環繞之而共食。見其妻在坐中語笑。劉初愕然，不測其故。久思之，且思其不當至此，復不能捨之。又熟視容止言笑無異。將就察之，寺門閉不得入。劉擲瓦擊之，中其罍洗，破迸走散，因忽不見。劉踰垣直入，與從者同視殿廡，皆無人，寺扃如故，劉訝益甚。遂馳歸。比至其家，妻方寢。聞劉至，乃敍寒暄訖。妻笑曰：『向夢中與數十人同遊一寺，皆不相識，會食於殿庭。有人自外以瓦礫投之，杯盤狼藉，因而遂覺。』劉亦具陳其見。蓋所謂彼夢有所往而此遇之也。

李公佐（約八一三前後在世）字顓蒙，隴西人。嘗舉進士。元和初，爲江淮從事，有僕夫執役勤瘁，凡三十年，一旦留詩一章距躍淩空而去。八年，罷歸京師。會昌初爲楊府錄事。大中二年，坐累削兩任官。餘事無考。公佐所作傳奇凡四篇，其中南柯太守傳等三篇皆爲神怪故事。三篇中以南柯太守傳一篇最爲動人，敍淳于棼所居家廣陵郡東十里，有大槐樹一株，淸蔭數畝。貞元七年九月的一天，他在醉寢後夢到槐安國去，做了國王的女壻，統治南柯郡太守。守郡三十年，王甚重之，遷大位生五男二女。後將兵與檀羅國戰，大敗，公主又死，因此罷官。後被國王送回故鄉。醒後，在槐下發現一穴，彷彿若夢中所經。命僕發掘，有蟻數斛，樹根上積土，成城郭台殿之狀。中有丹台，上居二大蟻，長可三寸許，知卽爲槐安國王及后……。復掘，所謂南柯郡與其妻葬處，都彷彿尋得。復爲掩塞如舊。是夜大風雨暴發，蟻均遷去，不知所往。明人湯顯祖之南柯記，卽演此事爲戲曲。

……有大穴，根洞然明朗，可容一榻。上有積土壤，以爲城郭台殿之狀。有蟻數斛，隱聚其中。中有小台，其色若丹。二大蟻處之，素翼朱首，長可三寸。左右大蟻數十輔之，諸蟻不敢近。此其王矣。卽槐安國都也。又窮一穴，直上南枝，可四丈，宛轉方中，亦有土城小樓，羣蟻亦處其中，卽生所領南柯郡也。又一穴。西去二丈，磅礴空巧，嵌窞異狀，中有一腐龜殼，大如斗，積雨浸潤，小草叢生，繁茂翳薈，掩映振殼，卽生所獵靈龜山也。又窮一穴，東去丈餘，古根盤屈，若龍虺之狀。中有小土壤，高尺餘，卽生所葬妻盤龍岡之墓也。追想前事，感歎於懷，披閱窮跡，皆符所夢，不欲二客壞之，遽令掩塞如舊。是夕風雨暴發，旦視其穴，遂失羣蟻，莫知所去。……（南柯太守傳）

沈亞之（約八二五前後在世）字下賢，吳興人，初至長安，應舉不第，李賀爲歌以送歸。元和十年登第，爲祕書省正字。長慶中，補櫟陽令。累遷至殿中丞御史內供奉。太和初，爲德州行營使柏耆判官，耆貶，亞之亦謫南康尉，終郢州掾。著有文集十二卷。亞之有文名，自謂『能刱窈窕之思』，集中有傳奇三篇，都是以華豔之筆，敍恍惚之情，而好言仙鬼，亦有生死，與同時作家異趨。湘中怨辭敍鄭生偶遇孤女，相處多年，乃自言她是『蛟宮之娣』，今謫限已滿，遂別去。十餘年後，又遙見之畫艫中，含嚬悲歌，於風濤中失其所在。異夢錄敍邢鳳夢見美人示以春陽曲，且爲『弓彎』舞，及醒，詞箋仍在袖；及王炎夢侍吳王久，忽聞笳鼓，乃葬西施，因奉命作挽歌，爲王所嘉賞。秦夢記自敍他道經長安，家橐泉邸舍，夢爲秦官有功，時弄玉婿蕭史新死，因尙公主，自題所居曰翠微宮，穆公亦待之甚厚。一日，公主忽無疾卒，穆公乃不復欲見他，遂遣歸。

將去公置酒高會，聲秦聲，舞秦舞，舞者擊髆拊髀嗚嗚而音有不快，聲甚怨。……既，再拜辭去，公復命至翠微宮與公主侍人別，重入殿內時，見珠翠遺碎青階下，窗紗檀點依然，宮人泣對亞之。亞之感咽良久，因題宮門詩曰，『君王多感放東歸，從此秦宮不復期，春景自傷秦喪主，落花如雨淚臙脂。』竟別去。……覺臥邸舍。明日，亞之與友人崔九萬具道；九萬，博陵人，諳古，謂余曰，『皇覽云，「秦穆公葬雍橐泉祈年宮下，」非其神靈憑乎？』亞之更求得秦時地誌，說如九萬云。嗚呼，弄玉既仙矣，惡又死乎。

……居久之，公幼女弄玉婿蕭史先死。……固辭，不得請，拜左庶長，尚公主，賜金二百斤。民間猶謂蕭家公主。其日，有黃衣人中貴，疾騎馬來，延亞之入宮闕，甚嚴，呼公主出，鬢髮著偏袖衣裝，不多飾，其芳殊明媚，筆不可模樣。侍女祇承分立左右者數百人。召見亞之，便館居亞之於宮，題其門曰翠微宮。宮人呼為沈郎院。雖備位下大夫，繇公主故出入禁衛。公主喜鳳簫，每吹簫，必翠微宮高樓上，聲調遠逸，能悲人，聞者莫不自廢。公主七月七日生，亞之嘗無貺壽。內史廖曾爲秦以女樂遺西戎，戎主與之水犀小合。亞之從廖得以獻公主。主悅，嘗愛重，結裙帶上。

……（秦夢記）

(二)戀愛

在唐以前，中國向無專寫戀愛的小說。有之，始自唐人傳奇。就是唐人所作傳奇，也要算這一類最爲優秀。作者大都能以雋妙的補敍，寫悽惋的戀情，其事多屬悲劇，故其文多哀豔動人，不似後代的才子佳人小說，其結局十九爲大團圓，讀畢後使人沒有些兒回味可尋。

這類傳奇的產生，以遊仙窟爲最早。全文共萬餘言，體近駢儷，且爲唐代傳奇中最長的作品。作者張鷟（約六六〇至七四一間在世）字文成，自號浮休子，深州陸渾人，博學工文詞，七登文學科。曾爲御史；性情躁卞，儻蕩不檢，姚崇很看不起他。後被劾貶嶺南，旋又內徙，終於司門員外郎。日本新羅使至，常以金寶買他的文章。遊仙窟係自敍奉使河源，道中夜投大宅，逢二女曰十娘、五娘，宴飲歡笑，以詩相調，止宿而別。在日本有傳說，言作者姿容清媚，好色多情，慕武則天后而無由通其情愫，乃爲此文進之。作者與則天后爲同時人，此傳言當有所自。此文中國已久佚，近始由日本傳入而有印本。下面所錄，乃寫升堂燕飲時情形的一段：

……十娘喚香兒爲少府設樂，金石並奏，簫管間響，蘇合彈琵琶，綠竹吹篳篥，仙人鼓瑟，王女吹笙。玄鶴俯而聽琴，白魚躍而應節。清音咷叨，片時則梁上塵飛，雅韻鏗鏘，卒爾則天邊雪落，一時忘味，孔丘留滯不虛，三日繞梁，韓娥餘音是實。……兩人俱起舞，共勸下官，……遂舞著詞曰：『從來巡遶四邊，忽逢兩個神仙，眉上冬天出柳，頰中旱地生蓮，千看千處嫵媚，萬看萬種嬡妍，今宵若其不得，刺命過與黃泉。』又一時大笑。舞畢，因詠曰：『僕實庸才，得陪淸賞，賜垂音樂，慚荷不勝。』十娘詠曰：『得意似鴛鴦，情乖若胡越，不向君邊盡，更知何處歇？』十娘曰：『兒等並無可收採，少府公云：「冬天出柳，旱地生蓮。」總是相弄也。』……

陳玄祐（約七七九前後在世）的字、里、生平都無考，著有離魂記。記中敍張倩娘與王宙相愛甚深，其父張鑑欲將倩娘嫁別人，她不願，宙亦悲恨訣別。夜半，他忽見倩娘追蹤而至，相處五年，生二子，倩娘思念父母不置，相伴而歸衡州，二人同到倩娘父家。誰知倩娘臥病在家，未嘗出門，臥病的倩娘聞和宙同來的倩娘至，便起牀相迎，二女相合爲一體，乃知和宙同來的爲倩娘之魂。元鄭德輝的倩女離魂一劇，即據此文而作。文中寫宙與張家決別後：

……日暮至山郭數里。夜方半，宙不眠，忽聞岸上有一人行聲甚速，須臾至船。問之，乃倩娘徒行跣足而至。宙驚喜發狂，執手問其從來。泣曰：『君厚意如此，寢相感。今將奪我此志，又知君深情不易，思將殺身奉報，是以亡命來奔。』宙非意所望，欣躍特甚。遂匿倩娘於船，連夜遁去，倍道兼行，數月至蜀。凡五年，生兩子。……

許堯佐（約八〇六前後在世）的字、里亦無考。他曾擢進士第，又舉宏辭，爲太子校書郎。貞元十六年，與張宗本、鄭權皆佐征西幕府。後位諫議大夫，卒。堯佐善爲詩，全唐詩中曾采錄。所作傳奇名章台柳傳，或名柳氏傳，於敍戀愛外，復寫豪俠，實爲備具兩種對象的故事。其文敍韓翃的逸話戀人柳氏爲番將沙吒利所奪，他無計把她取回，俠士許俊憐其情，自告奮勇去替他劫回。此本爲當時實事，二人的酬答詩『章台柳，章台柳，昔日靑春今在否？縱使長條似舊垂，也應攀折他人手。』至今尙流誦於文學家之口。文中寫翃於途中遇柳氏後，許俊爲之劫歸一段，柔情脈脈，俠氣如虹，奕然大有生氣：

……翃得從行至京師，已失柳氏所止，歎想不已，偶於龍首岡見蒼頭以駁牛駕輜軿，從兩女奴。翃偶隨之，自車中問曰：『得非韓員外乎？某乃柳氏也。』使女奴竊言失身沙吒利，阻同車者，請詰旦幸相待於道政里門。及期而往，以輕素結玉合，實以香膏，自車中授之，曰：『當遂永訣，願寘誠念。』乃回車，以手揮之，輕袖搖搖，香車轔轔，目斷意迷，失於驚塵。翃大不勝情。會淄青諸將合樂酒樓，使人請翃。翃強應之，然意色皆喪，音韻悽咽。有虞侯許俊者以材力自負，撫劍言曰：『必有故，願一効用。』翃不得已，具以告之。俊曰：『請足下數字，當立致之。』乃衣縵胡，佩雙韃，從一騎，徑造沙吒利之第。候其出行里餘，乃被衽執轡，犯關排闥，急趨而呼曰：『將軍中惡，使召夫人。』僕侍辟易，無敢仰視。遂升堂，出翃札示柳氏，挾之跨鞍馬，逸塵斷鞅，倏忽乃至。引裾而前曰：『幸不辱命。』四座驚歎。……

白行簡生平見前，所著李娃傳係敍：李娃爲長安名妓，常州刺史滎陽公之子因迷戀她而致墮落，至爲乞丐。李娃終於救了他，使他勉力讀書上進；後奉父命結爲婚姻，待娃以殊禮。元石君寶的曲江池，和明薛近袞的繡襦記二劇，都敍寫此事。鄭元和唱蓮花落故事，至今尙盛傳於閭里間。

……一旦大雪，生爲凍餒所驅，冒雪而出，乞食之聲甚苦，聞見者莫不悽惻。時雪方甚，人家外戶多不發。至安邑東門，循理垣北轉第七八，有一門獨啓左扉，卽娃之第也。生不知之，遂連聲疾呼：『饑凍之甚。』音響悽切，所不忍聽。娃自閤中聞之，謂侍兒曰：『此必生也，我辨其音矣。』連步而出，見生枯瘠疥厲，殆非人狀。娃意感焉，乃謂曰：『豈非某郎也？』生憤懣絕倒，口不能言，頷頤而已。娃前抱其頸，以繡襦擁而歸於西廂，失聲長慟曰：『令子一朝及此，我之罪也。』絕而復蘇。姥大駭，奔至，曰：『何也？』娃曰：『某郎。』姥遽曰：『當逐之，奈何令至此。』娃斂容郤睇曰：『不然，此良家子也。當昔驅高車，持金裝，至某之室，不踰期而蕩盡。且互設詭計，捨而逐之，殆非人。令其失志，不得齒於人倫。父子之道，天性也。其情絕，殺而棄之，又困躓若此。天下之人，盡知爲某也。生親戚滿朝，一旦當權者熟察其本末，禍將及矣。況欺天負人，鬼神不祐，無自貽其殃也。某爲姥子，迨今有二十歲矣。計其貲，不啻直千金。今姥年六十餘，願計二十年衣食之用以贖身，當與此子別卜所詣。所詣非遙，晨昏得以溫凊，某願足矣。』姥度其志不可奪，因許之。遂與姥別居，以其餘金，自構一家，與生同棲，進以滋養飲食，圖健康的恢復。一年生病完全復原，娃乃爲生購書使温習舉子業。生大發憤，孜孜勤讀，二年業大就。三年登科甲更應直言極諫之科，及第第一，授成都府參軍，將欲赴任時，娃乞假自願歸養老姥，請君與大家通婚。生以死懇，娃與同行送至劍門，恰好生父拜命成都府尹，赴任也到劍門。生因通刺謁於郵亭，遂爲父子如初，且備禮娶娃爲子婦。娃治家嚴謹，極受雙親底眷愛。生積功累遷顯官。娃被封爲汧國夫人，四子皆爲大官。……

蔣防（約八一三前後在世）字子微（一作子徵）義與人。年十八，作秋河賦，援筆立就。妻于簡女。官右拾遺。元和中，於李紳席上賦韝上鷹詩，有『幾欲高飛天上去，誰人爲解綠絲羅』句。紳乃薦之。後歷翰林學士，中書舍人中。長慶中，坐紳黨自司封員外郎知制誥貶汀州刺史，尋改連州。防善詩，有集一卷，但以著傳奇霍小玉傳著名。相傳傳中所敍爲實事：霍小玉爲霍王寵婢所生，父死被逐，易姓鄭氏。進士李益與之戀愛，有婚姻之約。但益的母親，已爲他訂婚於盧氏，他不敢拒，遂和小玉斷絕音問。小玉念李益成病，家裏又窮，得將家產賣盡，連最心愛的紫玉釵都賣去，李益仍避不見面，一天，他在崇敬寺看牡丹，爲一黃衫客強邀到小玉處。小玉數其負心，且誓必爲厲以報，長嘆數聲而氣絕。

這一段文字實在悽怨極了。其後李益妻妾間果常起猜忌，家庭終於破散。李益爲唐時詩人，惟事迹並不盡如所說。明人湯顯祖紫釵記和近人紫玉釵劇本，都以此爲題材。以所敍事實而言，亦爲兼寫豪俠故事的傳奇，與柳氏傳同。

玉乃側身轉面，斜視生良久，遂舉杯酒酹地曰：『我爲女子，薄命如斯，君是丈夫，負心若此！韶顏稚齒，飲恨而終！慈母在堂，不能供養，綺羅絃管，從此永休！徵痛黃泉，皆君所致。李君，李君，今當永訣，我死之後，必爲厲鬼，使君妻妾，終日不安。』乃引左手握生臂，擲杯於地，長慟號哭，數聲而絕。

陳鴻（約八一三前後在世）字大亮，里籍無考。貞元二十一年，登太常第，始閑居遂志。乃修大統紀，七年而成。在長安時，與白居易爲友。太和三年，官尚書主客郎中。鴻的著作除大統紀三十卷及長恨歌傳外，尚有開元昇平樂一卷，東城老父傳一篇，及全唐文所錄文三篇。

東城老父傳是記載玄宗時代鬬鷄盛行的事。賈昌（東城老父）是少年，善解鳥語，以鬬鷄爲玄宗所寵愛，稱爲『神鷄童。』時人爲之作一首嘲笑的謠歌說：

生兒不用識文字．鬬鷄走馬勝讀書　賈家小兒年十三　富貴榮華代不如
能令金距期勝負　白羅繡衫隨軟輿　父死長安十里外　差夫持道挽喪車

居易作長恨歌，鴻因爲之記其本事，以作此傳。明皇和楊妃的戀史本是很感人的題材，所以元人白樸取以作梧桐雨雜劇，清人洪昇取以作長生殿傳奇。長恨歌作於元和初，追追開元中楊妃入宮以至死於蜀道本末，寫法與老父傳相似。然傳本頗多，文字殊多歧異，下面所引，係依文苑英華所錄：

……開元中，泰階平，四海無事。玄宗在位，歲久，勧於旰食宵衣。政無大小，始委於丞相，稍深居遊宴，以聲色自娛。先是元獻皇后，武淑妃，皆有寵，相次卽世，宮中雖良家子千萬數，無可悅目者。上心忽忽不樂。時每歲十月，駕幸華淸宮，內外命婦，熠燿景從，浴日餘波，賜以湯沐，春風靈液，淡蕩其間。上心油然，恍若有遇。顧左右前後粉色如土。詔高力士潛搜外宮，得弘農楊玄琰女於壽邸。既笄矣，鬒髮膩理，纖穠中度，舉止閒冶，如漢武帝李夫人。別疏湯泉，詔賜澡瑩。既出水，體弱力微，若不任羅綺。光彩煥發，轉動照人。上甚悅。進見之日，奏霓裳羽衣曲以導之。定情

之夕，授金釵鈿合以固之。又命戴步搖，垂金璫。明年冊爲貴妃，半后服用。由是治其容，敏其詞，

婉孌萬態，以中上意。上益嬖焉。……

至長生殿最極盡詳細。其夜怨絮閣之二齣，敍述楊妃梅妃之爭寵，完全是據梅妃傳的。貴妃的唱曲如：

（北水仙子）問———華蕚嬌，怕———不似樓東花更好，有———梅枝兒曾佔先春，又———何用綠楊牽繞，請———眞心向故交免———人怨爲妾情薄，拜———辭了往日君恩天樣高，把———深情密意從頭繳，省———可自承舊賜福難消。（絮閣）

這箇直把貴妃底嬌嗔驕妬之狀，活畫在眼前了。

元稹（七七九至八三一）字微之，河南河內人。舉明經，補校書郎。元和初，應制策第一，除左拾遺。歷監察御史，坐事貶江陵。又自虢州長史徵入，漸遷中書舍人承旨學士，進工部侍郎同平章事。未幾罷相，出爲同州刺史，徙浙東觀察使。召爲尙書左丞。俄拜武昌軍節度使。五月七日暴得疾，一日而卒，時年五十三。他自少與白居易唱和，當時號爲『元和體。』宮中嬪妃好唱其詩，呼爲元才子。所著

有長慶集百卷小集十卷類集三百卷傳奇文今僅傳會眞記一篇亦名鶯鶯傳敍崔、張故事略謂貞元中有張生性貌温美年二十三未近女色遊於蒲寓普救寺適有崔氏孀婦攜女歸長安亦寓此寺，會軍人因渾瑊死而騷擾賴生之將護得無恙崔氏感之因出其女鶯鶯與見生因婢紅娘之介得與鶯鶯通意。

是夕得綵牋題其篇曰明月三五夜辭云『待月西廂下迎風戶半開隔牆花影動疑是玉人來』張喜且駭已而崔至則端服嚴容責非禮竟去張自失者久之數夕後崔又至將曉而去終夕無一言。生至長安後文戰不利遂絕鶯鶯後鶯鶯適他人而生亦別娶適過鶯鶯所居請以外兄見終不出。後數日鶯鶯以詩謝絕他相傳記中張生卽是他自己同他續會眞詩三十韻同樣在寫自己所以寫來特別豔麗蕩人此一詩一文均不載於長慶集其詩爲才調集所錄則逕作會眞詩三十韻無『續』字足證傳說的不爲無稽宋趙德麟嘗取其本事作商調蝶戀花十闋金董解元作絃索西廂（一名西廂搊彈詞）元王實甫作西廂記關漢卿作續西廂記明李日華作南西廂記陸采亦作南西廂記更有翻西廂、續西廂、竟西廂、後西廂諸作出現於明、淸之交較近則有砭眞記牠給與後世戲劇方面影響之大，他著均莫與之比。

……俄而紅娘捧崔氏而至。至則嬌羞融冶，力不能運支體。曩時端莊，不復同矣。是夕，旬有八日也。斜月晶瑩，幽輝半床。張生飄飄然，且疑神仙之徒，不謂從人間至矣。有頃，寺鐘鳴，天將曉，紅娘促去。崔氏嬌啼宛轉，紅娘又捧之而去。終夕無一言。張生辨色而興，自疑曰：『豈其夢邪？』及明，靚粧在臂，香在衣，淚光熒熒然，猶瑩於席而已。是後十餘日，杳不復知。張生賦會眞詩三十韻，未畢，而紅娘適至，因授之以貽崔氏。自是復容之。朝隱而出，暮隱而入，同安於曩所謂西廂者，幾一月矣。張生常詰鄭氏之情，則曰：『知不可奈何矣。』因欲就成之。亡何，張生將之長安，先以情諭之。崔氏宛無難詞。然而愁怨之容動人矣。將行之夕，再不復可見，而張生遂西下。……

皇甫枚（約八八〇前後在世）一作名牧，字遵美；安定三水人。咸通末，曾爲汝州魯山令。是年，由汝入秦。光啓中，僖宗在梁州，調赴行在。他著籍三水，而在汝墳溫泉又有別業。枚於天祐庚午旅食汾晉，手紀咸通中事，爲三水小牘三卷。其中非烟傳一篇，曾單行，敍武公業妾步非烟戀愛比鄰趙子象，先通書詩，繼乃命象躋梯相從。事洩，象遁，非烟被鞭死。非烟死後殊有靈，而象後為汝州魯山縣主簿。傳中載二人來往的書詩頗多，大都纏綿可誦。

……無何，烟數以細過撻其女奴，奴陰銜之，乘間盡以告公業。公業曰：『汝慎言，我當伺察之。』後至直日，乃偽陳狀請假。迨夕，如常入直，遂潛於里門。街鼓既作，匍伏而歸，循牆至後庭，見烟方倚戶微吟，象則據垣斜睇，公業不勝其忿，挺前欲擒象。象覺跳去，業搏之，得其半襦。乃入室呼烟詰之。烟色動聲戰，而不以實告。公業愈怒，縛之大柱，鞭楚血流。但云：『生得相親，死亦何恨！』深夜，公業怠而假寐。烟呼其所愛女僕曰：『與我一杯水。』水至，飲盡而絕。公業起，將復笞之，已死矣。乃解縛舉置閤中，連呼之聲言烟暴疾致殞。後數日，窆北邙。而里巷間皆知其強死矣。象因變服易名，遠竄江、浙間。……

此外房千里（約八四〇前後在世）字鵠舉，河南人，太和初進士，遊嶺徼，有進士韋滂自南海致趙氏為妾。千里調官入京，臨別，趙氏極悵戀。過襄州遇許渾，乃以趙氏托之。渾至而趙氏已從韋秀才。因以詩報千里，有『為報西遊減離恨，阮郎纔去嫁劉郎』句。千里哀慟幾絕。在京官國子博士，曾因罪謫端州。後終高州刺史。千里以著傳奇楊倡傳著名。現代有人謂爲『此傳或卽作於得報之後，聊以寄慨者。』他又撰有南方異物志一卷，投荒雜錄一卷今亦皆傳。

于鄴（約八六七前後在世）字武陵，杜曲人。大中中舉進士不第，攜琴書往來商洛、巴蜀間。嘗南至瀟湘，愛河洲芳草，欲卜居，未果。後終老嵩陽別墅。鄴工五言詩，飄逸多感，有集一卷。其所著傳奇揚州夢，敍詩人杜牧治遊揚州及在湖州戀一幼妓的故事，約十年後來娶，待重來湖州，已逾相約的年期，女已嫁人生三子。他的『綠葉成陰子滿枝』的名句，卽爲此時而詠。此文全爲寫實，然結果爲悲劇。

（三）豪俠

前面已說過，唐元中葉以後，藩鎭非常跋扈，擁兵權而不奉天子之命。殆成獨立之勢，因各蓄死士以從事暗殺。所以所謂劍俠遂得以橫行當時，於是關於劍俠的小說遂發生了。

前述戀愛故事裏的黃衫客、許俊，他們的舉動也屬於豪俠一類。至專寫豪俠的故事，產生較後，單篇也較少，著名的故事往往出於整部的傳奇集中；然亦常爲人選出單行。這種故事的主人翁，有男性，有女性，女性的俠客尤較男性爲多，她們的智力與本領往往反超過於男性，這個特殊的現象是很足令人詫異的。

柳珵（約七九五前後在世）字不詳，蒲州河東人。生平無考。常記其世父柳芳所談爲常侍言，又著傳奇上清傳。上清爲相國竇公青衣；公爲陸贄所陷，流驩州未至，詔令自盡。上清沒入宮，數年後，以善煎茶常在帝左右，乘機白公冤。帝乃下詔昭雪。後上清特敕丹書度爲女道士，終嫁爲金忠義妻。

……上清對曰：『妾本故宰相竇參家女奴。竇某妻早亡，故妾得陪掃灑。及竇某家破，幸得塡宮。既侍龍顏，如在天上。』德宗曰：『竇某罪不止養俠刺，亦甚有贓汚。有時納官銀器至多。』上清流涕而言曰：『竇某自御史中丞歷度支戶部鹽鐵三使至宰相，首尾六年，月入數十萬，前後非時賞賜，當亦不知紀極。迺者郴州所納官銀物，皆是恩賜。當部錄日妾在郴州，親見州縣希陸贄意旨刮去所進銀器上刻作藩鎮官銜姓名，誣爲贓物。伏乞下驗之。』於是宣索竇某沒官銀器覆視，其刮字處，皆如上清言。時貞元十二年。德宗又問畜養俠刺事，上清曰：『本實無。悉是陸贄陷害，使人爲之。』德宗怒陸贄曰：『這獠奴！我脫卻伊綠衫便與紫衫着。又常喚伊作陸九。我任使竇參，方稱意，次須教我枉殺卻他。及至權入伊手，其爲軟弱，甚於泥團。』

乃下詔雪竇參……

李公佐生平見前，所著謝小娥傳，姓謝，豫章人，八歲喪母，後嫁歷陽俠士段居貞，夫婦與父皆習賈，往來江湖間；其父及夫爲盜所殺，小娥折足墮水，爲人所救，流轉至上元，依居尼菴。父與夫於夢中示小娥以讎人姓名，小娥乃喬裝爲男子，爲人傭保，後果遇讎人於潯陽，刺殺之，並聞於官，捕獲餘黨。小娥得免死。此事亦見唐書列女傳，恐係當時事實。李復言續玄怪錄亦載其事，宋亦有謝小娥爲父報仇事，見輿地紀勝；是一是二，已不可考。明人又取以爲通俗短篇小說，見於拍案驚奇中。

……小娥乃應召詣門。問其主，乃申蘭也。蘭引歸，娥心憤貌順，在蘭左右，甚見親愛，金帛出入之數，無不委娥。已二歲餘，竟不知娥之女人也。先是，謝氏之金寶錦繡衣物器具，悉掠在蘭家，小娥每執舊物，未嘗不暗泣移時。蘭與春，宗昆弟也，時春一家住大江北獨樹浦，與蘭往來密洽。蘭與春同去經月，多獲財帛而歸。每留娥與蘭宴。蘭氏同守家室，酒肉衣服給娥甚豐。或一日，春攜文鯉兼酒詣蘭，娥私歎曰：『李君精悟元鑒，皆符夢言。此乃天啓其心，志將就矣。』是夕，蘭與春會羣賊畢至。酣飲暨諸兇既去，春沈醉臥於內室，蘭亦露寢於庭。小娥潛鏁春於內，抽佩刀先斬蘭首呼號鄰人並至。春擒於內，蘭死於外，獲贓收貨至千萬。初，蘭、春有黨數十暗記其名，悉擒就戮。……

袁郊（約八五三前後在世）一作名都，字之乾，亦作字之儀，蔡州朗山人，亦作陳郡汝南人。咸通中，爲祠部郎中，昭宗朝，爲翰林學士。累至虢州刺史。郊工詩，嘗與溫庭筠倡和，咸通九年，著傳奇甘澤謠一卷今存九則，皆記譎異之事，然以其中紅線一則流傳最廣。紅線傳亦題楊巨源作，巨源是中唐有名詩人（約八〇〇前後在世）字景山，蒲中人。第進士歷官禮部員外郎，國子司業。太和中致仕，年已七十。有詩集六卷。此文究爲巨源所作而爲郊收入甘澤謠（當時此等事頗多，）抑出後人誤題，均不能考。但由此可知其嘗單篇流傳。紅線是潞州節度使薛嵩的青衣，善彈阮咸（樂器）又通經史爲嵩司文書。田承嗣想吞併潞州，嵩憂懼，紅線乃以飛行術一舉走七百里，夜往盜取承嗣牀頭的金合。嵩使人往送還，承嗣驚懼，乃復修好。事後，紅線遂別去，嵩苦留不得，請座客冷朝陽賦詩以送其詩曰：

採菱歌怨木蘭舟　送客魂消百尺樓　還似洛妃乘霧去　碧天無際水空流

卽不知所往。事很平常，但紅線的俠名因之永垂不朽了。

……乃入闈房，飭其行具。乃梳烏蠻髻，貫金雀釵，衣紫繡短袍，繫青絲輕履，胸前佩龍文匕首，額上書太乙神名。再拜而行，倏忽不見。嵩乃返身閉戶，背燭危坐。常時飲酒，不過數合，是夕舉觴十餘不醉。忽聞曉角吟風，一叶墜露，驚而起問，卽紅線迴矣。嵩喜而慰勞曰：『事諧否？』紅線曰：『不敢辱命。』又問曰：『無傷殺否？』曰：『不至是。但取牀頭金合爲信耳。』紅線曰：『某子夜前二刻，卽達魏城，凡歷數門，遂及寢所。聞外宅兒止於房廊，睡聲雷動。見中軍士卒徒步於庭，傳叫風生。乃發其左扉，抵其寢帳。田親家翁止於帳內，鼓趺酣眠，頭枕文犀，髻包黃縠，枕前露一星劍。劍前仰開一金合，合內書生身甲子與北斗神名。復以名香美珠，散覆其上。然則揚威玉帳，坦其心豁於生前，熟寢蘭堂，不覺命懸於手下。甯勞擒縱，只益傷嗟。時則蠟炬烟微，爐香燼委，侍人四布，兵器交羅。或頭觸屏風，鼾而嚲者；或手持巾拂，寢而伸者。某乃拔其簪珥，縻其襦裳，如病如醒，皆不能寤。遂持金合以歸。出魏城西門，將行二百里，見銅台高揭，漳水東

流，晨鷄動野，斜月在林，忿往喜還，頓忘於行役；感知酧德，聊副於依歸。所以當夜漏三時，往返

七百里，入危邦一，道經過五六城，冀減主憂，敢言其苦。』……

裴鉶傳奇中崑崙奴，聶隱娘二篇，亦爲著名的豪俠故事，因曾被編入單行的劍俠傳內，故或誤

爲段成式作。崑崙奴在從前或曾單行，故亦有題爲馮延已作的。敍大歷中有崔生者奉父命往視

『蓋天之勳臣一品』病，一品乃命一穿紅綃的妓進以一甌沃以甘酪的緋桃。生臉紅不能食，一品

命妓以匙進之。生不得已食之。及生辭去，妓送出院，臨別出三指反掌三度，然後指胸前一鏡爲記。生

歸後頗苦念妓，而又不解其意。家中有崑崙奴名磨勒的探知其故，乃爲之解釋道：『立三指是示她

住在第三院，三度反掌是示十五之數，胸前鏡子是指圓月，卽要你十五夜月明前去的意思。』於是

摩勒負生入一品家，逾十重垣與妓相見，又負他們二人同出。後一品知其事，命捕磨勒，他在重圍中

飛出，不知所往。十年後有人見他在洛陽賣藥，容貌如舊。所謂一品者，係隱指郭令公子儀。在唐時，豪

紳官僚廣蓄姬妓，是極平常的事，所以不免多有怨女，甚至有因此摧毁了由戀愛而成的佳偶。明梁

伯龍本此作紅綃雜劇，與舊傳紅線女倂稱『雙紅劇。』又梅禹金亦有崑崙奴雜劇。

……是夜三更，與生衣青衣，遂負而踰十重垣，乃入歌妓院內，止第三門，繡戶不扃，金釭微明，惟聞妓長嘆而坐，若有所俟。翠環初墜，紅臉纔舒，玉恨無妍，珠愁轉瑩，但吟詩曰：「深洞鶯啼恨阮郎，偷來花下解珠璫。碧雲飄斷音書絕，空倚玉簫愁鳳凰。」侍衛皆寢，鄰近闃然。生遂緩搴簾而入。良久，驗是生。姬下榻執生手曰：「知郎君穎悟，必能默識，所以手語耳。又不知郎君有何神術，而能至此？」生具告磨勒之謀，負荷而至。姬曰：「磨勒何在？」曰：「簾外耳。」遂召入，以金甌酌酒而飲之。姬白生曰：「某家本富，居在朔方。主人擁旄，逼為姬僕。不能自死，尚且偷生。臉雖鉛華，心頗鬱結。縱玉筯舉饌，金鑪泛香，雲屏而每進綺羅，繡被而常眠珠翠，皆非所願，如在桎梏。賢爪牙既有神術，何況為脫狴牢，所願既申，雖死不悔。請為僕隸，願侍光容。又不知郎君高意如何？」生愀然不語。磨勒曰：「娘子既堅確如是，此亦小事耳。」姬甚喜。磨勒請先為姬負其囊橐粧匲，如此三復焉。然後曰：「恐遲明。」遂負生與姬而飛出峻垣十餘重。一品家之守禦，無有警者。……（崑崙奴傳）

聶隱娘敍魏博大將聶鋒，有女名隱娘，十歲時為尼誘入山中受劍術，術成，送她回家。後來她嫁了一個磨鏡的少年。魏帥田氏與陳許節度使劉昌裔不和，魏帥命隱娘去殺昌裔。誰知昌裔有神算，預知其來，於中途用厚禮迎接她夫婦。隱娘感其意，遂留居許。月餘後，魏帥又使精精兒去殺隱娘和昌裔，反爲隱娘所殺。接着又使妙手空空兒至，又被隱娘設計，使他一擊不中，愧而遠逸。昌裔死，隱娘便隱去。淸人尤侗的黑白衞一劇，卽演此事。

……是夜明燭半宵之後，果有二幡子，一紅一白，飄飄然如相擊於牀四隅。良久，見一人望空而踣，身首異處。隱娘亦出曰：『精精兒已斃。』拽出於堂之下，以藥化爲水，毛髮不存矣。隱娘曰：『後夜當使妙手空空兒繼至。空空兒之神術，人莫能窺其用，鬼莫得躡其蹤。能從空虛之入，冥然無形而滅影。隱娘之藝，故不能造其境，此卽繫僕射之頭耳。但以于闐玉周其頸，擁以衾，隱娘當化爲蠛蠓，潛入僕射腸中聽伺，其餘無逃避處。』劉如言。至三更，瞑目未熟，果聞項上鏗然，聲甚厲。隱娘自劉口中躍出，賀曰：『僕射無患矣。此人如俊鶻，一搏不中，卽翩然遠逝，恥其不中。纔未逾一更，已千里矣。』後視其玉，果有匕首劃處，痕逾數分。……（聶隱娘傳）

薛調（八三〇至八七二）字不詳，河中寶鼎人。美姿貌，人號爲『生菩薩』。咸通十一年，以戶部員外郎加駕部郎中，充翰林承旨學士。次年，加知制誥。郭妃悅其貌，謂懿宗道：『駙馬盍若薛調乎？』不久卽暴卒。世遂以爲中鴆。調著有傳奇無雙傳，敍劉無雙許配於王仙客，後兵亂相失，無雙被召入後宮，仙客悲痛欲絕。因訪俠士古押衙訴其事，古生別去。半年後，忽喧傳守園陵的一個宮女死了，仙客往視，乃是無雙，號哭不已。夜半，古生抱無雙屍至，灌以藥，得復生。於是二人逃去；古生自殺以示滅口。明陸采的明珠記一劇，卽取此爲題材。

……半歲無消息，一日，扣門，乃古生送書云：『茅山使者回，且來此。』……後累日，忽傳說曰：『有高品過，處置園陵宮人。』仙客心甚異之，令塞鴻探所殺者，乃無雙也。仙客號哭，乃歎曰：『本望古生，今死矣！爲之奈何；』流涕歔欷，不能自已。是夕更深，聞叩門甚急，及開門，乃古生也。領一蘡子，入謂仙客曰：『此無雙也，今死矣。心頭微暖，後日當活，微灌湯藥，切須靜密。』言訖，仙客抱入閤子中，獨守之，至明，遍體有暖氣，見仙客，哭一聲，遂絕。救療至夜方愈。……

杜光庭（八五〇至九三三）字聖賓，一作字賓至，處州縉雲人，一作括蒼人。好辭章。懿宗時，應萬言科不中，入天台爲道士，僖宗至蜀，召充麟德殿文章應制。王建建國，爲諫議大夫，賜號廣成先生，進戶部侍郎。後主立，以爲傳眞天師，崇眞觀大學士。後解官隱青城山白雲溪，自號東瀛子。光庭著作頗多，有諫書一百卷，錄異記十卷，廣成集一百卷，神仙感遇傳一卷，虬髯客傳一卷……等。虬髯客傳亦載神仙感遇傳，惟詳略不同。舊本原題張悅撰，或本爲悅作而光庭刪錄之以入神仙感遇傳，故宋史藝文志遂題爲光庭作。傳敍李靖以一布衣謁見楊素，素身旁一執紅拂妓夜亡奔靖。二人途中逢虬髯客，妓認客爲兄，意氣相得。虬髯客本有爭天下之志，後見李世民，知非所敵，壯志全消；乃推資與靖，使佐世民，自到海外去。後至扶餘國，在今滿洲地，殺其主，自立爲王。靖與紅拂共對東南洒酒而拜祝。李世民亦虬髯，髯可挂角弓，故杜甫詩有『虬髯似太宗』語，可見虬髯客和李世民實二而爲一。傳中所云，全爲作者故弄狡獪。明人取以作曲的，有張鳳翼和張太和的紅拂記，及凌初成的虬髯翁。

……行次靈石旅舍，既設牀，爐中烹肉且熟。張氏以髮長委地，立梳牀前。靖方刷馬。忽有一人，中形，赤髯而虬，乘蹇驢而來，投革囊於爐前，取枕欹臥，看張氏梳頭。靖怒甚，未決，猶刷馬。張氏熟觀其面，一手握髮，一手映身，搖示令勿怒。急急梳頭畢，斂袂前問其姓。臥客曰：『姓張。』對曰：『妾亦姓張，合是妹。』遽拜之。問第幾，曰：『第三。』問妹第幾，曰：『最長。』遂喜曰：『今日多幸，遇一妹。』張氏遙呼曰：『李郎且來，拜三兄。』靖驟拜，遂環坐。曰：『煮者何肉？』曰：『羊肉。計已熟矣。』客曰：『饑甚。』靖出市買胡餅，客抽匕首切肉共食。食竟，餘肉亂切爐前，食之甚速。客曰：『觀李郎之行，貧士也，何以致斯異人？』曰：『靖雖貧，亦有心者焉。他人見問固不言，兄之問，則無隱矣。』具言其由。曰：『然則，何之？』曰：『將避地太原耳。』客曰：『然吾固非君所能致也。』曰：『有酒乎？』靖曰：『主人西則酒肆也。』靖取酒一㪷。酒既巡，客曰：『吾有少下酒物，李郎能同之乎？』靖曰：『不敢。』於是開革囊，取出一人頭并心肝，卻收頭囊中，以匕首切心肝共食之。曰：『此人乃天下負心者，銜之十年，今始獲，吾憾釋矣。』……

以上是把唐代小說的極有名的列舉出來，迨至宋代話本起，漢、唐駢儷體的小說漸漸衰了。然並不是全亡。明、清底諸文豪也當作餘技而取了佳人才子英雄豪傑底逸事逸聞，弄其豔麗的筆致，以作成傳奇。此類很多，其以專書著名的有——

太平廣記五百卷 宋李昉等監修

夷堅志五十卷 宋洪邁撰

剪燈新話四卷明瞿佑撰
同餘話四卷附錄一卷明李禎撰
聊齋志異十六卷清蒲松齡撰
觚賸八卷續編四卷清鈕琇撰
虞初新志二卷清張潮撰
板橋雜記三卷清余懷撰
燕山外史八卷清陳球撰

第五章　宋元

五代十國商業更盛，國與國間，有互市，如遼，且設有專司互市的『回圖使』；而東南諸國，海外貿易，爲國家所鼓勵。周世家記王審知招徠海中蠻夷商賈。內陸東北及西北，亦多貿易，而天下商業中心，則在於汴梁，因五代梁、晉、漢、周各國皆以大梁爲京都底緣故。

北宋初年便是獎勵商業。宋代之世，即至偏安東南，仍然是整頓商稅，使不過重的。於是北宋底國內貿易，隨國內貫通全國底漕運而發展，近於京城的朱仙鎮，漢水長江之交底夏口鎮，江西瓷器手工業區底景德鎮，及南海要道底佛山鎮，號稱全國四大鎮，爲重要的商業中樞。在全國內地有大隊的行商，往來於大都市間，而破落的貴族地主武士僧侶，以及無產者、流浪者們，便專以劫掠這種行商爲事了。這是從水滸傳等小說記載中可以看出來的。

宋代底海外貿易，比唐代更盛的。唐代海外貿易港雖有廣州、揚州、泉州、潮州、廉州、欽州、福州、明州、溫州、松江等處。但只廣州設有『市舶司』足見他處貿易尙小，這是唐代嶺南猶爲蠻荒爲謫徙者居留之地。但以唐、宋中原之亂，而嶺南更由移民開闢，故宋代嶺南十分發達。而嶺南及東南沿海成爲中國封建經濟的地理基礎了。宋代海外貿易港，較唐代更多，闢有今山東膠縣底密州，及江陰、澉浦而設置『市舶司』的有廣州、杭州、明州、泉州、密州等處，又華亭卽松江也。『置務設官』是由南海內海的交通，又促進東海密州底交通。

元代國家，更重商業。元人未入主中國以前，其商業卽與其兵力互相依賴而發展。其兵力所征服之地，初時卽爲其通商之地。由通商而引起其征服以爲商業的利益。元人旣入主中原，因其征服中亞，西通歐洲之故，歐、亞交通與商業均極盛。又因元人之以異權爲特權等級，故異族在中國通商者更衆。海上交通，從商業而幾於又以武力的發展，元代新闢之海港爲上海。而內地貿易則運河之延長，漕運改由海道及國內郵驛制度，不僅是便利內地商業，而且又發展了航海技術。

當元代時，西歐十字軍的東征，復興了西歐的商業。

唐代文明雖在歷史上大放光彩，然而前人自己鬧得不亦樂乎，後者的後人更弄得不像樣子，而他們的逸樂大部是通過商業資剝取於農民的，同時蠻族的侵入，也在中國循環內亂之上，演了不小的作用。夷狄、玁狁、匈奴、五胡、吐蕃、遼、金、胡元不斷蹂躪中原，因爲這些胡人是遊牧民族，文化程度低，和漢族接觸不獨很少給中國文藝以新的東西（除了胡樂等等以外）反而造成中國一時的退後（中國封建）階級之內爭，商人階級之安於苟安以及土地出身者和商業階級的軋轢，以及儒教、道教思想的遺毒，使中國沒有出現市民的英雄——如八王之亂，王安石與宋儒之爭，岳飛和秦檜，朱熹和韓侂冑之爭等等。每次的農民暴動，每次的蠻族侵入和民族革命都不免一時造成經濟上和文化破產而後退。所以中國的社會和文化正是這樣曲曲折折地進行的。中國商業資本在社會上的勢力，只要一看秦、漢的貨幣資本，桓寬的鹽鐵論，唐、宋的海外互市和紙幣——『交子』的發生，後來錢莊——『票號』出現，以及宋朝活字之發明及一般文化的進步，在馬可波羅遊記裏看見的輝煌富麗奢豪的元朝。

中國的士大夫多出身於土地，不免對商人白眼，然而商人也會收買文人捐買功名，甚至於唐、宋以來鹽商薈萃的揚州，成了騷人墨客羣集之地了（從『十年一覺揚州夢』到『人生死合在

揚州。』〕

還有印度文化的影響，中國文化受外來文化的影響，雖然沒有歐洲諸國那樣頻繁，但是也非常顯著，近來法國學者說中國先秦時受西方文明的影響很大，到了漢代經過西域輸入西方文明更是我們所深知的。尤其是佛教輸入以後，不獨印度文化對於中國的思想音樂文學——文學體裁，文學內容以及一切的用語——給與莫大的影響，到了元朝，西方及波斯的文化又直接間接的輸入——自然這說法是很平庸，不過拿來作爲研究的參考而已。

第一節　諢詞小說所由起概述

小說起於漢代，從六朝經唐漸漸發達，但還不過是詞人文士底餘業，其文體是穠豔綺縟的文言。中國的文化，雖不時造成後退，然眞正有國民文學底意味的小說是創始於宋代。這叫做諢詞小說，諢爲戲言、笑語、滑稽談底意味。所謂諢詞小說是以俗語體很有趣地寫成的小說，恰如日本底講談，落語之類。在輟畊錄上說的『宋有戲曲唱諢詞說』即是諢詞小說，又在明朗瑛底七修類稿裏也有如下面的記述：

小說起宋仁宗，蓋時太平盛久，國家閑暇，日欲進一奇怪之事以娛之，故小說得勝頭迴之後，即云『話說趙宋某年。』（卷二十二）

仁宗之時宋興方百年，太平日久，一代文化底醞釀，許多的平民文學遂因而勃興了。例如看古本水滸傳引首之次，第一回以『話說大宋仁宗天子在位，嘉祐三年三月三日』云云開始。又在七修類稿裏有——

閭閻淘眞元本之起，亦曰：『太祖太宗眞宗帝，四祖仁宗有道君；』國初瞿存齋過汴之詩有『陌頭盲女無愁恨，能撥琵琶說趙家，』皆指宋也。

的話，淘眞亦創於宋仁宗之時，淘眞一作陶眞，（堯山堂外記云：杭州瞽女，唱古今小說評話，謂之陶眞。）

恰如日本的琵琶法師，又在南宋孟元老底東京夢華錄『京瓦伎藝』之條裏敍汴京底繁華的情形，在列舉徽宗皇帝時代都下的藝人中，有講史、小說，說評話說三分，五代史等的分科。說三分即是三國志的講談。在講史之中特別有趣的很流行。在東坡志林裏載其事。南渡後益盛，孝宗時南北交通得小康，雜劇小說等頗極一時之盛，在武林舊事底序裏說得很明白。

乾道，淳熙間，三朝授受，兩宮奉親，古昔所無，一時聲名文物之盛號小元祐，豐亨豫大至寶祐，景定則幾於政宣矣。

乾道淳熙是孝宗底年號，三朝即高宗、孝宗、光宗，元祐是哲宗的年號，從司馬温公，蘇東坡起，是北宋名臣輩出的時代，寶祐，景定是理宗底年號，政宣，即政和宣和，都是徽宗年號，是宋朝文化嫻熟的時代。以外在吳自牧底夢粱錄與耐得翁底古杭夢游錄等裏說是說話有四家，各有專門說話的人。

說話有四家，一曰小說，謂之銀字兒如烟粉靈怪，傳奇，說公案皆是搏拳，提刀，趕棒及發跡變態之事；說鐵騎兒謂士馬金鼓之事；說經謂演說佛書；說參謂參禪；說史謂說前代戰爭之時。

（古杭夢遊錄）

又在武林舊事『諸色伎藝人』條理與雜劇，傀儡，影戲等，相並舉出。

演史……喬萬卷以下二十三人（有張小娘子陳小娘子宋小娘子三女流）

說經諢經……長嘯和尚以下十七人（有陸妙慧陸妙靜二女流）

小說……蔡和以下五十二人（有女流史惠英）

說諢話……蠻張四郎（一人）

又在同書『社會』條理有雜劇則緋綠社，小說則雄辯社之名。由是可知說話在北宋時愈加盛行，名流輩出且有結合。因而有當時有所流行的說話底書物，即諢詞小說之多也可想像了。

但從來宋代底諢詞小說傳至今日的僅有一宣和遺事。（民國三年的石印題爲仿宋本宣和遺事的小本二冊，上海掃葉山房印行容易見到）爲南宋無名氏所作，徽宗欽宗底二代記，恰如日本底平家物語與太平記之類。徽宗誠是驕奢淫逸之君，任用小人毫不用心政治，遂以亡國，且父子被囚於金於北狩之途中，到處遭軍民凌辱，嘗盡辛酸，幽於五國城（今北滿洲三姓附近）後二帝呑恨客死異城，這書就是記述這事實的。時高宗即位於南方，宗澤岳飛等連收金兵圖恢復，然誤於秦檜底和議終不能侵略中原。作者大爲奮慨，在末尾說：

中原之境土未復，君父之大仇未報，國家之大恥不能雪，此忠臣義士之所以扼腕恨不食賊臣之肉而寢其皮也歟。

眞可爲投筆而長嘆息的，以此可以窺其微意了。其尤可注意的事，即宋江等三十六人底始末，都出於本書，成爲水滸傳的藍本。

宣和遺事雖然說作諢詞小說，但文體不是純俗語體是稍近於文語，如三國志演義一樣不像水滸傳那樣難讀。其中前半是徽宗盛時如伴高俅等微行在金環巷訪李師師一段，頗覺華麗，後半敍二帝北狩是極其悽愴的。

至近有影宋殘本五代平話與京本通俗小說二書出現。都說是宋版底覆刻，但從板式考來，狩野博士說寧怕是元板罷。五代平話是講史之類，文體也似宣和遺事，爲梁、唐、晉、漢、周五代的軍政談，可惜缺了梁史與漢史的下卷，這是後來演義小說的元祖。

京本通俗小說頗是珍本，開始盛用當時通行的略字俗字，很似京都大學覆刻的元槧古今雜劇，雖然難讀，但對於漢字研究的人頗有趣味。僅存從第十卷至第十六卷的二冊底零本，然每卷都有讀不厭的短篇小說。

碾玉觀音，菩薩蠻，西山一窟鬼，志誠張主管，拗相公，錯斬崔寧，馮玉梅團圓，

拗相公，是宋王安石底事，安石罷相，在被貶於南京底途中，所到之處都攻擊新法底不便，這書把那安石大爲所困的事情，都非常有趣地描寫出來了。但在其卷首說『如今說先朝一個宰相，它在下位之時』云云，不能不覺得本書是成於元人之手，但其下緊接着說『這朝代不近不遠，是北宋神宗皇帝年間一個首相，姓王名安石，臨川人也，』又從其末尾以『後人論，我宋元氣，都爲熙寧變法所壞，所以有靖康之禍。』作結看來，覺着作者是南宋人，故指北宋爲先朝，又因通南北同是宋的緣故，所以說作我宋在錯斬崔寧之首有『先引下一個故事來，權做個得勝頭迴，我朝元豐年間有一個少年舉子姓魏名鵬舉字仲霄，』在前以北宋爲前朝，在此同樣說元豐（神宗年號）作我朝，雖是很矛盾似的，但這也是同是宋朝的緣故，所以說『我朝元豐』的。以外或說『我宋建炎年間』（馮玉梅團圓）或說『話說大宋高宗紹興年間』（菩薩蠻）或說『紹興年間』（碾玉觀音，）從這等例子看來，作者是南宋底人覺着愈加明白了。文體比較宣和遺事稍瑣碎，諢詞小說

底面目活躍於紙上。其錯斬崔寧是錯認冤罪的故事，試引其中劉貴底妾陳氏（小娘子）在急忙歸家的途中與一不相識的後生（崔寧）同行的一段以供參考。

卻說那小娘子，清早出了鄰舍人家，挨上路去，行不上一二里，早是脚疼，走不動，坐在路旁，卻見一個後生，頭帶萬字頭巾，身穿直縫寬衫，背上馱了一個搭膊，裏面卻是銅錢，脚上絲鞋淨襪，一直走上前來，到了小娘子面前，看了一看，雖然沒有十二分顏色，卻也明眉皓齒，蓮臉生春，秋波送媚。好生動人。正是

野花偏豔目　　村酒醉人多

那後生放下搭膊，向前深深作揖：『小娘子獨行無伴，卻是往那裏去的？』小娘子還了萬福道：『是奴家要往爹娘家去，因走不上，權歇在此。』因問『哥哥是何處來，今往何方去？』那後生叉手不離方寸：『小人是村裏人，因往城中賣了絲帳，討了些錢，要往褚家堂那邊去的。』小娘子道：『告哥哥，則個奴家爹娘也在褚家堂左側，若得哥哥帶幫奴家，同走一程，可知是好？』那後生道：『有何不可，既如此說，小人情願伏侍娘子前去。』

日本狩野博士昔年遊歷英、法兩京的時候，在檢點斯泰因培利奧兩氏從敦煌石室所帶歸的

經籍卷子之中，偶然發現一種用了雅俗折衷體寫的散文或韻語的小說，其鈔本研究的結果是唐末或五代頃所寫的很明白。由此看來，在唐末五代之頃於優雅典麗的傳奇體小說之外，還有一種極俚俗的爲一般下級的民衆所翫賞的平民文學，可以想像到的了。即比較小說起宋仁宗還要更在百年前，博士曾把其珍貴的材料，發表於藝文雜誌、藝文第七年第一號及第三號，在中國俗文小說史研究底材料上是一種極貴重的發現。

此節不過將宋之平說講史等等概述一二，至於詳細的敍說，留在下面。（此節參照中國文學概論講話）

第二節　太平廣記及志怪書

自唐末黃巢之亂，經過五代十國，到趙匡胤統一全國，前述的『變文』在當時僅被視爲傳教書，俗文作者少見，故正統派的小說仍屬之於志怪書與傳奇。所以除了所發現的敦煌石室所藏的『變文』及俗文或有作於此時者外，另外卻沒有一些特殊的作品遺留下來。

至於北宋這一個時代，名義上雖稱統一，然自石敬瑭勾引契丹獻了燕雲十六州之後，契丹頻年騷擾，中國北部常在混亂之中。所以在整個的北宋時代，也沒有新鮮的文學可以發現。但在開國之初，宋既平一宇內，收諸國圖籍，政府對於那般降王的謀臣策士，不能不有以安置，否則就要因怨生事。所以就給了很厚的俸祿，叫他們都跑到中央館閣去編書。在太宗太平興國時，敕置崇文院，積書八萬卷有奇，專命儒臣纂修編輯，自經史子集以及百家之言，博觀約取，集成千卷，賜名曰太平御覽；又纂古今文章為文苑英華一千卷；又似野史傳記小說諸家成書五百卷，目錄十卷，是為太平廣記：

太平廣記的編成，它一方面做了個漢、魏、六朝、唐、五代、宋初各體小說的大結集，凡屬重要的神話，神仙故事，鬼神志怪書，傳奇及傳奇集，幾乎都搜緝進去了。牠所採的書多至三百四十五種，且原書十九在現代已經佚亡。另一方面又做了個前此神仙鬼怪之談的總結束，貴族化的小說的大墳墓；因為此後的小說已全然傾向通俗化。雖然同時及以後志怪書及傳奇的作者仍然產生不少，但他們的文辭既平實而乏文彩，事實又多託古而忌談新，所以作品多模擬而少創造，多陳腐而乏新類，遠不如它在前此時代的志怪書及傳奇的動人，更不如同時的通俗文學可以掀動大衆了。

太平廣記以太平興國二年（九七七）三月奉詔撰集，次年八月書成表進，八月奉敕送史館，六年正月奉旨雕印板。後因有人建言，此書非後學所急需，遂收版藏太清樓，所以宋人反多未見。直到明代中葉，十山譚氏得到抄本，始梓以行世。此書係分類纂輯，得五十五部。我們看了每部卷帙的多少，便可知前此小說所敍，以何者爲多。今將較多之部列於後，其末有雜傳記九卷，則唐人傳奇文。

神仙五十五卷　女仙十五卷　異僧十二卷　徵應十一卷
定數十五卷　夢七卷　神二十五卷　鬼四十卷
妖怪九卷　精怪六卷　再生十二卷　龍八卷
虎八卷　狐九卷

太平廣記的監修人爲李昉，同修者十二人，其中徐鉉與吳淑，本來都是作小說的。李昉（九二五至九九六）字明遠，深州饒陽人。漢乾祐進士。歷仕漢、周，歸宋，三入翰林。太宗朝，拜平章事。好接賓客，性和厚。卒，諡文正。昉爲文慕白居易，淺近易曉，有文集五十卷；又奉勅監修的書，有太平御覽，文苑英華及太平廣記等。

徐鉉（九一六至九九一）字鼎臣，揚州廣陵人。少善爲文，與韓熙載齊名江東，又與弟鍇並稱『二徐』。仕吳爲校書郎，入南唐翰林學士官至吏部尚書。隨李煜歸宋，爲太子率更令，累官散騎常侍。淳化二年，坐累謫靖難行軍司馬，中寒卒於官。鉉本以精小學著名，文集有騎省集三十卷。他在南唐時，曾作志怪書歷二十年而成稽神錄六卷，僅記一百五十事。宋史則以爲其門客蒯亮所作，未知眞相究竟若何。修太平廣記時，他也希望采錄，但他不敢自專，使宋白問李昉。昉道：『詎有徐率更言無稽者！』遂得見收。今人以爲：『其文平實簡率，既失六朝志怪之古質，復無唐人傳奇之纏綿，當宋之初，志怪又欲以「可信」見長，而此道於是不復振也。』可謂知言。且又切中宋人志怪書之弊。

廣陵有王姥，病數日，忽謂其子曰：『我死，必生西溪浩氏爲牛，子當贖之。而我腹下有「王」字是也。』頃之遂卒。其西溪者，海陵之西地名也；其民浩氏生牛，腹有白毛成「王」字。其子尋而得之，以束帛贖之以歸。』（卷二）

瓜村有漁人，妻得勞瘦疾，轉相傳染，死者數人。或云：取病者生釘棺中，棄之，其病可絕。頃之，其女病，即生釘棺中，流之於江，至金山，有漁人見而異之，引之至岸，開視之，見女子猶活，因取置漁舍中，多得鰻鰲以食之，久之病愈，遂爲漁人之妻，至今尙無恙。（卷三）

吳淑（九四七至一〇〇二）字正儀，潤州丹陽人。他是徐鉉的女壻，性純靜俊爽，屬文敏速。在南唐舉進士，以校書郎直內史。從李煜歸宋，仕至職方員外郎。嘗獻事類賦百篇，詔命注釋，又分注成三十卷以上。他著有文集十卷，江淮異人錄三卷，祕閣閒談五卷，說文五義三卷，江淮異人錄今已佚，僅從永樂大典中輯出二十五人，皆傳當時俠客術士及道流行事，大率詭譎怪異。

成幼文爲洪州錄事參軍，所居臨通衢而有牕。一日坐牕下，時雨霽泥濘而微有路，見一小兒賣鞋，狀甚貧窶。有一惡少年與兒相遇，絓鞋墜泥中。小兒哭求其價，少年叱之不與。兒曰：『吾家且未有食，待賣鞋營食，而悉爲所汙。』有書生過，憫之，爲償其值。少年怒曰：『兒就我求食，汝何預焉？』因辱罵之。生甚有慍色。成嘉其義，召之與語，大奇之，因留之宿。夜共話，成暫入內，及復出，則失書生矣，外戶皆閉，求之不得。少頃復至前曰：『且來惡子，吾不能容，已斷其首。』乃擲之於地。成驚曰：『此人誠忤君子，然斷人之首，流血在地，豈不見累乎？』書生曰：『無苦。』

乃出少藥傳於頭上，捽其髮摩之，皆化爲水，因謂成曰：『無以奉報，願以此術授君。』成曰：『某非方外之士，不敢奉教。』書生於是長揖而去，重門皆鎖閉，而失所在。

宋代雖是個最崇儒家的時代，產生許多理學家，北宋時卻不如此，北宋的社會，仍爲佛、道二教的勢力所佔。神鬼、變怪、報應之談，仍在民間流行着。因此，關於志怪的作品，仍得風行一時，下面所敍，就是幾個專作志怪書的作家。此外，如在他的雜記中偶然兼敍及怪異事的，因多不勝敍，故一概不及。

宋代雖云崇儒，並容釋道，而信仰本根，夙在巫鬼，所以徐鉉、吳淑之後，仍然很多變怪讖應的談說，張君房的乘異記（咸平元年序）張師正的括異志，聶田的祖異志（康定元年序）秦再思的洛中紀異，畢仲詢的幕府燕閒錄（元豐初作）都是這一類。北宋末，徽宗爲道士林靈素所惑，篤信神仙，自號『道君皇帝』，於是道教勢力更盛。宣和遺事前半部卽專敍其事。高宗南渡之後，此風未改，只要看『泥馬渡康王』這一個民間傳說起於此時，就可想見。高宗傳位後，退居南內，亦好神仙幻誕之書。其時有洪邁作夷堅志，郭彖作睽車志，似皆嘗呈進以供御覽，而夷堅志尤以著者之名與卷帙之多著稱於世。

洪邁（一一二三至一二〇二）字景盧，鄱陽人。自幼過目成誦，博極羣書。從二兄試博學宏詞科，他獨被黜。年五十始中第——紹興中及進士第，父晧曾忤秦檜，憾及邁，遂出添差教授福州，累遷左司員外郎。使金抗節不屈，爲金人所困辱，然卒遣還。後知贛州，裁驕兵；徙婺州，特遷敷文閣待制。以端明學士致仕，卒年八十，謚文敏。著作頗富，有野處類稿一百另四卷，瓊野錄三卷，容齋五筆七十四卷及四六叢話……等。夷堅志爲其晚年遣興之作，始刊於紹興之末，絕筆於淳熙之初，十餘年中，凡成甲至癸二百卷，支甲至支癸三甲至三癸各一百卷，四甲四乙各十卷。今惟存甲至丁八十卷，支甲至支戊五十卷，三己三辛三壬三十卷，補二十六卷，又摘抄本五十卷及二十卷。內容既雜，且又急於成書，或以五十日作十卷，有稍易舊說以投者，亦不加删潤錄入。故此書卷帙雖多，實不能與太平廣記相比擬。惟所作小序三十一篇，什九各出新意，不相複重。

此外，宋人所作志怪的書，尚有陳彭年志異十卷，無名氏窮神記十卷，說異記二卷，鬼董五卷……等，或傳或不傳。其中鬼董一名鬼董狐，相傳爲元人關漢卿作，頗新警可喜，如所記樊生事，同時通俗小說西山一窟鬼亦取爲題材，可證其爲當時民間盛傳的故事。

第三節　宋之傳奇

宋人作單篇傳奇的很少，且大都不題作者姓名。卽有，除了樂史外，作者的生平又不可考，所以大都不能確定他們作品產生的時代。但傳奇到了宋代，所敍多剿舊聞；而且在小說史上這個時代已經是『話本』的時代了。

(一)太眞外傳及綠珠傳

樂史（九三〇至一〇〇七）字子正，撫州宜黃人。自南唐入宋爲著作佐郎，知陵州，獻金明池賦，召爲三館編修。雍熙三年，獻所著貢舉事三十卷，登科記三十卷，題解二十卷，唐登科文選五十卷，孝弟錄二十卷，續卓異記三卷；太宗嘉其勤，遷著作郎，直史館。又獻廣孝傳五十卷，總仙傳一百四十一卷，詔祕閣寫本進內。咸平初，遷職方，復獻廣孝新書五十卷，上淸文苑四十卷。後出掌西京磨勘司。居洛頗久，因卜居，有亭榭竹樹之勝，優遊自得。未幾，卒。史極喜著述，然博而不精，史又長於地理，尙有太平寰宇記二百卷。此外，總記傳一百三十卷，坐知天下記四十卷，商顏實錄二十卷，廣卓異記二十卷，諸仙傳二十五卷，神仙宮殿窟宅記十卷，……又編所著爲仙洞集一百卷。太平寰宇記徵引羣書至百餘種，而時雜以小說家言。所作傳奇，今見綠珠傳一卷及楊太眞外傳二卷，皆薈萃稗史成文，而又參以輿地志語，篇末亦有嚴冷的誡語。亦如唐人而增其嚴冷，於綠珠傳最明白。

……趙王倫亂常，孫秀使人求綠珠。……崇勃然曰『他無所愛，綠珠不可得也，』秀自是譖倫族之。收兵忽至，崇謂綠珠曰『我今爲爾獲罪。』綠珠泣曰：『願效死於君前！』於是墮樓而死。崇棄東市，後人名其樓曰綠珠樓。樓在步庚里，近狄泉；泉在正城之東。綠珠有弟子宋禕，有國色，善吹笛，後入宋明帝宮中。今白州有一派水，自雙角山出，合容州江，呼爲綠珠江，』亦猶歸州有昭君村昭君場，吳有西施谷脂粉塘，蓋取美人出處爲名。又有綠珠井，在雙角山下，故老傳云：汲此井飲者，誕女必多美麗，里閭有識者以美色無益於時，因以巨石鎭之，爾後有產女端妍者，七竅四肢多不完具。異哉，山水之使然！……

……其後詩人題歌舞妓者，皆以綠珠爲名。……其故何哉？蓋一婢子，不知書，而能感主恩，憤不顧身，志烈懍懍，誠足使後人仰慕歌詠也……

惟綠珠傳兼敍他人事，對於綠珠事，返敍之甚少，實不足稱爲一傳。

太眞外傳前半極寫繁華，後半極寫凋落，對照以觀，令人讀之不歡，頗有悲劇的意味。作者又有滕王外傳、李白外傳、許邁傳三篇，皆爲傳奇，今盡佚亡。

……十載上元節，楊氏之宅夜遊，遇廣寧公主騎從爭西甫門。楊氏奴揮鞭誤及公主衣。公主墮馬，駙馬程昌裔扶公主，因及數撾。公主泣奏之。上令決殺楊家奴一人，昌裔停官，不許朝謁。於是楊家專橫，出入禁門不問，京師長吏爲之側目。故當時謠曰：『生女勿悲酸，生男勿喜歡。』又曰：『男不封侯女作妃，君看女卻是門楣。』其天下人心羨慕如此。上一日御勤政樓，大張聲樂。時教坊有王大娘，善戴百尺竿，上施木山，狀瀛州方丈，令小兒持絳節出入其間，而舞不輟。時劉晏以神童爲祕書省正字，十歲，慧悟過人。上召於樓中，貴妃坐於膝上，爲施粉黛，與之巾櫛。貴妃令詠王大娘戴竿，晏應聲曰：『樓前百戲競爭新，唯有長竿妙入神，誰謂綺羅翻有力，猶自嫌輕更着人。』上與妃及嬪御皆歡笑移時。聲聞於外，因命牙笏黃紱袍賜之……

（卷上）

……後欲改葬，李輔國等皆不從，……肅宗遂止之。上皇密令中官，潛移葬之於他所。妃之初瘞，以紫褥裹之。及移葬，肌膚已消釋矣。胸前猶有錦香囊在焉，中官葬畢，以獻。上皇置之懷袖。又令畫工寫妃形於別殿，朝夕視之而歔欷焉。上皇既居南內，夜闌登勤政樓，凭欄南望，煙月滿目。上因自歌曰：『庭前琪樹已堪攀，塞外征人殊未還。』歌歇，聞里中隱隱如有歌聲者，顧力士曰：『得非梨園舊人乎？遲明，爲我訪來。』翌日，力士潛求於里中，因召與同去。果梨園子弟也。其後，上復與妃侍者紅桃在焉，歌涼州之詞，貴妃所製也。上親御玉笛，爲之倚曲。曲罷，相視無不掩泣。上因廣其曲，今涼州留傳者益加焉。至德中，復幸華清宮。從宮嬪御，多非舊人。上於望京樓下，命張野狐奏雨霖鈴曲。曲半，上四顧淒涼，不覺流涕，左右亦爲感傷。（卷下）

（二）趙飛燕外傳

秦醇字子復（一作子履）亳州譙人。生平無考。他的傳奇被收於劉斧所編青瑣高議，所以知他是北宋人。青瑣高議所收他的傳奇凡四篇，辭意皆甚蕪劣。一爲趙飛燕別傳，自序云：得之李家牆角破筐中。敍飛燕入宮至自縊，復以冥報化爲大黿事。文中有『蘭湯灩灩。昭儀坐其中，若三尺寒泉浸明玉』語，明人見之，詫爲眞古籍。二爲驪山記，三爲溫泉記，敍張俞不第還蜀，於驪山下就故老問楊妃逸事，故老爲一一具道；他日，俞再過驪山，遇楊妃遣使相召，問人間之事，且賜之浴，明日，命吏送回，乃如夢覺，復題詩於壁後，於野外遇一牧童，致酬和詩，說是前日一婦人所託。四爲譚意歌傳，意歌本良家女，流落長沙爲娼，與汝州人張正宇相戀，訂婚約，而正宇迫於母命，竟別娶。越三年，妻沒，有客自長沙來，責正宇負心，且盛譽意歌之賢。正宇遂往迎歸。後生子成進士，意歌爲命婦，夫婦亦偕老。今人以爲『蓋襲蔣防之霍小玉傳，而結以團圓者也』，其言甚確。

……昭儀方浴，帝私窺之。侍者報昭儀，昭儀急趨燭後避。帝瞥見之，心愈眩惑。他日，昭儀浴，帝默賜侍者，特令不言。帝自屛罅覘，蘭湯灩灩，昭儀坐其中，若三尺寒泉浸明玉。帝意思飛揚，若無所主。帝常語近侍，自古人主無二后，若有，則吾立昭儀爲后矣。后知昭儀以浴益寵幸，乃具湯浴，請帝以觀。既往，后入浴，裸體而立，以水沃之。后愈親近，而帝愈不樂，不幸而去。后泣曰：『愛在一身，無可奈何！』后生日，昭儀爲賀，帝亦同往。酒半酣，后欲感動帝意，乃泣數行下。帝曰：『他人對酒而樂，子獨悲，豈有所不足耶；』后曰：『妾昔在主宮時，帝幸其第，妾立主後，帝視妾不移目，甚久。主知帝意，遣妾侍帝，竟承更衣之幸，下體常污御服。妾欲爲帝浣去，帝曰：「留以爲憶。」不數日，備後宮。時帝齒痕猶在妾頸，今日思之，不覺感泣。』帝惻然懷舊，有愛后意，傾視嗟歎。帝欲留，昭儀先辭去，帝遇暮，方離后宮……（趙飛燕別傳）

（三）譚意歌傳

……會汝州民張正字爲潭茶官，意一見謂人曰：『吾得壻矣。』人詢之，意曰：『彼風調才學皆中吾意。』張聞之，亦有意。一日，張約意會於江亭。於時亭高風怪，江空月明。陡帳垂絲，清風射牖，疎簾透月，銀鴨噴香，玉枕相連，繡衾低覆，密語調簧，春心飛絮，如仙葩之並蒂，若雙魚之同泉，相得之歡，雖死未已。翌日，意盡挈其裝囊歸張。……後二年，張調官，復來見意，乃治行，餞之郊外。張登途，意把臂囑曰：『子本名家，我乃娼類，以賤偶貴，誠非佳婚。況室無主祭之婦，堂有垂白之親，今之分袂，決無後期。』張曰：『盟誓之言，皎如日月，苟或背此，神明非欺。』意曰：『我腹有君之息數月矣。此君之體也，君宜念之！』相與極慟，乃捨去。意閉戶不出，雖比屋莫

見意面。……（譚意歌傳）

（四）大業拾遺記

大業拾遺記二卷，亦名隋遺錄，題唐顏師古撰，跋言於會昌年間，開上元縣瓦棺寺，得書一帙，乃隋書遺稿。中有數幅，題南部烟花錄，拆視其軸，皆有顏公名。惜缺落十之七八，因補以傳。跋後無名，大概卽出於作此文者之乎。記始於煬帝將幸江都，命麻叔謀開河。次敍途中許多荒恣事，又造迷樓，荒蕩不理國事，其時人望乃屬之唐公李淵。終於宇文化及將謀變，因請放官奴分直上下，帝可其奏。全記敍述頗凌亂失實，惟文筆尙清豔，明麗情致亦時有綽約可觀之處。

……長安貢御車女袁寶兒，年十五，腰肢纖墮，騃冶多態。帝寵愛之特厚。時洛陽進合蔕迎輦花，云得之嵩山塢中，人不知名。採者異而貢之。會帝駕適至，因以迎輦名之。花外殷紫，內素膩菲芬，粉蘂心深紅，跗爭兩花。枝幹烘翠，類通草，無刺，葉圓長薄。其香濃芬馥，或惹襟袖，移日不散，嗅之令人多不睡。帝命寶兒持之，號曰司花女。時詔虞世南草征遼指揮德音敕於帝側，寶兒注視久之。帝謂世南曰：「昔傳飛燕可掌上舞，朕常謂儒生飾於文字，豈人能執是乎？及今得寶兒，方昭前事。然多憨態，今注目於卿。卿才人，可便嘲之。』世南應詔爲絕句曰：『學畫鴉黃半未成，垂肩嚲袖太憨生。緣憨卻得君王惜，長把花枝傍輦行。』帝大悅。……（卷上）

……帝昏湎滋深，往往爲妖祟所惑，嘗游吳公宅雞臺，恍惚間與陳後主相遇。……舞女數十許，羅侍左右，中一人迥美，帝屢目之。後主云：『殿下不識此人耶？卽麗華也。每憶桃葉山前乘戰艦與此子北渡，爾時麗華最恨，方倚臨春閣試東郭㕙紫毫筆，書小研紅綃作答江令「璧月」句，詩詞未終，見韓擒虎躍青驄駒，擁萬甲直來衝入，都不存去就，便至今日。』俄以綠文測海蠡酌紅粱新醞勸帝，帝飲之甚歡，因請麗華舞『玉樹後庭花』。麗華辭以抛擲歲久，自井中出來，腰肢依拒，無復往時姿態。帝再三索之，乃徐起終一曲。後主問帝：『蕭妃何如此人？』帝曰：『春蘭秋菊，各一時之秀也。』……

（五）開河記

開河記一卷，敍麻叔謀奉煬帝詔開河，虐民、掘墓、納賄、食小兒種種不法，後事發被誅事。迷樓記一卷，敍煬帝晚年荒淫，因王義之諫，獨宿二日，以爲不樂，復入宮。後聞童謠，自知運盡事。海山記二卷，始於敍煬帝的降生，次及興土木，見妖鬼，幸江都，終至遇害。此三文內容，與隋遺錄相類，而新敍加詳，惟雜俚句頗多，故文采稍遜。海山記亦見於青瑣高議中，篇題下原有小注，上卷云『說煬帝宮中花木』下卷云『記煬帝後苑鳥獸』為劉斧所加，非屬原有。然由此可知為北宋人作，今本有題韓偓撰的，為明人妄加。

……叔謀既至寧陵縣，患風痒，起坐不得。……取半年羊羔，殺而取腔，以和藥，藥未盡而病已痊。自後每令殺羊羔，日數枚，同杏酪五味蒸之，置其腔盤中，自以手臠擘而食之，謂曰含酥臠。鄉村獻羊羔者日數千人，皆厚酬其值。寧陵下馬村民陶郎兒，家中巨富，兄弟皆兇狠，以祖父塋域傍河道二丈餘，慮其發掘，乃盜他人孩兒年三四歲者，殺之，去頭足，蒸熟，獻叔謀。咀嚼香美，迥異於羊羔，愛慕不已，召詰郎兒，郎兒乘醉泄其事。及醒，叔謀乃以金十兩與郎兒，又令役夫置一河曲以護其塋域。郎兒兄弟自後每盜以獻，所獲甚厚。貧民有知者，競竊人家子以獻，求賜。襄邑寧陵睢陽所失孩兒數百，寃痛哀聲，旦夕不輟。……（開河記）

（六）迷樓記

……有迷樓宮人靜夜抗歌云：『河南楊柳謝，河北李花榮。楊花飛去去何處，李花結果自然成。』帝聞其歌，披衣起聽，召宮女問之云：『孰使汝歌也？汝自歌之耶？』宮女曰：『臣有弟民間得此歌，曰：「道途兒童多唱此歌。」』帝默然久之，曰：『天啓之也，人啓之也！』帝因索酒，自歌云：『宮木陰濃燕子飛，興衰自古漫成悲。它日迷樓更好景，宮中吐豔變紅輝。』歌竟，不勝其悲。近侍奏『無故而悲，又歌，臣皆不曉。』帝曰：『休問，它日自知也……』（迷樓記）

（七）海山記下

……一日，洛水漁者獲生鯉一尾，金鱗赤尾，鮮明可愛。帝問漁者之姓。姓解，未有名。帝以朱筆於魚額書『解生』字以記之，乃放之北海中。後帝幸北海，其鯉已長丈餘，浮水見帝，其魚不沒。帝時與蕭院妃同看，魚之額朱字猶存，惟解字無半，尚隱隱角字生焉。蕭后曰：『鯉有角，乃龍也。』帝曰：『朕爲人主，豈不知此意？』遂引弓射之，魚乃沈……（海山記下）

（八）梅妃傳

梅妃傳一卷，敍唐明皇有寵妃曰江采蘋，因愛梅，戲呼爲梅妃。後楊妃入宮，乃爲所幽放，値祿山之亂，死於兵事。後面亦有跋，略謂『此傳得自萬卷朱遵度家，大中二年所書，惟葉少蘊與予得之。』跋亦不署名，當卽作者所題。少蘊爲葉夢得字，則此文當作於南渡的前後。今本或題唐曹鄴撰，自亦出於明人所爲。

……是時承平歲久，海內無事。上於兄弟間極友愛，日從燕閒，必妃侍側。上命破橙往賜諸王，至漢邸，潛以足躡妃履，登時退閣。上命連宣，報言適履珠脫綴，綴竟當來。久之，上親往命妃。妃拽衣迓上，言胸腹疾作，不果前也。卒不至。其恃寵如此。後上與妃鬭茶，顧諸王戲曰：『此梅精也。賜白玉笛，作驚鴻舞，一座光輝。鬭茶今又勝我矣。』妃應聲曰：『草木之戲，誤勝陛下。設使調和四海，烹飪鼎鼐，萬乘自有心法，賤妾何能較勝負也。』上大悅。會太眞楊氏入侍，寵愛日奪，上無疏意。而二人相疾，避路而行。上嘗方之英皇；議者謂廣狹不類，竊笑之。太眞忌而智，妃性柔緩，亡以勝。後竟爲楊氏遷於上陽東宮。……

（九）李師師傳

又有李師師傳一卷，敍徽宗易服私行，孊倡女李師師，賞賜甚厚，又由離宮作潛道通師師宅；及禪位，遊興始衰。師師後亦棄家爲女冠。迨金兵入汴，金主指名以索，張邦昌等蹤跡得之以獻。師師大罵，以簪自刺其喉，不死，折而吞之，乃死。宣和遺事亦載此事，稍有不同。此文雖作以愧當時的貳臣，然辭句極雅豔，非平常文人所能作。

……暮夜帝易服雜內寺四十餘人中，出東華門二里許，至鎭安坊。鎭安坊者，李姥所居之里也。帝麾止餘人，獨與迪翔步而入。堂戶卑庳，姥迎出，分庭抗禮。慰問周至。進以時果數種，中有香雪藕，水晶蘋婆，而鮮棗大如卵，皆大官所未供者。帝爲各嚐一枚，姥復款洽良久，獨未見師師出拜。帝延佇以待。時迪已辭退，姥乃引帝至一小軒，凭几臨窗，縹緗數帙，窗外新篁，參差弄影。帝翛然兀坐，意興閒適，獨未見師師出侍。少頃，姥引帝至後堂，陳列鹿炙雞酢，魚膾羊臛等肴，飯以香子稻米。帝每進一餐，姥侍傍款語多時，而師師終未出見。帝方疑異，而姥忽復請浴。帝辭之，姥至帝前耳語曰：『兒性好潔，勿忤。』帝不得已，隨姥至一小樓下湢室中浴。竟，姥復引帝坐後堂，肴核水陸，盃盞新潔，勸帝歡飲，而師師終未一見。良久，姥纔執燭引帝至房。帝搴帷而入，一燈熒然，而絕無師師在。帝益異之，爲倚徙几榻間。又良久，見姥擁一姬，珊珊而來，淡粧不施脂粉，衣絹素無豔服。新浴方罷，嬌豔如水芙蓉。見帝意似不屑，貌殊倨，不爲禮。姥與帝耳語曰：『兒性頗愎，勿怪。』帝於燈下凝睇物色之，幽姿逸韻，閃爍驚眸。問其年，不答。後強之，乃遷坐於他所。姥復附帝耳曰：『兒性好靜坐，唐突勿罪。』遂爲下幃而出。師師乃起解玄絹褐襖，衣輕綈，捲右袂，援壁間琴，隱几端坐而鼓平沙落雁之曲。輕攏慢撚，流韻淡遠，帝不覺爲之傾耳，遂忘倦。比曲三終，鷄唱矣。帝亟披帷出，姥聞亦起，爲進杏酥飲，棗糕餺飥諸點品，帝飲古酥杯許，旋起去。內侍從行者，皆潛候於外，卽擁衞還宮。時大觀三年八月十七日事也。……

此外屬於傳奇的作品，被收於劉斧青瑣高議的尙不少，然都不及前述各篇的流膾人口。青瑣高議原爲十八卷，今本二十卷，又別集七卷。編者生平無可考，僅知他是北宋人罷了。

第四節　說話發達的社會背景及其家數

『話本』是宋時說話人用的一種底本。

宋一代文人之爲志怪，旣平實而乏文彩，它的傳奇，又多依託往事而避近聞，擬古且遠不逮，更無獨創之可言。然而在民間，卻另有一種藝文興起，即以俚俗的話著書，敍述故事，這叫做『平話』，也就是現在所說的『白話小說』。

可是用白話作書敍故事的，實不開始於宋朝。近人說：『清光緒的時候，燉煌千佛洞的藏經纔顯露，大抵都運入英、法，中國也拾其餘藏京師圖書館，書爲宋初所藏，多佛經，而內有俗文體之故事數種。蓋唐末五代人鈔，如唐太宗入冥記，孝子董永傳，秋胡小說則在倫敦博物館，伍員入吳故事則在中國某氏，惜未能目覩，無以知其與後來之關係。以意度之，則俗文之興，當由二端，一爲娛心，一爲勸善，而尤以勸善爲大宗。所以上列的各書多半關於懲勸。』

說話雖起於唐代，但僅盛行於民間，所以不爲大雅所稱道。到了宋代，忽成爲皇帝御前供奉的娛樂的一種。於是纔有人加以注意。郎瑛七修類稿云云：『小說起宋仁宗時，國家閒暇，日欲進一奇怪之事以娛之，故小說『得勝頭回』之後，即云『話說趙宋某年……』云云。

說話在北宋中葉時代，不獨成爲皇帝娛樂之一，且爲士大夫家用爲感化頑劣兒童的一種教育方法。到北宋之末，說話的技術更進步，不獨分科，且只要專精一科便可出賣技術了。

宋室南渡後，京都的繁華也隨着南遷，因此在杭州的說話人，其賣伎狀況，一如在汴京時候。古今小說序有云：『南宋供奉局有說話人，如今說書之流。』今古奇觀序裏也說：『至有宋孝皇，以天下養太上，命侍從訪民間故事，日進一回，謂之說話人，而通俗演義乃始盛行。』宋孝宗之待高宗，既如北宋時代臣下之奉仁宗，且又命『侍從訪民間故事，』揆之『上有好者，下必甚焉』之例，話本自然會不期然而然的多量產生起來。今人所見話本大抵作於南宋，或者就是因爲這個原故。

茲列宋人筆記所分的說話人的家數如次：

北宋	孟元老	東京夢華錄	小說	講史	（說諢話）	合笙
	灌園耐得翁	都城紀勝	小說	講史書	說經 說參請	合笙
南宋	吳自牧	夢粱錄	小說	講史書	談經 說參請 說諢經	合笙
	周密	武林舊事	小說	演史	說經 （說諢話）諢經	合笙

以上四類，說經等和合笙已不傳，現在我們所能看到的是小說和講史。合笙是南曲中呂宮過曲的調名，（欽定曲譜卷七頁三一）或許是重複這調子許多次來詠故事的。其他三種的解釋，可

看夢粱錄卷二十小說講經史條：『說話者，謂之舌辯。雖有四家數，各有家數。且小說名銀字兒，如煙粉靈怪傳奇公案朴刀桿棒發跡變泰之事；談經者，謂演說佛書；說參請者，謂賓主參禪悟道之事；又有說諢經者，講史書者，謂講說通鑑、漢唐歷代書史文傳，與廢爭戰之事。但最畏小說人，蓋小說者，能講一朝一代故事，頃刻間捏合。』

宋代社會上，說話與講史書等非常風行，士大夫不但不菲薄而加提倡，那麼話本的產生，雖欲抑止，亦屬不可能的事。這樣，南宋就成為一個話本的黃金時代。

第五節 話本——小說

宋代今存的話本卻僅有二類，一為屬於說話的小說，一為講史書。前者大都被收於京本通俗小說、明清平山堂新刻話本（失去書名）及馮夢龍編的今古小說、警世通言、醒世恆言等書中，單行的有大唐三藏取經詩話及佚本西遊記（即永樂大典所收本）等；後者有武王伐紂書，七國春秋後集，秦併六國平話，前漢書續集，三國志平話，梁公九諫，五代史平話及宣和遺事等。這許多書大都作於南宋之時間亦有元人所作，只是不易分別出來。

小說與講史書的分別，有人以爲『講史之體在歷敍史實而雜以虛辭；小說之體，在說一故事而立知結局。』現在最通行的五代史平話及通俗小說殘本二書，其體式正如是。

(一)京本通俗小說

京本通俗小說現今僅存卷第十至卷十六。全書原有若干卷，作者何人，今都不可考。每卷一篇，名爲碾玉觀音，菩薩蠻，西山一窟鬼，志誠張主管，拗相公，錯斬崔寧，馮玉梅團圓，金虜海陵王荒淫等。每篇各具首尾，頃刻可了。與吳自牧所記的正相同。他的材料多取自當時或採自其他說部，主要的目的是在娛心，而雜以懲勸。至於體製，則什九先以閒話或他事開頭，後再綴合以入正文。例如碾玉觀音因欲敍咸安郡主游春，則輒舉春詞至十餘首：

山色晴嵐景物佳，煖烘回雁起平沙，東郊漸覺花供眼，南陌依稀草吐芽。堤上柳，未藏鴉，尋芳趁步到山家，隴頭幾樹紅梅落，紅杏枝頭未着花。

這首『鷓鴣天』說孟春景緻，原來又不如仲春詞做得好：

這三首詞都不如王荊公看見花瓣兒片片風吹下地來，原來這春歸去是東風斷送的。有詩道：

春日春風有時好　春日春風有時惡　不得春風花不開　花開又被風吹落

蘇東坡道，不是東風斷送春歸去，是春雨斷送春歸去。有詩道：

雨前初見花間蕊　雨後全無葉底花　蜂蝶紛紛過牆去　卻疑春色在鄰家

秦少游道，也不干風事，也不干雨事，是柳絮飄將春色去。有詩道：

三日柳花輕復散　飄颺澹蕩送春歸　此花本是無情物　一向東飛一向西

王岩叟道，也不干風事，也不干雨事，也不干柳絮事，也不干胡蝶事，也不干黃鶯事，也不干杜鵑事，也不干燕子事，是九十日春光已過春歸去。曾有詩道：

怨風怨雨兩俱非　風雨不來春亦歸　腮邊紅褪青梅小　口角黃消乳燕飛
蜀魄健啼花影去　吳蠶強食枯桑稀　直惱春歸無覓處　江湖辜負一簑衣

說話的因甚說這春歸詞？紹興年間，行在有個關西延州延安府人，本身是三鎮節度使咸安郡主，當時怕春歸去，將帶着許多鈎春游春。……

這一種引首，與講史的先敍天地開闢的略有不同。大抵詩詞之外，也用故實，或取相類，或取不同，而多爲時事。取不同的，是由反入正，取相類者比較有淺深，忽而相牽，轉入本事，所以敍述方開始而他的主意已明白。耐得翁的所謂「提破，」吳自牧的所謂「捏合，」就是指這個。大凡它的上半段，名之爲「得勝頭迴，」頭迴猶云前回，聽說話的多半是軍人，所以開頭冠以吉祥語「得勝。」

現參照中國小說發達史將八種的內容略述如下：

「碾玉觀音敍紹興時某郡王府有待詔崔寧，以碾玉觀音得郡王歡。府中養娘秀秀很愛他，迫之偕逃，在潭州開舖生活。不料爲王府郭排軍所見，遭其陷害，秀秀被郡王活埋於王府的後花園。但她的靈魂仍隨崔寧作鬼夫妻，終於報了郭排軍的仇，崔寧亦同死。此篇亦見警世通言卷八，題作崔待詔生死寃家。菩薩蠻敍紹興時有少年陳守常多才薄命，入靈隱寺爲僧，好作薩菩蠻詞，極得某郡王之寵。後因被誣與王府侍女新荷通，適詞中有『新荷』語，橫遭杖楚。及辯白，他已圓寂了。此篇亦見警世通言卷七，題作陳可常端陽坐化。西山一窟鬼敍紹興間秀才吳洪赴臨安應試落第，教書度日，由王婆作媒，娶李樂娘爲妻，與從嫁錦兒皆有姿色。洪後發覺諸人皆是鬼，懼甚。幸癩道人爲之作法除妖，吳後亦仙去。警世通言卷十四題作一窟鬼癩道人除怪。志誠張主管敍開封員外張士廉，家財百萬，年老無子，續娶王招宣府遣出之小夫人爲妻。小夫人怨員外年老，愛其主管張勝，張不爲所動。後員外因小夫人竊王府珠寶之累，家產全被抄封，小夫人亦自縊死。她死後猶化爲少女追隨張勝，但張終以女主人敬事之。警世通言卷十六題作張主管志誠脫奇禍亦作小夫人金錢贈少年。拗相公敍王安石施行新法之害，中敍其罷相後，由京師至江寧途中所見老百姓對他痛恨情形。胡雲翼以爲其體例不似一篇小說。警世通言卷四題作拗相公飲恨平山堂。錯斬崔寧敍高宗時有劉貴爲盜所殺，其妾陳氏及少年崔寧因嫌疑被指爲戀奸殺夫，皆處死刑。不久，劉妻王氏爲盜靜山大王刼爲壓寨夫人，頗愛好。後王氏於無意中知大王即殺夫之盜，終殺盜以雪冤。醒世恆言卷三十三題作十五貫戲言成巧禍，淸今古奇聞亦載之，又有人取材以作十五貫彈詞。馮玉梅團圓敍高宗時少女馮玉梅在亂離中爲賊所擄，而與賊中一忠良少年范希周結婚。賊黨失敗，夫婦亦失散。後來經了許多波折，她終於與她的父母丈夫相會而團圓。警世通言卷十二題作范鰍兒雙鏡團圓。金虜海陵王荒淫敍金主亮的荒淫故事，文字猥褻異常，內容與金史所載無甚大異。但其描寫之佳，在宋人『話本』中實首屈一指。醒世恆言卷二十三題作金海陵縱慾亡身。鄭振鐸以此篇爲明人所作。在通俗小說殘本中尚有定州三怪一篇，因破碎不全，未經翻刻，但通言十九崔衙內白鷂招妖，注云：「古本作定州三怪，又名新羅白鷂。」可知其書尙流傳於人間。』

（二）古今小說

古今小說共包括四十種話本，卷三十三張古老種瓜娶文女，當然卽也是園書目所載宋人詞話十二種中的種瓜張老。卷三十四簡帖僧巧騙皇甫妻，也是園書目中及淸平山堂所刻話本中的簡帖和尙。從它的風格及文字上可以推知它必定是宋人的作品的，凡有十篇。卷三新橋市韓五賣春情，敍少年吳山因戀了韓姓女幾至病亡事；『譚正璧謂文中有「說這宋朝臨安府，去城十里，地名湖墅，出城五里，地名新橋……」等語，明明是宋人語氣。卷四閒雲菴阮三償寃債，敍少年阮三因迷戀陳玉蘭小姐得病而死，小姐終身不嫁，撫子成名事；文字古樸自然，且直敍云：「家住西京河南府梧桐街急演巷，……」自當爲宋人之作。卷十五史弘肇龍虎君臣會，敍郭威及史弘肇君臣微時，爲柴夫人及閤行首所識事運用俗語描狀人物俱臻化境卷十九楊謙之客舫遇俠僧敍楊益爲貴州安莊知縣途遇異僧嫁以婦人李氏以治縣中蠱毒事敍述邊情世態至爲眞切卷二十陳從善梅嶺失渾家卽淸平山堂所刻陳巡檢梅嶺失妻記其故事全脫胎唐人傳奇補江總白猿傳開端便云「說話大宋徽宗皇帝宣和三年上春間……」口吻爲宋人如見卷二十四楊思溫燕山逢故人敍思溫於金兵南渡後流落燕山在酒樓上遇見故鬼終於死於水中事文中敍及祖國的遠思尤覺纏綿悱惻當爲南渡後故老所作卷二十六沈小官一鳥害七命敍沈秀因酷愛畫眉終死於強人之手畫眉亦爲所奪自後因此鳥而死者又有六人事爲「公案傳奇」之一。卷三十六宋四公大鬧禁魂張敍宋時大盜宋四公等在京城犯了許多案件而官府終莫可奈何他們的事卷三十八任孝子烈性爲神敍任珪娶妻梁氏她與周得通奸反誣珪之盲父珪休了她並因之殺死五命事。卷三十九汪信之一死救全家敍俠士汪革爲程彪弟兄所陷進退無路不得不自殺以救全家事風格頗渾莽豪放。上述十篇大概亦皆爲宋人之作。』

此外警世通言以及醒世恆言等書裏大約也有十幾篇是宋人的著作例如警世通言中可決

爲宋人所作者尚有三篇一爲卷十三三現身包龍圖斷寃，敍包拯斷明孫押司被妻及其情人所謀害的案件事其開首寫『話說大宋元祐年間，一箇太常大卿，姓陳名亞，……』明是宋人口吻。卷二十計押番金鰻產禍，原注：『舊名金鰻記，』敍計安因誤殺了一條金鰻，害得合家慘亡事；開端亦有『話說大宋徽宗朝有個官人……』等語。卷三十九福祿壽三星度世，敍劉本道被壽星座下的鹿、龜、鶴三物所戲弄，後乃爲壽星所度，隨之而昇天事；開頭有『這大宋第三帝主，乃是眞宗皇帝……』等語自屬宋人之作。

再醒世恆言中，敍唐玄宗時王臣因彈狐奪取天書，而爲狐所捉弄事；其風格似爲宋、元人作。卷十三勘皮鞋單證二郎神，敍孫神通冒作二郎神而與韓夫人通奸事；描寫逼眞，文筆樸實自然，大似宋人之作。卷十四鬧樊樓多情周勝仙，敍女郎周勝仙與范二郎相戀而不得相會，勝仙病亡後，爲盜墓賊救活，不得已與之同居，後乃乘隙逃訪二郎，二郎疑爲鬼，驚而以酒器擊死，後獲盜墓賊，其寃始雪事，文中有『那大宋徽宗朝年，東京金明池邊有座酒樓，喚做樊樓，……』其他地名，如桑家瓦裏等等，也都是宋代地名，文筆古拙，絕類出於宋人之手。卷十七張孝基陳留認舅，敍漢末張孝基承繼得岳家巨產，卻不忘其成爲破家子弟而流落在外的妻舅，終於讓產於他，使他成爲一個好人的事；其風格似爲宋、元人作。卷三十一鄭節使立功神臂弓，敍鄭信立功成名事，風格亦似宋人所作，且開端直說『話說東京汴梁城開封府，……』也大似宋人的口吻。

前面所敍，原書雖有若干種爲我們能力所不易見（如古今小說，僅日本有藏本，爲人間孤本）但得知道牠尚在人間，且由他文所述而知其內容何似，亦一快事。此外，猶有其篇名或書名可考而作品存亡不知者，有紫羅蓋頭，女報寃，風吹轎兒（以上見明晁瑮寶文堂書目），燈花婆婆，李煥生五陣雨，小金錢（以上見寶文堂書目及錢曾也是園書目），四和香，豪俠張義傳（以上見周密志雅堂雜抄，）好兒趙正（見鍾嗣成錄鬼簿）及話本集煙粉小說四卷（見也是園書目）等。

（三）大唐三藏取經記

今人所見宋、元人所作的長篇的小說話本，僅有大唐三藏取經詩話及西遊記二種，而西遊記僅存逸文一段，實不足與其他一種並列。

大唐三藏取經詩話凡三卷，舊本在日本，又有一小本名大唐三藏法師取經記，內容全同，卷末有一行云『中瓦子張家印。』張家爲宋時臨安書鋪，故王國維、羅振玉皆以爲宋人作。然有人認爲『逮於元朝，張家或亦無恙，則此書或爲元人撰，未可知矣。』

三卷分十七章，今所見小說之分章回的，開始於此。每章末必以詩結，故曰『詩話。』但與後來章回小說中所引的詩句不同，蓋本書的詩句皆吟自書中人物的口中，類於戲曲中的下場詩。並不像章回小說中『有詩爲證』的詩句與書中人說話無關。原書二本首章皆缺；現錄其節目如左：

……第一（原缺）

行程遇猴行者處第二

入大梵天王宮第三

入香林寺第四

過獅子林及樹人國第五

過長坑大蛇嶺處第六

入九龍池處第七

……第八（原本缺前段）

入鬼子母國處第九

經過女人國處第十

入王母池之處第十一

入沉香國處第十二

入波羅國處第十三

入優鉢羅國處第十四

入竺國度海之處第十五

轉至香林寺受心經本第十六

到陝西王長者妻殺兒處第十七

全書所敍除首章已缺，次章卽敍玄奘法師遇猴行者，自稱爲『花果山紫雲洞八萬四千銅頭鐵額獼猴王，』來助和尙取經。於是藉行者神通，偕入大梵天王宮。法師講經畢，得賜隱身帽一頂，金鐶錫杖一條，鉢盂一隻，復返下界，經香林寺，履大蛇嶺、九龍池諸危地，都靠行者法力，得安全過去。又得深沙神身化金橋，渡過大水，出鬼子母國、女人國而達王母池處。法師命行者往偸桃。

入王母池之處第十一

……法師曰：『願今日蟠桃結實，可偸三五個喫。』猴行者曰：『我因八百歲時偸喫十顆，被王母捉下，左肋判八百，右肋判三千鐵棒，配在花果山紫雲洞，至今肋下尙痛，我今定不敢偸吃也。』……前去之間，忽見石壁高岑萬丈，又見一石盤，闊四五里地，又有兩池，方廣數十里，彌彌萬丈，鵶鳥不飛。七人纔坐，正歇之次，舉頭遙望，萬丈石壁之中，森森聳翠，上接青天，枝葉茂濃，下浸池水。……行者曰：『樹上今有十餘顆，爲地神專在彼處守定，無路可去偸取。』師曰：『你神通廣大，去必無妨。』說由未了，擷下三顆蟠桃入池中去。師甚敬惶，問此落者是何物？答曰：『師不要敬（驚字之略），此是蟠桃正熟，擷下水中也。』師曰：『可去尋取來喫！』……

行者爲取一七千歲者，化成一枚乳棗，法師呑入腹中，由是竟達天竺，求得經文五千四百卷，而闕多心經，回至香林寺，始由定光佛見授。歸途，適遇王長者妻殺兒一事，法師爲救其兒。抵京，皇帝郊迎，諸州奉法。至七月十五日正午，天宮乃降採蓮舡，法師乘之，向西仙去。後太宗復封猴行者為銅筋鐵骨大聖。

書中雖分章節，然每節文字長短不齊，長者如第十七章，多至一千六百餘字，而第十二章則不滿百字：

師行前邁，忽見一處，有牌額云『沉香國。』只見沉香樹木，列占萬里，大小數圍，老株高侵雲漢。想吾唐土，必無此林。乃留詩曰：

國號沉香不養人　高低聳翠列千尋　前行又到波羅國　專往西天取佛經

像這樣簡單的敍述也算一章，可算得空前絕後。第十七節便大不相同了，單是其中寫王長者妻殺前妻所生子故事一段已有千數字。

（四）西遊記

這裏所謂的西遊記，既不是明人吳承恩所作而現在流行的西遊記，也不是明人所刻四遊記中的西遊記，乃是最近始發現的見收於永樂大典中的西遊記。這部西遊記的作者為何人？共有幾卷？內容與後來各本異同怎麼樣都已無從考見。因爲這部爲永樂大典所收的西遊記，今僅發見了遺文一段其餘或待再發現或早已都隨着永樂大典燬滅，現在尙不敢預料。這段遺文見於永樂大典第一萬三千一百三十九卷『送』字韻中『夢』字的一類裏，共有一千二百餘字，題目是『夢斬涇河龍』，引書標題作『西遊記』，現在照樣的全錄在下面：

夢斬涇河龍（西遊記）長安城西南上有一條河，喚作涇河。貞觀十三年，河邊有二個漁翁，一個喚張梢，一個喚李定。張梢與李定道：『長安西門裏，有個卦舖，喚神言山人。我每日與那先生鯉魚一尾，他便指教下網方位，依隨着百下百着。』李定曰：『我來日也問先生則個。』這二人正說之間，怎想水裏有個巡水夜叉，聽得二人所言。『我報與龍王去。』龍王正喚做涇河龍。此時正在水晶宮正面而坐。忽然夜叉來到言曰：『岸邊有二人都是漁翁，說西門裏有一賣卦先生，能知河中之事。若依着他籌，打盡河中水族。』龍王聞之大怒，扮着白衣秀士，入城中。見一道布額，寫道：『神翁袁守成於斯備命。』老龍見之，就對先生坐了。乃作百端磨問，難道先生，問何日下雨。先生曰：『來日辰時布雲，午時升雷，未時下雨，申時雨足。』老龍問下多少。先生曰：『下三尺三寸四十八點。』龍笑道：『未必都由你說。』先生曰：『來日不下雨，到了時，甘罰五十兩銀。』龍道：『好，如此來日卻得廝見。』辭退，直回到水晶宮。須臾，一個黃巾力士言曰：『玉帝聖旨道：「你是八河都總涇河龍。教來日辰時布雲，午時升雷，未時下雨，申時雨足。」』力士隨去。老龍言不想都應着先生謬說。到了時辰，少下些雨，便是向先生要了罰錢。次日，申時布雲，酉時降雨二尺。第三日，老龍又變爲秀士，入長安卦鋪，向先生道：『你卦不靈，快把五十兩銀來。』先生曰：『我本籌算無差。卻被你改了天條，錯下了雨也。你本非人，自是夜來降雨的龍。瞞得衆人，瞞不得我。』老龍當時大怒，對先生變出眞相。霎時間，黃河摧兩岸，華岳振三峯，威雄驚萬里，風雨噴長空。那時走盡衆人，唯有袁守成巍然不動。老龍欲向前傷先生，先生曰：『吾不懼死。你違了天條，刻減了甘雨，你命在須臾，剮龍台上，難免一刀。』龍乃大驚悔過，復變爲秀士，跪下告先生道：『果如此呵，希望先生明說與我因由。』守成曰：『來日你死，乃是當今唐丞相魏徵，來日午時斷你。』龍曰：『先生救咱！』守成曰：『你若要不死，除非見得唐王，與魏徵丞相行說勸救時節，或可免災。』老龍感謝，拜辭先生回也。（玉帝差魏徵斬龍）天色已晚，唐王宮睡思半酣，神魂出殿，步月閑行。只見西南上有一片黑雲落地，降下一個老龍，當前跪拜。唐王驚怖曰：『何爲？』龍曰：『只因夜來差降芒雨，違了天條，臣該死也。我王是眞龍，臣是假龍，眞龍必可救假龍。』唐王曰：『吾怎救你？』龍曰：『臣罪正該丞相魏徵來日午時斷罪。』唐王曰：『事若干魏徵，須教你無事。』龍拜謝去了。天子覺來，卻是一夢。次日，設朝，宣尉遲敬德總管上殿曰：『夜來朕得一夢，夢見涇河龍來告寡人道：「因錯行了雨，違了天條，該丞相魏徵斷罪。」朕許救之。朕欲今日於後宮裏宣丞相與朕下碁一日，須直到晚乃出，此龍必可免災。』敬德曰：『所言是實。』乃宣魏徵至。帝曰：『召卿無事，朕欲與卿下碁一日。』唐王故遲延下着。將近午，忽然魏相閉目籠睛，寂然不動。至未時，卻醒。帝曰：『卿爲何？』魏徵曰：『臣暗風疾發，陛下恕臣不敬之罪。』又對帝下碁。未至三着，聞得長安市上百姓喧閙異常。帝問何爲。近臣所奏，千步廊內十字街頭雲端吊下一隻龍頭來，因此百（姓）喧閙。帝向魏徵曰：『怎生來？』魏徵曰：『陛下不問，臣不敢言。涇河龍違天獲罪，奉玉帝聖旨命臣斬之。臣若不從，臣罪與龍無異矣。臣適來合眼一霎，斬了此龍。』正喚作魏徵斬涇河龍。唐皇曰：『本欲救之，豈期有此！』遂罷碁。

譚正璧說：『照這段文字看來，這部西遊記的內容大概不會和吳承恩所作相差太遠的。而且由中間插入「玉帝差魏徵斬龍」一個題目看來，這部西遊記也分段敍述，其體裁和元刊本三國志平話全同。三國志平話也於文字中間常常插入題目，如「關公誅文丑」「曹公贈袍」「諸葛出庵」……等。當今有人以爲「當是元代中葉（或至遲是元末）的作品。」理或可信。但我們如果說牠或是宋時作品，雖無理由可以證實，但也無理由可以推翻。所以據了永樂大典的編纂的年代講，不如索性含混的說牠是宋、元人的作品爲愈。』

第六節　講史書

屬於講史書的話本現存的，有武王伐紂書，七國春秋後集，秦併六國平話，前漢書續集，三國志平話，梁公九諫，五代史平話及宣和遺事等八種。這八種中，有著作時代可考的，僅有梁公九諫一種，而作者何人，則全不可知。

（一）梁公九諫

宋有梁公九諫一卷，文亦朴陋，現無單行本，收於士禮居叢書中。全書敍唐武后廢太子爲廬陵王，而欲傳位於姪武三思，經狄仁傑極諫了九次，武后始感悟，召廬陵王回來復立爲太子。卷首載有范仲淹唐相梁公碑文，乃仲淹貶守鄱陽時作，則書當在明道二年（一〇三三）以後。今錄其第六諫於下：

則天睡至三更，又得一夢，夢與大羅天女對手着棋，局中有子，旋被打將，頻輸天女，忽然驚覺。來日受朝，問諸大臣，其夢如何？狄相奏曰：『臣圓此夢，於國不祥。陛下夢與大羅天女對手着棋，局中有子，旋被打將，頻輸天女，蓋謂局中有子，不得其位，旋被打將，失其所主。今太子廬陵王貶房州千里，是謂局中有子，不得其位。遂感此夢。臣願東宮之位，速立廬陵王爲儲君，若立武三思，終當不得！』

（二）武王伐紂書

武王伐紂書爲明人封神傳的祖本，其書先以蘇妲己被魅，狐狸進據其身，誘惑紂王，爲惡多端爲開場，這正與封神傳相同。次敍仙人雲中子見宮中妖氣甚熾，進劍除妖，而紂王不納的事。再次則敍紂王的作惡，立酒池肉林，囚西伯於羑里等等。次敍西伯脫歸，數聘姜子牙出來助周，子牙神術高強，諸將畏服。及文王死，武王卽位，遂大擧伐紂，以子牙爲帥。紂子殷郊也來助武王以伐無道。武王收兵斬將，屢次大勝，遂滅了殷紂，立了八百年天下的基礎。

(三)七國春秋後集

七國春秋後集敍齊王自孫子破魏後，有倂吞天下之志。又封孟子爲上卿，齊國大治。這時孫臏之父操因諫阻燕王噲讓位於子之，被囚，孫子遂率兵滅燕國，殺噲及子之。孟子因諫齊滅燕，不聽，遂去齊。燕人立太子平爲君，是爲昭王，大施仁政，收集流亡。時齊王爲國舅鄒堅、鄒忌所弒，立愍王，貶田文於卽墨，孫子諫之不從，遂詐死。秦白起聞孫子死，領兵來要七國將印，燕、魏、韓亦起兵來攻齊，不見用，投燕，燕昭王任以國政。他乃合秦、趙、韓、魏之兵伐齊，破七十餘城，齊王亦終於被殺。齊太子逃奔卽墨田單處。孫子復下山，用反間使燕以騎刼代樂毅，並教田單使一火牛計，殺退燕兵。燕復以樂毅爲帥，與齊帥孫子互以陣法及勇將相鬬。樂毅又請師父黃柏楊下山，布迷魂陣，陷孫子等。於是孫子師父鬼谷子也被再三請下山來，率五國軍兵九十萬，破陣救出孫子，大敗燕兵。秦白起率兵助燕，七國混戰，殺人無數。黃柏楊終於抵敵鬼谷子不住，遂講和。衆仙各受封歸山，從此天下亦太平無事。

……樂毅大喜，看柏楊定甚計來。先生曰：『此是迷魂陣，捉孫子之地。』毅告曰：『下戰書與孫子。孫子拜師父爲師叔，兼孫操拜爲師父。若見，必舌辨也。』柏楊曰：『放心也。敗爾者弱吾節槩。』同樂毅至張秋景德鎭，向燕陣中烈八足馬四疋，懷胎婦人各用七個，取胎埋於七處，四角頭埋四面日月七星旗。陰陽不辨，南北不分，此爲迷魂陣。若是打陣入來，直至死不能得出。準備了畢，卻說齊帥孫子在營中，有人報軍師：『寨門外有一道童來。』先生喚至，呈書與孫子。孫子看曰：『師父書來，道臏有百日之災，愼勿出戰。只宜忍事，如出陣，有誤也。』言未已，有人報樂毅下戰書。先生曰：『此非師父之書，是樂毅之計，必詐也。』孫子不信，叫袁達：『聽吾令，依計用事，破燕陣，捉樂毅。』袁達持斧上馬曰：『只今朝便覩個清平。』來戰樂毅。且看勝敗如何？……（樂毅圖齊七國春秋後集）

（四）秦併六國平話

秦併六國平話先敍歷代興亡『入話』纔敍秦始皇兵力強盛，有併吞天下之意，使人使六國，要六國盡納土地於秦。六國恐且怒，遂連合攻秦，互有勝負。於某次大勝後，諸王各班師回國，且約定一國有難，諸國皆來救應。中插敍始皇原爲呂不韋子，至是不韋勢太甚，乃設法安置於蜀，不韋遂自殺。纔敍始皇命王翦伐韓，韓向趙、齊借兵，不應，遂爲秦所滅。秦又伐趙，屢爲趙將李牧所挫，適牧爲司馬尙讒死，秦兵遂滅趙。時燕太子丹懼秦伐燕，命荊軻入秦獻樊於期首及督亢地圖，乘間刺秦王，未中。秦遂命王翦圍燕，燕斬太子丹請和，始罷圍。又命王賁攻魏，魏不能抗，虜其王，遂滅魏。又伐楚，先以李信爲將，率兵二十萬，爲楚敗還。更命王翦率兵六十萬往，不久楚便滅亡。又命王賁伐燕，燕王投奔遼東，秦兵敗遼兵，燕王自殺，遼王將其首交秦兵，王賁方收兵回國。又命王賁攻齊，齊王降。始皇既統一天下，設筵相慶。有燕人高漸離善擊筑，爲始皇所信，乘間擊之，亦不中，爲左右所殺。於是始皇以天下爲三十六郡，銷兵器，焚書阬儒，又命徐福求仙，韓人張良擊之博浪沙，亦不中。至沙丘，始皇死。趙高與李斯謀立胡亥，矯詔殺太子扶蘇。不久，趙高又殺李斯父子，殺二世，立孺子嬰。孺子嬰又設計殺趙高。自後，劉邦攻入咸陽，降孺子嬰，復與項羽爭天下。邦用張良韓信等，滅了項羽，遂統一天下。

(五)前漢書續集

前漢書續集先敍項羽烏江自刎，其屍爲五侯所奪。繼敍劉邦既平天下，大封功臣，然深忌韓信等。適他所恨的楚臣季布以計自首，而鍾離末則爲信所匿。遂設一計，詐遊雲夢以取信。末勸信反，不聽，反斬末以獻。邦乃奪其兵權，安置咸陽。陳稀奉命禦番兵，臨行與信密談，到邊地後，遂反漢。漢王率兵親征。呂后商之蕭何，詐傳已斬陳稀，命信入長安宮謝罪，遂斬信。劉邦亦用陳平計，收服陳稀之衆，稀奔匈奴。信部下六將反，欲呂后之頭，呂后上城，六將射之，忽見一條金龍護體，知天命存在，遂各自刎。不久，彭越又爲漢王所殺，以肉爲醬，賜與羣臣。英布食之而吐，入江盡化爲螃蟹，遂反，漢王親征，爲布射中一箭，但布亦爲吳芮所賺殺。次又敍漢王欲立如意爲太子，爲羣臣所阻。王死，立呂后子，是爲惠帝。呂后遂欲誅劉氏諸王，先殺如意。賴陳平王陵諸臣設計暗護，諸劉始無恙。後呂后爲韓信陰魂射死，樊亢率兵入宮，盡殺諸呂。諸臣請劉澤等三王登位，他們皆不能坐到龍座上去，因此將帝位缺了半年。後從陳平言，迎薄姬子北大王爲帝。他要日午再西方卽位。果然日影再午，他便安登龍位，是爲漢文帝。

……按漢書云：呂后送高皇回來，常想斬韓信之計，中无方便。『若高皇征陳希回來，必見某過也。』呂后終日不悅。駕去早經二月有餘，令左右請蕭何入內。呂后向丞相曰：『高皇出征臨行，曾言子童與丞相同謀定計，早獲斬韓信，要其儆過。』問：『丞相有計麼？』蕭何聞言，心中大驚。暗思：『韓信未遇，吾曾舉薦他掛印，東蕩西除，亡秦滅楚，收伏天下。今一統歸於劉氏，今作閑人，坐家致仕，今亦要將韓信斬首，呂后逼吾定計，不由吾矣。實可傷悲！韓信好苦哉！』蕭何哽咽未對。呂后大怒曰：『丞相不與朝廷分憂，到與反臣出力，爾當日三箭亦保韓信反乎？』蕭何急奏曰：『告娘娘，與小臣三日暇限，於私宅中思計如何？』太后准奏。還於私宅，悶悶而不悅。升坐片間，有左右人來報，楚王下一婦人名喚青遠，言有機密事要見相公。蕭何曰：『喚來。』青遠叩廳而拜，『告相公，妾有寃屈之事。韓信教唆陳希告反，卻要妾男長輿殺了。因此妾告狀相公。』蕭何聽婦人言其事，諕得蕭何失色，暗引婦人青遠入內見太后。蕭相言其韓信教唆陳希謀反。呂后大驚，問蕭何如何。蕭相言：『牢中取一罪囚，貌相陳希，斬之，將首級與使命，於城外將來，詐言高皇捉訖陳稀斬首，教他將頭入宮。韓信聞之，必然憂恐。更何說

韓信入宮，將他問罪，與婦人青遠對詞證之。』太后曰：『此計甚妙。』……（前漢書續集）

（六）三國志平話

三國志平話先敍光武時有秀才司馬仲相遊御園，斷劉邦、呂雉屈斬韓信、彭越、英布一案，命他們投生爲劉備、曹操、孫權三人，三分漢室天下以報宿仇。上帝以仲相判斷公平，送他投生爲司馬懿，削平三國，一統天下，以酬其勞。以後接敍孫學究於地穴得天書，傳弟子張覺，遂起黃巾之亂。靈帝以皇甫松爲帥，松以桃園結義之劉備、關羽、張飛三人爲先鋒，遂平定張覺等。常侍段珪讓以索賄不遂，沒三人功，後賴董成力，劉備爲安喜縣尉。張飛因忿殺太守督郵，備等遂往太行山落草。帝大驚，斬十常侍之首，命人擕往招安，並以備爲平原丞。後獻帝立，董卓專權，曹操、袁紹等討之，爲呂布所敗。劉、關、張三人戰勝呂布，布始閉關不出。王允復以連環計使呂布殺董卓，布突圍往投劉備於徐州。後布爲操擒殺，操又引備入朝，封豫州牧。操亦專權，詔劉備等討之，爲所覺，遂進兵，殺得劉備大敗，弟兄三人皆失散。關爲操所收，於殺袁紹將顏良、文丑後，便棄操尋備。後與劉、張會於古城，往投劉表，表以備爲辛冶太守。備於此時三請諸葛亮出廬。操引大軍攻破辛冶，備投孫權。權以周瑜敵操，大破之於赤壁。

劉備乘機借荊州暫住。從諸葛計，進兵取四川，取成都，降劉璋，自立爲漢中王，命關羽守荊州，吳屢索荊州，不與，權遂興兵殺羽。時曹丕篡漢，備與權聞之，也各自立爲帝。備因欲報羽仇攻吳，大敗，卒於白帝城。諸葛亮輔阿計（卽阿斗）爲帝，先平南蠻，七擒孟獲以服其心，更六出岐山討曹魏，但無功。亮卒後，姜維繼之，亦無所施展。後司馬氏篡魏，使鄧艾、鍾會平蜀，王濬、王渾平吳，天下復歸於一。但漢帝外孫劉淵逃於北方，不肯服晉，其子聰更驍勇絕人，自立國號曰漢，爲劉氏報仇。晉懷帝時，聰領兵至洛陽，殺懷帝，又追擄新立的閔帝於長安，滅了晉國，卽皇帝位。

……有張飛遂問玄德：『哥哥因何煩惱？』劉備曰：『令某上縣尉九品官爵。關、張衆將一般軍前破黃巾賊五百餘萬。我爲官，弟兄二人無官，以此煩惱。』張飛曰：『哥哥錯矣！從長安至定州，行十日不煩惱，緣何參州回來便煩惱？必是州主有甚不好。哥哥對兄弟說。』玄德不說。張飛離了玄德，言道：『要知端的，除是根問去。』去於後槽根底，見親隨二人便問，不肯實說。張飛聞之大怒，至天晚二更向後，手提尖刀，卽時出尉司衙，至州衙後，越牆而過，至後花園，見一婦人。張飛問婦人：『太守那裏宿睡？你若不道，我便殺你。』婦人戰戰兢兢，怕怖言：『太守在後堂內宿睡。』『你是太守甚人？』『我是太守拂牀之人。』張飛道：『你引我後堂中去來。』婦人引張飛至後堂。張飛把婦人殺了，又把太守元嶠殺了。有燈下夫人忙叫道：『殺人賊，』又把夫人殺訖。……（三國志平話）

（七）五代史平話

新編五代史平話，講史之一，孟元老所謂『說五代史』的話本，這大概相近吧，這本書梁、唐、晉、漢、周每代二卷，都以詩起，次入正文，又以詩終。惟梁史平話始於開闢，次略敍歷代興亡的事，立論頗奇，而且也雜些誕妄的因果說。

龍爭虎戰幾春秋　五代梁唐晉漢周　興廢風燈明滅裏　易君變國若傳郵

……劉季殺了項羽，立着國號曰漢，只因疑忌功臣，如韓王信、彭越、陳豨之徒，皆不免族滅誅夷。這三個功臣抱屈啣寃，訴於天帝，天帝可憐見三個功臣無故被戮，令他每三個托生做三個豪傑出來：韓信去曹家托生做着個曹操，彭越去孫家托生做着個孫權，陳豨去那宗室家托生做着個劉備，這三個分了他的天下……三個各有史，道是三國志是也。……

此處所云，與三國志平話開首所敍略異，如三國志以爲英布托生爲孫權，彭越托生爲劉備，而無陳豨，但由是可見此說實根據於三國志平話，而可以用爲此書實較三國志後出的證明。

自晉及唐，以至黃巢變亂。朱氏立國。今本梁史、漢史皆缺下卷，周史末亦有缺文。必當訖於梁亡矣。全書敍事，繁簡頗不同。大抵史上大事，就無甚發揮，一涉細事，便多增飾之語。又好用駢語，間雜詩句，作詼諧之詞，以博一笑。如敍黃巢下第，與朱溫等爲盜，將刼侯家莊馬評事時途中光景：

……黃巢道：『若去刼他時，不消賢弟下手，咱有桑門劍一口，是天賜黃巢的。咱將劍一指，看他甚人，也抵敵不住。』道罷便去，行過一個高嶺，名做懸刀峯，自行了半個日頭，方得下嶺，好座高嶺！是根盤地角，頂接天涯，蒼蒼老檜拂長空，挺挺孤松侵碧漢，山鷄共日鷄齊鬭，天河與澗水接流，飛泉飄雨脚廉纖，怪石與雲頭相軋。怎見得高？

幾年攧下一樵夫　至今未曾攧到底

黃巢兄弟四人過了這座高嶺，望見那侯家莊。好座莊舍！但見：石惹閑雲，山連溪水，堤邊垂柳，弄風裊裊拂溪橋，路畔閑花，映日叢叢遮野渡。那四個兄弟望見莊舍遠不出五里田地，天色

正晡，同入個樹林中歇歇了，待晚西卻行到那馬家門首去。……（梁史卷上）

（八）宣和遺事

宣和遺事，世人都以爲宋人作，其實不然『文中有呂省元宣和講篇及南儒詠史詩，省元南儒皆元代語，則其書或出於元人，抑宋人舊本而元時又有增益，皆不可知。』全書分前後二集係節抄舊籍而成，故前後文體不相類。始於稱述堯、舜而終以高宗的定都臨安，按年演述，若史籍中的編年體。考其文字及所敍事跡，可分全書爲十節：一、敍歷代帝王荒淫之失，蓋猶宋人講史之開篇。二、敍王安石變法之禍；也是北宋末士論的常套。三、敍王安石引蔡京入朝至童貫、蔡攸巡邊；四、敍梁山濼宋江等英雄聚義的本末；五、敍徽宗幸李師師家，曹輔進諫及張天覺隱去；六、敍道士林靈素的進用及其死葬之異；七、敍京師臘月預賞元宵及元宵看燈的繁華盛景；八、敍金人來運糧，以至京城失陷；九、敍徽、欽二帝北行的痛苦和屈辱；十、敍高宗定都臨安。末二節卽删節南燼紀聞、竊憤錄及續錄而成，故文字無甚差異。最可注意的是第四節所敍梁山濼故事，是後來水滸傳的祖本。胡適以爲看宣和遺事，便可看見一部縮影的『水滸故事。』他又把宣和遺事中的水滸故事分爲六段：

一、楊志李進義（後來作盧俊義，）林冲，王雄（後來作楊雄、）花榮，柴進、張青、徐寧、李應、穆橫、關勝、孫立十二個押送『花石綱』的制使，結義爲兄弟。後來楊志在潁州阻雪，缺少旅費，將一口寶刀出賣，遇着一個惡少口角厮爭，楊志殺了那人，判決配衞州軍城。路上被李進義、林冲等十一人救出去，同上太行山落草。

二、北京留守梁師寶差縣尉馬安國押送十萬貫的金珠珍寶上京，爲蔡太師上壽。路上被晁蓋、吳加亮、劉唐、秦明、阮進、阮通、阮小七、燕青等八人用麻藥醉倒，搶去生日禮物。

三、『生辰綱』的案子，因酒桶上有『酒海花家』的字樣，追究到晁蓋等八人。幸得鄆城縣押司宋江報信與晁蓋等，使他們連夜逃走。這八人連結了楊志等十二人，同上梁山泊落草爲寇。

四、晁蓋感激宋江的恩義，使劉唐帶金釵去酬謝他。宋江把金釵交給娼妓閻婆惜收了。不料被閻婆惜得知來歷，那婦人本與吳偉往來，現在更不避宋江。宋江怒起，殺了他們，題反詩在壁上，出門跑了。

五、官兵來捉宋江，宋江躲在九天玄女廟裏，官兵退後，香案上一聲響亮，忽有一本天書，上寫着三十六人姓名。這三十六人，除上文已見二十人之外，有杜千、索超、董平都已先上梁山泊了；宋江又帶了朱仝、雷橫、李逵、戴宗、李海等人上山。那時晁蓋已死，吳加亮與李進義爲首領。宋江帶了天書上山，吳加亮等遂共推宋江爲首領。此外還有公孫勝、張順、武松、呼延綽、魯智深、史進、石秀等人，共成三十六員（宋江爲帥，不在天書內。）

六宋江等既滿三十六人之數，『朝廷無其奈何，』只得出榜招安。後有張叔夜『招誘宋江和那三十六人歸順宋朝，各受武功大夫誥勑，分注諸路巡檢使去也。因此三路之寇悉得平定，後遣宋江收方臘，有功，封節度使。』（見胡適文存卷三水滸傳考證）

現在錄此書敍元宵看燈一小段，以見作者技術的程度：

宣和六年正月十四日，去大內門直上一條紅綿繩上，飛下一個仙鶴兒來，口內銜有一道詔書，一員中使接得展開，奉聖旨：宣萬姓。有那快行家手中把着金字牌，喝道：『宣萬姓！』少刻，京師民有似雲浪，盡頭上戴着玉梅，雪柳，鬧蛾兒，直到鰲下山看燈。卻去宣德門直上有三四個貴官，……得了聖旨，交撒了金錢銀錢，與萬姓搶金錢。那教坊大使袁陶曾作詞，名做撒金錢：

頻瞻禮，喜昇平又逢元宵佳致。鰲山高聳翠，端門珠璣交製，似嫦娥，降仙宮，乍臨凡世。恩露勻施，凭御閑聖顏垂視。撒金錢，亂抛墜，萬姓推搶沒理會；告官裏，這失儀，且與免罪。

是夜撒金錢後，萬姓各各徧遊市井，可謂是：

燈火熒煌天不夜　笙歌嘈雜地長春

第七節　南宋話本已打好活文學的基礎

胡適宋人話本八種序內的八種話本是：

一、碾玉觀音

二、菩薩蠻

三、西山一窟鬼

四、志誠張主管

五、拗相公

六、錯斬崔寧
七、馮玉梅團圓
八、金虜海陵王荒淫

在這八種中胡適先生的意見是：

以小說的結構看來，拗相公一篇很好，但此篇只是一種巧妙的政治宣傳品，其實算不得『通俗小說。』從文學的觀點上看來，錯斬崔寧要算八篇中的第一佳作。這一篇是純粹說故事的小說，並且說的很細膩，很有趣味，使人一氣讀下去，不肯放手；其中也沒有一點神鬼迷信的不自然的穿插，全靠故事的本身一氣貫注到底。其中關係全篇布局的一段寫的最好，記敘和對話都好。

劉官人馱了錢一步一步捱到家中敲門，已是點燈時分。小娘子二姐獨自在家，沒一些事做，守得天黑，閉了門在燈下打瞌睡。劉官人打門，她那裏便聽見？敲了半響方纔知覺，答應一聲『來了！』起身開了門。

劉官人進去，到了房中，二姐替劉官人接了錢，放在桌上，便問：『官人何處挪移這項錢來？卻是甚用？』那劉官人一來有了幾分酒，二來怪她開得門遲了；且戲言嚇她一嚇，便道：『說出來，又恐你見怪，不說時，又須通你得知。只是我一時無奈沒計可施，只得把你典與一個客人。又因捨不得你，只典得十五貫錢。若是我有些好處，加利贖你回來；若是照前這般不順溜，只索罷了！』那小娘子聽了，欲待不信，又見十五貫錢堆在面前；欲待信來，他平白與我沒半句言語，大娘子又過得好，怎麼便下得這等狠心辣手？狐疑不決，只得再問道：『雖然如此，也須通知我爹娘一聲。』劉官人道：『若是通知你爹娘，此事斷然不成，你明日且到人家，我慢慢央人與你爹娘說通，他也須怪我不得。』

小娘子又問：『官人今日何處吃酒來？』劉官人道：『便是把你典與人，寫了文書，吃他的酒纔來的。』

小娘子又問：『大姐姐如何不來？』劉官人道：『他因不忍見你分離，待得你明日出了門纔來，這也是我沒計奈何，一言爲定。』說罷，暗地忍不住笑，不脫衣裳，睡在床上，不覺睡去了。

那小娘子好生擺脫不下：『不知他賣我與甚色樣人家？我須先去爹娘家裏說知。就是他明日有人來要我，尋到我家，也須有個下落。』沈吟了一會，卻把這十五貫錢一垛兒堆在劉官人腳後邊，趁他酒醉，輕輕的收拾了隨身衣服，款款的開門出去，拽上了門，卻去左邊一個相熟的隣舍，叫做朱三老兒家裏，與朱三娘借宿了一夜，說道：『丈夫今日無端賣我，我須先去與爹娘說知。煩你明日對他說一聲，既有了主顧，可同我丈夫到爹娘家中來討個分曉，也須有個下落。』過了一宵，小娘子作别去了。

這樣細膩的描寫，漂亮的對話，便是白話文學正式成立的紀元。可以比上這一段的，還有西山一窟鬼中王婆說媒的一段，同海陵王荒淫中貴哥說風情的一大段。這三大段都代表那發達到了很高的地步的白話散文；五代史平話裏，宣和遺事裏，唐三藏取經裏，都沒有這樣發達完全的白話散文。

現在看了幾種南宋話本，不能不承認南宋晚年（十三世紀）的說話人已能用很發達的白話來做小說。他們的思想也許很幼稚（如西山一窟鬼，）見解也許很錯誤（如拗相公，）材料也許很雜亂（如海陵王荒淫，如宣和遺事，）但他們的工具，話的語言，卻已用熟了，活文學的基礎已打好了，偉大的小說快產生了。

第六章　明代

當元代時，西歐十字軍的東征復興了西歐的商業。而在明代，便興起了歐、亞海道的直接貿易。這是比唐代以來的印度洋貿易發展得多了。但明代底歐、亞貿易，不過是封建經濟中商業資本中的一種發展，而不是資本主義的開始。明代三保太監下西洋，是更擴張了元代海運的技術。

明代的文化在中葉因前後七子輩出來，到明末而達於爛熟。當時國勢漸傾，外迫於夷狄，內則流賊橫行，內地非常不安，唯江南一帶土地比較地安寧，且因爲離了北方的政爭而成爲文人墨客的淵叢。各種文學於是遂發達起來了。恰如清末到民國初上海租界脫了北京的政爭以致新文學非常勃興一樣。

第一節　明代的四大奇書

及於元代與雜劇底流行同時評詞小說也大勃興這如前所述一樣因蒙古人入主中原醉心漢族底文明傾向娛樂的方面歡迎雜劇和小說又實際據此以爲考察中國底歷史與人情風俗的捷徑被稱爲元代小說底雙璧的是水滸傳與三國志演義這配以西廂琵琶爲元代底四大奇書又與明代底二大傑作西遊記與金瓶梅相配而稱爲小說界底四大奇書。

四大奇書實皆不奇而所奇者乃在描摹人物的細膩敍事抒意的曲折周到遣辭造白的流利通暢爲前此作品所未有。

(一)三國志演義

它們產生的時代彼此相差甚遠；三國志水滸產生於元明之間而西遊記金瓶梅則產生於嘉靖年間以產生時代先後的關係先述三國志。

三國志演義我們都知道是三國的軍談傳說是羅貫中所作。

三國宋江二書乃杭人羅本貫中所編云云：（七修類稿）

貫中名本錢唐人（明郎瑛七修類稿二十二、田汝成西湖遊覽志四十五、胡應麟少寶山房筆叢四十一）或云名貫，字貫中（明王圻續文獻通考一百七十七）或云越人，生洪武初（周亮工書影）但明初人賈仲名的續錄鬼簿裏卻說『羅貫中，大原人，號湖海散人，與人寡合，樂府隱語，極爲清新。與余爲忘年交，遭時多故，天各一方，至正甲辰（一三六四）復會。別後又六十餘年，竟不知所終。

羅貫中大概是元、明間人（約一三三〇至一四〇〇）所著小說甚夥，明時說有數十種。現在存留的三國志演義之外，尚有隋唐志傳，殘唐五代史演義，三遂平妖傳，水滸傳等。他也能譜詞曲，著有雜劇龍虎風雨會（目見元人雜劇選。）然今所傳諸小說，皆屢經後人增損，眞的面目卻無從復見呢。

三國故事在唐、宋時已爲說話人取爲題材，已見前述。及三國志平話出世，乃始有了文字的刻本。三國志通俗演義係平話的擴大自不必說，但也經過後人的增潤修改。今本稱爲第一才子書的，乃清人毛宗崗所改，但與原文相差還不遠。牠和平話的最大不同，乃在將平話開首司馬仲相斷獄一事刪除，闢除果報之談，而使成爲純粹的歷史小說。其他不同者尚有數點：一、削去了平話中許多荒誕不經的事實，如曹操勸獻帝讓位於其子曹丕，劉備到太行山中落草爲寇等。二、增加了平話上所沒有的許多歷史上的眞實材料，如何進誅宦官，禰衡罵曹操，曹子建七步成詩等。三、增加了平話上所沒有的許多詩詞、表札。四、改寫了平話上許多不經的記載，如平話敍張飛拒曹操於長板橋，大喊一聲，橋竟爲之斷，此實萬無此理之事，故此書改作驚破了夏侯傑的膽。五保存了平話的敍述，加以潤飾改作，往往放大到五六倍，將枯瘠的記載成爲豐贍華腴的描寫。

現在所知的三國志演義版本很多，最不同的有三種，第一種就是明弘治刊本三國志通俗演義，明末李卓吾的評本亦卽此本。全書分二十四卷，每卷分十大段，每段有一題目，共二百四十目，題目語句亦參差不齊，和當時其他講史相同，這當是最古的一本。第二種是清康熙時毛聲山的删改評定本，也就是現代最通行的一本。他不僅加上許多金聖嘆式的批評，且把回目整理過，成爲很工整的對偶句子，而併爲一百二十回，把內容也整理過，去其背謬的而加入不少新的材料。在當時，因毛氏改動原本過甚了，於是復有不滿意於他的改正本者出來，略將舊本改動一下來付印。這便是第三種本子笠翁評閱第一才子書。此本的式樣，完全同卓吾批評本，回目也是參差不齊的，每回也是分為二段的；不過文字略有改動，改去了許多不通的句子，他是力求少改動原文，所以非至萬不得已不肯輕易更改。可惜，第一種今尚有影印本，而第三種則在國內或已成絕本了！明人曾把卓吾評的水滸和三國志合刻在一起，每頁上半頁為水滸，而下半頁為三國志，改名為英雄譜。清初亦刻英雄譜，卻用毛本三國志以代了卓吾的評本。

羅貫中本三國志演義，今得見者以明弘治甲寅（一四九四）刊本為最古，全書二十四卷，分二百四十曲，題曰『晉平陽侯陳壽史傳，後學羅本貫中編次。』起於靈帝中平元年『祭天地桃園結義，』終於晉武帝太康元年『王濬計取石頭城，』凡首尾九十七年（一八四至二八〇）事實，皆排比陳壽三國志及裴松之注，間或也採取平話，又加以推演而作，論斷頗取陳、裴及習鑿齒孫盛語，且更盛引『史官』及『後人』詩。然據舊史卽難於抒寫，雜虛辭復易滋溷淆，故明謝肇制（五雜俎十五）旣以為『太實則近腐，』清章學誠（丙辰劄記）又病其『七實三虛惑亂觀者也，至於寫人亦頗有失，以致欲顯劉備之長厚而似虛偽，狀出諸葛的多智而近於妖，惟於關羽，特別有很多好話，義勇的氣概，時時可以看見。如敍羽的出身丰采及勇力：『

……堦下一人大呼曰：『小將願往，斬華雄頭，獻於帳下！』衆視之，見其人身長九尺五寸，髯長一尺八寸，丹鳳眼，臥蠶眉，面如重棗，聲似巨鐘，立於帳前。紹問何人。公孫瓚曰：『此劉玄德之弟關某也。』紹問見居何職，瓚曰：『跟隨劉玄德充馬弓手。』帳上袁術大喝曰：『汝欺吾衆諸侯無大將耶？量一弓手，安敢亂言，與我亂棒打出！』曹操急止之曰：『公路息怒，此人既出大言，必有廣學，試教出馬，如其不勝，誅亦未遲。』……關某曰：『如不勝，請斬我頭。』操教釃熱酒一杯，與關某飲了上馬。關某曰：『酒且斟下，某去便來。』出帳提刀，飛身上馬。衆諸侯聽得寨外鼓聲大震，喊聲大舉，如天摧地塌，岳撼山崩，衆皆失驚，卻欲探聽，鸞鈴響處，馬到中軍，雲長提華雄之頭，擲於地上，其酒尚溫。……（第九回曹操起兵伐董卓）

又如曹操赤壁的敗，孔明知道操命不當盡，乃故使羽扼華容道，俾得縱之，而故以軍法相要，使立軍令狀而去，此敍孔明止見狡獪，而羽之氣概則凜然，與元刊本平話相去甚遠。

……華容道上，三停人馬，一停落後，一停塡了溝壑，一停跟隨曹操，過了險峻，路稍平安，操回顧止有三百餘騎隨後，並無衣甲袍鎧整齊者。……又行不到數里，操在馬上加鞭大笑。衆將問丞相笑者何故？操曰：『人皆言周瑜、諸葛亮足智多謀，吾笑其無能爲也。今此一敗，是吾欺敵之過，若使此處伏一旅之師，吾等皆束手受縛矣。』言未畢，一聲砲響，兩邊五百校刀手擺開，當中關雲長提青龍刀跨赤兔馬，截住去路。操軍見了，亡魂喪膽，面面相覷，皆不能言。操在人叢中曰：『既到此處，只得決一死戰。』衆將曰：『人縱然不怯，馬力乏矣，戰則必死。』程昱曰：『某素知雲長傲上而不忍下，欺強而不淩弱，人有患難，必須急之，仁義播於天下。丞相舊日有恩在彼處，何不親自告之，必脫此難矣。』操從其說，卽時縱馬向前，欠身與雲長曰：『將軍別來無恙？』雲長亦欠身答曰：『關某奉軍師將令，等候丞相多時。』操曰：『曹操兵敗勢危，到此無路，望將軍以昔日之言爲重。』雲長答曰：『昔日關某雖蒙丞相厚恩，曾解白馬之危以報之矣。今日奉命，豈敢爲私乎？』操曰：『五關斬將之時，還能記否。古之大丈夫處世必以信義爲重；將軍深明春秋，豈不知庾公之斯追子濯孺子者乎？』雲長聞知，低首不語。當時曹操引這事件來說，雲長是個義重如山之人，又見曹軍惶惶，皆欲垂淚，雲長思起五關斬將放他之恩，如何不動其心。於是把馬頭勒回，與衆軍曰：『四散擺開！』這個分明是放曹操的意思。操見雲長回馬，便和衆將一齊衝將過去。雲長回身時，前面衆將已自護送曹操過去了。雲長大喝一聲，衆皆下馬，哭拜於地。雲長不忍殺之，正猶豫中，張遼驟馬而至；雲長見了，又動故舊之情，長歎一聲，並皆放之。後人史官有詩讚曰：

徹膽常存義　終身思報恩　威風齊日月　名譽振乾坤

忠勇高三國　神謀陷七屯　至今千古下　軍旅拜英魂（第五十回下）

稱爲三國志演義續書有三種：一名三國志後傳，凡十卷一百三十九回，明失名撰。一名三國志演義續編，眞名實爲石珠傳，淸梅溪遇安氏著，共三十回，敍仙女石珠事，而時代適續前書，故以爲名。一名後三國志，實卽東西晉演義，明失名撰，體例似平話三國志，敍西晉全代，而東晉僅敍至建國卽止。我平常很懷疑牠的內容的有二書，一卽此書，一爲東西漢演義。東西漢的原本也只分段而不稱『回』，西漢只敍至全國統一，而東漢卻由立國敍至東漢亡國，中間無故缺去西漢立國後全代的史實，實在太無理由。

三國志演義是依據陳壽底三國志小說的演述而已。漢土人物輩出，前推春秋戰國，後推三國。

蓋從漢末底爭亂起至三分鼎立止，董卓、呂布、二袁底忽起忽滅；曹操底戡定羣雄而奄有中原；孫權據父兄之資以割據江東；劉玄德底留寓飄泊，備嘗辛苦後得孔明始開拓運命；隆中底三顧，赤壁底一戰，變轉無極的如走馬燈一樣的局面實古今爭天下的一大奇局，以此演義的三國志亦說話中的最有趣的了。李義山底驕兒詩中有『或謔張飛胡或笑鄧艾吃』之句，在東坡志林裏也有左記的一條。

王彭嘗云：塗巷中小兒薄劣，其家所厭苦，輒與錢，令聚坐聽說古話。至說三國事，聞劉玄德敗，頻蹙眉，有出涕者，聞曹操敗，卽喜唱快。以是知君子小人之澤，百世不斬。（卷六）

這樣在唐、宋之頃，三國志底軍談或演劇，已經流行起來了。在金、元曲目中有赤壁鏖兵、諸葛亮祭風、五丈原等題目，在元曲選中收入之隔江鬬智、連環計之二種，不僅於此，就是現在所謂空城計、打鼓罵曹、轅門射戟等三國史劇，也是舊劇中的白眉，幾乎在舞臺上沒有一日不看見綸巾羽扇的諸葛先生，戰袍橫槊的美髯公底英姿的。三國史劇的流行實盛，恰如日本忠臣藏之類。

本書全百二十回，以宴桃園豪傑三結義開始，降孫皓三分歸一統終局。內容如前所說，據陳壽底三國志而小說的地演述出來的有史實作根柢，不如水滸傳與西遊記一樣憑空構想，無中生有，任意揮筆但不免有所拘束。於其中有作者底苦心可以窺見其大手筆。在明、謝肇制底五雜組裏這樣說：

惟三國演義與錢唐記、宣和遺事、楊六郎等書俚而無味。何者？事太實則近腐，可以悅里巷小兒，而不足爲士君子道也。

胡應麟也大不滿意於三國志。實際是不能與水滸比較。如東坡志林所說，誰都有同情於劉玄德，對曹操抱惡感，但在本書奸雄曹操底面目，卻躍如成了天眞爛漫可愛的人；重賢謙虛的玄德近於僞君子，忠亮貞節的諸葛孔明卻成了富於權謀的策士，要之實有一種擡舉的拉倒之感。然無論如何，縱如天下的名文，然西廂誨淫，水滸誨盜，爲名教底罪人。三國志在這點上做爲家庭底讀物是很適合的。實際在明之宮中已成爲皇帝必讀之書，與四書、五經、通鑑等均有內府底刻版。從隆中三顧起到赤壁之戰止，尤其有趣，文章雖是小說體，實是近於雅馴典麗的古文，爽快易讀，所以宜編入漢文教科書中。中國人沒有不讀三國志的，無論怎樣非勸諸君讀讀不可。茲抄錄玄德伴着關羽、張飛第一次訪臥龍岡的一段於左。

次日，玄德同關、張並從人等來隆中。遙望山畔，數人荷鋤，耕於田間，而作歌曰：

蒼天如圓蓋　陸地如棋局　世人黑白分　往來爭榮辱
榮者自安安　辱者定碌碌　南陽有隱居　高眠臥不足

玄德聞歌，勒馬喚農夫問曰：『此歌何人所作？』答曰：『乃臥龍先生所作也。』玄德曰：『臥龍先生住何處？』農夫曰：『自此山之南，一帶高岡，乃臥龍岡也。岡前疎林內，茅廬中，卽諸葛先生高臥之地。』玄德謝之，策馬前行，不數里，遙望臥龍岡，果然清景異常。後人有古風一篇，單道臥龍居處。詩曰：

襄陽城西二十里，一帶高岡枕流水。高岡屈曲壓雲根，流水潺湲飛石髓。勢若困龍石上蟠，形如單鳳松陰裏。柴門半掩閉茅廬，中有高人臥不起。修竹交加列翠屏，四時籬落野花馨。牀頭堆積皆黃卷，座中往來無白丁。叩戶蒼猿時獻菓，守門老鶴夜聽經。囊裏名琴藏古錦，壁間寶劍映松文。廬中先生獨幽雅，閒來親自勤耕稼，專待春雷驚夢回，一聲長嘯安天下！

玄德來到莊前下馬，親叩柴門，一童出問。玄德曰：『漢左將軍宜城亭侯，領豫州牧皇叔劉備特來拜見先生。』童子曰：『我記不得許多名字』。玄德曰：『你只說劉備來訪。』童子曰：『先生今早少出。』玄德曰：『何處去了！』童子曰：『蹤跡不定，不知何處去了。』玄德曰：『幾時歸。』童子曰：『歸期亦不定，或三五日，或十數日。』玄德惆悵不已。張飛曰：『旣不見，自歸去罷了。』玄德曰：『且待片時。』雲長曰：『不如且歸，再使人來探聽。』玄德從其言，囑咐童子，如先生回，可言劉備拜訪。遂上馬行數里，勒馬回觀隆中景物，果然山不高而秀雅，水不深而澄清，地不廣而平坦，林不大而茂盛，猿鶴相親，松篁交翠，觀之不已。

漢末兵馬倥偬之際，忽有此一幕仙境，恰如在喉渴汗流的炎天的旅行中，得到綠陰流水，實有清風滿懷之感。茲更進而舉其第二次訪問臥龍岡底記事。

三人回至新野，過了數日。玄德使人探聽孔明。『回報曰：臥龍先生已回矣！』玄德便教備馬。張飛曰：『量一村夫，何必哥哥自去，可使人喚來便是！』玄德叱曰：『汝豈不聞孟子云：『欲見賢而不以其道，猶欲其入而閉之門也。』孔明當世大賢，豈可召乎！』遂上馬再往訪孔明。

關、張亦乘馬相隨。時値隆冬，天氣嚴寒，彤雲布密，行無數里，忽然朔風凜凜，瑞雪霏霏，山如玉簇，林似銀妝。張飛曰：『天寒地凍，尙不用兵，豈宜遠見無益之人乎？不如回新野以避風雪。』玄德曰：『吾正欲使孔明知我慇懃之意，如弟輩怕冷，可先回去。』飛曰：『死且不怕，豈怕冷乎！但恐哥哥空勞神思。』玄德曰：『勿多言！只相隨同去！』將近茅廬，忽聞路旁酒店中有人作歌，玄德立馬聽之。其歌曰：

壯士功名尙未成，嗚呼久不遇陽春。君不見東海老叟辭荊蓁，後車遂與文王親，八百諸侯不期會，白魚入舟涉孟津。牧野一戰血流杵，鷹揚偉烈冠武臣。又不見高陽酒徒起草中，長揖芒碭隆準公，高談王霸驚人耳，輟洗延座欽英風，東下齊城七十二，天下無人能繼踪。兩人非際聖天子，至今誰復識英雄？

歌罷，又有一人擊桌而歌。其歌曰：

吾皇提劍淸寰海，創業垂基四百載，桓、靈季業火德衰，奸臣賊子調鼎鼐。青蛇飛下御座旁，又見妖虹降玉堂。羣盜四方如蟻聚，奸雄百輩皆鷹揚。吾儕長嘯空拍手，悶來村店飲村酒。

獨善其身盡日安，何須千古名不朽。

二人歌罷，撫掌大笑。玄德曰：『臥龍其在此間乎？』遂下馬入店，見二人憑桌對飲，上首者白面長鬚，下首者淸奇古貌。玄德揖而問曰：『二公誰是臥龍先生！』長鬚者曰：『公何人？欲尋臥龍何幹？』玄德曰：『某乃劉備也，欲訪先生，求濟世安民之術。』長鬚者曰：『吾等非臥龍，皆臥龍之友也。吾乃潁州石廣元，此是汝南孟公威。』玄德喜曰：『備久聞二公大名，幸得邂逅，今有隨行馬匹在此，敢請二公同往臥龍莊上一談。』廣元曰：『吾等皆山野慵懶之徒，不省治國安民之事，不勞下問，明公請自上馬尋訪臥龍。』玄德乃辭二人，上馬投臥龍岡來。到莊前下馬，叩門問童子曰：『先生今日在莊否？』童子曰：『現在堂上讀書。』玄德大喜，遂跟童子而入，至中門，只見門上大書一聯云：『淡泊以明志，寧靜以致遠。』玄德正看間，忽聞吟詠之聲，乃立於門側窺之，見草堂之上一少年，擁爐抱膝歌曰：

鳳翱翔於千仞兮非梧不棲，士伏處於一方兮非主不依。樂躬耕於隴畝兮吾愛吾廬。聊寄傲於琴書兮以待天時。

玄德待其歌罷，上草堂施禮曰：『備久慕先生，無緣拜會，昨因徐元直稱薦，敬至仙莊，不遇空回，今特冒風雪而來，得瞻道貌實爲萬幸！』那少年慌忙答禮曰：『將軍莫非劉豫州，欲見家兄否？』玄德驚訝曰：『先生又非臥龍耶？』少年曰：『某乃臥龍之弟，諸葛均也。愚兄弟三人，長兄諸葛瑾，現在江東孫仲謀處爲幕賓；孔明乃二家兄。』玄德曰：『臥龍今在家否？』均曰：『昨爲崔州平相約出外閒遊去矣。』玄德曰：『何處閒遊？』均曰：『或駕小舟，遊於江湖之中；或訪僧道於山嶺之上；或尋朋友於村落之間；或樂琴棋於洞府之內；往來莫測，不知去所。』玄德曰：『劉備直如此緣分淺薄，兩番不遇大賢。』均曰：『小坐，獻茶。』張飛曰：『那先生既不在，請哥哥上馬。』玄德曰：『我既到此間，如何無一語而回。』因問諸葛均曰：『聞令兄臥龍先生，熟諳韜略，日看兵書，可得聞乎？』均曰：『不知。』張飛曰：『問他則甚風雪甚緊，不如早歸。』玄德叱止之。均曰：『家兄不在，不敢久留車騎，容日卻來回禮。』玄德曰：『豈敢望先生枉駕，數日之後，備當再至，願借紙筆作一書留達令兄以表劉備慇懃之意。』均遂進文房四寶，玄德呵開凍筆，拂展雲箋，寫書曰：

備久慕高名，兩次晉謁，不遇空回，惆悵何似！竊念備、漢朝苗裔，濫叨名爵，伏覩朝廷陵替，綱紀崩摧，羣雄亂國，惡黨欺君，備心膽俱裂，雖有匡濟之誠，實乏經綸之策。仰望先生仁慈忠義，慨然展呂望之大才，施子房之鴻略，天下幸甚！社稷幸甚！先此布達，再容齋戒薰沐，特拜尊顏，面傾鄙悃，統希鑒原。

玄德寫罷，遞與諸葛均收了，拜辭出門。均送出，玄德再三慇懃致意而別。方上馬欲行，忽見童子招手籬外叫曰：老先生來也。玄德視之，見小橋之西，一人煖帽遮頭，狐裘蔽體，騎着一驢，後隨一青衣小童，攜一葫蘆酒，踏雪而來。轉過小橋，口吟詩一首。詩曰：

一夜北風寒，萬里彤雲厚，長空雪亂飄，改盡江山舊。仰面觀太虛，疑是玉龍鬬，紛紛鱗甲飛，頃刻遍宇宙。騎驢過小橋，獨嘆梅花瘦。

玄德聞歌曰：『此眞臥龍矣。』滾鞍下馬，向前施禮曰：『先生冒寒不易，劉備等候久矣。』那人慌忙下驢答禮。諸葛均在後曰：『此非臥龍家兄，乃家兄岳父黃承彥也。』玄德曰：『適聞所吟之句，極其高妙；』承彥曰：『老夫在小壻家觀梁父吟記得這一篇；適過小橋，偶見籬落間梅花，故感而誦之，不期爲尊客所聞。』玄德曰：『尊見賢壻否？』承彥曰：『便是老夫也來看他。』玄德聞言，辭別承彥，上馬而歸。正值風雪又大，回望臥龍岡，悒怏不已。後人有詩單道玄德風雪訪孔明。詩曰：

一天風雪訪賢良　不遇空回意感傷　凍合溪橋山石滑　寒侵鞍馬路途長
當頭片片梨花落　撲面紛紛柳絮狂　回首停鞭遙望處　爛銀堆滿臥龍岡

(a)胡適三國志演義序

『三國的故事向來是很能引起許多人的想像力與興趣的。這也是很自然的。中國歷史上只有七個分裂的時代：(1)春秋到戰國，(2)楚、漢之爭，(3)三國，(4)南北朝，(5)隋、唐之際，(6)五代十國，(7)宋、金分立的時期。這六個時代之中，南北朝與南宋都是不同的民族分立的時期，心理上總有一點『華夷』的觀念，大家對於『北朝』的史事都不大注意，故南北朝不成演義的小說，而南宋時也只配做那偏於『攘夷』的小說（如說岳）。其餘五個分立的時期都是演義小說的好題目。分立的時期，人才容易見長，勇將與軍師更容易見長，可以不用添枝添葉而自然有熱鬧的故事。所以東周列國志、七國志、楚漢春秋、三國志、隋唐演義、五代史平話、殘唐五代等書的風行，遠勝於兩漢演義、兩晉演義等書。但這五個分立時期之中，春秋戰國的時代太古了，材料太少；況且頭緒太紛煩，不容易做的滿意。楚漢與隋唐又太短了，若不靠想像力來添材料，也不能做成熱鬧的故事。五代、十國頭緒也太繁，況且人才並不高的，故關於這個時代的小說都不能做好。只有三國時代，魏、蜀、吳的人才都可算是勢均力敵的，陳壽、裴松之保存的材料也很不少；況且裴松之注三國志時，引了許多雜書的材料，很有小說的趣味。因此，這個時代遂成了演義家的絕好題目了。

三國志演義不是一個人做的，乃是五百年的演義家的共同作品。唐朝已有說三國故事的了。段成式、酉陽雜俎說：『予太和末因弟生日觀劇，有市人小說，呼扁鵲作褊鵲字上聲。』又李商隱、驕兒詩云：『或謔張飛胡，或笑鄧艾吃。』這都可證晚唐已有說三國的。宋朝『說話』的風氣更發達了。孟之老、東京夢華錄說北宋晚年的『說話』共有許多科，內中『說三分』是一種獨立科目，不屬於『講史』一科，竟成了一種專科了。蘇軾、志林說：

塗巷中小兒薄劣，其家所厭苦，輒與錢，令聚坐聽說古話。至說三國事，聞劉玄德敗，輒蹙眉，有出涕者；聞曹操敗，卽喜，唱快。以是知君子小人之澤，百世不斬。

宋、金分立的時代，南方的平話，北方的院本，都有這一類的歷史故事。現在可考見的，只有金院本中的襄陽會。到了元朝，我們的材料便多了。錄鬼簿與涵虛子記的雜劇名目中，至少有下列各種是演三國故事的：

王　曄　臥龍岡

朱　凱　黃鶴樓

王實甫　陸績懷橘、曹子建七步成章

關漢卿　管甯割席、單刀會

尙仲賢　諸葛論功（錄鬼簿作『武成廟諸葛論功，』不知是否三國故事。）

高文秀　周瑜謁魯肅、劉先生襄陽會

鄭德輝　王粲登樓、三戰呂布（二本）

武漢臣　三戰呂布（二本。）（按錄鬼簿，武作的是一部分，餘爲鄭作。）

王仲文　諸葛祭風、五丈原

于伯淵　斬呂布

石君寶　哭周瑜

趙文寶　燒樊城糜竺收資

無名氏　連環計、博望燒屯隔江鬪智。

這十九種之中現在只有單刀會博望燒屯（日本京都文科大學影刻的元人雜劇三十種之二）、連環計、隔江鬪智、王粲登樓（臧刻元曲選百種之一，）五種存在。明朝宗室周憲王的雜劇十段錦之中，有關雲長義勇辭金一種，現在也有傳本（董康刻的。）

我們研究這幾種現存的雜劇，可以推知宋至明初的三國故事大概與現行的三國演義裏的故事相差不遠。內中只有王粲登樓一本是揑造出來的情節；如說蔡邕做丞相曹子建和他同朝爲學士，王粲上萬言策得封天下兵馬大元帥，都是極淺薄的揑造。其餘的幾本，雖有小節的不同，但大體上都與三國演義相差不多。我們從這些雜劇的名目和現存本上，可以推知元朝的三國故事至少有下列各部分：

(1)呂布故事：虎牢關三戰呂布、連環計、斬呂布。

(2)諸葛亮故事：臥龍岡、博望燒屯、燒樊城、襄陽會、祭風、隔江鬬智、哭周瑜、五丈原。

(3)周瑜故事：謁魯肅、隔江鬬智、哭周瑜。

(4)劉、關、張故事：三戰呂布、斬呂布及以上諸劇。

(5)關羽故事：義勇辭金、單刀會。

(6)曹植、管甯等小故事。

最可注意的是曹操在宋朝已成了一個被人痛恨的人物，（見上引蘇軾的話。）諸葛亮在元朝已成了一個足計多謀的軍師，而關羽已成了一個神人。（義勇辭金裏稱他為『關大王』；單刀會元初的戲，題目已稱『關大王單刀會』了。）

散文的三國演義自然是從宋以來『說三分』的『話本』變化演進出來的。宋時已有很好的短篇小說，如新發現的京本通俗小說（在煙畫東堂小品中，）便是很明白的例。但宋時有無這樣長篇的歷史話本還不可知。舊說都以爲三國演義是元末明初一個杭州人羅貫中做的。羅貫中，或說是名貫字本中(七修類編；)或說是名本字貫中(續文獻通考。)水滸傳、三國志、隋唐演義、平妖傳等書相傳都是他做的。大概他是當時的一個演義家，曾做了一些演義體的小說。明初的三國演義也許眞是他做的。但那個本子和現行的三國演義不同。當明、萬曆年間，水滸傳的改本已風行了，但三國演義還是很淺劣的。胡應麟在莊嶽委談裏說三國演義『絕淺陋可嗤，』又說此書與水滸『二書淺深工拙，若霄壤之懸。』可見此書在明朝並不曾受文人的看重。

明朝末年有一個『李卓吾評本』的三國演義出現。此本現在也不易得了；日本、京都帝國大學鈴木豹軒教授藏的一部英雄譜，上欄是百十回本的忠義水滸傳，下欄是這個本子的三國演義。我們不知道這個本子和那明初傳下來的本子有什麼不同的地方，但我們可以斷定這個本子仍舊是很幼稚的。後來淸朝初年有一個毛宗崗(序始，)把這個本子大加删改，加上批評，就成了現在通行的三國志演義。毛宗崗假託一種『古本，』但我們稱他做『毛本。』毛宗崗把明末的本子叫做『俗本，』但我們要稱他做『明本。』

毛本有『凡例』十條，說明他刪改明本之處。最重要的有幾點：

(1)文字上的修正：『俗本（卽明本下同）之乎者也等字，大半齟齬不通；又詞語冗長，每多複沓處。今悉依古本改正。』

(2)增入的故事：『如關公秉燭達旦，管寧割席分坐，曹操分香賣履，于禁陵廟見畫，以至武侯夫人之才，康成侍兒之慧，鄧艾鳳兮之對，鍾會不汗之答，杜預、左傳之癖：今悉依古本存之。』

(3)增入的文章：『如孔融荐禰衡表，陳琳討曹操檄，……今悉依古本增入。』

(4)削去的故事：『如諸葛亮欲燒魏延于上方谷，諸葛瞻得鄧艾書而猶豫未決之類……今皆削去。』

(5)削去的詩詞：『俗本每至「後人有詩嘆曰」，便處處是周靜軒先生，而其詩又甚俚鄙可笑。今此編悉取唐宋名人作以實之。』『俗本往往捏造古人詩句，如鍾繇、王朗頌銅雀臺，蔡瑁題詩館驛屋壁，皆僞作七言律體。……今悉依古本削去。』

(6)辨正的故事：『俗本紀事多訛。如昭烈聞雷失箸，及馬騰入京遇害，關公封漢壽亭侯之類，皆與古本不合。又曹后罵曹丕，而俗本反書其黨惡；孫夫人投江而死，而俗本但紀其歸吳。今悉依古本辨定。』

我們看了這些改動之處，便可以推想明本三國演義的大概情形了。

我們再總說一句：三國演義不是一個人做的，乃是自宋至清初五百多年的演義家的共同作品。

這部書現行本（毛本）雖是最後的修正本，卻仍舊只可算是一部很有勢方的通俗歷史講義、不能算是一部有文學價值的書。爲什麼三國演義不能有文學價值呢？這也有幾個原因：

第一、三國演義拘守歷史的故事太嚴，而想像力太少，創造力太薄。此書中最精采，最有趣味的部分在於赤壁之戰的前後；從諸葛亮舌戰羣儒起，到三氣周瑜爲止。三國的人才都會聚在這一塊，『三分』的局面也定於這一個短時期，所以演義家盡力使用他們的想像力與創造力，打破歷史事實的束縛，故能把這個時期寫的很熱鬧。我們看元人的隔江鬭智與此書中三氣周瑜的不同，便可以推想演義家運用想像力的自由；因爲想像力不受歷史的拘束，所以這一大段能見精采。但全書的大部分都是嚴守傳說的歷史，至多不過能在穿插瑣事上表現一點小聰明，不敢儘量想像創造，所以只能成一部通俗歷史，而沒有文學的價值。水滸傳全是想像，故能出奇出色，三國演義大部分是演述與穿插，故無法能出奇出色。

第二、三國演義的作者，修改者，最後寫定者，都是平凡的陋儒，不是有天才的文學家，也不是高超的思想家。他們極力描寫諸葛亮，但他們理想中只曉得『足計多謀』是諸葛亮的大本領，所以諸葛亮竟成一個祭風祭星，神機妙算的道士。他們又想寫劉備的仁義，然而他們只能寫一個庸懦無能的劉備。他們又想寫一個神武的關羽，然而關羽竟成了一個驕傲無謀的武夫。這固是時代的關係，（參看胡適文存卷一，頁五二至五三）但三國演義的作者究竟難逃『平凡』的批評。毛宗崗的凡例裏說：

俗本謬託李卓吾先生評閱，……其評中多有唐突昭烈，謾罵武侯之語，今俱削去。

這種見地便是『平凡』的鐵證。至於文學的技術，更『平凡』了。我們試看第四十三回諸葛亮舌戰羣儒一大段；在作者的心裏，這一段總算是極力擡高諸葛亮了；但我們讀了，只覺得平凡淺薄，令人欲嘔。後來寫『三氣周瑜』一大段，固然比元人的隔江鬬智高的多了，但仍是很淺薄的描寫，把一個風流儒雅的周郎寫成了一個妬忌陰險的小人，並且把諸葛亮也寫成了一個奸刁險詐的小人。這些例都是從三國演義的最精采的部分裏挑出來的，尚且是這樣，其餘的部分更不消說了。文學的技術最重剪裁，會剪裁的，只消極力描寫一兩件事，便能有聲有色，三國演義最不會剪裁，他的本領在於搜羅一切竹頭木屑，破爛銅鐵，不肯遺漏一點，因為不肯剪裁，故此書不成為文學的作品。

話雖如此，然而三國演義究竟是一部絕好的通俗歷史。在幾千年的通俗教育史上，沒有一部書比得上他的魔力。五百年來無數的失學國民從這部書裏得着了無數的常識與智慧，從這部書裏學會了看書寫信作文的技能，從這部書裏學得了做人與應世的本領。他們不求高超的見解，也不求文學的技能，他們只求一部趣味濃厚，看了使人不肯放手的教科書。四書、五經不能滿足這個要求，二十四史與通鑑、綱鑑也不能滿足這個要求，古文觀止與古文辭類纂也不能滿足這個要求。但是三國演義恰能供給這個要求。我們都曾有過這樣的要求，我們都曾嘗過他的魔力，我們都曾受過他的恩惠。我們都應該對他表示相當的敬意與感謝！』

(b)殘唐五代史演傳

殘唐五代史演傳坊本簡稱五代殘唐，共六十則。文字簡陋，但寫李存孝和鐵槍王彥章的英勇，倒也虎虎有生氣。湯顯祖和李卓吾的批評當然是靠不住的；我們在書中根本不曾看見玉茗堂隻字的批評，而卓吾子的評語又是那樣的庸俗可笑，敷衍塞責，所說的全是盡人皆知理所必然的話，誰不知道，又何必李卓吾來說呢！

我疑心這部五代殘唐是元人的著作，因爲：一、每回的回目只有一句，不是對偶的，頗像三國志平話。二、第十三回李晉王河中會兵云『醒而復醉，醉而復醒；』這樣的話正是元人散曲所常用的。三、戲劇多根據小說改作；但根據戲劇而改編小說的卻極少。戲劇所寫每每只是小說中的一段，很是注重結構，而中國小說卻是一向不大注重結構的。元人所作雜劇，都可以從五代殘唐裏找到牠的來源，我想大約是元人雜劇根據五代殘唐改作的；從這推測，五代殘唐也有爲元人作品之可能。

現在把元人雜劇和五代殘唐對照列後：

第七回　敬思奉旨宣晉王　李嗣源復奪紫泥宣
第九回　克用箭服周德威　李克用箭射雙鵰（白樸）
第十回　安景思牧羊打虎　飛虎峪存孝打虎
第十五回　存孝生擒孟絕海　壓關樓壘掛午時牌
第十七回　李存孝力殺四將　李存孝大戰葛從周
第十八回　存孝燒燬永豐倉　十八騎誤入長安（陳以仁）
第二十九回　朱溫計逼五侯反　朱全忠五路犯太原
第三十三回　晉王痛哭勇南公　鄧夫人哭存孝（關漢卿）
第四十二回　五龍逼死王彥章　狗家疃五虎困彥章
第四十三回　李嗣源據守大梁　鏡新磨戲諫唐莊宗（周文質）

上表第一，二排爲五代殘唐回目，第三排爲元人雜劇目。第三排未署名的均爲無名氏所作。不過，各回排比還不十分明顯，現在再引五代殘唐中的文句來證明：

李嗣源復奪紫泥宣　第七回云：『敬思曰：「今有黃巢奪了東西二京，今皇上特遣我齎空頭宣五百道着汝父子入中原先滅巢賊，不料遇一枝兵將金寶人馬，盡搶入密松林去。」嗣源曰：「叔父無驚，待小姪一併去取來，交還叔父。」』

李克用箭射雙鵰　第九回云：『晉王拽滿雕弓，單射一箭，弓弦響處，雕早落地。』

飛虎峪存孝打虎　第十回云：『有古風一篇，單道飛虎山存孝打虎。』

壓關樓疊掛午時牌　第十五回云：『存孝把孟絕海橫擔在馬上，七竅中鮮血噴出，拿進府中來。晉王問是什麼時候，陰陽生報道：「午時正三刻」晉王叫拿上樓來。』按此樓卽雅觀樓，亦卽壓關樓，因音同致訛。

李存孝大戰葛從周　第十六回云：『黃巢總管葛從周領兵四十八萬，在黃河西岸安營。晉王說：「周德威與李存孝領五百錦衣人，保吾看黃河一邊。」』第十七回云『存孝曰「你去對葛從周說，止（這）些軍將，不勾我殺，教他再去長安領兵四十萬軍來。不殺得他片甲不回，誓不爲大丈夫。」』

十八騎誤入長安　第十八回云：『存孝帶領一十八騎將校，望着從周追趕，七日七夜，馬不停蹄，過了霸陵川地面，逕趕進長安城中。』

朱全忠五路犯中原　第二十九回云：『李晉王自至太原之後，每日飮酒。忽報五侯兵到。晉王曰「此必朱溫逆賊，用計逼反了五處軍馬。」』

鄧夫人哭存笑　第三十三回云：『五牛拚死存孝……忽見一彪人馬飛奔而來，衆視之，乃存孝之妻鄧瑞雲也。瑞雲知此消息，帶領六將到來，放聲大哭，昏絕於地，三五番幾死。』

狗家疃五虎困彥章　第四十二回所謂卓吾子的評語云：『王彥章屯兵鷄寶山二年，百戰百勝，勇冠三軍，爲強梁輔弼，被史建唐以五皇兵將，按據五方，趕逼王彥章刎於狗家疃而死，建唐妙算，唐營中無有出其右者！』

鏡新磨戲諫唐莊宗　第四十三回云：『唐主視之，乃是一優人，姓敬名新磨，此人善於音律，尤精歌舞，甚得帝所鍾愛，至是如此戲之。』

以上雜劇十種，除了白樸、陳以仁的兩種尙有佚文外，其餘都已隻字無存了。

王彥章死後，實在也沒有什麼可採爲雜劇材料的了；這好像三國演義寫到諸葛亮死後，便令人有索然無味之感。因此，五代殘唐前五卷只寫到梁，還比較可看，到了第六卷想在一卷之內把唐、晉、漢、周一齊敘完，當然非常匆促，牠的文字也就很難令人卒讀下去。第六卷的分配如下：

唐　第四十三回到第四十九回　共七回

晉　第五十回到五十七回　共八回

漢　第五十八回　共一回

周　第五十九回到六十回　共二回

大約寫書的人寫到唐，便沒有耐心再創造出英雄來，連劉知遠出世的故事，（五代史評話、劉知遠諸宮調、白兎記均有詳敍）都來不及加進去了；也許作者根本就不曾見到過五代史評話，也未可知。

但五代殘唐在民間的勢力究竟比五代史評話大。後者倘無近人的重印，恐怕要湮沒不彰，而五代殘唐卻被印成各種本子，一直被老百姓們讀着；牠影響了元人雜劇，後來又影響了清代的二黃戲。現在就把京戲裏關於五代殘唐的五種，再做一個簡表列在下面：

珠簾寨	第七回至第九回
飛虎山	第十回
太平橋	第二十三回
戰潼臺	第二十六回
雙觀星	第四十二回

此外還有磨房產子，（戲考第二十八冊）敍劉知遠妻事因五代殘唐未曾敍到，故未列入。還有一齣汴梁圖，敍漢、周間事，似亦五代殘唐所未載，茲節錄大錯的本事如下：『漢西宮郭妃之父設宴，請帝妃臨幸，將於酒後謀弒之，帝妃不察，卽命備車前往。惟正宮劉后燭知其奸，力阻帝勿往。帝暱於西宮故不聽，遂赴宴。迨酒酣，國丈率家將擬弒之，幸內侍先聞信，急引帝遁，得不遇害；一面劉后亦早派趙甫在暗中接應，乃得安然還宮；詎國丈又率兵將入宮搜殺，賴劉后與趙甫力戰宮門，卒擒國丈。既而后欲殺西宮，帝不忍，蓋知西宮實不預謀也。然后念國家大局，終殺之。』

珠簾寨見戲考第三十八冊，比同書第五冊的沙陀國多了收威的部分；沙陀國只從解寶演到李克用起兵而已；雅觀樓也是此劇的別名。此劇敍李克用怕老婆，是五代殘唐中所沒有的情節。在五代殘唐裏，其妻並未掛帥，只是說了幾句鼓動克用發兵的話：『大王受國重恩，早宜報效，何待來春？且大唐關外各鎭諸侯，皆是好漢，倘有一路滅了巢賊，那時大王有何面目見朝廷乎？』結果是晉王聽了劉妃的話，『調遣人馬，准備起程。』珠簾寨雖與原書不同，卻添加了許多笑料，雖然近於惡作劇，卻使得看官更感興味。

太平橋卽據小說第二十三回朱温火燒上源驛而作，小說稱昇仙橋，不稱太平橋。戰潼臺一名劉高搶親，卽據小說第二十六回朱温拔劍挾王鐸後半而作。雙觀星一名二童觀星，惟五代殘唐僅一童觀星，文云：『建唐曰：「臣昨夜仰觀天象，見西北方將星墮地，料彥章死在旦夕，必被我擒。」』

周明泰的道咸以來梨園繫年小錄頁三至五道光四年慶昇平班戲目按時代排列，從三國志，說唐直到楊家將、包公案、七俠五義、說岳、水滸等。其中列有飛虎山、擒五虎、沙陀國、太平橋；擒五虎想亦五代殘唐故事，未見原戲，不知究竟是根據那一回寫作的，姑誌此待考。

五代殘唐開端黃巢誓師的故事，民間仍舊有相同的故事流傳着朱洪武故事（北新版）裏便有周健和李劍腸的記載。

如果依照中國小說提要第十八節殘唐五代史演義（見民國十四年鑑賞週刊第十四期）

上稱此書『乃學三國演義而未能者。』這話很不錯，我們看了第十一回李晉王閱兵試箭以後，覺得有兩處很像三國演義，其一是李存孝射箭取袍，類似三國演義第五十六回曹操大宴銅雀臺；其二是李存孝活促安休休、薛阿檀，『酒尙未寒，』類似第五回裏關羽盃酒斬華雄的故事。第三十七回鷄寶山存孝顯聖把王彥章嚇退，也大有死諸葛嚇走生仲達的意味。第二十九回朱溫計逼五侯反，逸狂詩有云：『甘寧百騎刼曹營，威推東吳至此稱。曾似勇南兵十八，五侯破膽盡皆驚。』作者簡直老老實實地承認李存孝十八騎刼寨是摹擬三國演義第六十八回甘寧百騎刼魏營的。那末作者姓名也要冒稱羅本，當無足怪。

五代殘唐第十二回敍李存孝破函谷關，竟像是縮小的希臘優力栖斯（Ulysses）木馬兵的故事，很是有趣。玆節錄原文如次：『存孝人馬踏平村路，圍住函谷，存惠上城守衞。原來函谷城郭堅固，濠塹深險，連圍七日，攻打甚難。薛阿檀進計與李存孝曰：「城中無水少柴，古語有云：民非水火不生活。連圍七日，軍民已慌。不如暫且收軍，如此如此，唾手可得。」存孝曰：「此計甚妙。」卽時告於晉王，着令字旗傳言諸將，盡皆退了。當晚存孝斷後，各部兵漸漸避退。存惠此時於城上觀看軍兵退了，恐有計策，只開西門，令人打探，果然去遠，縱令軍民出城，打柴取水，止限三日。衆皆懼唐軍再來，多打柴薪入城，亂亂紛紛出入，難以盤詰。第三日，人報晉王人馬又到，軍民競奔入城。存惠領兵上城守護，本當自引本部將至門提調，守至二更，忽見城門裏一把火起。存當急來救時，旁邊轉過一人，手持大刀，斬存當於馬下。隨後十餘騎勇士，殺散軍士，皆開門鎖，放存孝軍馬入城。存惠從東門棄城而走。存孝、安休休卻得了此城，遂重賞各軍。原來是薛阿檀獻的計，故意退軍，卻扮作打柴軍人，渾在百姓夥內，挑柴入城，當夜裏應外合。』這不是活像羅馬、維琪爾（Virgil）的阿尼德（Aeneid）麼？

李存孝爲康君利和李存信所讒害，英雄負屈銜冤，頗像征東傳裏的薛仁貴。而存孝病挾高思繼一回，又簡直是薛仁貴搶挑安殿寶了。

以五代故事寫成戲劇的還有四大癡（氣）英雄概、反三關、白兔記、後白兔等。

據南宋、孟元老的東京夢華錄京瓦伎藝條敍汴京的繁華情形，說書人中，說五代史自成一科，與說三分（卽三國）是併立的；可見五代殘唐在口頭的流傳，必比文字還要早，有些較早的元曲爲關漢卿的鄧夫人哭存孝和白樸的李克用箭射雙鵰是根據於口傳的故事，也說不定。我既說五代殘唐是元人作的，又說牠是學三國演義的。（原來的本子是二百四十節，後來纔把題目對偶起來，每兩節合併一回，改爲一百二十回）倘若三國演義是羅貫中的著作，那末他是元末人；五代殘唐既是學他的，當亦在元末。（錄趙景深殘唐五代史演傳。）

（c）附錄隋唐志傳及其他

稱爲施耐菴或羅貫中作的隋唐志傳，牠的原本亦不可見。今有僞托正德時林瀚（字亨大，閩縣人，由進士官至兵部尙書）重編的隋唐兩朝志傳一百二十二回，其序中自言得到羅貫中原本，重編爲十二卷。孫楷弟以爲係改嘉靖時熊大木所編唐書志傳通俗演義而成。唐書志傳凡八卷九十節，所演以太宗爲主，故書終於征高麗，以『坐享太平』結束。隋唐兩朝志傳於九十二回後增補高宗以下事，至僖宗而止，而文甚草率。又有隋史遺文十二卷六十回，係袁于令（字令昭，號籜菴，吳縣人，官至荆州守，約卒於一六七四年七十以外）取市人話本稍加增改而成。又有隋煬豔史八卷四十回，署『齊東野人編演，』專敍煬帝一生的放蕩行爲，書出於崇禎時，大概是受到金瓶梅的影響而作。淸、褚人穫（字稼軒，號石農，長洲人，約一六八一前後在世）取以上三書，併合删改爲通俗隋唐演義二十卷一百回，今最盛行。但其書中止於元宗之卒，似又失卻了講史的意義。全書大意，爲隋主伐陳，周禪位於隋，隋煬帝窮奢極侈，乃亡於唐。後來武后稱尊，明皇幸蜀，楊妃死於馬嵬。既復兩京，明皇退居西內，令道士求楊妃魂，得見張果，因知明皇與楊妃爲煬帝與朱貴兒後身。這樣的敍述，似乎專爲寫明皇和楊妃的兩世姻緣，主意不在講兩朝史實，不是失去了講史的意義嗎？但中間寫隋、唐間英雄，如秦瓊、竇建德、單雄信、尉遲恭、花木蘭……等，皆能有色有聲。全書的取材，除正史外，唐宋傳奇，元、明戲曲，莫不採取；故敍述多有來歷，不亞於三國志演義；然文中亦偶好作嘲戲之詞，似宋人話本：

……一日玄宗於昭慶宮閑坐，祿山侍坐於側旁，見他腹過於膝，因指着細說道：『此兒腹大如抱甕，不知其中藏的何所有？』祿山拱手對道：『此中並無他物，惟有赤心耳；臣願盡此赤心，以事陛下。』玄宗聞祿山所言，心中甚喜。那知道：

人藏其心　不可測識　自謂赤心　心黑如墨

玄宗之待祿山，眞如腹心；安祿山之對玄宗，卻純是賊心狼心狗心，乃眞是負心喪心。有心之人，方切齒痛心，恨不得卽剖其心，食其心，虧他還哄人說是赤心。可笑玄宗還不覺其狠子野心，卻要信他是眞心，好不癡心。且說當日玄宗與安祿山閒坐了半晌，回顧左右，問妃子何在。此時正當春深時候，天氣尙暖，貴妃方在後宮坐蘭湯洗浴。宮人回報玄宗說道：『妃子洗浴方完。』玄宗微笑說道：『美人新浴，正如出水芙蓉。』令宮人卽宣妃子來，不必更洗梳粧。少頃，楊妃來到。你道她新浴之後怎生模樣？有一曲黃鶯兒說得好：皎皎如玉光，嫩如瑩，體愈香，雲鬢慵整偏嬌樣。羅裙厭長，輕衫取涼，臨風小立神駘宕。細端詳：芙蓉出水，不及美人粧。（第八十三回）

舊本說唐全傳，亦題羅貫中編。今本說唐共分二部：前半曰說唐前傳，凡六十八回，始自隋文帝卽位，終於唐代統一，有單行本；後半曰說唐後傳，又分爲說唐小英雄傳、說唐薛家府傳兩部分。小英雄傳凡十六回，單行本名羅通掃北；薛家府傳凡四十二回，單行本名征東全傳。續此書的有二種：一爲異說後唐傳三集、薛丁山征西樊梨花全傳，凡八十八回，和前傳、後傳都題姑蘇蓮如居士編。居士、乾隆時人，當爲根據羅氏原本而加以擴大的。此三書最流行於社會。一爲續隋唐演義，凡四十回，始於丁山征西，餘和今本隋唐演義後數十回的回目文字都相同。牠的出世較晚，當爲妄人割裂上列諸書而成。又有殘唐五代史演傳六十則，署『貫中、羅本編輯』，其書內容反較五代史平話簡陋，而分量亦反見減少，更爲出於僞托無疑。

此外明人所作講史，有封神演義一百回，署許仲琳撰。仲琳（約一五六六前後在世）名不詳，號鍾山逸叟，南京應天府人。書蓋據宋、元人所著武王伐紂書平話而加以廓大，其關係猶之三國志演義的和三國志平話。首敍紂王進香女媧宮題詩黷神，神因命三妖惑紂以助周；第二至三十回雜敍紂王暴虐，姜尚出身，文王脫禍，黃飛虎反商，以成商、周交戰之局。其中寫哪吒出世一段，對於父子綱常觀念頗加攻擊，但後來寫殷郊時，卻說他反周助紂，而與武王伐紂書相反，令人莫解其故。三十回後敍商兵伐西岐，六十七回後敍周兵伐商，其中神佛錯出，助周的爲闡教，助商的爲截教，各用道術，互有死傷，而截教終敗。於是紂王自焚，子牙斬將封神，武王分封列國以報功臣，全書乃告終。今錄其第十四回哪吒現蓮花化身中哪吒報李靖毀打泥身的事一段：

話說哪吒來到陳塘關，逕進關來，至帥府大呼曰：『李靖早來見我。』有軍政官報入府內：

『外面有三公子脚踏風火二輪，手提火箭鎗，口稱老爺姓諱，不知何故請老爺定奪？』李靖喝曰：『胡說！人死豈有再生之理！』言未了，只見又一起人來報：『老爺如出去遲了，便殺進府來。』李靖大怒：『有這樣事！』忙提畫戟，上了靑驄，出得府來，見哪吒脚踏風火二輪，手提火尖鎗，比前大不相同。李靖大驚，問曰：『你這畜生！你生前作怪，死後還魂，又來這裏纏擾。』哪吒曰：『李靖，我骨肉已交還與你，我與你無相干礙。你爲何往翠屏山鞭打我的金身，火燒我的行宮？今日拿你報一鞭之恨。』把鎗緊一緊，劈面刺來。李靖將畫戟相迎，輪馬盤旋，戟鎗並舉。哪吒力大無窮，三五合，把李靖殺的馬仰人翻，力盡筋輸，汗流脊背。李靖只得望東南逃走。哪吒大叫曰：『李靖休想今番饒你！不殺你，決不空回！』往前趕來。不多時，看看趕上，哪吒的風火輪快，李靖馬慢。李靖心下着慌，只得下馬借土遁去了。哪吒笑曰：『五行之術，道家平常，難道你土遁去了，我就饒你！』把脚一蹬，駕起風火二輪，只見風火之聲，如飛雲掣電，望前追趕。李靖自思：『今番趕上，一鎗被他刺死，如之奈何！』李靖見哪吒看看至近，正在兩難之際，忽然聽得有人作歌而來。

清水池邊明月　綠楊堤畔桃花　別是一般淸味　淩空幾片飛霞

李靖看時，見一道童頂著髮巾，道袍大袖，麻履絲絛，原來是九公山白鶴洞普賢眞人徒弟木吒是也。木吒曰：『父親，孩兒在此。』李靖看時，乃是次子木吒，心下方安。哪吒駕輪正趕，見李靖同一道童講話，哪吒向前趕來。木吒上前大喝一聲『慢來！你這孽障好大膽子！殺父忤逆亂倫！早早回去，饒你不死！』哪吒曰：『你是何人？口出大言。』木吒曰：『你連我也認不得！吾乃木吒是也。』哪吒方知是二哥，忙叫曰：『二哥，你不知其詳。』哪吒把翠屛山的事細細說了一遍，『這個是李靖的是，是我的是？』木吒大喝曰：『胡說！天下無有不是的父母。』哪吒又把『剖腹刳腸，已將骨肉還他了，我與他無干，還有甚麼父母之情？』木吒大怒曰：『這等逆子！』將手中劍望哪吒一劍砍來。哪吒鎗架住曰：『木吒，我與你無仇，你站開了，待吾拿李靖報仇。』木吒大喝：『好孽障，焉敢大逆！』提劍來取。哪吒道：『這是大數造定，將生替死。』手中鎗劈面交還，輪步交加，弟兄大戰。哪吒見李靖站立一傍，又恐走了他。哪吒性急，將鎗挑開劍，用手取金磚，望空打來，木吒不提防，一磚正中後心，打了一交，跌在地下。哪吒登輪來取李靖，李靖抽身就跑。哪吒笑曰：『就趕到海島也取你首級來，方洩吾恨！』李靖望前飛走，眞是失林飛鳥漏網遊魚，莫知東西南北。……

又有盤古至唐虞傳二卷十四則，有夏誌傳四卷十九則，有商誌傳四卷十二則，大隋志傳四卷四十六回，皆題『鍾惺景伯父編輯。』惺（？——一六二五）字景伯，亦作伯敬，竟陵人，官至福建提學僉事。他好評刻詩文小說，故此四書皆托其名。開闢衍繹通俗志傳六卷八十回，題『五岳山人、周游仰止集。』游（約一六二八前後在世）生平無考。所敍自盤古開天闢地起至周武王弔民伐罪止。列國志傳八卷，一本作十二卷，余邵魚撰。邵魚（約一五六六前後在世）字畏齋，福建建陽人。此書後經馮夢龍的改訂爲新列國志一百另八回，皆根據古籍，無一讕語。列國志傳所有的什麼臨潼鬬寶，鞭伏展雄諸無根故事，皆一掃而空，成爲一部典雅的『講史。』孫龐鬬志演義二十卷，亦明人撰，作者無考。全漢志傳十二卷，唐書志通俗演義八卷，宋傳、宋傳續集共二十卷，大宋中興通俗演義八卷八十則，皆熊大木撰。大木（約一五六一前後在世）字鍾谷，福建、建陽人。全漢志傳分西漢、東漢各六卷，在其後有西漢通俗演義八卷一百另一則，題『鍾山居士建業甄偉演義；』東漢十帝二通俗演義十卷一百四十六則，題『金川、西湖、謝詔編集。』宋傳與宋傳續集原題作南北宋傳，南宋演太祖事，北宋演宋初及眞宗、仁宗二朝事；後來的通行本南宋飛龍傳與北宋楊家將，卽爲此二書的化身。大宋中興通俗演義亦名大宋中興岳王傳，又名武穆精忠傳；後經鄒元標編訂爲岳武穆精忠傳六卷六十八回，于華玉删爲岳武穆盡忠報國傳七卷二十八則。至現行本說岳全傳二十卷八十回，乃淸人錢彩（字錦文，仁和人）所編，以岳飛爲大鵬臨凡，秦檜爲女土蝠轉生，始見於此書。

隋唐演義（非褚人穫作）十卷一百一十四節，作者無考，有徐文長序。皇明開運英武傳（卽英烈傳）八卷，一本作六卷，演明開國事，相傳爲嘉靖時武定侯郭勳所作。雲合奇蹤八十回，亦題英烈傳，署『徐渭文長甫編，』卽今通行本之英烈傳。渭（一五二一——一五九三）字文長，一字文淸，又字天池，自號青藤山人，山陰人。詩文、戲曲、書、畫皆工，知兵，不遇，佯狂以終。承運傳四卷，記成祖靖難之役，作者無考。續英烈傳五卷三十四回，一本作二十回，題『空谷老人編次，』演建文遜國事。于少保萃忠全傳十卷四十傳，孫高亮（字懷石）撰，王陽明先生出身靖難錄三卷，馮猶龍撰。征播奏捷傳通俗演義六卷一百回，題『棲眞齋名道狂客演，』演李化龍播酋楊應龍事。魏忠賢小說斥奸書四十回，題『吳越草莽臣撰』。皇明中興聖烈傳五卷，樂聖日（杭州人）撰，亦演忠賢事。遼海丹忠錄八卷四十回，陸雲龍撰。雲龍字雨侯，浙江、錢塘人。記明季遼東之役，以毛文龍爲主。平虜傳二卷二十則，題『吟嘯主人撰』，記崇禎初滿洲入犯事。

前述皆爲明人『講史』的作品，今所見者，已盡其十九。至清代而作者愈夥，但一味以接近史實爲主，文字呆板無生動作通俗歷史觀，尙可，把牠當作小說，卻不能與前此所有的『講史』並觀了。

（二）水滸傳——忠義水滸全書

關於水滸傳底作者諸說紛紛，一般所傳，說是施耐菴所作。

（一）施耐菴所作——此說出於胡應麟底莊嶽委談（詳後）

（二）羅貫中所作——此說出於郎瑛底七修類稿；王圻底續文獻通考也說：水滸傳羅貫著。貫字本中，杭州人。編撰小說數十種，而水滸傳敍宋江事，奸盜脫騙機械甚詳。然變詐百端，坏人心術，說者謂子孫三代皆啞，天道好還之報如此。曲亭馬琴也是依據此說的。

(三)兩人合作的——李卓吾本底水滸傳題爲施耐菴集撰，羅貫中纂修。

(四)施作羅續的——金聖歎在水滸傳卷首辯之在第七十回評語裏這樣說：一部書七十回可謂大鋪排，此一回可謂大結束，讀之正如千里羣龍，一齊入海，更無絲毫未了之憾。笑殺羅貫中橫添狗尾，徒見其醜也。

施耐菴之名不明，又羅本字貫中（七修內稿）或說羅貫字本中，兩人傳都不詳。但作者是什麼人，與水滸傳本身底價值沒有什麼關係，所以不必過於討論。在莊嶽委談裏這樣說：

今世傳街談巷語，有所謂演義者，蓋尤在傳奇雜劇下。然元人武林施某所編水滸傳，特爲盛行，世率以其鑿空無據，要不盡原也。余偶閱一小說序，稱施某常入市肆，紬閱故書於敝楮中，得宋、張叔夜禽賊、招語一通，備悉其一百八人所由起因，潤飾成此編。其門人羅某亦效之，爲三國志，絕淺鄙可嗤也。——郎（瑛）謂此書及三國並羅貫中撰，大謬，二書深淺工拙，若霄壤之懸，詎有出一手理。世傳施號耐菴，名字竟不可考。

施耐菴所見的舊書是什麼雖不知道，但宋江等三十六人橫行河朔，後降於張叔夜的事，是見於宋史的。加之在宣和遺事之中也有三十六員底渾號，（如花和尙魯智深，九紋龍史進，黑旋風李逵之類，）並詳載花石綱、生辰綱、蒙汗藥（見後）李師師底事，而關於宋江等底結局如左。

宋江統率三十六將，往朝東嶽，賽取金爐心願。朝廷不奈何，只得出榜招諭宋江等。有那元帥姓張名叔夜的，是世代將門之子，前來招誘宋江和那三十六人歸順宋朝，各受武功大夫誥敕，分注諸路巡檢使去也。因此三路之寇悉得平定。後遣宋江收方臘，有功，封節度使。

其他在元之雜劇中也有黑旋風李逵，武松打虎，燕青博魚等事，可見當時這樣的斷片的故事是很多的。施耐菴以燃犀的眼光，揮如椽的大筆，綜合諸種的傳聞以成此驚天動地的快文。施耐菴當著作時，曾以自己底意匠畫三十六人之像張貼於壁上，日日眺視考究，所以其人物活躍之狀潑溂陸離，有龍躍於天虎嘯於地之概。其結構底雄大，文字底剛健，人物描寫的精細，不獨爲中國小說之冠冕，且足以雄飛於世界底文壇哩！宜乎金聖歎極口稱揚，配以莊、騷、馬史，杜詩而稱爲天下第五才子書。

關於水滸傳底內容，現在沒有述說的必要了罷。然而有百二十回本與七十回本兩種行於世。

前者卽李卓吾底忠義水滸傳（也有百回本）後者卽金聖歎底第五才子書。前七十回敍述天罡星三十六員地煞星七十二員合爲百零八個豪傑底離散集合之迹，以至會於梁山泊打止爲主，是描寫豪壯快活的方面的；後半述宋江等應招諭改節仕於朝廷的始末，北伐契丹，南征方臘，以立大功；多數豪傑喪於此役，病死的也有，出家的也有，或辭官爵，或逃海外，當年的豪傑四散；至副統領盧俊義，統領宋江等相尋斃於讒人底毒手爲止，是描寫其悲痛慘澹的方面的。因而金聖歎取了豪快的前半，捨了悲慘的後半，翻忠義爲盜賊，在第七十回『梁山泊英雄驚惡夢』切斷其以夢結尾之點，是非常神韻縹渺而留着有無量的感慨的，確使一讀不禁拍案叫快；雖爲水滸吐其萬丈的氣燄，但依據宣和遺事底原文，尙不能說是全璧。以一百二十回的水滸傳於七十回處腰斬之，是極其暴亂的了。後金聖歎自己也被腰斬於吳門，至於身首異所，恐是其果報罷？總之欲知水滸傳底全體非讀百二十回本不可。

試引水滸傳中智勇兩方面的情節，以介紹全豹之一斑。且供研究中國國民性及風俗底研究底一端。快人魯達（智深）特地三拳打死那騙取金老底女兒做妾的惡漢，渾名鎭關西鄭屠所謂

「魯提轄拳打鎮關西」一段，實是筆下生風，肉躍血踴的快文字。

且說鄭屠開着兩間門面兩副肉案，懸掛着三五片豬肉。鄭屠正在門前櫃身內坐定，看那十來個刀手賣肉。魯達走到門前叫聲：「鄭屠！」鄭屠看時，見是魯提轄，慌忙出櫃身來，唱喏道：「提轄恕罪！」便叫副手，掇條櫈子來，提轄請坐。魯達坐下道：「奉着經略相公鈞旨，要十斤精肉，切做臊子，不要見半點肥的在上面。」鄭屠道：「使得！你們快選好的切十斤去。」魯提轄道：「不要那等腌臢廝們動手，你自與我切。」鄭屠道：「說得是，小人自切便了。」自去肉案上揀了十斤精肉，細細切做臊子。那店小二把手帕包了頭，正來鄭屠家報說金老之事，卻見魯提轄坐在肉案門邊，不敢攏來，只得遠遠的立住，在房簷下望。這鄭屠整整的自切了半個時辰，用荷葉包了道：「提轄，叫人送去。」魯達道：「送什麼！且住，再要十斤都是肥的，不要見些精的在上面，也要切做臊子。」鄭屠道：「卻纔精的怕府裏要裹餛飩，肥的臊子何用？」魯達睜着眼道：「相公鈞旨分付洒家，誰敢問他。」鄭屠道：「是合用的東西，小人切便了。」又選了十斤實標的肥肉，也細細的切做臊子，把荷葉來包了。整弄了一早辰，卻得飯罷時候，那店小二那裏敢過來，連那正要買肉的主顧也不敢攏來。鄭屠道：『着人與提轄拿了送將府裏去，』魯達道：『再要十斤寸金軟骨也要細細地剁做臊子，不要見些肉在上面。』鄭屠笑道：『卻不是特地來消遣我！』魯達聽得跳起身來拿著那兩包臊子在手，睜着眼看着鄭屠說道：『洒家特地要消遣你！』把兩包臊子劈面打將去，卻似下了一陣的肉雨。鄭屠大怒，兩條忿氣，從脚底下直衝到頂門，心頭那一把無明業火焰騰騰的按捺不住，從肉案上搶了一把剔骨尖刀，託地跳將起來。魯提轄早拔步在當街上，衆鄰舍並十來個火家那個敢向前來勸；兩邊過路的人，都立住了脚；和那店小二也驚得呆了。鄭屠右手拿刀，左手便來要揪魯達，被這魯提轄就勢按住左手，提將入去，望小腹上只一脚，騰地踢倒在當街上。魯達再入一步，踏住胸脯，提着那醋鉢兒大小拳頭，看着這鄭屠道：『洒家始投老种經略相公，做到關西五路廉訪使，也不枉了叫做鎮關西。你是個賣肉的操刀屠戶，狗一般的人，也叫做鎮關西？你如何強騙了金翠蓮？』撲的只一拳，正打在鼻子上，打得鮮血迸流，鼻子歪在半邊，欲便似開了個油醬舖，鹹的酸的辣的一發都滾出來。鄭屠掙不起來，那把尖刀也丟去一邊，口裏只叫『打得好！』魯達罵道：『直娘賊！還敢應口！』提起拳頭來，就眼眶際眉稍只一拳，打得眼稜縫裂，烏珠迸出，也似開了個彩帛舖的，紅的黑的紫的都綻將出來。兩邊看的人懼怕魯提轄，誰敢向前來勸。鄭屠當不過，討饒。魯達喝道：『咄！你是個破落戶，若是和俺硬到底，洒家便饒了你！你如今對俺討饒，洒家偏不饒你！』又只一拳，太陽上正着，卻似做了一個全堂水陸的道場，磬兒鈸兒鐃兒一齊響。魯達看時，只見鄭屠挺在地上，口裏只有出的氣，沒了入的氣，動彈不得。魯提轄假意道：『你這廝詐死！洒家再打！』只見面皮漸漸的變了，魯達尋思道：『俺只指望痛打這廝一頓，不想三拳眞個打死了他，洒家須喫官司，又沒人送飯，不如及早撒開，拔步便走。回頭指着鄭屠屍道：『你詐死，洒家和你慢慢理會！』一頭罵，一頭大踏步去了。

魯達後來逃難至代州、雁門縣，不意與金老再會，因其女底官人趙員外底周旋入五臺山爲智眞長老底弟子，法號智深。然魯智深下山飲酒，亂醉歸寺，破壞山門，打傷衆僧，極亂暴狠籍之至，使智眞長老沒法處置。這是『魯智深大鬧五臺山』底一齣，又是極豪快的好文章。魯智深底傳曾被翻譯成德文，收入勒克拉姆文庫中的“Wie Lo-Ja unter die Rebellen Kam.”就是這個。

以上實是花和尚魯智深底剛勇快舉。其次話頭一轉，且舉智多星吳用底奇智妙計。其神出鬼沒不可端倪之處，也可以窺見詭譎陰險的國民性底一面。

北京、大名府底梁中書是當時有勢力的太師蔡京底女壻。中書為了丈人底生辰慶祝，備了十萬貫底財寶禮物，使幕下的勇士青面獸楊志送往東京。楊志豫慮途中的危險，揀選禁軍底壯士十一人為脚夫，擔着禮物裝扮做商人樣子，自己與老都管兩虞侯同樣扮作商客出發。於是晁蓋、吳用、公孫勝、劉唐、阮小二、阮小五、阮小七七人相謀，於黃泥岡要而劫之。用吳用之計，先使白勝去賣酒，投蒙汗藥於其中，使一齊昏倒，因此以謀盡奪其生辰綱。時當五月半將過的天氣，炎熱嚴酷，行路極其困難。楊志宰領禮物，警戒不怠，或乘早涼行，日中休息，或故避早行而選了日中，必要在六月十五日太師底生辰趕到，所以只管在途中着急了。然十一個禁軍擔着重荷，行於日中，頗苦暑熱，欲在樹林下取涼，楊志卻催促急行，若是不走就怒罵就鞭打，因此無一人不怨楊志，兩虞侯老都管也難於忍耐而起了反對。但楊志毫不聽，旋即到了黃泥岡。至此軍士等極其勞頓，買白勝底酒來喝，就都陷其毒計了。晁蓋等七人，扮作販棗的商人，拉了七輛車子來，乘其一齊昏倒，把十一擔的金珠寶貝滿載於軍而去了。這叫做『吳用智取生辰綱，』實水滸傳中最精采的處所。茲鈔錄其大概於左：

正是六月初四日時節，天氣未及晌午，一輪紅日當天，沒半點雲彩，其實十分大熱。當日行的路，都是山僻崎嶇小徑，南山北嶺，卻監着那十一個軍漢，約行了二十餘里路程。那軍人們思量，要去柳陰樹下歇涼，被楊志拿着籐條打將來，喝道：快走！教你早歇。衆軍人看那天時，四下裏無半點雲彩，其實那熱不可當。楊志催促一行人在山中僻路裏行，看看日色當午，那石頭上熱了，腳疼，走不得。衆軍漢道：『這般天氣，熱兀的不曬殺人。』楊志喝着軍漢道：『快走！趕過前面岡子去，卻再理會。』正行之間，前面迎着那土岡子，一行十五人奔上岡子來。歇下擔仗，那十一人都去松林樹下睡倒了。楊志說道：『苦也！這裏是什麼去處！你們卻在這裏歇涼。起來快走！』衆軍漢道：『你便剁做我七八段，也是走不得了。』楊志拿起藤條，劈頭劈腦打去，打得這個起來，那個睡倒。楊志無可奈何，只見兩個虞侯和老都管，氣喘急急，也爬到岡子上，松樹下坐下喘氣。看這楊志打那軍健，老都管見了說：『提轄！端的熱了，走不得，休見他罪過。』楊志道：『都管你不知，這裏正是強人出沒的去處，地名叫做黃泥岡。閒常太平時節，白日裏兀自出來劫人，休道是這般光景，誰敢在這裏停腳！』兩個虞候聽楊志說了，便道：『我見你說好幾遍了，只管把這話來驚嚇人。』只見對面松林裏，影着一個人，在那裏探頭探腦偵望。楊志道：『俺說甚麼？兀的不是歹人來了？』撇下藤條，拿了朴刀，趕入松林裏來，喝一聲道：『你這廝好大膽！怎敢看俺的行貨！』趕來看時，只見松林裏一字兒擺着七輛江州車兒，六個人脫得赤條條的在那裏乘涼。一個鬢邊老大一搭珠砂記，拿着一條朴刀，見楊志趕入來，七個人齊叫一聲：『阿也！』都跳起來。楊志喝道：『你等是甚麼人？』那七人道：『你是甚麼人？』楊志又問道：『你等莫不是歹人？』那七人道：『你顛倒問。我等是小本經紀，那裏有錢與你！』楊志道：『你等小本經紀人，偏俺有大本錢！』那七人問道：『你端的是甚麼人？』楊志道：『你等且說那裏來的人？』那七人道：『我等弟兄七人，是濠州人，販棗子上東京去，路途打從這裏經過，聽得多人說，這裏黃泥岡上時常有賊打劫客商，我等一面走，一頭自說道：『我七個只有些棗子，別無甚財貨，只顧過岡子來。』上得岡子，當不過這熱，權且在這林子裏歇一歇，待晚涼了行。只聽得有人上岡子來，我們只怕是歹人，因此使這個兄弟出來看一看。』楊志道『原來如此也是一般客人！卻纔見你們窺望惟恐是歹人因此趕來看一看。』那七個人道『客官請幾個棗子了去。』楊志道『不必。』提了朴刀，再回擔邊來。老都管坐着道：『既是有賊，我們去休。』楊志說道：『俺只道是歹人，原來是幾個販棗子的客人。』老都管別了臉對衆軍道：『似你方纔說時，他們都是沒命的。』楊志道：『不必相鬧，俺只要沒事便好，你們且歇了，等涼些走！』衆軍漢都笑了，楊志也把朴刀插在地上，自去一邊樹下坐了歇涼，沒半碗飯時，只是遠遠地一箇漢子，挑着一付擔桶，唱上岡子來。唱道：

赤日炎炎似火燒　野田禾稻半枯焦　農夫心內如湯煮　公子王孫把扇搖

那漢子口裏唱着，走上岡子來，松林裏頭歇下擔桶，坐地乘涼。衆軍看見了，便問那漢子道：『你桶裏是甚麼東西？』那漢子應道：『是白酒。』衆軍道：『挑往那裏去？』那漢子道：『挑出村裏賣。』衆軍道：『多少錢一桶？』那漢子道：『五貫足錢。』衆軍商量道：『我們又熱又渴，何不買些喫，也解暑氣。』正在那裏湊錢，楊志見了喝道：『你們又做甚麼？』衆軍道：『買碗酒喫。』楊志調過朴刀桿便打，罵道：『你們不得洒家言語，胡亂便要買酒喫，好大膽！』衆軍道：『沒事又來鳥亂，我們自湊錢買酒喫，干你甚事？也來打人！』楊志道：『你這村鳥理會得甚麼？到來只顧喫嘴，全不曉得路途上的勾當艱難！多少好漢被蒙汗藥麻翻了！』那挑酒的漢子，看着楊志冷笑道：『你這客官好不曉事，早是我不賣與你喫，卻說出這般沒氣力的話來。』正在松樹邊鬧動爭說，只見對面松林裏那夥販棗子的客人，都提着朴刀，走出來問道：『你們做甚麼鬧？』那挑酒的漢子道：『我自挑這酒，過岡子村裏賣，熱了在此歇涼，他衆人要問我買些喫，我又不曾賣與他，這個客官，道我酒裏有甚麼蒙汗藥，你道好笑麼，說出這般話來？』那七個客人說道：『呸！我只道有歹人出來，原來是如此！說一聲也不打緊，我們正想酒來解渴，既是他們疑心，且賣一桶與我們喫。』七個人立在桶邊，開了桶蓋，輪替換着舀那酒喫，把棗子過口。無一時，一桶酒都喫盡了。那對過衆軍漢見了，心內癢起來，都待要喫。數中一個看着老都管道：『老爺爺與我們說一聲！那賣棗子的客人，買他一桶喫了。我們胡亂也買他這桶喫，潤一潤喉也好，其實熱渴了沒奈何，這裏岡子上又沒討水喫處，老爺方便！』老都管見衆軍所說，自心裏也要喫得些，竟來對楊志說：『那販棗子客人已買了他一桶喫，只有這一桶，胡亂教他們買喫些避暑氣。岡子上端的沒處討水喫。』楊志道：『既然老都管說了，教這廝們買喫了，便起身。』衆軍健聽了這話，湊了五貫足錢來買酒喫，那賣酒的漢子道：『不賣了！不賣了！這酒裏有蒙汗藥在裏頭！』衆軍陪着笑說道：『大哥，直得便還言語？』那漢道：『不賣了，休纏！』這販棗子的客人勸道：『你這個鳥漢子，他也說得差了，你也忒認眞。連累我們也喫你說了幾聲，須不關他衆人之事，胡亂賣與他衆人喫些。』那漢道：『沒事討別人疑心做甚麽？』這販棗子客人，把那賣酒的漢子推開一邊，只顧將這桶酒提與衆軍去喫，就送這幾個棗子過酒。衆軍謝道：『甚麽道理？』客人道：『休要相謝！都是一般客人，何爭在這百十個棗子上？』衆軍謝了，先兜兩瓢，叫老都管喫一瓢，楊提轄喫一瓢，楊志那裏肯喫，老都管自先喫了一瓢，兩個虞侯各喫一瓢。衆軍漢一發上，那桶酒登時喫盡了。楊志見衆人喫了無事，自本不喫，一者天氣甚熱，二乃口渴難熬，拿起來，只喫了一半，棗子分幾個喫了。衆軍漢湊出錢來，還那賣酒的漢子。那漢子收了錢，挑了空桶，依然唱着山歌，自下岡子去了。那七個販棗子的客人，立在松樹旁邊，指着這一十五人說道：『倒也！倒也！』只見這十五個人頭重脚輕，一個個面面廝覷，都軟倒了。那七個客人，從松樹林裏，推出這七輛江州車兒，把車子上棗子都丢在地上，將這十一擔金珠寶貝都裝在車子內，遮蓋好了，叫聲聒噪，一直望黃泥岡下推去了。楊志口裏只是叫苦，軟了身體，掙扎不起。十五人眼睜睜地看着那七個人都把這金寶裝了去。

右之紀事完全出於宣和遺事，原文頗簡而得要，而水滸傳底結構與文采實是青出於藍。

是年正是宣和二年五月，有北京留守梁師寶，將十萬貫金珠珍寶奇巧疋段，差縣尉馬安國一行人，擔奔至京師，趕六月初一日爲蔡太師上壽。其馬縣尉一行人行到五花營隄上，田地裏，見路旁垂楊掩映，修竹蕭森，未免在彼歇涼，片時擅着有八個大漢，擔得一對酒桶，也來隄上歇涼，靠歇了。馬縣尉問那漢：『你酒是賣的？』那漢道：『我酒味淸香滑辣，最能解暑蘦涼，官人試置些飲。』馬縣尉方爲飢渴疲困，買了兩瓶，令一行人都喫些個。未喫酒時，萬事俱休，纔喫酒後，便覺眼花頭暈，看見天在下，地在上，都麻倒了，不省人事。籠內金珠寶貝疋段等物，盡被那八個大漢劫去了。

水滸傳底後編有雁岩山樵底水滸後傳。又水滸傳影響於我國（指日本）底俗文學之大自不待言。翻譯有岡島冠山、曲亭馬琴、高井蘭山等底訓譯，擬作則不但有建部綾足底本朝水滸傳，山東京傳底本朝忠義水滸傳，馬琴底傾城水滸傳等，而且馬琴底八犬傳是學水滸傳的，弓張月是水滸後傳底翻案。水滸後傳有槐翁底譯本。又近來完成的平岡龍城氏底訓譯水滸傳實是苦心之作，可謂學界底奇蹟。然究竟不能與那在木島明神底靈前得受遊仙窟底讀法的學士伊時相比擬。

三國志演義爲『講史書』的一種，這裏所述的忠義水滸傳，似屬於宋人說話四家的『說鐵騎兒，』但在宋人作品中反少見。水滸傳卽敍宋江……等聚義梁山泊的故事，宣和遺事只敍三十六人，這書卻增多至一百零八人，姓名亦彼此間有不同。在描寫的技術方面，較之宋人『話本』也有極大的進步。一百零八個人，寫來個個都有個性，個個都有他的環境和他們不同的出身，而難得有重複的地方。此書完全爲貪官汚吏與不良政治的反響，所以處處表現出一種強毅的反抗的精神。讀者試看，所謂一百零八個強盜，那一個是甘心自願上梁山入夥的？每個都爲到了『不得不』的地步，才走向『水滸』中去！這是眞正的平民文學！這是一部平民對於貴族政治表示反抗精神的偉大的傑作，而且在當時也只有這樣的一部傑作。

明代的水滸傳原有繁簡兩本，繁本為嘉靖時人所作，增添最甚之處，為：(一)征遼，(二)征田虎、王慶，(三)詩詞。施羅原本，始於洪太尉誤走妖魔，而終於衆英雄魂聚蓼兒窪；其間最大的戰役，為曾頭市、祝家莊及與高太尉、童貫相抗；至招安後征討方臘的一役，則衆英雄在陣喪亡過半，不甚有生氣。其中征遼大約是嘉靖時加入的，征田虎、王慶的二段的加入則似乎更晚。此書不同的版本甚多，文辭亦多異同，可是原本卻絕不可見。以回數多少言，有百回本，百十回本，百十五回本，百二十回本，百二十四回本。百回本僅有征遼、征方臘，而無征田虎、征王慶事。百十回、百十五回、百二十四回本則皆有征田虎、王慶事。百二十回本文辭幾和百回本全同，惟另加入了二十回的征田虎、王慶事。此外，有殘本名『新刻京本全像插增田虎、王慶忠義水滸全傳』，亦上半頁為插圖，下半頁為原文，形式似元刊本三國志平話，文辭和百十五回本幾乎全同。觀其書名，可為征田虎、王慶為原書所無之證．明。但亦有征遼，那麼離原本當然還遠咧！諸本或署『東原羅貫中編輯』，或題『錢塘施耐菴的本，羅貫中編次』，亦署『施耐菴集撰，羅貫中纂修』，頗不一致。但今最盛行之本，為金人瑞所批改的七十回本卷首有『楔子』一回；其書止於盧俊義夢一百零八人被張叔夜所擒殺。他以斂招安以後的事爲羅貫中所續且痛斥其非又僞造一施耐菴之序，冠於卷首。此本與百二十回本的前七十回無甚異，金氏截取的底本，當卽爲百二十回本。後人又截取百十五回本的六十七回至結末，稱爲後水滸，又名蕩平四大寇傳，又名征四寇，初附刊於七十回本之後，後又單行。

水滸傳的文筆，較三國志爲大進步，其中保存土話尤多。對於人物的描寫，其個性皆能活躍紙上，尤爲特色。現錄其第四十二回中的李逵尋母一段。

……李逵怕李達領人趕來，背著娘，只奔亂山深處，僻靜小路而走。看看天色晚了，李逵背到嶺下，娘雙眼不明，不知早晚。李逵卻認得這條嶺，喚做沂嶺，方纔有人家。娘兒兩個，趁着星明月朗，一步步捱上嶺來。娘在背上說道：『我兒，那裏討口水來我吃也好！』李逵道：『老娘且待過嶺去，借了人家安歇，做些飯吃。』娘道：『我日中吃了些乾飯，口渴得當不得。』李逵道：『我喉嚨裏也煙發火出，你且等我背你到嶺上，尋水與你吃。』娘道：『我兒，端的渴殺我也，救我一救。』李逵道：『我也困倦得要不得。』李逵看看挨得到嶺上松樹邊一塊大青石上，把娘放下，插了朴刀在側邊，分付娘道：『耐心坐一坐，我去尋水來你吃。』李逵聽得溪澗裏水響，聞聲尋路去，盤過了兩三處山脚，來到溪邊，捧起水來，自吃了幾口，尋思道：『怎生能彀得這水去把與娘吃。』立起身來，東觀西望，遠遠地山頂上見一座廟。李逵道：『好了！』攀藤攬葛，上到庵前，推開門看時，却是個泗州大聖祠堂，面前只有個石香爐。李逵用手去掇，原來是和座子鑿成的。李逵拔了一回，那裏拔得動？一時性起來，連那座子掇出前面石堦上一磕，把那香爐磕將上來。拿了，再到溪邊，將這香爐水裏浸了，拔起亂草，洗得乾淨。挽了半香爐水，雙手擎來，再尋舊路，夾七夾八，走上嶺來。到得松樹邊石頭上，不見了娘，只見朴刀插在那裏。李逵叫娘吃水，杳無蹤跡。叫了一聲不應，李逵心慌，丟了香爐，定住眼四下裏看時，並不見娘。走不到三十餘步，只見草地上一團血跡。李逵見了，一身肉發抖，趁着那血跡尋將去，尋到一處大洞口，只見兩個小虎兒在那裏舐一條人腿。李逵把不住抖，道：『我從梁山泊歸來，特爲老娘來取他，千辛萬苦，背到這裏，倒把來與你吃了！那鳥大蟲拖着這條人腿，不是我娘的是誰的？』心頭火起，便不抖，赤黃鬚蚤豎起來，將手中朴刀挺起來，搠那兩個小虎。這小大虫被摑得慌，也張牙舞爪，鑽向前來，被李逵手起，先摑死了一個，那一個望洞裏便鑽了入去，李逵趕到洞裏，也摑死了。李逵卻鑽入那大虫洞內，伏在裏面，張外看時，只見那母大虫張牙舞爪，望窩裏來。李逵道：『正是你這孽畜吃了我娘！』放下朴刀，跨邊掣出腰刀。那母大虫到洞口，先把尾去窩裏一剪，便把後半截身坐將入去。李逵在窩裏，看得仔細，把刀朝母大虫尾底下，盡平生氣力，捨命一戳，正中那母大虫糞門。李逵使得力重，和那刀靶也直送入肚裏去了。那母大虫吼了一聲，就洞口帶着到跳過澗邊去了。李逵卻拿了朴刀，就洞裏趕將出來。那老虎負痛直搶下山石巖去了。李逵恰待要趕，只見就樹邊捲起一陣狂風，吹得敗葉樹木如雨一般，打將下來。自古道：『雲生從龍，風生從虎。』那一陣風起處，星月光輝之下，大吼了一聲，忽地跳出一隻吊睛白額虎來。那大虫望李逵勢猛一撲，那李逵不慌不忙，趁着那大虫的勢力，手起一刀，正中那大虫頷下，那大虫不曾再掀再剪，一者護那疼痛，二者傷着他那氣管，那大虫退不彀五七步，只聽得響一聲，如倒半壁山，登時間，死在巖下。那李逵一時間殺了子母四虎，還又到虎窩裏，將著刀，復看了一遍，只恐還有大虫，已無有蹤跡。李逵亦困乏了，走向泗州大聖廟裏，睡到天明。次日早晨，李逵卻來收拾親娘的兩腿，及剩的骨肉，把布衫包裹了，直到泗州大聖廟後，掘土坑葬了。李逵大哭了一場而去。……

清初有陳忱（約一六三〇前後在世）字遐心，一字敬夫，號古宋遺民，又號雁蕩山樵，浙江烏程人。生平著作並佚，惟存後水滸傳四十回，是續百回本的水滸而作。此書敘宋江死後，其餘諸人助宋禦金，然無功。李俊遂率衆浮海，爲暹邏國王。作者的精神特別灌注在『勤王救國』和『誅殺奸臣』兩件事上，所以寫來額外的有聲有色。我們一考作者的時代背景，便知他的用意所在。普通本因欲別於征四寇之續七十回本水滸，故題爲三續水滸，又有題爲混江龍開國傳的。第二十四回寫燕青入金營獻黃柑青子於道君皇帝：

……道君皇帝一時想不起，問『卿現居何職？』燕青道：『臣是草野布衣；當年元宵佳節，萬歲幸李師師家，臣得供奉，昧死陳情，蒙賜御筆，赦本身之罪，龍劄猶存。』遂向身邊錦袋中取出一幅恩詔，墨跡猶香。雙手呈上。道君皇帝看了，猛然想着，道：『元來卿是梁山泊、宋江部下。可惜宋江忠義之士，多建大功；朕一時不明，爲奸臣蒙敝，致令沈鬱而亡，朕甚悼惜。若得還宮，說與當今皇帝知道，重加褒封立廟，子孫世襲顯爵。』燕青謝恩，喚楊林捧過盒盤，又奏道：『微臣仰覩聖顏，已爲萬幸。獻上青子百枚，黃柑十顆，取苦盡甘來的佳讖，少展一點芹曝之意。』齊眉獻上。上皇身邊止有一個老內監接來啓了封蓋。道君皇帝便取一枚青子納在口中，說道：『連日朕心緒不寧，口內甚苦，得此佳品，可以解煩。』嘆口氣道：『朝內文武官僚世受國恩，拖金曳紫；一朝變起，盡皆保惜性命，眷戀妻子，誰肯來這裏省親！不料卿這般忠義可見天下賢才傑士原不在近臣勳戚中；朕失於簡用，以致於此。遠來安慰，實感朕心。』命內監取過筆硯，將手中一柄金鑲玉靶白紈扇兒，弔着一枚海內香雕螭龍小墜，放在紅氈之上，寫一首詩道：『笳鼓聲中藉毳茵，普天僅見一忠臣，若然青子能回味，大賚黃柑慶萬春！』寫罷，落個款道：『教主道君皇帝御書。』就賜與燕青道：『與卿便面。』燕青伏地謝恩。上皇又喚內監分一半青子黃柑：『你拿去賜與當今皇帝，說是一個草野忠臣燕青所獻的。』……兩個取路回來，離金營已遠，楊林伸着舌頭道：『嚇死人！早知這個所在，也不同你來。虧你有這膽量……我們平日在山寨，長罵他（皇帝）無道；今日見這般景象，連我也要落下眼淚來。』

……

讀了這段文字，我們也幾乎要落下眼淚來！

又有清人俞萬春（？——一八四九）字仲華，別號忽來道人，山陰人。嘗從父官粵，從征猺民之變，有功議敍。後行醫杭州，晚年皈依道釋。他曾續七十回本水滸，作結水滸傳七十回，結子一回，亦名蕩寇志。立意和陳忱全相反，使梁山泊首領非死卽誅，而鬼魂仍鎮之於石碣之下，以與七十回本之楔子相乎應。作者作此書首尾共經二十二年，不曾修飾而去世；咸豐時，其子龍光爲潤飾修改，始刻而傳世。書中精彩處，幾超過於水滸，惟雜以道釋二家之妄說，使全書減色不少。下列一段，乃寫盜魁宋江的被擒：

……哥子道：『運氣來了，那裏論得定？方才我聽他的夢話，又聽你說出他的面貌，這人定是宋江。端的十不離九。我到有個計較在此，我進去如此，你進去如此，管賺出他的姓名來。』兩人計議停當，那兄弟便上了岸，哥哥便取了繩索，輕輕的走進艙內，將宋江一索綑了，便大叫兄弟快來。宋江夢中驚醒道：『你們是什麽人？怎麽綑我？』那哥子喝道：『咱老爺生在深江，一生只愛銀錢，你問做甚，兄弟快來！』宋江急得極叫道：『好漢，我身邊銀錢，盡行奉送，只求饒我。』那兄弟一面說，一面持火進來。宋江哀告饒命，那兄弟將火一照，忙叫：『呵呀！哥哥休鹵莽，不要傷犯好人。這位客官好像是及時雨忠義宋公明。』哥子道：『胡說，忠義宋公明現在梁山做大王，今夜單身來此做甚？』宋江到得此際，不知虛實，想左右終是一死，因回憶那年潯陽江、清風嶺等處，曾經遇着此等僥倖，今日說出姓名，或者尙有生路，便開言道：『二位好漢，何處認識宋公明？』那兄弟道：『哥哥快把繩索解了，你此番得罪了上天星宿，大有罪孽。』哥子道：『且慢，你說他好像宋公明，到底是不是宋公明？萬一不是宋公明，我兩人著了這個鬼，倒是一場笑話。』宋江忙接口道：『我眞是宋公明。』那哥子道：『客官，你休要冒認宋公明。宋公明現在梁山，堂堂都頭領，單身到此做甚？』宋江道：『不瞞二位說，我梁山被官軍攻圍甚急，十分難支，我想逃到鹽山重興事業，路上怕人打眼，特揀僻路走，所以走到此處，今懇求好漢，……』話未說完，那兩人哈哈大笑道：『你原來眞是宋公明！你休要慌，那張經略大將軍等你已久，我們一俟天明，便直送你到他營前。』宋江聽了這話，方曉得著了他們的道兒，驚得魂飛天外。那兩人便加了一道繩索，捆縛了他。宋江半晌定神，剪着兩手，瞪著單眼，看那兩人。那兩人坐在艙內，講不出那心中懽喜，笑嘻嘻的看那宋江。宋江歎一口氣道：『不料我宋江今日絕命於此！』便問那兩人道：『這裏端的是甚麼地方？』兩人答道：『老實對你說，這裏長清管下北境夜明渡。這裏有件奇事，水中石壁，到五更時便放光明，因此喚作夜明渡。』宋江一聽得夜明渡三字，便長歎一聲道：『宋江該死久矣！筍冠仙，筍冠仙，我悔不聽你言，致有今日也！你那八句讖語，分明是『到夜明渡，遇漁而終』八個字，我迷而不悟，一至於此！』歎畢，一口氣悔不轉，竟厥了去。那兩人忙替他揪頭髮，掐人中，摩胸膛，擺佈了好一歇，方醒轉來。那弟兄忙去燒口熱茶與他吃了，各呆看了一回。天已黎明，宋江又開言問道：『你們二人是甚名字？』那哥子笑著答道：『咱老爺三不改名，四不改姓，咱老爺姓賈，喚作賈忠，』——指那兄弟道：『這是咱兄弟，喚作賈義。』宋江聽罷，又浩然長歎道：『原來我宋江死於假忠假義之手罷了！』……（第一百四十回）

此外又有天華翁的水滸後傳，敍宋江再生爲楊幺，盧俊義爲王魔，也是續百回本的。天華翁爲何人？今不可考。

三遂平妖傳爲「靈怪傳奇」的一種，既非講史，亦非說鐵騎兒，與施、羅其他諸作風格亦殊異。但與後來的濟公傳、昇仙傳……等卻是同類的作品。所謂原本的三遂平妖傳，今猶傳，凡四卷二十回，署「東原羅貫中編次。」書敍宋時貝州王則以妖術變亂事。宋史載則本涿州人因歲飢流至恩州（唐爲貝州）慶歷七年僭號東平羣王，改元得聖六十六日而平。此書卽本其事，首敍汴州胡浩得仙畫，其婦焚之，因孕生女永兒，有妖狐聖姑姑授以道法，遂能爲紙人豆馬。王則爲貝州人，娶永兒，術人彈子和尙、張鸞皆來見，遂買軍作亂。已而文彥博討之，彈子和尙見則無道，化身諸葛遂智助文，馬遂詐降，擊破則脣使不能持咒，李遂又率掘子軍作地道入城，乃擒則及永兒。建功的三人皆名「遂」，故名三遂平妖傳。今本平妖傳凡十八卷，分四十回，係馮夢龍所補。前加十五回，始於盛傳民間的燈花婆婆故事，中敍諸妖人之鍊法，其他五回則散入舊本各回間，多補述諸怪民道術。材料亦多取之舊籍，如杜七聖的幻術，卽爲唐人小說中所有：

杜七聖慌了，看着那看的人道：「衆位看官在上，道路雖然各別，養家總是一般。只因家火相逼，適間言語不到處，望看官們恕罪則個。這番教我接了頭，下來吃杯酒，四海之內，皆相識也。』杜七聖伏罪道：『是我不是了，這番接上了。』只顧口中念咒，揭起臥單看時，又接不上。杜七聖焦燥道：『你教我孩兒接不上頭，我又求告你再三，認自己的不是，要你恕饒，你卻直恁的無理。』便去後面籠兒內取出一個紙包兒來，就打開，撮出一顆葫蘆子，去那地上，把土來掘鬆了，把那顆葫蘆子埋在地下，口中念念有詞，噴上一口水，喝聲『疾！』可霎作怪；只見地下生出一條藤兒來，漸漸的長大，便生枝葉，然後開花，便見花謝，結一個小葫蘆兒。一夥人見了，都喝采道：『好！』杜七聖把那葫蘆兒摘下來，左手提着葫蘆兒，右手拿着刀，道：『你先不近道理，收了我孩兒的魂魄，教我接不上頭，你也休想在世上活了！』看着葫蘆兒，攔腰一刀，剁下半個葫蘆兒來。卻說那和尚在樓上，拿起麵來，卻待要喫；只見那和尚的頭從腔子上骨碌碌滾將下來。一樓上喫麵的人都喫一驚，小膽的丟了麵跑下樓去了，大膽的立住了腳看。只見那和尚慌忙放下碗和筯，起身去那樓板上摸，一摸摸着了頭，雙手捉住兩隻耳朵，掇那頭安在腔子上，安得端正，把手去摸一摸。和尚道：『我只顧喫麵，忘還了他的兒子魂魄，』

伸手去揭起楪兒來。這裏卻好揭得起楪兒，那裏杜七聖的孩兒早跳起來看的人發聲喊。杜七聖道：『我從來行這家法今日撞着師父了。』……（第二十九回下杜七聖狠行續頭法）

王則故事與王則相類的故事，在明代因遭唐賽兒之亂頗見盛傳，故又有金台傳十二卷六十回，又名平陽傳，亦敍破滅王則事，金台傳且有彈詞。歸蓮夢十二回，明、蘇菴主人編，敍女子白蓮岸幼喪父母，襟懷壯大，思立功業，乃從白猿得天書，得知兵法及神詭變幻之術，創白蓮教。後為白猿索還天書，女之兵法及妖術俱一無所知，遂失敗。結構似平妖傳，但平妖傳之中心人物，初為胡永兒，後為文彥博及三遂，不如此書則以白蓮岸一氣貫串，不蔓不枝，較為一致。清、呂熊（字文兆，號逸田叟，吳人，約一六七四前後在世）作女仙外史，凡一百回，述青州、唐賽兒之亂，結果亦不背史實，當為受平妖傳及歸蓮夢之暗示而作。

稱為羅貫中作的，尚有粉妝樓，敍唐代羅家子孫故事，或以為貫中鋪張他先世門閥而作，今本粉妝樓凡八十回，其內容不出英雄落難，山林聚義，朝廷除奸，征番得功的常套，故其體裁似講史而實非講史，題『竹溪山人撰，』可見非貫中的原作。像粉妝樓同類體裁的作品，尚有明人清溪道人的禪眞佚史八集四十回及禪眞後史十集六十回，淸人無名氏的大漢三合明珠寶劍傳四十二回，綠牡丹八卷六十四回南唐薛家將傳一百回，木蘭奇女傳四卷三十二回，說呼全傳十二卷四十回，五虎平西南前後傳二十卷一百四十四回……等。以上諸書，今人或稱之爲『講史』或列入『說公案，』我以爲皆爲『說鐵騎兒』之流，與水滸爲同流。

這一類『說鐵騎兒』的小說，到了淸末，和『公案』小說相合，成爲許多義俠小說，像三俠五義、永慶昇平之類；和『靈怪』小說相合。成爲許多濟世小說，像濟公傳、昇仙傳之流。蓋政治環境已與前此不同，卽使再欲寫如水滸、粉妝樓一流明白反抗朝廷的『說鐵騎兒』，這個時代無論若何不會容許你了。（參看中國文學概論講話）

百二十回本忠義水滸傳序

（上略）這部百二十回本又叫做『新鐫李氏藏本忠義水滸全書，』卷首有『楚人鳳里、楊定見』的小引自稱是『事卓吾先生』的，又說『先生歿而名益尊，直益廣，書益播傳；卽片牘單詞留向人間者，靡不珍爲瑤草，儼然欲傾宇內。』李贄死在萬曆三十年，此書之刻，當在崇禎初期，去明亡不很遠了。

楊序又說，他在吳中，遇着袁無涯，遂取李贄『所批定水滸傳』付無涯。大概楊定見是改造百二十回本的人，袁無涯是出錢刻印這書的人，可惜都不可考了。

此本有『發凡』十條，其中頗多可供考證的材料，故我在水滸傳後考裏曾經提到在中國小說史略裏，往往徵引『發凡』的話。但十年以來，新材料稍稍出現，可以證明『發凡』中的話有很不可信之處，如第六條說：

古本有羅氏致語，相傳『燈花婆婆』等事，既不可復見；乃後人有因四大寇之拘而酌損之者。有嫌一百二十回之繁而淘汰之者，皆失。

這些話，十年來我們都信以爲眞，故我同友人研討都信古本水滸有羅氏致語，有相傳『燈花婆婆』等事，同時又相信古本眞有百二十回本。我現在看來，這些話都沒有多大根據，楊定見並不曾見『古本，』他說『古本』怎樣怎樣，大概都是信口開河，假託一個古本作爲他的百二十回改造本的根據而已。

羅氏致語之說，除此本『發凡』之外，還有周亮工書影說的：

> 故老傳聞，羅氏水滸傳一百回各以妖異語冠其首。嘉靖時，郭武定重刻其書，削其致語，獨存本傳。

又王氏小品也說：

> 此書每回前各有楔子，今俱不傳。

這都是以訛傳訛的話。每回前各有妖異的致語，這是不可能的事。水滸傳的前面有『洪太尉誤走妖魔』的一段，這便是水滸傳的『致語』全書只有這一段『妖異語』的致語，別沒有什麼『燈花婆婆』等事。『燈花婆婆』的故事乃是平妖傳的致語，其書現存，可以參證。這是因爲水滸傳和平妖傳相傳都是羅貫中做的，兩書各有一段妖異的致語，後來有人記錯了，遂說『燈花婆婆』的故事是古本水滸傳的致語。後來的人更張大其詞，遂說一百回各有妖異的致語了。（參看胡適宋人話本八種序頁一至四，又頁二七至三十。）

至於古本有百二十回之說，也是『託古改制』的話頭，不足憑信。大概古本不止一種，上文所考，『x』本無征遼及王、田二寇，必沒有一百回『y』本有王、田而無遼國，『z』本有遼國而無王、田，大概至多不過在百回上下，都沒有百二十回之多。坊間的刪節本，始合王、田二寇與遼國爲一書，文字被刪節了，事實卻增多了，故有超過百十回的本子。楊定見改造王、田二寇，文字增加不少，成爲百二十回本，所以要假託古本有百二十回，以擡高其書；其實他所謂『古本』不過是建陽書坊的刪節本罷了。

百二十回本的大貢獻在於完全改造舊本的田虎、王慶兩大寇，原有的田虎、王慶兩部分是很幼稚的，我們看征四寇或百十五回本，都可以知道這兩部分沒有文學的價值。郭本與李卓吾本都刪去這兩部分，大概是因爲這些部分太不像樣了，不值得保存。況且王慶的故事既然提出來改作了王進，後面若還保留王慶，重複矛盾的痕跡就太明顯了，所以更有刪除的必要。後來楊定見要想保留田虎、王慶兩大段，卻也感覺這兩段非大大地改作過，不能保存。於是楊定見便大膽把舊有的田虎、王慶兩段完全改作了。田虎一段，百十五回本和百二十回本的回目可以列爲比較表如下：

百十五回本

第八十四回　宿太尉保舉宋江　盧俊義分兵征討
第八十五回　盛提轄舉義投降　元仲良憤激出家
第八十六回　衆英雄大會唐斌　瓊英郡主配張清
第八十七回　公孫勝訪羅眞人　沒羽箭智伏道清
第八十八回　宋江兵會蘇林嶺　孫安大戰白虎關
第八十九回　魏州城宋江祭諸將　石羊關孫安擒勇士
第九十回　盧俊義計攻獅子關　段景住暗認玉欄樓
第九十一回　宋江夢中朝大聖　李逵異境遇仙翁
第九十二回　道清法迷五千兵　宋江義釋十八將
第九十三回　卞祥賣陣平河北　宋江得勝轉東京
百二十回本
第九十一回　宋公明兵渡黃河　盧俊義賺城黑夜

第九十二回　振軍威小李廣神箭　打蓋郡智多星密籌
第九十三回　李逵夢鬧天池　宋江兵分兩路
第九十四回　關勝義降三將　李逵莽陷衆人
第九十五回　宋公明忠感后土　喬道淸術敗宋兵
第九十六回　幻魔君術窘五龍山　入雲龍兵圍百谷嶺
第九十七回　陳瓘諫官陞安撫　瓊英處女做先鋒
第九十八回　張淸緣配瓊英　吳用計鴆鄔梨
第九十九回　花和尚解脫緣纏井　混江龍水灌太原城
第一百回　張淸瓊英雙建功　陳瓘宋江同奏捷

舊本寫征田虎一役，全無條理，只是無數瑣碎的戰陣而已。改本認定幾個關鍵的人物，如喬道淸、孫安、瓊英羣主，用他們作中心，删去了許多不相干的小戰陣，故比舊本精密的多多。舊本又有許多不近情理的地方，改本也都沒法矯正了。試舉張淸匹配瓊英的故事作例。舊本中此事也頗佔重要的地位，但張清所以去假投降者，不過是要打救被喬道清捉去的四將而已。改本看定張清、瓊英的故事可作爲破田虎的關鍵，故在第九十三回卽在李逵的夢裏說出神人授與的『要夷田虎族，須諧瓊矢鏃』十個字，又加入張清夢中被神人引去教授瓊英飛石的神話，這便是把這段姻緣提作田虎故事的中心部分了。這是一不同。

舊本旣說瓊英是烏利國舅的女兒，後文喬道清又說她是『田虎親妹，』這種矛盾是很明顯的。況且無論她是田虎的親妹或表妹，她的背叛田虎，總於她的人格有點損失，至於張清買通醫士，毒死她的親父，也未免太殘忍。改本認淸了此二點，故不但說瓊英『原非鄔梨親生的，』並且說田虎是殺她的父母的仇人。這樣一來，瓊英的背叛，變成了替父母報仇，毒死鄔梨也只是報仇，瓊英的身分便擡高多了。這是二不同。

舊本寫張清配合瓊英，完全是一種軍事策略，毫無情義可說。改本借安道全口中說出張清夢中見了瓊英，醒來『癡想成疾；』後來瓊英在陣上飛石連打宋將多人，張清聽說，趕到陣前，要認那女先鋒，那邊她早已收兵回去了，張清只得『立馬悵望。』這很像受了當時風行的牡丹亭故事的影響，但也擡高張清的身分不少。這是三不同。

這一個故事的改作，很可以表示楊定見改本用力的方向與成績。此外如喬道清，如孫安，性格描寫上都很有進步。田虎部下的將領中有王慶，有范全，都是下文王慶故事中的王慶、范全重複了，所以改本把這些人都删去了。這些地方都是進步。

王慶的故事改造更多。這是因爲這裏的材料比較更容易改造。田虎一段，只有征田虎的事，而沒有田虎本人的歷史。百十五回本敍田虎的歷史，只有寥寥一百個字。百二十回本稍稍擴大了一點，也只有四百二十字。王慶個人的故事，在百十五回裏便佔了四回之多，足足有一萬三千多字。材料既多，改造也比較容易了。

不但如此。上文我曾指出王慶故事的原本太像王進的故事了，這分明是百回本水滸傳的改造者（施耐菴？）把王慶的故事提出來，改成了水滸傳的開篇，剩下的糟粕便完全拋棄了。百二十回本的改造者也看到了這一點，故他要保存王慶的故事，便不能不根本改造這一大段的故事。

原本的王慶故事的大綱如下：

(1)高俅未遇時，流落在靈壁縣，曾受軍中都頭柳世雄的恩惠。

(2)高俅做殿前太尉時，柳世雄已陞指揮使，未見高俅。高俅要報他的大恩，叫八十萬禁軍教頭王慶把他該陞補的總管之職讓給柳世雄。

(3)高俅教王慶比武時讓柳世雄一鎗。王慶心中不願，比鎗時把柳世雄的牙齒打落。

(4)高俅懷恨，要替柳世雄報仇，親自到十三營點名，王慶遲到，訴說家中有香桌香爐飛動進門的怪事，他打碎香桌，閃了臂膊，贖藥調治，誤了點名。高俅判他揑造妖言，不遵節制，斥去官職，杖二十，刺配淮西、李州牢城營安置。

這是王慶故事的第一段，是他刺配淮西的原因。這段故事有幾點和王進故事相像：(1)兩個故事同說高俅貧賤時流落淮西；(2)高俅的恩人柳世雄，在王進故事裏作柳世權，明明是一個人；(3)王慶、王進同是八十萬禁軍教頭，明明是一個人的化身；(4)王慶、王進同因點名不到，得罪高俅。因為這些太相像之點，這兩個故事不能同時存在，故百回本索性把王慶故事删了，故百二十回本決定把這個故事完全改作。

這一段的改本的大綱是：

(1)王慶不是八十萬禁軍教頭，只是開封府的一個副排軍，是一個賭錢宿娼的無賴。

(2)王慶在艮嶽見着蔡攸的兒媳婦，是童貫的姪女，小名喚作嬌秀。他們彼此留情，就勾搭上了。

(3)一日王慶醉後把嬌秀的事洩漏出去，風聲傳到童貫耳朵裏。童貫大怒，想尋罪過擺佈他。

(4)他在家乘涼，一條板櫈忽然四脚走動，走進門來。王慶喝聲『奇怪！』一脚踢去，用力太猛，閃了脅肋，動彈不得。

(5)王慶因腰痛誤了點名，被開封府府尹屈打成招，定了個揑造妖言，謀為不軌的死罪。後來童貫、蔡京怕外面的議論，教府尹速將王慶刺配遠惡軍州。於是王慶便被刺配到陝州牢城。

這裏高俅不見了，柳世雄也不見了，八十萬禁軍教頭換成了一個副排軍，於是舊本的困難都解決了。

王慶故事的第二段，在舊本裏，大略如下：

（1）王慶在路上因盤費用盡，便在路口鎮使棒乞錢。遇着龔端，送他銀子作路費，並且給他介紹信，去投奔他的兄弟龔正。

（2）他到了四路鎮龔正店裏，龔正請衆鄰舍來，請王慶使一回棒，請衆人各幫一貫錢，共聚得五百貫錢。

（3）不幸被黃達出來攔阻，要和王慶比棒，王慶贏了他，卻結下了寃仇。

（4）王慶到了李州牢城，把五百貫錢上下使用，管營教他去管天王堂，每日燒香掃地。

（5）王慶因比棒打傷了本兵馬提轄張世開的妻弟龐元，結下了寃仇。張世開要替龐元報仇，把王慶調去當差，尋事叫他賠錢，喫棒。預備要打他九百九十九棒。

（6）王慶吃苦不過，把張世開打死，逃出李州，在吳太公莊上教武藝，又逃到龔正莊上，被黃達叫破，王慶把黃達打死，又逃到鎮陽城去投奔他的姨兄范全。

（7）王慶在快活林使朴刀槍棒，打倒了段五虎，又打敗了段三娘，段三娘便嫁了他。

(8)恰好龐元在本地做巡檢，王慶記念舊仇，把他殺了，同段三娘逃上紅桃山做強盜。

(9)王慶故事中處處寫一個賣卦的金劍先生李杰；李杰邀了龔正弟兄來助王慶；王慶請他做軍師，定了制度，佔了秦州，王慶稱秦王。

這段故事人物太多，頭緒紛繁，描寫的技術也很幼稚。百二十回本的改作者決心把這個故事整理一番，遂變成了這個新樣子：

(1)王慶刺配陝州，路過新安縣，打傷了使棒的龐元，結識了龔端、龔正弟兄。龔氏弟兄與黃達尋仇，王慶打傷了黃達，在龔家村住了十餘日，龔正送他到陝州，上下使用了銀錢，管營張世開把王慶發在單身房內，自在出入。

(2)後來張世開忽然把他喚去做買辦，不但叫他天賠錢，還時時尋事打他，前後計打了他三百餘棒。王慶後來在棒瘡醫生處打聽得張世開的小夫人便是龐元的姐姐，又知道張世開有意擺佈他，代龐元報仇。王慶夜間偷進管營內室，偷聽得張世開與龐元陰謀，要在棒下結果他的性命，一時怒起，遂殺了張、龐二人，越城逃走了。

（3）他逃到房州，躲在表兄范全家中，用藥銷去了臉上的金印。有一天，段家莊的段氏弟兄接了個粉頭，搭戲臺唱戲，王慶也去看熱鬧，在戲臺下賭博，和段氏弟兄爭鬬，又打敗了段三娘。次日，段太公叫金劍先生李助去做媒，把段三娘嫁給他。成親之夜，忽有人報到，說新安縣的黃達打聽得王慶的蹤跡，報告房州州尹，就要來促人了。

（4）李助給他們出主意，教他們反上房山去做強盜。後來他們打破房州，聲勢浩大，打破附近南豐、荊南各地。王慶自稱楚王，在南豐城中建造宮殿，佔了八座軍州，做了草頭天子。

這樣大改革，人物與事實雖然大致採用原本，而內容完全變了。地理也完全改換了，描寫也變細密了，事蹟與人物也集中了。

百二十回本作序的楊定見自稱『楚人』，他知道河南、湖北、江西一帶的地理，故把王慶故事原本的地理完全改變了。舊本的王慶故事說王慶佔據『秦州』，稱『秦王』。書中可考的地名，如梁州、洮陽、秦州，皆在陝西、甘肅兩省。這便不是『淮西』了！楊定見是湖北人，故把王慶的區域改在河南西南，湖北全境，及江西的建昌一角。（看胡適文存三集百五回頁四七至四八）所以王慶不能稱『秦王』了，便改成了『楚王。』舊本的賣卦李杰是洮西人，此本也改爲『荆南李助，』這也是楊定見認同鄉的一證。

原本中的地名，如『天王堂，』和『林冲故事的天王堂』重複了，如『快活林，』和武松故事的快活林重複了，改本中都一概刪改了，這也算一種進步。

改本把王慶早年故事集中在新安、陝州、房州三處，把龔端、龔正放在一處，把李杰的幾次賣卦刪成一次，把張世開和管營相公併作一個人，把龐元和張世開併在一塊被殺，把吳太公等等無關重要的人都刪了。——這都是整理集中的本事，都勝於原本。

原本的王慶故事顯然分作兩截：王慶得罪高俅以至稱王的歷史自成一截，宋江征王慶的事，又自成一截。這兩截各不相謀，兩截中的人物也毫不相干，前截的人物如李杰，段氏兄妹，龔氏弟兄，皆不見於後截。這一點可證明李玄伯先生假定的短篇的水滸故事。大概王慶的歷史一截，只是一種短篇王慶故事，本沒有下文宋江征討的結局。這個王慶本是一條好漢，可以改作梁山上的一個弟兄，也可以改作水滸開篇而不上梁山的王進，也可以改作與宋江等人並立的一寇。後來舊本的一種便把他改作四寇之一，又硬添上宋江征王慶的一段事。百回本的作者便把他改作王進，開篇而不結束。百十五回等本把這兩種辦法倂入一部水滸傳，便鬧出種種矛盾和不照應的笑話來了。楊定見看出了這裏面的種種短處，於是重新改作一番，把李助（李杰、）段二、段五、段三娘、龔端等人，都插入後截宋江征討的一段裏，使這個故事前後照應。這是百二十回本的大進步。

至於描寫的進步，更是百二十回本遠勝舊本之處。百十五回本敍王慶的歷史只有一萬三千字；百二十回本把事蹟歸倂集中了；而描寫卻更詳細了，故字數加至二萬字。試舉幾條例子。如李杰第一次賣卦，百十五回本只有一百六十個字的記載，百二十回本便加到八百字的描寫。其中有這樣細膩的文字：

……王慶接了卦錢，對着炎炎的那輪紅日，彎腰唱喏；卻是疼痛，彎腰不下，好似那八九十歲老兒，硬着腰半揖半拱的兜了一兜，仰面立着禱告。……

李助搖着一把竹骨摺疊油紙扇。……王慶對着李助坐地，當不的那油紙扇兒的柿漆臭，把皁羅衫袖兒掩着鼻聽他（百二回，頁十二至十三。）

又如寫定山堡、段家莊的戲臺下的情形：

那時粉頭還未上臺臺下四面有三四十隻桌子，都有人圍擠着在那裏擲骰賭錢。那擲骰的名兒非止一端，乃是

六風兒，五么子，火燎毛，朱窩兒。

又有那攧錢的，蹲踞在地上，共有二十餘簇人。那攧錢的名兒也不止一端，乃是

渾沌兒，三背間，八叉兒。

那些擲骰的在那裏呼么喝六，攧錢的在那裏喚字叫背；或夾笑帶罵，或認眞厮打。那輸了的，脫衣典裳褫巾剝襪，也要去翻本……那贏的，意氣揚揚，東擺西搖，南闖北踅的尋酒頭兒再做；身邊便袋裏，搭膊裏，衣袖裏，都是銀錢；到後來捉本算帳，原來贏不多；贏的都被把梢的，放囊的，拈了頭兒去。……（百四回，頁三三）

這樣細密的描寫，都是舊本的王慶故事裏沒有的。

舊本於征王慶的一段之中，忽然插入『宋公明夜遊玩景，吳學究帷幄談兵』一回，前半宋江

和盧俊義、吳用、喬道清諸人各言其志，後半吳用背誦武侯新書，全是文言的，迂腐的可厭。百二十回本把這一回全删去了。但征討王慶的戰事，無論如何徹底改造，總不見怎樣出色；不過比舊本稍勝而已。

我在上文舉的這些例子，大概可以表示百二十回本的性質了。百二十回本的改作者，大概就是作序的楚人楊定見，他想把田虎、王慶兩部分提高，要使這兩段可以和其他的部分相稱，故極力修改田虎故事；又發憤改造王慶故事，避免了舊本裏所有和百回本重複或矛盾之處，改正了地理上的錯誤，删除了一切潦草的，幼稚的記載，（如王慶與六國使臣比鎗）提高了書中主要人物的性格，（如張清、瓊英等）統一了本書對王慶一羣人的見解，（王慶在舊本裏並不算小人，此本始放手把他寫成一個無賴。）並且擡高了人物描寫的技術。——這是百二十回本的用意和成績。

但水滸傳的前半部實在太好了，其他的各部分都趕不上。最末的部分——平方臘班師以後——還有幾段很感動人的文字；如寫魯智深之死，燕青之去，宋江之死，徽宗之夢，都還有點文學的意味。百回本裏的征遼一段，實在是百回本的最弱部分，毫沒有精采。碣石天文以後，征遼以前，那一長段也無甚精采。征方臘的部分也不很高明。至於田虎、王慶兩大段，無論是舊本或百二十回的改本，總不能叫人完全滿意。

如果水滸傳單是一部通俗演義書，那麼百二十回的改本已可算是很成功的了。但水滸傳在明朝晚年已成了文人共同欣賞讚歎的一部文學作品，故其中各部分的優劣很容易引起文人的注意。後來删削水滸傳七十回以下的人，卽是最崇拜水滸傳的金聖歎。聖歎曾說：

天下之文章無出水滸右者！

他删去水滸的後半部，正是因爲他最愛水滸，所以不忍見水滸受『狗尾續貂』的恥辱。

也許還有時代上的原因。我曾說：

聖歎生在流賊遍天下的時代，眼見張獻忠、李自成一班強盜流毒全國，故他覺得強盜是不可提倡的，是應該口誅筆伐的。……聖歎又親見明末的流賊僞降官兵後復叛去，遂不可收拾，所以他對於宋史侯蒙請赦宋江使討方臘的事大不滿意，極力駁他，說他『一語有八失』；所以他又極力表章那沒有招安以後事的七十回本。（水滸傳考證）

金聖歎的文學眼光能認識水滸七十回以下的文筆遠不如前半部，他的時代背景又使他不能贊成招安強盜的政策，所以他大膽地把七十回以下的文字全删了，又加上盧俊義的一個夢，很明顯地教人知道強盜絕滅之後天下方得太平。這便是聖歎的七十一回本產生的原因。

聖歎的辯才是無敵的，他的筆鋒是最能動人的。他在當日有才子之名，他的被殺又是當日震動全國的一件大慘案。他死後名譽更大，在小說批評界，他的權威直推翻了王世貞、李贄、鍾惺等等有名的批評家。那部假託『聖歎外書』的三國演義尚且風行三百年之久，何況這部眞正的聖歎評本的七十回本水滸傳呢？無怪乎三百年來，我們只知道七十回本，而忘記了其他種種版本的存在了。

我們很感謝李玄伯先生，使我們得見百回本的眞相；我們現在也很感謝商務印書館，使許多讀者得見百二十回本的眞相。我個人很感謝商務印書館要我作序，使我有機會把這十年來考證水滸的公案結一筆總帳。萬一將來還有眞郭本出現的一天，我們對於水滸傳的歷史的種種假設的結論，就可以得着更有力的證實了。

水滸版本源流沿革表

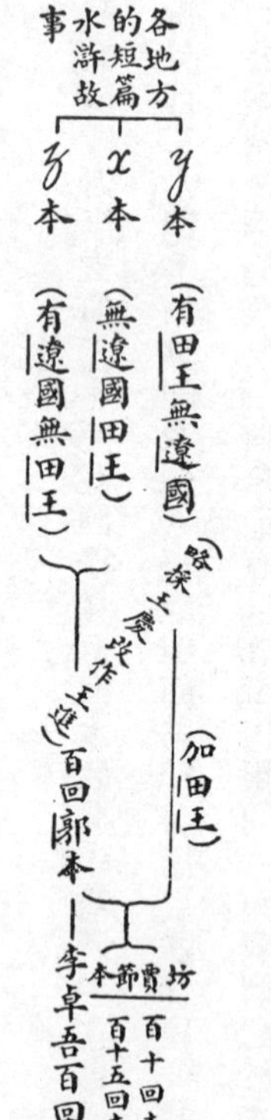

（註：本節錄自胡適文存三集傳五）

（三）西遊記全傳

又有一百回本西遊記，蓋出於四十一回本西遊記傳之後，而今特盛行，且以為元初道士邱處機作。處機固嘗西行，李志常記其事為長春眞人西遊記，凡二卷，今尙存道藏中，推因同名，世遂以為一書；清初刻西遊記小說者，又取虞集撰長春眞人西遊記之序文冠其首，而不根之談乃愈不可拔也。

後李志常為此著長春眞人西遊記二卷。然此自是別本，本書是明代無名氏所作，借唐之名僧玄奘三藏入天竺齎佛經以歸的事實，運其絕大的幻想，把佛旨用小說的體裁演述出來。玄奘之傳在舊唐書方伎傳中，其所著大唐西域記卽入竺的紀行，極有名的。

僧玄奘、陳氏，洛州偃師人，太業末出家。博涉經論，嘗謂翻譯者多有訛謬，故就西域廣求異本，以參驗之。貞觀初隨商人往遊西域。玄奘旣辨博出羣，所在必爲講釋論難，蕃人遠近咸征服之。在西域十七年，經百餘國，悉解其國之語，仍采其山川謠俗，土地所有，撰西域記十二卷。貞觀十九年歸至京師。太宗見之，與之談論大悅。於是詔將梵文六百五十七部於宏福寺翻譯。（舊唐書）

由此看來玄奘入竺的始末很明白了。然唐人底小說在獨異志裏曾加了多少的粉飾，說：

沙門玄奘、唐武德時往西域取經，行至罽賓國，道險虎豹，不可過。奘不知爲計，乃鏁房門而坐，至夕開門，見一異僧，頭面瘡痍，身體膿血，牀上獨坐，莫知來由。奘乃禮拜勤求，僧口授多心經一卷，令奘誦之。遂得山川平易，道路開闢，虎豹藏形，魔鬼潛跡。至佛國，取經六百餘部而歸。（莊嶽委談）

還有，在俞曲園底曲園雜纂中也有關於西遊記的記事數條，其一就是引歐陽修底于役志記揚州、壽寧寺藏經院底壁畫上有玄奘取經的圖。又在輟畊錄底院本名目中有所謂唐三藏，在錄鬼簿裏也載有吳昌齡底唐三藏西天取經之目。這樣，玄藏入竺之事，從唐末起已做成了故事並表現於畫中，至金、元之際，且有關於這事實的劇，是很明白的了。小說家本這等的傳奇，更取神異經、十洲記等神仙譚做材料，逞其絕大的想像力，設種種妖魔底危害與三徒弟底保護等荒誕繆悠之着想，就作成這一部書。全書一百回，以『靈根育孕源流出心性修持大道生』始，以『徑回東土，五聖成眞』終。

原來東勝神洲傲來國花果山底一仙石含天地之精氣，生了一石猴。此石猴旋從羣猿在花果山、水簾洞內稱爲美猴王。後遊西牛、賀洲，從須菩提祖師修仙道，命法名孫悟空，學了七十二般變化之術，一個斛斗飛行十萬八千里，又因入龍宮取得禹王底遺物金箍棒，所以所向無敵，猴王之威不可當。適被召至天上，怒其授官之小，會大鬧天宮二次，依佛祖如來底法力纔鎮壓住，監押在五行山下。當玄奘三藏入竺之際，孫悟空其厄已釋，請爲弟子，另外還有豬悟能（卽豬八戒，豚之妖精）沙悟淨（卽沙和尚，河童之精）二人從之。周流十四年，大小八十一難，備嘗辛苦，幸賴三徒弟底法力，征服羣妖魔怪，漸達天竺，得了三十五部五千零四十八卷的經，於貞觀二十七年返唐京，受太宗皇帝以下的歡迎。再駕香風赴西天，鷲靈峯頭霞彩聚集，極樂世界祥雲靄靄，各得成道正果爲諸佛羅漢；於大衆合掌歸依之中，十方三世一切佛，諸尊菩薩摩訶薩，摩訶般若波羅密底大團圓遂告終結。

在五雜組上面說：

西遊記曼衍虛誕，而其縱橫變化。以猿爲心之神，以豬爲意之馳，其始之放縱，上天下地，莫能禁制，而歸於緊箍一咒，能使心猿馴伏，至死靡他，蓋亦求放心之喩，非浪作也。

總之，全部用比喩巧於曲寫人類底性情，說去煩惱求解脫底方便，童話地演述幽玄的佛理。悟元道人評道：西遊貫通三教一家之理，槐翁也說在西遊記中的種種的怪談籠著把儒、道、佛三者打成一團的理想。無論怎樣的變幻出沒，荒誕不稽，但在寓意的譬喩談方面其結構底雄大，世界多不見其比，比讀以奇幻譎怪見稱的阿剌伯夜話更加感着有趣。試鈔錄一二節先敍長安出發的光景：

卻說三藏自貞觀十三年九月望前三日，唐王與多官送出長安關外。馬不停蹄，早至法雲寺，本寺住持帶領衆僧，有五百人，接至裏面，相見獻茶進齋。不覺天晚，衆僧們燈下議論佛門定旨，上西天取經的原由，有的說山遠水高難度，有的說毒魔惡怪難降，三藏箝口不言，但以手指自心，點頭幾度，衆僧們莫解其意。三藏道：『心生種種魔生，心滅種種魔滅，我弟子曾在化生寺，對佛說下誓願，不由我不盡此心。這一去，定要到西天見佛求經，使我們法輪回轉，皇圖永固。』（第十三回）

這就是玄奘三藏入竺求法的大祈願。途中的毒魔惡怪不外人心之煩惱。所謂降服其惡魔經過大小八十一難，入西天，於靈鷲峯頭得佛果，成諸佛羅漢，即是去煩惱求解脫以說明入於悟道的路徑的一篇比喻譚。西遊記著撰的大旨實在此。其想像之幽玄，文筆之變幻，隨處都可以發見其例，但經過火焰山時孫行者與牛魔王所演的大戰鬬之一齣，實是八十一難中的最大的，且是出色的大文章。先從其由來說：

話表三藏遵菩薩教旨，收了行者與八戒、沙僧，剪斷三心，鎖韁猿馬，同心戮力，趕奔西天，說不盡光陰似箭，日月如梭，歷過了夏月炎天，卻又值三秋霜景。師徒四衆行處，漸覺熱氣蒸人。三藏勒馬道：『如今正是秋天，卻怎返有熱氣？』八戒道：『聞得西方路上有個斯哈哩國，乃日落之處，俗呼爲天盡頭，若到申酉時，國王差人入城，擂鼓吹角；日乃太陽眞火，落於西海之間，如火淬水，接聲滾沸；若無鼓角之聲混耳，卽振殺城中小兒，此地熱氣蒸人，想必到日落之處也。』大聖聽說忍不住笑道：『獃子莫亂談！若論斯哈哩國，正好早哩！似師父朝三暮二的，這等擔擱，就從小至老，老了又小，老小三生，也還不到。』八戒道：『哥哥，據你說，不是日落之處，爲何這等酷熱？』沙僧道：『想是天時不正，秋行夏令故也。』他三個正都爭講，只見那路旁有座莊院，乃是紅瓦蓋的房舍，紅磚砌的垣牆，紅油門扇，紅漆板榻，一片都是紅的。三藏下馬道：『悟空！你去那人家問個消息，看那炎熱之故何也？』大聖收了金箍棒，綽下大袖，徑至門前，那門裏走出一個老者，猛擡頭看見行者，吃了一驚，拄着竹杖喝道：『你是那裏來的怪人。在我這門首何幹？』行者施禮道：『老施主休怕我！我不是甚麼怪人，貧僧是東土大唐欽差上西方求經者，師徒四人，適至寶方，見天氣蒸熱，一則不解其故，二來不知地名，特拜問，指教一二。』那老者卻纔放心笑云：『長老勿罪！我老漢一時眼花，不識尊顏，令師在那條路上，請來請來！』行者把手一招，三藏卽同八戒、沙僧，牽馬挑擔，近前作禮。老者見三藏豐姿標致，八戒、沙僧相貌希奇，又驚又喜，請入裏坐，教小的們看茶辦飯。三藏起身謝道：『敢問公公，貴處遇秋，何返炎熱？』老者道：『敝地喚做火焰山，無春無秋，四季皆熱。』三藏道：『火焰山卻在那邊？可阻西去之路？』老者道：『西方卻去不得，那山離此有六十里遠，正是西方必由之路，卻有八百里火焰，四週圍寸草不生，若過得山，就是銅腦蓋，鐵身軀，也要化成汁哩？』三藏聞言，大驚失色，不敢再問。只見門外一個男子，推一輛紅車兒，住在門旁，叫聲賣糕。大聖拔根毫毛，變個銅錢，問那人買糕。那人接了錢，揭開車兒上衣裹，熱氣騰騰，拿出一塊糕，遞與行者，行者托在手中，好似火裏燒的灼炭，只道『熱！熱！熱！難喫！難喫！』那男子笑道：『怕熱莫來這裏，這裏是這等熱。』行者道：『你這漢子好不明理，常言道，不冷不熱，五穀不結，這等熱得很，你這糕粉自何而來？』那人道：『若要糕粉米，敬求鐵扇仙。』行者道：『鐵扇仙怎的？』那人道：『鐵扇仙有柄芭蕉扇，求得來，一扇息火，二扇生風，三扇下雨。我們就布種及時收割，故得五穀養生；不然，誠寸草不生也。』行者聞言，急抽身走入裏面，將糕遞與三藏道：『師父放心，且莫隔年焦，喫了糕，我與你說。』長老接了糕，行者對老者道：『老人家，我問你鐵扇仙在那裏住？』老者道：『你問他怎的？』行者道：『適纔那賣糕人說，此山有柄芭蕉扇，求得來，一扇息火，二扇生風，三扇下雨。我欲尋他討來，煽息火焰山過去，且使這方依時收種，得安生也。』老者道：『果有此說。你們卻無禮物，恐那聖賢不肯來也。』三藏道：『他要甚禮物？』老者道：『我這裏人家十年拜求一度，花紅表禮，豬羊鵝酒，沐浴虔誠，拜到那仙山，請他出洞，至此施爲。』行者道：『那山坐落何處？喚甚地名？有幾多里數？等我問他要扇子去。』老者道：『那山在西南方，名喚翠雲山，山中有個芭蕉洞，離此有一千四五百里。』行者笑道：『不打緊！我去也！』說一聲，忽然不見。那老者慌張道：『爺爺呀，原來是騰雲駕霧的神人也！』（第五十九回）

這樣，孫行者踏雲一足飛到翠雲山、芭蕉洞，訪鐵扇公主羅刹女，欲求借其芭蕉扇。先是在火雲洞因其兒子紅孩兒欲蒸燒三藏，行者殺之，所以公主一聽見是孫行者大怒。卽雙手輪劍來擊。行者無論怎樣求乞宥，但不聽，不得已取金箍棒應戰。公主知不能敵，取出芭蕉扇，㩳地一扇，忽然陰風驟起，恰如施風翻敗葉，把行者吹得無形無影，飄飄蕩蕩一直吹飛到小須彌山。行者幸爲靈吉菩薩所救，且贈以一粒的定風丹，再返翠雲山，就公主求芭蕉扇。公主怒，再與之交戰，取扇來扇，但無論怎樣扇，這回行者因身帶有定風丹，端然不爲少動。公主驚，急入內鎖門，行者搖身一變，成爲蟭蟟蟲，從門隙間鑽進，窺伺情形，於公主渴而欲飮的時候，飛入茶泡之中，等公主把茶一喝，就降到公主底肚裏了。行者在肚中現了原身，大暴叫，公主大爲所困，遂把芭蕉扇交與行者。行者大喜，得意洋洋地回去，到了火焰山，把火一煽，很奇怪地火愈加燃起來了，很危險地一同遭了火傷。這原來是一把假扇子呀！於是行者從了火焰山土地神底指教，至積雷山、摩雲洞訪鐵扇公主之夫牛魔王，欲借眞扇。牛魔王新爲狐精玉面公主底贅壻，流連於摩雲洞，已經久棄鐵扇公主不顧。忽見行者來，大怒，掣了混鐵棍就打，行者也執金箍棒應戰，至百十數合，勝負不分。其時因亂石山碧波潭龍王底使者來迎接牛魔王，休了戰，直驅金睛獸赴龍王底招宴去了。行者從後面追了去，到碧波潭，變一個螃蟹入龍宮以探聽牛魔王底消息，心生一計，從水底躍出，變作牛魔王的樣子，乘了放在門前的金睛獸直到芭蕉洞。鐵扇公主喜夫之久別重來，毫不知其爲僞，具酒肴大歡待之。行者乘公主之醉，騙取了芭蕉眞扇，且在聽到了其用法的時候，俄而現出原身，大罵公主而去。公主追悔不及，只長嘆息而已。牛魔王宴罷欲歸，卻不見了金睛獸，因先前那螃蟹頗奇怪，所以想是孫行者，駕起黃雲，徑至翠雲山向羅剎女，探得仔細，大怒。急趕到火焰山欲取還芭蕉扇。然牛魔王也是強者，亦設一計以欺行者，於是演成驚天動地的大活劇。

話表牛魔王趕上孫大聖，只見他肩膊上揹著那柄芭蕉扇，怡顏悅色而行，魔王大驚道：『猴猻原來把運用的方法兒也叨餂得來了！我若當面問他索取，他定然不與，倘若搧我一扇，要去八萬四千里遠，卻不遂了他意。我聞得唐僧二徒弟豬精，三徒弟沙流精，我當年也曾會他，且變作豬精的模樣，反騙他一場，料猴猻得意之際，必不提防。』好魔王他也有七十二變，只是身子狠犺，欠鑽疾些。他把寶劍藏了，念個咒語，搖身一變，卽變作八戒一般臉嘴，抄下路，當面迎著大聖叫道：『師兄，我來也！師父見你許久不回，恐牛魔王手段大，難得他的寶貝，教我來幫你的。』行者笑道：『不必費心，我已得了手了！』牛王又問道：『你怎麼得的？』行者道：『那老牛與我戰經百十合，不分勝負，他就撇了我，去那亂石山碧波潭底，與一夥龍精飲酒，是我暗跟他去，偷了他所騎的金睛獸，變做老牛的模樣，徑至芭蕉洞，哄那羅剎女，那婦人與老孫結了一場乾夫妻，是老孫設法騙將來的。』牛王道：『卻是生受了，哥哥勞碌太甚，可把扇子我拿。』孫大聖那知眞假，遂將扇子遞與他，原來他知扇子收放的根本，接過手，不知捻個甚麼訣兒，依然小似一片杏葉，現出本像。開言罵道：『潑猴猻，認得我麼！』行者見了，心中自悔道：『是我的不是了。』恨了一聲，狠得他爆躁如雷，掣鐵棒劈頭便打。那魔王就使扇子搧他一下，不知那大聖先前變蟭蟟蟲，入羅刹女腹中之時，將定風丹噙在口裏，不覺的嚥下肚裏，所以五臟皆牢，皮骨皆固，憑他怎麼搧，再也搧他不動。牛王慌了，把寶貝丟入口中，雙手輪劍就砍，他兩個在那半空中，一場相鬬，難解難分。卻說唐僧坐在途中，火氣蒸人，心焦口渴，對土地道：『敢問尊神，那牛王法力如何？』土地道：『那牛王神通不小，法力無邊，正是孫大聖的敵手。』三藏道：『悟空是個會走路的，往常家二千里路，一霎時便回，怎麼如今去了一日，斷是與牛王賭鬬，』叫悟能悟淨『那一個去迎你師兄一迎！倘或遇敵，就當用力相助，求得扇子來，早早過山去也。』八戒道：『我想著要去接他，但只是不認得積雷山路。』土地道：『小神認得。且教捲簾將軍與你師父做伴，我與你去來。』三藏大喜。那八戒抖擻精神，束著鈀，與土地縱雲經向南方而去。正行時，忽聽得喊殺聲高，狂風滾滾，八戒按住雲頭看時，原來行者與牛王廝殺哩！土地道：『天蓬不上前，還待怎的？』獃子掣釘鈀高叫道：『師兄！我來也』，行者恨道：『你這劣貨！誤了我多少大事。』八戒道：『我如何誤事？』行者道：『這潑牛十分無禮。我已向羅刹處弄得扇子來，卻被這廝變作你的模樣，騙了去，又和我在此比拚，所以誤了大事也。』八戒聞言大怒，舉鈀罵道：『我把你這遭血皮脹的瘟牛！你怎敢變你祖宗的模樣騙我師兄，使我兄弟不睦。』你看他沒頭沒臉的使釘鈀亂築。那牛王鬭了一日，力倦神疲，見八戒的釘鈀兇猛，遮架不住，敗陣就走。（第六十一回）

牛魔王且戰且走，至摩雲洞口，玉面公主放羣妖以援戰。行者與八戒不意為敵所隔，暫時退回，再率土地神底陰兵一齊攻入，打破洞口底前門。牛魔王大怒，揮鐵棍打出，行者、八戒手中各執法物互盡祕術戰鬭。行者與牛王七十二變之術，實忙得眼睛都花了。忽為飛鳥而翱翔於空中，忽為走獸而奔走於曠野，有如見飛行機底空中戰爭和『譚克』隊底奮鬭之感。

那牛王奮勇而迎，這場比前番更勝。三個人攪在一處，捨死忘生，又鬭有百十餘合。八戒發起獃性，仗着行者神通，舉鈀亂築。牛王遮架不住，敗陣回頭，就奔洞門。卻被土地陰兵攔住喝道：

大力王那裏走！吾等在此。那老牛不得進洞，急抽身，又見八戒、行者趕來，慌得卸了盔甲，丟了鐵棍，搖身一變，變作一隻天鵝，望空飛走。行者看見笑道：『八戒，老牛去了！』那獃子漠然不知，土地亦不能曉，一個個東張西顧。行者指道：『那空中飛的不是！』八戒道：『那是一隻天鵝。』行者道：『正是老牛變的，你兩個打進此門，把羣妖盡情勦除，拆了他的窩巢，絕了他的歸路，等老孫與他賭變化去。』那八戒與土地依言，攻破洞門，不題。這大聖藏了金箍棒，捻訣念咒，搖身一變，變作一個海東青，搜的一翅，鑽在雲眼裏，倒飛下來，落在天鵝身上，抱住頸項嗛眼；那牛王也知是孫行者變化，急忙抖抖翅，變作一隻黃鷹，反來嗛海東青；行者又變作一個烏鳳，專一趕黃鷹，牛王識得，又變作一隻白鶴，長唳一聲，向南飛去；行者立定抖抖翎毛，又變作一隻丹鳳，高鳴一聲，那白鶴見鳳是鳥王，諸禽不敢妄動，刷的一翅，淬下山崖，將身一變，變作一隻香獐，乜乜些些，在崖前喫草，行者認得，也就落下翅來，變作一隻餓虎，剪尾跑蹄，要來趕獐作食；魔王慌了手脚，又變作一隻金錢花斑的大豹，要傷餓虎。行者見了，迎着風，把頭一晃，又變作一隻金眼狻猊，聲如霹靂，鐵額銅頭，復轉身要食大豹。牛王看了，急又變作一個人熊，放開脚就來擒那狻猊，行者打個滾，就變作一隻賴象，鼻似長蛇，牙如竹筍，撒開鼻子，要去捲那人熊。牛王嘻嘻的笑了一笑，現出原身一隻大白牛，頭如峻嶺，眼若閃光，兩隻角似兩座鐵塔，牙排利刃，連頭至尾，有千餘丈長短，自蹄至背，有八百丈高下，對行者高叫道：『潑猴猻！你如今將奈我何！』行者也就現了原身，抽出金箍棒來，把腰一躬，喝聲叫長，長得身高萬丈，頭如泰山，眼如日月，口似血池，牙似門扇，手執一條鐵棒，着頭就打。那牛王硬着頭，使角來觸，這一場，眞個是撼嶺搖山，驚天動地，有詩爲證：

道高一尺魔千丈，奇巧心猿用力降。若要火山無烈焰，必須寶扇有淸涼。黃婆矢志扶元老，木母同情掃獸王。和睦五行歸正果，煉魔滌垢上西方。前同

這眞是天地開闢之初，鬼怪巨靈底大戰鬭也不過如是了。就是驅使熊羆貔貅犀象而戰的黃帝與炎帝，蚩尤之戰於涿鹿、阪泉，終不能與此相比。牛魔王遂以大敗而投歸芭蕉洞去了。這樣，八戒等既屠摩雲洞盡除羣妖而來援戰，共圍住了芭蕉洞。羅刹女從牛魔王聞到首尾，大感嘆，說不如把芭蕉洞與行者以退兵，但牛魔王不答應，又整理準備揮兩口寶劍去迎敵，駕狂風離洞府到翠雲山

上與行者交鋒。然因被衆神四面圍住攻擊，牛魔王力屈，遂以降服歸順佛家。行者等因返芭蕉洞，至則羅刹女作道姑裝束，捧芭蕉扇，磕頭禮拜乞哀。行者向前取扇，與大衆駕祥雲回到東路，謁三藏委細報告。三藏叩頭謝諸神菩薩之恩。行者卽執扇近火焰山用力一搧，則猛火平息，再搧則起了習習的清風，三搧則雲漠漠遮天細雨霏霏降地了。

火焰山遙八百程，火老大地有聲名。火煎五漏丹難熱，火燎三關道不淸。特借芭蕉施雨露，幸蒙天將助神兵。牽牛歸佛休頑劣，水火相聯性自平。

於是行者、八戒、沙僧三徒弟再保護三藏前進。眞正身體淸涼，足下滋潤，所謂

坎離旣濟眞元合，水火均平大道成。

這就是大難大戰底收局。如此很可以窺見去煩惱求解脫的西遊記底眞諦了。

西遊記底評註有淸悟一子底西遊眞詮，與悟元道人底西遊原旨都以闡明其理法爲務。又西遊記底續編有續西遊記，後西遊記等。

西遊記故事的來源，其開始在『四大奇書』中爲最早，三國志的歷史背景當然遠在唐前，然

其中所錄民間傳說如『呂布戲貂蟬』及『諸葛亮祭風』等故事，卻來源於元人雜劇的西遊記中，如太原入冥故事，則遠始於張鷟朝野僉載之前。卽較後見於敦煌的俗文，亦較前於三國志或同時（唐末已有市人小說講三國事見前引的酉陽雜俎）雖然說：畫鬼較畫人物容易，然拿它與三國志、水滸傳相較，它那種海闊天空，窮奇極怪的浪漫思想，在三國志、水滸傳的作者那裏會想得到？因爲三國志等重在文字的抒寫，西遊記則文字思想並重；三國志等作者的天才長在用筆，而西遊記作者的天才，卻腦手並長。正如唐代詩人一樣，三國志等的作者似杜甫，而西遊記的作者則似李白。

現在最通行的一百回本西遊記，爲吳承恩所作。承恩（約一五〇〇至一五八二）字汝忠，號射陽山人，淮安人。博極羣書，詩文雅麗，亦工書。嘉靖二十三年歲貢生，授長興縣丞。隆慶初，歸山陽，放浪詩酒，貧老以卒，無子。他的詩文，死後多散失，邑人邱正綱爲編成射陽存稿四卷，續稿一卷。生前又善諧劇，著雜記數種，名震一時。西遊記卽爲雜記之一，他著皆無考。

西遊記中所敍故事，當與永樂大典中所收宋、元人所作西遊記相近，而與大唐三藏取經詩話完全無關，前面已經講過。大概承恩依據大典本以爲骨格，更雜以詼諧，間以刺諷，或有意的用以說說道理，談談玄解，於是引起後來的種種解說；或以爲作者是以此闡明佛理的，或以爲作者是講修鍊的，或以爲作者是用以討論儒家的明心見性的學問的。總之，仁者見仁，智者見智，反弄得一無是處。我們爲什麼定要扭着儒釋道三教的妄測之談而不當牠一部偉大的浪漫故事看呢！想到這裏，也可釋然了。全書百回，可分爲三大段：一、第一至第七回，敍孫悟空出生，求仙及得道，鬧三界等事。可以獨立成爲一部英雄傳奇。二、第八至第十二回，敍魏徵斬龍，唐皇入冥，劉全進瓜及玄奘奉諭西行求經事，（吳氏原本無玄奘出身及爲父母報仇事，通行本乃從後來朱鼎臣的西遊釋厄傳補入，）即魏徵斬龍一段公案。三、第十三至第一百回，敍玄奘西行，到處遇見魔難，凡八十一次，但皆得佛力佑護，及孫行者的努力，得以化險爲夷，安達西天，復護經還東土，皆得成眞爲佛事。這段才是本書的正文，寫得層次井然，一難過去又來一難，而八十一難又難難不同，可見作者想像力的豐裕和筆鋒的周密。全書描寫人物也很活潑眞切，無論神怪，都各有他的性格，即妖怪亦含有極眞摯的人性。其所寫孫悟空的性格，似本於唐人傳奇無支祁的故事；其敍悟空和二郎神大戰，彼此互相變化一段，和天方夜談說妬一段裏美后與魔戰時互相變化亦似同出一型。

……那大聖趁着機會，滾下山崖，伏在那裏又變，變一座土地廟兒；大張着口，似個廟門；牙齒變作門扇；舌頭變做菩薩；眼睛變做窗櫺；只有尾巴不好收拾，豎在後面，變做一根旗竿。眞君趕到崖下，不見打倒的鴇鳥，只有一間小屋，急睜鳳眼，仔細看之，見旗竿立在後面，笑道：『是這猢猻了。他今又在那裏哄我。我也曾見廟宇，更不曾見一個旗竿豎在後面的。斷是這畜生弄諠。他若哄我進去，他便一口咬住。我怎肯進去？等我掣拳先搗窗櫺，後踢門扇。』大聖聽得，……撲的一個虎跳，又冒在空中不見。眞君前前後後亂趕，……起在半空，見那李天王高擎照妖鏡，與哪吒住立雲端。眞君道：『天王，曾見那猴王麼？』天王道：『不曾上來，我這裏照着他哩。』眞君把那賭變化，弄神通，拿羣猴一事說畢，卻道：『他變廟宇，正打處，就走了。』李天王聞言，又把照妖鏡四方一照，呵呵的笑道：『眞君，快去快去，那猴子使了個隱身法，走出營圍，往你那灌江口去也。』……

卻說那大聖已至灌江口，搖身一變，變作二郎爺爺的模樣，按下雲頭，徑入廟裏。鬼判不能相認，一個個磕頭迎接。他坐在中間，點查香火：見李虎拜還的三牲，張龍許下的保福，趙甲求子的文書，錢內告病的良願。正看處，有人報『又一個爺爺來了。』衆鬼判急急觀看，無不驚心。眞君卻道：『有個甚麼齊天大聖，纔來這裏否？』衆鬼判道：『不曾見甚麼大聖，只有一個爺爺在裏面查點哩。』眞君撞進門，大聖見了，現出本相道：『郎君，不消嚷，廟宇已姓孫了！』這眞君卽舉三尖兩刃神鋒，劈臉就砍。那猴王使個身法，讓過神鋒，掣出那繡花針兒，幌一幌，碗來粗細，趕到前，對面相還。兩個嚷嚷鬧鬧，打出廟門，半霧半雲，且行且戰，復打到花果山，慌得那四大天王等衆，隄防愈緊；這康張太尉等迎着眞君，合心努力，把那美猴王圍繞不題……

（第六回下小聖施威降大聖）

關於西遊記的注本，有汪象旭（字澹漪，原名淇，字右子，西陵人，約一六四四前後在世）的西遊證道書一百回，蔡金的西遊記注，陳士斌（字允生，號悟一子，浙江、山陰人，約一六九二前後在世）的西遊眞詮一百回，張書紳（字南薰，山西人，約一七三六前後在世）的新說西遊記一百回，劉一明（自號素樸散人，甘肅、蘭州、金天觀道士，約一八〇〇前後在世）的西遊原旨一百回，張含章

（字逢原，四川、成都人）的通易西遊正旨一百回，皆經刊行。後來流行的鉛印、石印本皆爲新說西遊記。現在標點無注本通行，恐新說西遊記不日也要廢置了。

西遊記亦有續書：續西遊記一百回傳本少見，西遊補附記云『續西遊摹擬逼眞，失於拘滯，添出比邱靈虛，尤爲蛇足。』高閬仙謂：『此書乃反案文字，所記如孫悟空、朱八戒等，均失其法器，歸於無用。』顧實以爲敍三藏師徒在西土得經而還，又遇許多艱險。前書既云諸人已得道，而仍遇往時同樣之苦辛，殊爲蛇足；且文辭亦欠暢達，不能稱佳作。後西遊記四十回，中敍花果山復產生一石猴，自稱小聖，護唐僧大顚往西天求眞解，中途又收了豬八戒之子一戒及沙僧之徒沙彌，途遇種種妖魔，把他們一一蕩平之，毫不複蹈前書，一概爲作者創造；而且又加以說明每一妖魔成就的原因，和打破的理由，此着似較勝於前書。這二書均不知作者姓名。後西遊記寫不老婆婆事尤妙有寄托，茲錄其撞死時自己懺悔一段：

話說不老婆婆被小行者推跌了一交，急急扒將起來看時，小行者已提着鐵棒過山去了。欲要趕去，又因被小行者鐵棒攪得情昏意亂，玉火鉗的口散漫，就趕上也夾他不住。欲待任他去了，心下卻又割捨不得。因長嘆一聲道：『我不老婆婆既得了此玉火鉗，這孫小行者又家傳了此金箍鐵棒，自知是天生一對，就應該伴着朝夕取樂，方不虛生。奈何彼此異心，各不相顧，他既有了金箍鐵棒，遠上靈山皈依佛法，卻叫我這玉火鉗何處生活？若要別尋枝葉，料無敵手，也終不免熬煎。』因又長歎一聲道：『罷罷罷！自言有情不如無情，多慾不如無慾，惺惺抱恨，不如漠漠無知，若使孤生不樂，要此長顏何用？不老何爲？莫若將此靈明仍還了天地，到得個乾淨。』因大叫一聲，提起玉火鉗照着山石上摔得粉碎道：『玉火玉火：我不老婆婆爲你累了一生，今日銷除了恨煞？』因又大叫一聲道：『罷罷罷！天地間萬無剎而不復之理，捐我不老婆婆塡還了理數罷！』因照着大剎山崖上一頭觸去，嚙喇一聲響亮，幾乎像共工一般，連天柱都觸倒了。小行者提着鐵棒正往前趕，忽聽得後面響聲震天，急回頭睜開火眼金睛一看，只見不老婆婆撞倒在石崖之下，不知是何緣故？因急急復回來細看，腦漿迸裂，一頭的白髮，爲血直染成紅髮，但見得無氣無聲，魄散雲霄，魂遊地府。正是：

萬片淫心飛白雲　一頭熱血濺桃花

又有西遊補十六回，插入原書遇牛魔王與大鬧龍宮之間，寫悟空化齋，爲妖所迷，入了夢境，經歷了許多過去未來的事，後爲虛空主人呼醒。作者董說（一六二〇至一六八六）字若雨，烏程人。幼穎悟，自願先誦圓覺經，次乃讀四書及五經，十三入泮，及見中原流寇之亂，遂絕意進取。明亡，於靈岩爲僧，名曰南潛，號月函，其他別字尚甚夥。三十餘年不履城市，惟與漁樵爲伍。著有上堂晚參唱酬語錄及豐草菴雜著十種，詩文集若干卷。西遊補中多寓言，頗多譏彈明季世風，如『殺青大將軍』『倒置曆日』等語，似在暗罵滿清。書中寫行者化身爲虞美人，尋秦始皇不見：

忽見一個黑人坐在高閣之上，行者笑道：『古人世界有賊哩，滿面塗了烏煤在此示衆。』走了幾步，又道：『不是逆賊。原來倒是張飛廟。』又想想道：『旣是張飛廟，該帶一項包巾……帶了皇帝帽，又是玄色面孔，此人決是大禹玄帝。我便上前見他，討些治妖斬魔密訣，我也不消尋着秦始皇了。』看看走到面前，只見臺下立一石竿，竿上插一首飛白旗，旗上寫六個紫色字：

『先漢名士項羽』

行者看罷，大笑一場，道：『眞個是「事未來時休去想，想來到底不如心。」老孫疑來疑去，……誰想一些不是，倒是我綠珠樓上強遙丈夫。』當時又轉一念道：『哎喲，吾老孫專爲尋秦始皇替他借個驅山鐸子，所以鑽入古人世界來，楚霸王在他後頭，如今已見了，他卻爲何不見？我有一個道理：巡到臺上見了項羽，把始皇消息問他，倒是個着脚信。』行者卽時跳起細看，只見高閣之下，……坐着一個美人，耳朶邊只聽得叫『虞美人，虞美人，』……行者登時把身子一搖，仍前變做美人模樣，竟上高閣，袖中取出一尺冰羅，不住的掩淚，單單露出半面，望着項羽，似怨似怒。項羽大驚，慌慌跪下。行者背轉，項羽又飛趨跪在行者面前，叫『美人可憐你枕席之人，聊開笑面。』行者也不做聲；項羽無奈，只得陪哭。行者方纔紅着桃花臉兒，指着項羽道：『頑賊！你爲赫赫將軍，不能庇一女子，有何顏面坐此高臺？』項羽只是哭，也不敢答應。行者微露不忍之態，用手扶起道，『常言道「男兒兩膝有黃金」你今後不可亂跪。』……（第六回）

（a）吳承恩的西遊記的地位

有了上面許多新的發見，我們對於西遊記的研究，似可較今人胡適之等先生更進一步而近於眞實的了。胡適之先生的主張，因了永樂大典本西遊記的出現，已不攻而自破。就那段永樂大典本西遊記的殘文仔細研究一下，便可以知道，吳承恩本西遊記第九回「袁守誠妙算無私曲，老龍王拙計犯天條」的一大段故事全是根據此條「殘文」放大了的；內容幾乎無甚增改，只不過將張梢，李定的兩個漁翁，改作「一個是漁翁，名喚張梢，一個是樵子，名喚李定，」而因此便無端生出一大段的「漁樵問答」的情節來；其餘像「辰時布雲」云云「下三尺三寸四十八點」云云也都是完全相同的。如果此古本西遊記再有下幾條「殘文」在永樂大典中發見，其內容想來當也不會和吳本西遊記相差得很遠的。

所以，吳承恩之爲羅貫中，馮猶龍一流的人物，殆無可疑；吳氏的西遊記，其非復爲紅樓夢，金瓶梅，而祇不過是三國志演義和新列國志，也是無可疑的事實。惟那麼古拙的西遊記，被吳承恩改造得那麼神駿豐腴，逆趣橫生，幾乎另成了一部新作，其功力的壯健，文采的秀麗，言談的幽默，卻確遠在羅氏改作三國志演義，馮氏改作列國志傳以上。只要把永樂大典本的那條殘文和吳氏改本第九回一對讀，我們便知道吳氏的潤飾的功力是如何的弘偉。

吳氏本西遊記的八十一難，與古本或不盡同。吳氏寫作西遊記的眞意，雖不見得像證書、新說、眞詮、原旨諸家之所云，但其受有當時（嘉靖到萬曆）思想界三教淆混的影響，卻是很明白的事實。其對於佛與仙的並容同尊，正和屠隆的曇花、修文，汪廷訥的長生、同昇相同。其不大明瞭佛教的眞實的教義，也和屠汪諸人無異。我們觀於吳氏西遊記第九十八回中所開列的不倫不類的三藏目錄，便知他對於佛學實在是所知甚淺的。其必以九九八十一難爲『數盡』，爲『功成行滿』者，也全是書生的陰陽數理的觀念的表現。陳元之的序道：

舊有序，……其序以爲孫，猻也，以爲心之神。馬，馬也，以爲意之馳。八戒，其所戒八也，以爲肝氣之木。沙，流沙，以爲腎氣之水。三藏，藏神，藏聲，藏氣之三藏，以爲郛郭之主。魔，魔，以爲口耳鼻舌身意恐怖顚倒幻想之障。故魔以心生，亦以心攝。是故攝心以攝魔；攝魔以還理；還理以歸之太初。卽心無可攝，此其以爲道之成耳。

假如所謂『舊序，』確是吳氏所自爲，則陳氏所稱『此其書直寓言者哉！』或很可信。作者殆是以古本西遊記爲骨架，而用他自己（或他那一個時代）的混淆佛道的思想諷刺幽默的態度，爲其肉與血，靈與魂的了。

西遊記之能成爲今本的式樣，吳氏確是一位『造物主；』他的地位，實遠在羅貫中，馮夢龍之上；羅、馮不過雜集古書舊文而已，而吳氏則眞實的以他的思想與靈魂，貫穿到整部的西遊記之中的；而他的技術，又是那麼純熟，高超；他的風度又是那麼幽默可喜；我們於孫行者、豬八戒乃至羣魔的言談行動裏，可找出多少的明代士大夫的見解與風度來！

吳氏書的地位，其殆爲諸改作小說的最高峯乎？

但於古本西遊記外，吳氏是否別有取材呢？吳氏是以見收於永樂大典中的那部古本爲骨架的呢，還是別有他本介於吳氏書與那部古本之間？

有某先生未見永樂大典本，但他相信西遊記裏的那部齊雲，楊致和編的新刻唐三藏西遊全傳爲吳氏書的祖本。如果他的話可信，則在古本與吳氏書之間是別有一部楊氏書介於其間的了。

胡適之先生對於楊氏書根本上看不起他不僅不相信楊本爲吳本之祖，且竟把楊本的時代斷作『是清朝中葉一個妄人硬删吳承恩本縮成的節本（跋西遊記本的西遊記傳十二頁）（見北平圖書館館刊第五卷第三號）』胡先生常常是很大膽的斷語（雖然他也常常以『從前的見解是錯了的話，』輕輕的認了過。）那部西遊記，就其版式看來，是無可疑的萬曆間閩南書坊余象斗們所纂的書；嘉慶版的一本四遊記不過照式翻印而已；正如嘉慶間書坊的照式翻印明代閩建、余氏版之兩晉演義一樣。關於四遊記的年代將別有一文論之。假如編四遊記或作楊本的是一個『妄人』的話，這『妄人』卻決不會在『清代中葉』的。楊致和至遲當是余象斗們同時生的人物。

胡先生嘗舉一例，以證明『某位先生誤信此書爲吳本之前的祖本』之錯誤。他說：『此本第十八回（收豬八戒）（按楊本實無回數，第十八回數字爲胡先生所杜撰；此段實見嘉慶本卷二第二十四頁）收了八戒之後，『唐僧上馬加鞭，師徒上山頂而去。話分兩頭，又聽下回分解』這下面緊接一詩：『道路已難行……你問那相識，他知西去路。』下面緊接云：『行者聞言冷笑，那禪師化作金光，徑上烏窠而去。』這裏最可看出此本乃是删節吳承恩的詳本而誤把前面會見烏窠禪師的一段全删去了，所以有尾無頭，不成文理。這是此本删吳本的鐵證。』

但此『鐵證』實在不足以折服某位先生之心。我且再替胡先生找一個『鐵證』出來吧。在嘉慶版西遊記傳卷一第一頁，正論到：

故地闢於五；當丑會終，寅會初，天氣下降，地氣上升，一派正合，羣物皆生。

下面卻緊急云：

玉帝垂賜恩慈曰：『下方之物，乃上天精華所生，不足爲異。那猴在山中夜宿石涯，朝遊峯洞』。

中間花果山的一塊仙石產生石猿以及石猿生後，金光燄燄燭天，玉帝命千里眼、順風耳開南天門觀看的一段事，都不見了。這難道也是楊致和删去的麼？他雖是『妄人』，卻不會妄誕不通至此！『說破不值一文錢；』原來胡先生的『鐵證，』乃是嘉慶翻刻本所給予的；余氏原刊本傳下去時偶然缺失了半頁或一二頁，翻刻本以無他本可補，便把上下文聯結起來刻了。這還不夠明白麼？前幾年在上海、受古書店曾見一部舊鈔本的楊致和本西遊記傳，此兩段文字俱在，並未『失落』（不是『删去！』）惜以價昂未收，今不知何在。否則，大可鈔出送給胡先生，以證明他的『鐵證』實在是不成其爲『證』也。

胡先生還舉火焰山『三調芭蕉扇』一段文字，證明『楊本是硬删吳本』的。那也是很脆弱的一個證據。

在這裏，我可以妄加斷定一下了：某位先生所說的吳氏書有祖本的話是可靠的；不過吳氏所本的不是楊致和的四十一回本西遊記傳而是永樂大典本；胡先生否認楊致和本爲吳氏祖本的話是不錯的，但他所舉的種種證據，實在太脆弱。

自從我們見到了朱鼎臣本西遊記，這立刻明白牠和楊氏書是同一類的著作！都是本於吳承恩本西遊記而寫的；或可以說，全都是吳氏書的删本。因了朱本的出現，增強了我們說楊本是『删本』的主張。

(b)西遊記作者吳承恩年譜

吳承恩字汝忠，號射陽山人，山陽人。

同治山陽縣志十二人物二；光緒淮安府志二八人物一：『吳承恩字汝忠，號射陽山人。』同治十二年長興縣志名宦頁一五：『吳承恩字汝忠，山陽人。』

按，射陽湖名，在今江蘇、淮安縣東南七十里。

幼慧

射陽先生存稿吳國榮跋：『髫齡即以文鳴於淮投刺造廬乞言問字者恆相屬！』

顧屢困場屋。

同上吳國榮跋：『顧屢困場屋』

因爲他自己是困頓於場屋的，所以對於科舉失意的人也格外同情。因此他的七言古詩裏頗有安慰與他同病相憐者的話。慰友人云：『嗟君愛名如愛兒，經營舉業心孜孜。秋燈破篋嚙饑鼠，仰屋背書吟且思。上天茫茫無曲私，不爲一夫行四時。功名富貴自有命，必欲得之無乃癡！君不見凍馬凌競飲流澌，忽然紅花堆青枝。碧空瞥見雁排字，綠樹已無鶯費詞。歲華推移如弈棋，今我不樂將何爲！眉間未解掣雙鎖，鬢上安能無一絲！贈君奇方君聽之，問取君家金屈巵。』

嘉靖中始得歲貢。

同治山陽縣志；光緒淮安府志：『嘉靖中歲貢生。』

吳玉搢山陽志遺：『嘉靖中，吳貢生承恩。』

官長興縣丞，識徐中行，以不諧於長官，辭歸。

天啓淮安府志十六人物志二近代文苑：『數奇，竟以明經授縣貳。未久，恥折腰，遂拂袖而歸。』

又康熙淮安府志十一與上引悉同。

同治山陽縣志；光緒淮安府志：『官長興縣丞。』

吳玉搢山陽志遺：『顧數奇，不偶，僅以歲貢官長興縣丞。』

射陽先生存稿陳文燭序：『往汝忠丞長興，與子與（徐中行字）善。』

同治長興縣志：『嘉靖中授長興縣丞。……官長興時與邑紳徐中行最善。』

射陽先生存稿吳國榮跋：『爲母屈就長興倅，又不諧於長官。』從『屈就』兩字，可知承恩並非願意就小事。他在憶昔行贈汪雲嵐分教巴陵裏曾大發牢騷云：『當場小戰號佳手，……擢第登科亦何有？風飛雨送三十年，襤衫猶在登窗前。……昨來始得隨賓貢，共道文章小成用。駿骨誰知馬首龍，卑飛不免鴉嘲鳳。」
歸田來益以詩文自娛。

射陽先生存稿吳國榮跋：「歸田來益以詩文自娛。」天啓、康熙淮安府志：「放浪詩酒。」

十餘年以壽終。

射陽先生存稿吳國榮跋：「十餘年以壽終。」天啓、康熙淮安府志：「卒。」

著有射陽存稿四卷，續稿一卷，西遊記通俗演義一部，今存；又著有禹鼎志，編有花草新編，均佚。

天啓淮安府志十九藝文志一淮賢文目康熙淮安府志十二：「吳承恩：射陽集四册，□卷，春秋列傳序；（按此卽射陽先生存稿卷二的第一篇，並非書名）西遊記。」

同治山陽縣志十八藝文光緒淮安府志三十八藝文：「吳承恩射陽存稿四卷，續稿一卷。」

天啓、康熙淮安府志：「有文集存於家，丘少司徒（汝洪）匯而刻之。」

同治山陽縣志光緒淮安府志：「家貧無子，遺稿多散失。邑人邱正綱收拾殘缺，分爲四卷。刊布於世，太守陳文燭爲之序，名曰射陽存稿，又續稿一卷，蓋存其什一云。」

同治長興縣志：『著有菀陽先生存稿。』

李本甯吳射陽先生集選敍：『丘公汝洪者，母夫人於汝忠爲出禮禰離孫。丘公念母，而念母之舅氏，復搜集玉叔（陳文燭）所未及錄者。已病其太繁，屬不佞校刪而爲之敍。』

射陽先生存稿吳國榮跋：『絕世無繼，手澤隨亡。……丘子汝洪親猶表孫，義近高弟，從親交中編索先生遺稿，將彙而刻之，庶幾存十一於千百，爲先生圖不朽耳。謀諸榮，榮以張子以吏、蔡子世卿，皆辱先生忘年交者，相與校焉。』

吳玉搢山陽志遺：『貧老乏嗣，遺稿多散佚失傳。邱司徒正綱收拾殘缺，得其友人馬清溪、馬竹泉所手錄，（按，馬清溪當爲張清溪之誤。射陽先生存稿第三卷祭告文有張清溪馬竹泉祭吳醴泉文）又益之以鄉人所藏，分爲四卷，刻之，名曰射陽存稿。（又有續集一卷）……讀其遺集，實吾郡有明一代之冠。惜其書刊板不存。予初得一鈔本，紙墨已渝敝。後陸續收得刻本四卷，並續集一卷，亦全。盡登其詩入山陽者舊集，擇其傑出者各體載一二首於此，以志瓣香之意云。』

同書：『天啓舊志列先生爲近代文苑之首，』云：『性敏而多慧，博極羣書，爲詩文下筆立成。復善諧謔。所著雜記幾種，名震一時。』初不知雜記爲何等書。及閱淮賢文目載西遊記爲先生著。（語氣未完，似應補云：『始知所謂雜記者，此書或其一也。』）……書中多吾鄉方言，其出淮人手無疑。』

焦循劇說卷五引阮葵生茶餘客話：『舊志稱吳射陽……著雜記幾種，名震一時。今不知「雜記」爲何書。惟淮賢文目載先生撰西遊通俗演義；是書明季始大行，里巷細人皆樂道之。……按射陽去修志時不遠，未必以世俗通行之小說移易姓氏，其說當有所據。觀其中方言俚語，皆淮之鄉音街談，巷弄市井童孺所習聞，而他方有不盡然者，其出淮人之手尤無疑。然此特射陽遊戲之筆，聊資村翁童子之笑謔；必求得修鍊祕訣，亦鑿矣。』

陸以湉冷廬雜識：『山陽、丁儉卿舍人晏，據淮安府、康熙初舊志藝文書目，謂是其鄉嘉靖中歲貢生官長興縣丞吳承恩所作。且謂記中所述大學士翰林院，中書科，錦衣衞兵，兵馬司，司馬監皆明代官制，又都淮郡方言。』

丁晏石亭記事續編：『記中如祭賽國之錦衣衞，朱紫國之司禮監，滅法國之東城，唐太宗之大學士，翰林院，中書科。皆明代官制。』

射陽先生存稿卷二花草新編序『選詞衆矣，唐則稱花間集，宋則草堂詩餘……余嘗欲東汰二集，合爲一編；而因循有未暇者。今秋逃暑，始克爲之。』

同書同卷禹鼎志序：『國史非余敢議，野史氏其何讓焉，作禹鼎志。』（節錄趙景深先生西遊記作者吳承恩年譜）

（四）金瓶梅詞話

在中國一切的舊小說中，金瓶梅是一部最能表現時代，最含有社會性的傑作。牠中間所敍的人物，雖似上帝創造夏娃似的，從水滸傳所寫武松故事裏巒割出來；但牠不似夏娃之於亞當，牠卻另有牠獨立的資格，牠是化附庸爲大國，另外建立了牠的不朽與偉大。通常都把牠當『淫書』看，道學先生見之皺眉，慫恿政府禁之出版；小夥子們卻拚命要設法看到牠，這樣，卻便宜了書賈們，他們由此發了大財。然平心而論，這部書對於意志未強的青年們自不宜閱讀；就是除去了那所謂猥褻的描寫，書中好處，在他們未經人世艱險的青年們也不會了解。正同儒林外史一樣，有許多中學生們問我：『牠的好處究在那裏？』這和他們或她們那裏解釋得清楚？因爲他們都還沒有踏進社會呀！

金瓶梅是寫一個惡霸土豪一生怎樣發跡的歷程，代表了中國古今社會一般流氓或土豪階級發跡的歷程。牠是一部偉大的寫實小說，赤裸裸地毫無忌憚地表現中國社會的病態，表現着最荒唐的一個墮落的社會的景象。這個社會至今還存在着，至今常常掙扎在我們的眼前。表面上看來，金瓶梅似在描寫潘金蓮、李瓶兒和那些婦人們的一生，所以稱贊牠好處的人，往往說牠描寫婦人性格怎樣活躍，描寫閨閣瑣事又是那麼唯妙唯肖，而不知卻是以西門慶的一生的歷史爲全書的骨幹與脈絡的。

我們先來看看西門慶的出身，然後再略敍一敍全書的內容。原來西門慶『是淸河縣一個破落戶財主，就縣門前開着個生藥鋪。從小兒也是個好浮浪子弟，使得些好拳棒，又會賭博雙陸象棋，抹牌道字無不通曉。近來發跡有錢，專在縣裏管些公事與人把攬說事過錢，交通官吏。因此滿縣人都怕他。』（第二回）他又和一般幫閒人如應伯爵、謝希大、花子虛……等結爲兄弟。一天，偶見潘金蓮，即設計與之通奸，酖殺武大，娶金蓮爲妾。後武松來報仇，誤殺他人，西門慶實未死。此後，他越發放肆，家有數妾，尙到處勾引婦女。又謀殺花子虛，娶他的妻李瓶兒爲妾，通婢女春梅，得了幾場橫財。不久，李瓶兒生了一子。他先去勾結楊戩；楊戩倒了，他更用金錢勾結上了蔡京。蔡京爲報答他，竟把這『一介鄉民』提拔起來，在那山東提刑所做個提刑副千戶。蔡京生辰到了，他親自帶了厚厚的二十扛金銀緞匹去拜壽，拜京做乾爺。不久，便陞了正千戶提刑官，進京陛見，和朝中執政的官僚們勾結着，很說得來。此時，他一帆風順竟到了頂點了。後來瓶兒所生的兒子，爲金蓮設計致驚風死了，瓶兒不久也死。西門慶又於某夜以淫慾過度暴卒。金蓮與壻通奸，爲正室月娘逐出，居王婆家，仍爲武松所殺。春梅被賣爲周守備妾。後來金兵南下，月娘帶遺腹子孝哥避亂奔濟南，夢見西門慶一生因果，知孝哥卽西門慶托生，因使孝哥出家爲和尙，以贖前愆而修後緣。

金瓶梅的作者不知爲誰。世因沈德符野獲編有『聞此爲嘉靖間大名士手筆』一語，遂定爲王世貞作。張竹坡作第一奇書批評，曾冠以苦孝說；顧公燮的消夏閒記摘抄也詳記世貞作此書以毒害嚴世藩爲父復仇事。謝頤則云世貞門人所作。宮偉鏐又有薛應旂、趙南星二說。到了最近，有萬曆丁巳（一六一七）欣欣子序文的金瓶梅詞話出現，上述的傳說都已打破。欣欣子的序中說：『蘭陵、笑笑生作金瓶梅傳，寄意於時俗，蓋有謂也。』蘭陵爲今山東、嶧縣，和書中的使用山東土白一點正相合。但可惜這個偉大作家笑笑生的尊姓大名還是不曉，他的生平更不用說了。吳晗疑心作序的欣欣子或許就是笑笑生，因爲這二個名字相似的緣故。序中曾稱引到丘璿、周靜軒等；而稱他們爲『前代騷人，』又就其所引歌曲看來，皆可信其爲萬曆間而非嘉靖間所作。但是萬曆丁巳本並不是金瓶梅第一次的刻本，在這個刻本以前，已經有過幾種蘇州或杭州的刻本行世。在刻本以前，並已有鈔本行世。因爲袁宏道的觴政中，他把金瓶梅列爲逸典，在野獲編中，又告訴吾們在萬曆三十四年（一六〇六）袁宏道已見過幾卷，麻城劉氏且藏有全本。到萬曆三十七年，袁中道從北京得到一個鈔本，沈德符又從他借鈔一本。不久，蘇州就有刻本，這刻本才是金瓶梅的第一個本子。至現在的普通流行本，則爲張竹坡的第一奇書本。

……婦人（指潘金蓮）道：『怪奴才，可可兒的來，想起一件事來，我要說又忘了。』因令春梅，『你取那隻鞋來與他瞧。你認的這鞋是誰的鞋？』西門慶道：『我不知是誰的鞋。』婦人道：『你看他還打張鷄兒哩。瞞着我黃貓黑尾，你幹的好繭兒，來旺媳婦子的一隻臭蹄子，寶上珠也一般收藏在藏春塢雪洞兒裏拜帖匣子內攪着些字紙和香兒一處放着。甚麼罕稀物件，也不當家化化的，怪不得那賊淫婦死了墮阿鼻地獄。』又指着秋菊罵道：『這奴才當我的鞋，又翻出來，教我打了幾下。』分付春梅：『趁早與我掠出去。』春梅把鞋掠在地下，看着秋菊說道：『賞與你穿了罷。』那秋菊拾着鞋兒說道：『娘這個鞋，只好盛我一個脚指頭兒罷。』那婦人罵道：『賊奴才，還叫甚麼□娘哩。他是你家主子前世的娘；不然，怎的把他的鞋這等收藏的嬌貴，到明日好傳代。沒廉恥的貨！』秋菊拿着鞋就往外走，被婦人又叫回來，分付『取刀來，等我把淫婦鞋作幾截子，掠到茅廁裏去，叫賊淫婦陰山背後永世不得超生。』因向西門慶道：『你看着越心疼，我越發偏砍個樣兒你瞧。』西門慶笑道：『怪奴才，丟開手罷了，我那裏有這個心。』……（第二十八回）

……掌燈時分，蔡御史便說：『深擾一日，酒告止了罷。』左右便欲掌燈，西門慶道：『且休掌燭。請老先生後邊更衣。』於是……讓至翡翠軒，……關上角門，只見兩個唱的盛妝打扮，立於階下，向前插燭也似磕了四個頭。……蔡御史看見，欲進不能，欲退不捨，便說道：『四泉，你何如這等厚愛？恐使不得。』西門慶笑道：『與昔日東山之遊，又何異乎？』蔡御史道：『恐我不如安石之才，而君有王右軍之高致矣。』……因進入軒內，見文物依然，因索紙筆，就欲留題相贈。西門慶即令書童將端溪硯研的墨濃濃的，拂下錦箋。這蔡御史終是狀元之才，拈筆在手，文不加點，字走龍蛇，燈下一揮而就，作詩一首。……（第四十九回）

相傳作者又曾作續編，名玉嬌李，今已不傳。今所傳之續金瓶梅，凡六十四回，敍金瓶梅中諸人各復投身人世，以了前世之因果報應。文筆較前書爲瑣屑，卻亦頗放恣，而仍雜以猥褻之描寫，故後來亦列爲禁書。作者爲丁耀亢（約一六〇七至約一六七八）字西生，號野鶴，山東、諸城人。明諸生，清初入京，充鑲白旗教習，後爲容城教諭，所著尚有詩集十餘卷，天史十卷，傳奇四種。又有隔簾花影四十八回，一名三世報，乃改易續金瓶梅中人名及回目，並删去絮說因果之語而成，書尚未完；但續金瓶梅中之猥褻卻未被削除，故亦爲禁書。

……這裏大覺寺興隆佛事不提。後因天壇道官並閭學生員爭這塊地，上司斷決不開，各在兀朮太子營裏上了一本，說道：『這李師師府地寬大，僧妓雜居，單給尼姑蓋寺，恐久生事端，宜作公所。其後半花園，應分割一半，作三教堂，爲儒釋道三教講堂。』王爺准了，纔息了三處爭訟。那道官見自己不獨得，又是三分四裂的，不來照管。這開封府秀才吳蹈里、卜守分兩個無恥生員，借此爲名，也就貼了公帖，每人三錢，倒斂了三四百兩分資，不日蓋起三間大殿。原是釋迦佛居中，老子居左，孔子居右，只因不肯倒了自家門面，便把孔夫子居中，佛、老分爲左右，以見貶黜異端外道的意思。把那園中臺榭池塘和那兩間粧閣，當日銀瓶做過臥房的，改作書房。……這些風流秀士，有趣文人，和那浮浪子弟們，也不講禪，也不講道，每日在三教堂飲酒賦詩，到講了個色字，好不快活。所在題曰三空書院，無非說三教俱空之意。……（第三十七回上三教堂青樓成淨土）

又有隔簾花影四十八回，世間也以爲是金瓶梅後本，而實在是改易續金瓶梅中人名（如以西門慶爲南宮吉之類）及回目，並刪略其絮說因果語而成書，末不完，蓋將續作，但是沒有出。又名三世報，殆包舉將來擬續的事，或者並以武大被酖，亦爲夙業，合數之得三世也。

金瓶梅寫一個家庭由衰而盛，而復衰，中間雜以無數的美人，而以悲劇終篇。後來仿作的人，卻專寫才子佳人之離合悲歡，而都以團圓爲終局；且才子無一非狀元，佳人無一非淑女，千篇一律，讀之生厭。今人郭昌鶴以爲才子佳人小說的故事結構與思想，不外與下列之敍述類似：

> 某公子年少才美，七步成詩，以擇配過苛，二十未娶。某日出遊，忽於某園百花深處遇一女郎，驚爲天人。與之語，嬌羞不能自仰，惟脈脈含情，以詩挑之，不拒，遂訂白首。女郎蓋某顯宦女，年方二八，秀麗穎慧，並擅詩詞，以宇內才難，猶深閨待字，見生風流雋逸，方自慶得人，——會某奸臣聞女豔名，百計求爲子婦，搆陷多端；有情人因之備經艱苦。後生忽中狀元，奸人伏誅，生乃奉旨與女成婚。生三子，蘭桂騰芳，夫婦壽登九十，無疾而逝。

才子佳人小說最盛行於明末淸初之際，今確知爲明人作而且刊行在明時的，僅有吳江雪一種。是書凡二十四回，顧石城著。書中男主人爲江潮，女爲吳媛，而又間以俠義可風的撮合山雪婆，描寫瑣細，故時亦逼眞可喜，而且還沒有套上前述的常套。此外僅知他著作或刊行於明、淸之際的，有玉嬌梨二十回，一名雙美奇緣，題第荻山人或荻岸散人編，敍才子蘇友白與才女白紅玉及盧夢梨的結合故事。平山冷燕二十回，亦題荻岸散人編，敍才子平如衡與燕白頷和才女山黛與冷絳雪的遇合故事。又有平山冷燕二集，本名兩交婚，凡十八回，題步月主人訂，與前書並不相接，惟結構頗相似，敍甘頤、甘夢兄妹二人及辛發、辛古釵兄妹二人彼此互訂爲婚，中間也經歷了不少艱苦。飛花詠十六回，一名玉雙魚，不知作者，敍昌谷與女子端容姑情好事，二人輾轉流離，各易姓二次，而後歸宗團圓。金雲翹傳四卷二十回，一名雙奇夢，題靑心才人編，敍翠翹與所眷書生金重復合事。麟兒報四卷十六回，不知作者，所敍亦不詳。玉支璣小傳四卷二十回，題烟水山人編，敍才子長孫無忝與佳人管彤秀之婚姻事，文字簡潔，描寫世情亦眞切。賽紅絲十六回，不知作者，主人翁爲才子宋古玉與佳人裴芝，二人之結合，起因於詠紅絲一詩，而中間播弄之人，卻爲一教讀先生，爲才子佳人小說中別開一生面之作。幻中眞四卷十回，一本作十二回，題烟霞散人編，寫吉夢龍一家分散，而以祖孫父子會面，夫婦團圓作結。畫圖緣四卷十六回，不知作者，敍秀才花棟遊天台，遇老人授以畫圖，藉以得與柳藍玉成婚事，中又插敍藍玉弟路與趙紅瑞的結合經過。定情人十六回，作者不知，所敍亦不詳。人間樂四卷十八回，題天花藏主人著，所敍亦不詳。上列十二種，皆有天花藏主人序，主人不知何人，觀玉嬌梨序，似卽爲玉嬌梨的作者。其中烟水散人則爲徐震。震字秋濤，浙江、嘉興人，所作尙有合浦珠十六回，敍蘇州、錢蘭與范太守女珠娘及妓女趙素馨、白瑤枝婚姻故事。賽花鈴十六回，敍蘇州、紅文晼與方素雲等三女團圓事。其他尙有好逑傳四卷十八回，一名俠義風月傳，題名教中人編，敍鐵中玉與水冰心二人不惟有才，且還有智有勇，能以計自脫於奸人，而終得團圓事。醒世流奇傳凡二十回，題鶴市散人編，敍梅幹與馮閨英的結合；二人因受奸人誣毀，故結婚後仍不同居，直待『欽賜團圓』再度花燭，全書方告終，則又似風月傳。鳳簫媒四卷十六回，亦題鶴市散人編，內容不詳。鐵花仙史二十六回，題雲封山人編，於才子佳人故事中，又插入仙妖怪異之事，文墨亦平常。玉樓春四卷二十回，一本作十二回，題白雲道人編，敍邵十州和佳人黃玉娘與霍春暉的結合，結構頗似幻中眞，疑爲卽幻中眞之改作。飛花豔想十八回，題樵雲山人編，敍才子柳友梅與佳人梅如玉、雪瑞雲結合事。快心編三集共三十二回，題天花才子編，敍凌駕山與李麗娟婚姻事。蝴蝶媒四卷十六回，題南岳道人編，敍蔣巖與華柔玉、袁秋蟾的結合故事。五鳳吟四卷二十回，題嗤嗤道人編，敍才子祝瓊與二女三婢相戀，始離終合的事。引鳳簫四卷十六回，題半雲友輯，敍宋時白引與金鳳娘結合故事。此外有春柳鶯四卷十回，題鶡冠史者編。鳳凰池十六回，題烟霞散人編。終須夢四卷十八回，題彌堅堂主人編。幻中遊十八回，題步月齋主人編。宮花報，回數及作者均不詳；以上諸書，皆不知其內容。

在金瓶梅出世的同時，有戲曲家呂天成（約一五七三至一六一九間在世）一名文，字勤之，號鬱藍生，餘姚人，亦喜寫穢褻小說。今傳有繡榻野史上下二卷，又有閒情別傳，已佚，此外有浪史四十回，題風月軒入玄子著；僧尼孽海，托名唐寅撰，痴婆子傳上下二卷，題英蓉王人輯，如意君傳，不知何人作。明末淸初之際，猶有李漁著肉蒲團六卷二十回。一名覺後禪，又名循環報，他名尙多，徐震著燈月緣十二回及桃花影十二回，桃花影一名牡丹奇緣，嗤嗤道人著催曉夢四卷二十回，今皆存。其他不知出世年代的尙多不勝錄。然明末社會淫逸之風之盛，由此可見一斑了。

金瓶梅誰也知道是古今第一的淫書，不要多說了。全書百回。取水滸傳中第一的豔話西門慶與潘金蓮底情事爲骨子，加以複雜的描寫而成的。要之，止於西門慶一家底婦女、酒色、飲食、言笑之事。例如西門慶淫過的婦女從潘金蓮始有十九人，男寵二人，意中人三人；潘金蓮所淫過的男子，西門慶外有四人，其意中人爲武二郎。描寫極其淫褻鄙陋的市井小人底狀態，非常逼眞，曲盡人情底微細機巧，其意在替世人說法，戒好色貪財，無奈爲了取材野鄙，到底不能登士君子之堂。然而因爲是反於西遊記底空想爲極其寫實的小說，所以在認識社會底半面上，實是一種倔強的史料．至其作者或傳說是明之大文豪王世貞，或說是王氏底門人。蓋王世貞恨嚴嵩、嚴世蕃父子殺死其父親王抒，作此書以罵嚴世蕃底昏庸而多內寵。又知道他好讀淫書，且讀時每一頁必以指頭蘸唾翻過，故於每頁底紙角上染置毒藥以謀害之。由其近侍獻進，然因毒濺得輕，世蕃性聰穎，書頁底翻轉極快，不達其目的。尤其是說那述楊椒山以直諫取禍的暴露嚴氏父子底惡狀的鳳鳴記（傳奇）也是王世貞所作的，有關於金瓶梅這樣的妄說，未免誣枉大家太甚了。總而言之，不論是何人所作，若非大手筆，到底不能成這樣一部大書。顧曲雜言說是嘉靖間大名士底手筆。

（a）金瓶梅所表現的社會

金瓶梅是一部不名譽的小說；歷來讀者們都公認牠爲『穢書』的代表。其實金瓶梅豈僅僅爲一部『穢書』！如果除淨了一切的穢褻的章節，牠仍不失爲一部第一流的小說，其偉大似更過於水滸、西遊、三國之流，更不足和牠相提並論。在金瓶梅裏所反映的是一個眞實的中國的社會；這社會到了現在，似還不會成爲過去。要在文學裏看出中國社會的潛伏的黑暗面來，金瓶梅是一部最可靠的研究資料。

不要怕牠是一部『穢書』金瓶梅的重要，並不建築在那些穢褻的描寫上。牠是一部最偉大的寫實小說，赤裸裸的毫無忌憚的表現着中國社會的病態，表現着『世紀末』的最荒唐的一個墮落的社會的景象。而這個充滿了罪惡的畸形的社會，雖經過了好幾次的血潮的洗蕩，至今還是像陳年的肺病患者似的，在懨懨一息的掙扎着生存在那裏呢。

於不斷記載着拐騙奸淫擄殺的日報上的社會新聞裏，誰能不嗅出些金瓶梅的氣息來。鄆哥般的小人物，王婆般的『牽頭』在大都市裏是不是天天可以見到？西門慶般的惡霸土豪，武大郎、花子虛般的被侮辱者，應伯爵般的幫閒者，是不是已絕迹於今日的社會上？楊姑娘的氣罵張四舅；西門慶的謀財娶婦，吳月娘的聽宣卷，是不是至今還如聞其聲，如見其態？

那西門慶式的黑暗的家庭，是不是至今到處都還像春草似的滋生蔓殖着？

金瓶梅的社會是並不曾殭死的；金瓶梅的人物們是至今還活躍於人間的，金瓶梅的時代，是至今還頑強的在生存着。

我們讀了這部被號爲「穢書」的金瓶梅，將有怎樣的感想與刺激？

正亂着只見姑娘拄拐，自後而出。衆人便道：「姑娘出來。」都齊聲唱喏。姑娘還了萬福，陪衆人坐下。姑娘開口：「列位高鄰在上。我是他的親姑娘，又不隔從，莫不沒我說去。死了的也是侄兒，活着的也是侄兒，十個指頭，咬着都疼，如今休說他男子漢手裏沒錢，他就十萬兩銀子你只好看他一眼罷了。他身邊又無出。少女嫩婦的，你攔着，不教他嫁人，留着他做什麽！」衆高隣高聲道：「姑娘見得有理！」婆子道：「難道他娘家陪的東西也留下他的不成！他背地又不曾私自與我什麽，說我護他也要公道。不瞞列位說，我這侄兒平日有仁義，老身捨不得他好溫存性兒。不然老身也不管着他。」那張四在傍，把婆子瞅了一眼，說道：「你好失心兒！鳳凰無寶處不落。」而這一句話，道着了這婆子眞病，須臾怒起，紫漲了面皮，扯定張四大罵道：「張四，你休胡言亂語，我雖不能不才，是楊家正頭香主。你這老油嘴，是楊家那瞭子佮的？」

張四道：『我雖是異姓。兩個外甥是我姐姐養好。你這老咬蟲，女生外向行，放火又一頭放水』。姑娘道：『賤沒廉恥，老狗骨頭，他少女嫩婦的，留着他在屋裏，有何籌計！既不是圖色慾，便欲起謀心，將錢肥己。』張四道：『我不是圖錢，爭奈是我姐姐養的。有差遲，多是我；過不得日子，不是你。這老殺才，搬着大，引着小，黃貓兒黑尾！』姑娘道：『張四，你這老花根，老奴才，老粉嘴，你恁騙口張舌的，好老扯！到明日死了時，不使了繩子扛子！』張四道；『你這嚼舌頭，老淫婦，掙將錢來，焦尾靶，怪不的恁無兒無女！』姑娘急了，罵道：『張四賊，老蒼根，老豬狗！我無兒無女，強似你家媽媽子，穿寺院，養和尙，合道士，你還在睡夢裏！』當下兩個差些兒不曾打起來。

（金瓶梅詞話第七回）

這罵街的潑婦口吻，還不是活潑潑的如今日所聽聞到的麼？應伯爵的隨聲附和，潘金蓮的指桑罵槐，……還不都是活潑潑的如今日所聽聞到的麼？

然而這書是三百五六十年前的著作！

到底是中國社會演化得太遲鈍呢？還是金瓶梅的作者的描寫，太把這個民族性刻劃得入骨三分，洗滌不去？誰能明白的下個判斷？

像這樣的墮落的古老的社會，實在不值得再生存下去了；難道便不會有一個時候的到來，用青年們的紅血把那些最齷齪的陳年的積垢，洗滌得干干淨淨？

(b)金瓶梅為什麼成為一部『穢書』

除了穢褻的描寫以外，金瓶梅實是一部了不起的好書，我們可以說，牠是那樣淋漓盡致的把那個『世紀末』的社會，整個的表現出來。牠所表現的社會是那末根深蒂固的生活着這幾乎是每一縣都可以見得到一個普遍的社會縮影。但僅僅為了其中夾雜着好些穢褻的描寫之故，這部該受盛大的歡迎，與精密的研究的偉大的名著，三百五十年來卻反而受到種種的歧視與冷遇，——甚至燬棄，責罵。我們該責備那位金瓶梅作者的不自重與放蕩罷？

誠然的，在這部偉大的名著裏，不干淨的描寫是那末多；簡直像夏天的蒼蠅似的，驅拂不盡。這些描寫常是那末有力，足够使青年們蕩魂動魄的受誘惑。一個健全，清新的社會，實在容不了這種

「穢書，」正是眼睛中之容不了一支針似的。

但我們要爲那位偉大的天才設身處地的想一想：他爲什麼要那樣的夾雜着許多穢褻的描寫？

人是逃不出環境的支配的；已腐敗了的放縱的社會裏，保持不了一個『獨善其身』的人物。金瓶梅的作者是生活在不斷的產生出金主亮荒淫，如意君傳、繡榻野史等等『穢書』的時代的。連水滸傳也被汙染上些不干淨的描寫，連戲曲上也往往都充滿了齷齪的對話（陸采的南西廂記，屠隆的修文記，沈璟的博笑記，徐渭的四聲猿等等，不潔的描寫與對話是常可見到的。）笑談一類的書是以關於『性』的玩笑爲中心的（像萬曆板謔浪和許多附刊於諸書法海，繡谷春容諸書的笑談集都是如此。）春畫的流行，成爲空前的盛況；萬曆板的風流絕暢圖，素娥篇是刊刻得那末精美（風流絕暢圖是以彩色套印的；當是今知的世界最早的一部彩印的書。）據說，那時，刊板流傳的春畫集市面上公開流行的至少有二十多種。

在這淫蕩的『世紀末』的社會裏，金瓶梅的作者，如何會自拔呢？隨心而出，隨筆而寫；他又怎會有什麼道德利害的觀念在着呢？大抵他自己也當是一位變態的性慾的患者罷，所以是那末着力的在寫那些『穢事』。

說起『穢書』來，比金瓶梅更荒唐，更不近理性的，在這時代更還產生得不少；以金瓶梅去比什麼繡榻野史、弁而釵、宜春香質之流，金瓶梅還可算是『高雅』的。

對於這個作者，我們似乎不能不有恕辭，正如我們之不能不寬恕了曹雪芹紅樓夢裏的賈寶玉初試雲雨情，李百川綠野仙蹤裏的溫如玉嫖妓，周璉偷情的幾段文字一樣。這和專門描寫性的動作的色情狂者，像呂天成、李漁等，自是罪有等差的。

好在我們如果除去了那些穢褻的描寫，金瓶梅仍是不失為一部最偉大的名著的，也許『瑕』去而『瑜』更顯。我們很希望有那樣的一部刪節本的金瓶梅出來。什麼『真本金瓶梅』『古本金瓶梅』其用意也有類於此。然而卻非我們所希望的。

(c) 金瓶梅詞話作者及時代的推測

關於金瓶梅詞話的作者及其產生的時代問題，至今尚未有定論。許多的記載都說，這部詞話是嘉靖間大名士王世貞所作的。這當由於沈德符的『聞此爲嘉靖間大名士手筆』一語而來。因此遂造作出那些清明上河圖一類的苦孝說的故事；或以爲係王世貞作以毒害嚴世蕃的，或以爲係他作以毒害唐順之的。這都是後來的附會，絕不可靠。王曇(?)的金瓶梅考證說：

金瓶梅一書，相傳明王元美所撰。元美父忬以灤河失事，爲奸嵩搆死。其子東樓實贊成之。東樓喜觀小說，元美撰此，以毒藥傳紙，冀使傳染入口而斃。東樓燭其計，令家人洗去其藥而後繙閱，此書遂以外傳。

一個更有力的證據出現了。金瓶梅詞話欣欣子序說道：『竊謂蘭陵笑笑生作金瓶梅傳，寄意於時俗，蓋有謂也。』蘭陵即今嶧縣，正是山東的地方。笑笑生之非王世貞，殆不必再加辯論。欣欣子爲笑笑生的朋友；其序說道：『吾友笑笑生爲此，爰罄平日所蘊者著斯傳，凡一百回。』也許這位欣欣子便是所謂『笑笑生』他自己的化身罷。這就其命名的相類而可知的。

金瓶梅的作者蘭陵笑笑生到底是什麼時候的人呢？是嘉靖間？是萬曆間？

按效顰集、懷春雅集、秉燭清談等書，皆著錄於百川書志，都祇是成、弘間之作；丘瓊山卒於弘治八年，插入周靜軒時的三國志演義，萬曆間方才流行，嘉靖本裏尙未收入。稱成、弘間的人物爲『前代騷人』而和元微之同類並舉，嘉靖間人，當不會是如此的，蓋嘉靖離弘治不過二十多年，離成化不過五十多年，欣欣子何得以『前代騷人』稱丘濬周禮（靜軒）輩！如果把欣欣子、笑笑生的時代，放在萬曆間（假定金瓶梅是作於萬曆三十年左右的罷）則丘濬輩離開他們已有一百多年，確是很遼遠的夠得上稱爲『前代騷人』的了。又序中所引如意傳，當卽如意君傳；於湖記當卽張于湖誤宿女貞觀記，蓋都是在萬曆間而始盛傳於世的。

我們如果把金瓶梅詞話產生的時代放在明萬曆間，當不會是很錯誤的。嘉靖間的小說作者們剛剛進展到修改水滸傳，寫作西遊記的程度，偉大的寫實小說，金瓶梅，恰便是由西遊記、水滸傳更向前進展幾步的結果。

第二節　明代的神魔小說

（一）四遊記

四遊記，爲四部靈怪小說的彙刻，彼此可以獨立。第一種是上洞八仙傳，亦名八仙出處東遊記傳，凡二卷五十六回，爲蘭江吳元泰（約一五六六前後在世）著。敍李玄、鍾離權、呂洞賓、張果、藍采和……等八仙得道之由；又敍到呂洞賓助遼蕭后以與宋、楊家將相抵抗，及八仙與四海龍王及天兵交戰，因觀音講和而和好如初諸事。一爲南遊記，亦名五顯靈光大帝華光天王傳，共四卷十八回，余象斗（約一五九六前後在世）編。敍華光之始末，事蹟很變幻，自始至終，都在反抗的鬬爭中，很像吳承恩西遊記的開始數回敍孫行者出身的故事。最後，華光到地獄去尋母親，因幻化爲孫大聖偸仙桃以醫母親的食人癖，致與大聖相鬬，爲大聖女月孛所擊，將死，火炎王光佛出而講和，華光始得逃死，終皈依於佛道。

……卻說華光三下酆都，救得母親出來，十分歡悅。那吉芝陀聖母曰：『我兒你救得我出來，道好，我要討岐娥喫。』華光問『岐娥是甚麼子，我兒媳俱不曉得。』母曰：『岐娥不曉得，可去問千里眼、順風耳。』華光卽問二人。二人曰：『那岐娥是人，他又思量喫人。』華光聽罷，對娘曰：『娘，你住酆都受苦，我孩兒用盡計較，救得你出來，如何又想喫人？此事萬不可為。』母曰：『我要喫，不孝子，你沒有岐娥與我喫，是誰要救我出來？』華光無奈，只推曰：『容兩日討與你喫。』……（第十七回華光三下酆都）

三名北遊記，一名北方眞武玄天上帝出身志傳，凡四卷二十四回，亦余象斗所編；敘玉帝忽因貪念，以其三魂之一下凡為劉氏子，後歷數劫，掃蕩諸魔，復歸天為眞武大帝。四為西遊記，凡四卷四十一回，為齊雲、楊志和（約一五六六前後在世）編，此書為吳氏西遊記的節本，故內容全與百回本相同。四遊記作於西遊記之後。又有唐三藏西遊釋厄傳十卷，朱鼎臣撰。鼎臣（約一五六六前後在世）字冲懷，廣州人，其書亦為吳作的節本，惟插入自己另作的陳光蕊故事一段。後來汪象旭、張書紳又把這故事插入吳氏百回本中，故今通行本皆已非吳作原來的式樣。

西遊記傳四卷四十一回，『題齊雲、楊志和編，天水、趙景眞校，』敍孫悟空得道，唐太宗入冥，玄奘應詔求經，途中遇難，終達西土，得經東歸者也。太宗之夢，唐人已言，張鷟朝野僉載云『太宗至夜半奄然入定，見一人云：『陛下蹔合來，還卽去也。』帝問『君是何人？』對曰『臣是生人判冥事。』

太宗入見判官，問六月四日事，卽令還，向見者又送迎引導出。又有俗文，亦記斯事，有殘卷，從敦煌千佛洞得之（詳情參看中國小說史略第十二篇）。至玄奘入竺，實非應詔，事具唐書（百九十一方伎傳）又有專傳曰大慈恩寺三藏法師傳，在佛藏中，初無諸奇詭事，而後來稗說，頗涉靈怪。大唐三藏取經詩話已有猴行者、深沙神及諸異境；金人院本亦有唐三藏（陶宗儀輟耕錄）；元雜劇有吳昌齡唐三藏西天取經（鍾嗣成錄鬼簿），一名西遊記（今有日本鹽谷温校印本）其中收孫悟空，加戒箍，沙僧、豬八戒、紅孩兒、鐵扇公主等皆已見。似取經故事，自唐末以至宋、元，乃漸漸演成神異，且能有條貫，小說家因亦得取爲記傳也。

全書之前九回爲孫悟空得仙至被降故事，言有石猴，尋得水源，衆奉爲王，而復出山，就師悟道，以大神通擾亂天地，玉帝不得已，封爲齊天大聖，復擾蟠挑大會，帝命灌口二郎眞君討之，遂大戰，悟空爲所獲，其敍當時戰鬬變化之狀云：

……那小猴見眞君到，急急報知猴王。猴王卽掣起金箍棒，步上雲履。二人相見，各言姓名，遂排開陣勢，來往三百餘合。二人各變身萬丈，戰入雲端，離卻洞口。……大聖正在開戰，忽見本山衆猴驚散，抽身就走；眞君大步趕上，急走急追。大聖慌忙將身一變，入水中。眞君道，『這猴入水必變魚蝦，待我變作鷹鷂逐他。』大聖見眞君趕來，又變一羣飛鳥，飛在樹上，被眞君拽弓一彈，打下草坡，遍尋不見，回轉天王營中去說猴王敗陣等事，又趕不見蹤跡。天王把照妖鏡一照，急云『妖猴往你灌口去了。』眞君回灌口；猴王急變做眞君模樣，座在中堂，被二郎用一神鎗，猴王讓過，變出本相，二人對較手段，意欲回轉花果山，奈四面天將圍住，念咒。忽然眞君與菩薩在雲端觀看，見猴王精力將疲，老君擲下金剛圈，與猴王腦上一打。猴王跌倒在地，被眞君神犬咬住胸肚子，又拖跌一交，卻被眞君兄弟等神鎗刺住，把鐵索綁縛。……（第七回眞君收捉猴王）

然斫之無傷，煉之不死，如來乃壓之五行山下，令待取經人。次四回卽魏徵斬龍，太宗入冥，劉全進瓜，及玄奘應詔西行，爲求經之所由起。十四回以下則玄奘道中收徒及遇難故事，而以見佛得經東歸證果終。徒有三，曰孫行者、豬八戒、沙僧，並得龍馬；災難三十餘，其大者五莊觀、平頂山、火雲洞、通天河、毒敵山、六耳獼猴、小雷音寺等也。凡所記述，簡略者多，但亦偶雜游詞，以增笑樂，如寫火雲洞之戰云：

……那山前山後土地，皆來叩頭報名，『此處叫做枯松澗，澗邊有一座山洞，叫做火雲洞，洞有一位魔王，是牛魔王的兒子，叫做紅孩兒。他有三昧眞火，甚是利害。』行者聽說，叱退土神，……與八戒同進洞中去尋，……那魔王分付小妖，推出五輪小車，擺下五方，遂提鎗殺出，與行者戰經數合，八戒助陣，魔王走轉，把鼻子一搥，鼻中冒出火來，一時五輪車子，烈火齊起。八戒道：『哥哥快走！少刻把老豬燒得囫圇，再加香料，儘他受用。』行者雖然避得火燒，卻只怕烟，二人只得逃轉。……（第三十二回唐三藏收妖過黑河）

復請觀世音至，化刀爲蓮臺，誘而執之，既降復叛，則環以五金箍，灑以甘露，乃始兩手相合，歸落伽山云。西遊記雜劇中鬼母皈依一齣，即用揭鉢盂救幼子故事者，其中有云，『告世尊，肯發慈悲力。我着唐三藏西遊便回，火孩兒妖怪放生了他，到前面，須得二聖郎救了你。』（卷三）而於此乃改爲牛魔王子，且與參善知識之善才童子相溷矣。

（註：四遊記作於西遊記之後……胡適等）

（二）三寶太監下西洋記

三寶太監下西洋記通俗演義二十卷一百回，係二南里人、羅懋登所著，成於萬曆丁酉。書中敍明、永樂時，太監鄭和……等，造大舶下西洋，服外夷三十九國。鄭和眞有其人，雲南人，卽世所稱三寶太監，前後凡七次奉使至西洋（實卽今之南洋）世俗盛稱其功，故作者取爲題材。全書多敍譎誕怪異之事，似竊取之於西遊與封神，而文詞卻支蔓不工。亦多搜里巷傳說，『如五鬼鬧判、』『五鼠鬧東京』……故事，都賴此以傳於後世。懋登（約一五九六前後在世）生平不可考，惟所刊著之作頗多；曾爲琵琶記作音釋，又爲邱濬的投筆記作注，他自己也寫過些劇本，乃是位好事的文人。下面所錄，乃『五鬼鬧判』一段：

……五鬼道：『縱不是受私賣法，卻是查理不淸。』閻羅王道：『那一個查理不淸？你說來我聽着。』劈頭就是姜老星說道：『小的是金蓮象國一個總兵官，爲國忘家，臣子之職，怎麼又說道我該送罰惡分司去？以此說來，卻不是錯爲國家出力了麽？』崔判官道：『國家苦無大難，怎叫做爲國家出力？』姜老星道：『南人寶船千號，戰將千員，雄兵百萬，勢如纍卵之危，還說是國家苦無大難？』崔判官道：『南人何曾滅人社稷，吞人土地，貪人財貨，怎見得勢如纍卵之危？』姜老星道：『既是國勢不危，我怎肯殺人無厭？』判官道：『南人之來，不過一紙降書，便自足矣。他何曾威逼於人？都是你們偏然強戰，這不是殺人無厭麼？』咬海干道：『判官大王差矣。我爪哇國五百名魚眼軍一刀兩段，三千名步卒煮做一鍋，這也是我們強戰麼？』判官道：『都是你們自取的。』圓眼帖木兒說道：『我們一個人劈作四架，這也是我們強戰麼？』判官道：『也是你們自取的。』盤龍三太子說道：『我舉刀自刎，豈不是他的威逼麼？』判官道『也是你們自取的。』百里雁說道：『我們燒做一個柴頭鬼兒，豈不是他的威逼麼？』判官道：『也是你們自取的。』五個鬼一齊吆喝起來，說道：『你說甚麼自取，自古道：『殺人的償命，欠債的還錢，』他枉刀殺了我們，你怎麼替他們曲斷？』判官道：『我這裏執法無私，怎叫做曲斷？』五鬼說道：『既是執法無私，怎麼不斷他填還我們人命？』判官道：『不該填還你們！』五鬼說道：『但只「不該」兩個字，就是私弊。』這五個鬼人多口多，亂吆亂喝，嚷做一馱，鬧做一塊。判官看見他們來得兇，也沒奈何，只得站起來喝聲道：『哇，甚麼人敢在這裏胡說：我有私，我這管筆可是容私的？』五個鬼齊齊的走上前去，照手一搶，把管筆奪將下來，說道：『鐵筆無私。你這蜘蛛鬚兒扎的筆，牙齒縫裏都是私（絲），敢說得個不容私？』……

（第九十回靈曜府五鬼鬧判）

我國明初鄭和是個大航海家，他所航行過的地方最遠的是非洲東部，年代是從一四〇六到一四三〇，比西方大航海家甘馬（Vasca da gama）和哥倫布（Columbus）還要早幾十年。先前凡七奉使，接連着去，難得有幾年休息的。這實是我們的光榮！像這樣一個偉大的人物，當然要被當作傳說的箭垛，因之神魔小說三寶太監西洋記通俗演義的產生也就無足怪異了。

不過，西洋記也非完全荒誕之書，有好些部分都是有根據的。至於牠所根據的原文是否足以信賴，那就很難說了。本來中國史地一類的書要想純粹是信史，那只是妄想；牠裏面總有一些五行或纖緯的話。

西洋記的作者羅懋登是明萬曆間人，曾註釋過邱濬的投筆記，又曾替高明的琵琶記和傳施惠的拜月亭作過音釋，可見是個喜歡小說戲曲的文人。他字登之，號二南里人，里居不詳。據向覺明的猜測，『西洋記裏面所用的俗語如「不作興」「小娃娃」之類，都是現今南京一帶通行的言語，似乎羅懋登不是明時應天府人，是便是一位流寓南京的寓公。」但書中不僅只是這一方面的，卽如書中常見的『終生』一辭，（意云畜生）恐怕只有太湖系的語言裏纔有，南京話是只叫做『畜生』的。

西洋記敍：『寶船三十六號，長四十四丈四尺，闊一十八丈』；又『雄兵勇士三萬名有零』。（第十五回）大都與明史相合：『將士卒二萬七千八百餘人，……造大舶，修四十四丈，廣十八丈者，六十二』。正元帥當然是鄭和，副元帥王尙書就是明史裏的王景弘。至於張柏是否卽張達，王良是否卽朱良，那就不得而知了。王尙書被形容作『身長九尺，腰大十圍。』（第十五回）其實這應該歸之於鄭和，袁忠徹的古今識鑒就是拿這八個字來形容鄭和的。

西洋記敍天妃紅燈引路的事也有根據。第二十二回云：『只聽得半空中那位尊神說道：「吾神天妃宮主是也。奉玉帝勅旨，永護大明國寶船。汝等日間瞻視太陽所行，夜來觀看紅燈所在，永無疏失，福國庇民。」』鄭和自己在通番記裏也說過這樣的話：『値有險阻，一稱神號，感應如響，卽有神燈燭於杋檣，靈光一臨，則變險爲夷，舟師恬然，咸保無虞。』

近人如向覺明都據羅懋登的序文，斷定他是眼見倭患甚殷，當局柔弱無能，纔寫出西洋記來，以諷諭當局這話當然可信。他之所以要詳細地註釋那稱道班超的投筆記，恐怕也有些『與撫髀之思』吧？

向覺明說：『西洋記一書，大半根據瀛涯勝覽演述而成。』其實主要材料不僅馬歡的瀛涯勝覽，費信的星槎勝覽也是西洋記所根據的。因爲瀛涯所載僅二十國，而星槎卻有四十個地方，比瀛涯要多一倍。西洋記講到靈山、崑崙山、重迦羅、吉里地悶、麻逸凍、彭坑、東西竺、龍牙加貌、九州山、卜剌哇、竹步、木骨都束等處，便都是根據星槎的，因爲這十餘處地方均爲瀛涯所不載。現在我不憚煩的把西洋記引用瀛涯勝覽（以下簡作瀛）和星槎勝覽（以下簡作星）之處，對比地列在下面：

一、金蓮寶象國（Champa） 第三十一、二回這個婦人頭，原是本國有這等一個婦人。面貌身體，俱與人無異，只是眼無瞳人。到夜來撇了身體，其頭會飛，飛到那裏就要害人，專一要吃小娃娃的穢物。小娃娃受了他的妖氣，命不能存。到了五更鼓，其頭又飛將回來，合在身子上，又是個婦人。……這叫做個『屍致魚』

瀛：其曰尸頭蠻者，本是人家一婦女也。但眼無瞳人爲異。夜寢則飛頭去，食人家小兒糞尖。其兒被妖氣侵腹，必死。飛頭回合其體，則如舊。

星：尸頭蠻者，本是婦人。但無瞳人爲異。其婦與家人同寢，夜深飛頭而出，食人穢物。飛回復合其體，卽活如舊。……人有病者，臨糞時遭之，妖氣入腹必死。

咂瓮酒……初然以飯拌藥，封於甕中，使其自熟。欲飲則以長節小竹筒長三四尺者，插於酒甕中，賓客圍坐：照人數入水輪次咂飲；吸之至乾，再入水而飲，直至無酒味而止。

瀛：其酒則以飯拌藥，封於甕中，候熟。欲飲，則以長節小竹筒長三四尺者插入酒甕中，環坐，照人數入水輪次咂飲；吸乾再添入水而飲，至無味則止。

星：酒以米拌藥丸乾和入甕中，封固如法收藏，日久其糟生蛆爲佳醞。他日開封，用長節竹幹三四尺者插入糟甕中。或圍坐五人，量人入水多寡，輪次吸竹飲酒，入口吸盡，再入水，若無味，則止；有味留封再用。

書寫等間沒有紙筆，用羊皮搥之使薄，用樹皮薰之使黑，摺成經摺兒，以白粉寫字爲記。

瀛：其書寫無紙筆，用羊皮捶薄，或樹皮薰黑，摺成經摺，以白粉載字爲記。

星：其國無紙筆，以羊皮捶薄薰黑，削細竹爲筆，蘸白灰書字若蚯蚓委曲之狀。

我國中無閏月，以十二月爲一年，晝夜各分五十刻，用打更鼓者記之。

瀛：其日月之定無閏月，但十二月爲一年，晝夜分爲十更，用鼓打記。

星：不解正朔。……晝夜善捶鼓，十更爲法。

小國不出鵝鴨，就是鷄，至大者不過二斤，脚高寸半或二寸爲止。但雄鷄則耳白冠紅，腰矮尾竅，人拿在手裏，他亦啼，最是可愛。

瀛：鵝鴨稀少，鷄矮小，至大者不過二斤，脚高寸半及二寸止。其雄鷄紅冠白耳，細腰高尾，人拏手中亦啼，甚可愛也。

若爭訟有難明之事，官不能決者，則令爭訟二人騎水牛過鱷魚潭，理屈者鱷魚出而食之，理直者雖過十數次，魚亦不食。

瀛：再有一通海大潭，名鱷魚潭，如人有爭訟難明之事，官不能決者，則令爭訟二人騎水牛赴過其潭，理虧者鱷魚出而食之。理直者雖過十次，亦不被食。

俺國國王大凡在位三十年者，即退位出家，令弟兄子姪權（下有脫字）國王往東山持齋受戒，茹素獨居，呼天誓曰：『我先在位不道，當爲虎狼食之，或病死之。』若一年滿不死，則再登王位，復理國事，國人稱呼爲昔黎馬哈剌托。

瀛其國王爲王三十年，則退位出家，令弟兄子侄權管國事。王往深山持齋受戒，或吃素，獨居一年，對天誓曰：『我先爲王，在位無道。願狼虎食我，或病死之。』若一年滿足不死，再登其位，復管國事，國人呼爲昔黎馬哈剌札。

二、靈山(Can-nauh Nuitracan ?)第三十二回這個山與金蓮寶象國山地相連，山陡而頂，方頂上有一股飛泉倒垂而下。頂上還有一塊石，如佛菩薩的頭，……是個靈山。居民稀少，結網爲業。……上面有一樣藤杖，粗大而紋疎者可愛。次有檳榔蔞叶，餘無所出。

星其處與占城山地連接。其山峻嶺而方，有泉下繞如帶。山頂有一石塊似佛頭，故名。靈山民居星散，結網爲業。藤杖……若纍……大而紋疏者，一錫易杖三條。次有檳榔蔞叶，餘無異物。

三、崑崙山(Pulo Condore)第三十三回俗語說道：『上怕七州，下怕崑崙。針迷舵失，人船莫存。』
星俗云：『上怕七州，下怕崑崙，針迷舵失，人船莫存。』
四、羅斛國（Siam）第三十三、四回削尖的檳榔木爲標槍。
星：削檳榔木爲標槍。
大凡有事，夫決於妻。婦人智量，果勝男子。本國風俗，有婦人與中國人通奸者，盛酒筵待之，且贈以金寶，卽與其夫同飲食同寢臥，其夫恬不爲怪，反說道：『我妻色美得中國人愛，藉以寵光矣。』
瀛：其國王及下民若有謀議刑罰輕重買賣一應巨細之事，皆決於妻；其婦人志量果勝於男子。若有妻與我中國人通好者，則置酒飯同飲坐寢，其夫恬不爲怪，乃曰：『我妻美，爲中國人喜愛！』
星：其上下謀議大小事，悉決於婦。其男一聽苟合無序。遇中國男子甚愛之，必置酒飲，待歡歌留宿。

男子二十餘歲，則將莖物周圍之皮，用細刀兒挑開，嵌入錫珠數十顆，用藥封護。俟瘡口好日，方纔出門，就如賴葡萄的形狀。富貴者金銀，貧賤者銅錫，行路有聲。

瀛：男子年二十餘歲，則將莖物週迴之皮，如韮菜樣細刀挑開，嵌入錫珠十數顆皮內，用藥封護。待瘡口好，纔出行走。其狀纍纍如葡萄一般。自有一等人開鋪專與人嵌銲以爲藝業。如國王或大頭目或富人，則以金爲虛珠，內安砂子一粒，嵌之行走，玎玎有聲，乃以爲美。不嵌珠之男子，爲下等人。

五、爪哇（Gava）第三十四回，昔日有一個鬼子魔天，與一象罔紅頭髮青面孔，相合於此地，生子百餘，專一吸人血啖人肉，把這一國的人吃得將次淨盡。忽一日雷聲大震，震破了一塊石頭。那石頭裏面端端正正坐着一個漢子。衆人看見，吃了一驚，……尊爲國王。這國王果眞有些作用，領了那吃不了的衆人，驅逐罔象，纔除了這一害。

瀛：舊傳鬼子魔王青面紅身赤髮，正於此地與一罔象相合，而生子百餘，常啖血爲食，人多被食。忽一日雷震石裂，中坐一人。衆稱異之，遂推爲王。卽令精兵驅逐罔象等衆而不爲害，後復生齒而安焉。

星：舊傳鬼子魔天與一罔象靑面紅身赤髮相合，凡生子百餘，常食啖人血肉。……其中人被啖幾盡；忽一日雷震石裂，中坐一人，衆稱異之，遂爲國主。卽領餘衆驅逐罔象，而除其害。

杜板番名賭斑。此處約有千餘家，有兩個頭目的爲主，其間多有我南朝廣東人及漳州人，流落在此，居住成家。

瀛：杜板番名賭斑(Tuban)，地名也。此處約千餘家，以二頭目爲主。其間多有中國廣東及漳州人流居此地。

新村原係沙灘之地。因中國人來此居住，遂成村落。……各國番船到此貨賣。

瀛：新村……原係沙灘之地。蓋因中國之人來此刱居，遂名新村。……各處番人，多到此買賣。

從二村往南，船行半日，卻到蘇魯馬益港口。其港沙淺，止用小船。行二十多里，纔是蘇魯馬益，番名蘇兒把牙，……大約有千餘家。有一個頭目。其港口有一大洲，林木森茂，有長尾猢猻數萬，中有一老雄爲主，劫一老番婦隨之。風俗：婦人求嗣者，備酒肉餅果等物，禱於老猴，老猴喜則先食其物，衆小猴隨而分食之，隨有雌雄二猴，前來交感爲驗，此婦歸家便即有孕；否則沒有。且又能作禍，人多備食物祭之。自蘇兒把牙小船行八十里，到一個埠頭，番名漳沽。

瀛：自新村投南船行二十餘里，到蘇魯馬益，番名蘇兒把牙（Surabaya）。其港口流出淡水，自此大船難進，用小船行二十餘里始至其地。亦有村主，掌管番人千餘家，其間亦有中國人。其港口有一洲，林木森茂，有長尾猢猻萬數，聚於上。有一黑色老雄獼猴爲主，卻有一老番婦隨伴在側。其國中婦人無子嗣者，備酒飯果餅之類，往禱於老獼猴。其老猴喜，則先食其物，餘令衆猴爭食，食盡，隨有二猴來前交感爲驗。此婦回家，即便有孕，否則無子也；甚爲可怪。自蘇兒把牙小船行七八十里到埠頭，名章姑（Changkir）。

登岸投西南行一日半，到滿者伯夷，即王之居處。其處番人二三百家，頭目七八人以輔其王。

瀛：登岸望西南陸行半日，到滿者白夷。……大約有二三百家；有七八個頭目。

生子一歲，便以匕首佩之，名曰『不賴頭』……其柄或用金銀，或用犀角，或用象牙。

星：生子一歲，便以匕首佩之，名曰『不剌頭』，以金銀象牙雕琢爲靶。

將三千名番兵押赴轅門外，盡行砍頭……盡行煮來……依次分食其肉，至今爪哇國傳說南朝會吃人。

星：生擒番人，烹而食之，至今稱中國能食人也。

六、重迦羅（Madura）第四十五回。

四面高山，離奇聳絕，其中有一個石洞，前後三門。石洞中間可容二三萬人，頗稱奇絕。有一個年高有德的老者，頭上一個頭髮髻兒，身上穿一件單布長衫，下身圍一條稍布手巾。

星：高山奇秀，內有一石洞，前後三門，可容一二萬人……男女撮髻，身披單布長衫，圍梢布手巾，無酋長，以年高有德者主之。

一行數日，經過許多處所：一處叫做孫陀羅，一處叫做琵琶拖，一處叫做丹里，一處叫做圓嶠，一處叫做彭里。

星：約去數日水程，曰孫陀羅、曰琵琶拖、曰丹重、曰圓嶠、曰彭里。

七、吉里地悶（Sandalwood？）第四十五回田肥穀盛。氣候朝熱暮寒，男女斷髮穿短衫，夜臥不蓋其體。商船到彼，皆婦人到船交易。人多染疾病，十死八九，蓋其地瘴氣及其婬汚之故也。

八、舊港（Palembang）第四十五回。

這一個國水多地少。除了國王，止是將領在岸上有房屋。其餘的庶民俱在水牌上蓋屋而居，任其移徙，不勞財力。

瀛其處水多地少，頭目之家都在岸地造屋而居，其餘民庶皆木筏上蓋屋居之。……或欲於別處居者，則起椿連屋移去，不勞搬徙。

星其處水多地少，部領者皆在岸造屋居之，周匝皆僕從住宿。其餘民庶，皆於木筏上蓋屋而居。……或欲別居，起椿去之，連屋移徙，不勞財力。

田土甚肥，倍於他壤。俗語有云『一季種穀，三季收金。』這是說米穀豐盛，生出金子來。

瀛地土甚肥。諺云：『一季種穀，三季收稻，』正此地也。

星田土甚肥，倍於他壤。古云：『一年種穀，三年生金，』言其米穀盛而多貿金也。

國人都是南朝廣東、潮、泉州人，慣習水戰。
瀛：國人多是廣東、潮、泉州人逃居此地……人多操習水戰。
星：水戰甚慣。
廣東、潮州府人……施進卿道：『只因小的有一個同鄉人，姓陳名祖義，爲因私通外國，事發之後，逃到這裏來，年深日久，充爲頭目。豪橫不可言，耑一劫掠客商財物。』
瀛：廣東人陳祖義等全家逃於此處，充爲頭目，甚是豪橫。凡有經過客人船隻，輒便劫奪財物。
……有施進卿者，亦廣東人也，來報陳祖義兇橫等情。
神鹿一對，大如巨豬，高三尺許，前半截甚黑，後半截白花毛純短可愛。
瀛：神鹿（Tapir）如巨豬，高三尺許，前半截黑，後一段白花毛純短可愛。
鶴頂鳥一對，大如鴨，毛黑，頸長，嘴尖。其腦骨厚寸餘。外紅色，內嬌黃可愛，堪作腰帶。
瀛：鶴頂鳥（Buceros）大如鴨，毛黑，頸長，嘴尖。其腦蓋骨厚寸餘。外紅，裏如黃蠟之嬌，甚可愛，謂之鶴頂，堪作腰刀靶鞘擠機之類。

火鷄一對頂有軟紅冠，如紅絹二片，渾身如羊毛，青色。其爪甚利，傷人致死。好食火炭故名。雖棍棒不能致死。

瀛：火鷄（Casoar）大如仙鶴，……頭上有軟紅冠，似紅帽之狀，又有二片生於頸中。嘴尖。渾身毛如羊毛稀長青色。脚長鐵黑，爪甚利害，亦能破人腹，腸出卽死。好吃炔炭，遂名火鷄。用棍打碎莫能死。

金銀香二箱。其色如銀匠鈒花銀器黑膠相似。中有一白塊。好者白多，低者黑多。氣味甚冽，能觸人鼻。

瀛：金銀香……如銀匠鈒銀器黑膠相似。中有一塊似白蠟一般在內，好者白多黑少，低者黑多白少。燒其香氣味甚烈，爲觸人鼻。

元帥又叫過施進卿來，取一付冠帶賞他，着他替陳祖義爲頭目。

瀛：就賜施進卿冠帶，歸舊港爲大頭目。

九、東西竺（Singapore）第五十回。

田土磽薄，不宜耕種……煑海爲鹽。
：星田瘠不宜稼穡……　煑海爲鹽。

一〇、彭坑（Panang）第五十回。

周圍都是石頭，崎嶇嶮峻……田地肥盛，五穀豐登……風俗尙怪；刻香木爲人，殺人取血祭之求福，禳災無不立應。
：星石崖周匝崎嶇……田沃，米穀豐足。氣候温。風俗尙怪，刻香木爲人，殺人血，祭禱求福禳災。

一一、龍牙加貌第五十回。

頭上椎髻，上身穿短衫，……獻上些鶴頂、沉香、速香、降香、黃蠟、蜂蜜、砂糖、青花布、白花布、青花磁器、白花磁器……氣候常熱，田禾勤熟，又且煑海爲鹽，釀秫爲酒……風俗淳厚，敬的是親戚尊長，假如一日不見，則擕酒殽問安。
：星氣候常熱，田禾勤熟。俗尙敦厚，男女椎髻，圍厤逸凍布，穿短衫，以親戚尊長爲重。一日不見，則擕酒殽問安。煑海爲鹽，釀秫爲酒。地產沉速、降香、黃蠟、鶴頂、蜂蜜、砂糖，貨用印花布、八察都布青白花磁器之屬。

一二、麻逸凍（Pulo Bingtan）第五十回。

田地膏腴，五穀倍收於他國。又且煮海爲鹽，釀蔗爲酒。……俗尙節義。……夫死婦人削髮剺面。七日不食，與死夫同寢，多有同死者；七日不死，親戚勸化飮食，俟丈夫焚化之日，又多有赴火死者。萬一不死，終身不嫁。

星：田膏腴，倍收他國。尙節義：婦喪夫則削髮剺面，絕食七日。夫死同寢，多有並逝者。七日不死，則親戚勸以飮食。若得甦，終身不再嫁矣。至焚夫日，多赴火死。

一三、滿剌伽（Malacca）第五十回。

城裏有一個大溪，溪上架一座大木橋，橋上有一二十個木亭子。一夥番人，都在那裏做買做賣。

瀛：有一大溪河水。……溪上建立木橋，上造橋亭二十餘間，諸物買賣俱在其上。

住的房屋，都是些樓閣重重，上面又不鋪板，只用椰子木劈成片條兒，稀稀的擺着，黃藤縛着，就像個羊棚一般。一層又一層，直到上面，大凡客來，連牀就榻盤膝而坐。飲食臥起，俱在上面；就是廚竈廁屋，也在上面。

〔瀛〕：房屋如樓閣之制，上不鋪板，但高四尺許之際，以椰子樹劈成片條，稀布於上，用藤縛定，如羊棚樣，自有層次。連牀就榻盤膝而坐，飲臥廚竈皆在上也。

〔星〕：屋如樓閣，而不鋪板，但用木高低層布，連牀就榻，箕踞而坐，飲食廚廁俱在上。

備辦牛、羊、鷄、鴨、熟黃米、茭蔁酒、野荔枝、波羅蜜、芭蕉子、小菜、葱、姜、蒜、介之類，權作下程之禮。

〔瀛〕、茭蔁酒……芭蕉子、波羅蜜、野荔枝之類。菜、葱、薑、芥、東瓜、西瓜皆有。牛、羊、鷄、鴨雖有而不多。

賫着詔書銀印，勅封上國做滿剌伽國。

〔瀛〕：統齎詔勅，賜頭目雙臺銀印冠帶袍服，建碑封城，遂名滿剌伽國。

〔星〕：捧詔勅賜銀印冠帶袍服，建碑封爲滿剌伽國。

淘沙煎之成錫，鑄成斗樣，名曰斗錫。每十塊重一斤八兩。每十塊用藤縛爲小把，四十塊爲大把，通市交易。

瀛：淘煎鑄成斗樣，……每塊重官秤一斤八兩或一斤四兩每十塊用藤縛爲小把四十塊一大把，通行交易。

星：淘沙取錫煎成塊曰斗錫，每塊重官秤一斤四兩，……惟以斗錫通市。

就於滿剌伽國豎立排柵城垣，仍舊有四門，仍舊有鐘樓，仍舊有鼓樓。裏面又立一重排柵小城，蓋造庫藏倉廒，一應寶貨錢糧，頓放在內。晝則番直提防，夜則提鈴巡警。

瀛：中國寶船到彼，則立排柵如城垣。設四門更鼓樓，夜則提鈴巡警。內又立重柵，如小城，蓋造庫藏倉廒，一應錢糧頓在其內。

一四、九州山(Pulo Sambilon)第五十一回。

異香撲鼻，一陣一陣的隨風飄蕩，淸味愛人。馬遊擊帶領些兵番上山去採香，就得了六株長香，徑有八九尺，長有六七丈。黑花細紋。

星：永樂七年鄭和等差官兵入山採香，得徑有八九尺長六七丈者六株，香味淸遠，黑花細紋。

一五、蘇門答剌(Achin)第五十一回。

此國先前的國王，……和孤兒國、花面王斷殺，中藥箭身死。子幼不能復仇。其妻出下一道榜文，招賢納士，說道：『有能爲我報復夫仇，得全國事情，願以身事之，以國與之。』只見三日之後，有一個撒網的漁翁，揭了招賢榜文，高叫道：『我能爲國報仇！』……一刀就殺了個花面王。國王的妻不負前約，就與他配合，尊敬他做個老王。家寶地賦，悉憑他掌管。後來年深日久，前面國王的兒子……長大成人，……一日帶了些部曲，把個漁父也是一刀，復了自家的位，管了自家的國。……漁翁的兒子，名字叫做蘇幹剌，如今統了軍馬，齎了糧食，在這個國中，要和父王報仇，每日間斷殺不了。

瀛：其蘇門答剌國王先被那孤兒、花面王侵掠，戰鬭身中藥箭而死。有一子幼小，不能與父報仇。其王之妻與衆誓曰：『有能報夫死之讎，復全其地者，吾願妻之，共主國事。』言訖，本處有一漁翁，奮志而言，我能報之。遂領兵當先殺敗花面王，復雪其讎。花面王被殺，其衆退伏，不敢侵擾。王妻於是不負前盟，即與漁翁配合，稱爲老王。家室地賦之類，悉聽老王裁制。……其先王之子長成，陰與部領合謀，弒義父漁翁，奪其位，管其國。漁翁有嫡子名蘇幹剌(Sekandar)

領衆挈家逃去隣山自立一寨，不時率衆侵復父讎。

竹鷄二百隻，略煮卽爛，味美。

瀛：鷄……略煮便軟，其味甚美。

臭果其長八九寸，開之甚臭，內有大酥白肉十四五斤，甜美可食。

瀛：臭果……長八九寸，……若爛牛肉之臭，內有栗子大酥白肉十四五塊，甚甜美可食。

有孤兒國，卽花面王國。地方不廣，人民止千餘家，田少，不出稻米。……風俗淳厚，男女俱從小時用墨刺面，爲花獸之狀。猱頭赤着身子，止用單布圍腰。婦女圍花布，披手巾，椎髻腦後，卻不盜不驕。

瀛：那孤兒王又名花面王。……人民皆於面上刺三尖青花爲號。……地方不廣，人民祇有千餘家，田少。

星：風俗淳厚。男子皆以墨刺面，爲花獸之狀。猱頭裸體，單布圍腰。婦女圍色布，披手巾，椎髻腦後。……富不驕，貧不盜。

一六、黎代（Lide'）第五十一回。

其國亦小國民僅二三千家，自推一人做頭目。

瀛：亦一小邦也。……國人三千家，自推一人爲主。

一七、帽山(Pulo Weh?)第五十九回。

帽山下有好珊瑚樹。

瀛：帽山……山邊二丈上下淺水內生海樹……卽珊瑚也。

一八、翠藍嶼（Nicobar）第五十九回。

山下居民，都是些巢居穴處，不分男女，身上都沒有寸紗，只是編輯些樹葉兒遮着前後。……當原先釋迦佛在那裏經過，脫下袈裟下水裏去洗澡，卻就是那土人不是把佛爺的袈裟偷將去了。佛爺沒奈何，發下了個誓願，說道：『……如穿有衣服者，卽時爛其皮肉。』因此上傳到如今，男婦都穿不得衣服。』

瀛：彼處之人巢居穴處，男女赤體，皆無寸絲。……人傳云：『若有寸布在身，卽生爛瘡。』昔釋迦佛過海，於此處登岸，脫衣入水澡浴。彼人盜藏其衣，被釋迦呪詑，以此至今人不能穿衣。

星：傳聞釋迦佛曾經此山，浴於水，被竊其袈裟。佛誓云：『後有穿衣者，必爛其肉。』由此男女今皆削髮無衣，止用樹葉紉結而遮前後。

還有一個腳跡在石上，是釋迦佛踏的，約有二尺長，五寸深。中間有一泓清水，四季不乾。大凡過往的人，蘸些兒洗眼，一生不害眼；蘸些來洗面，一生不糟面。

瀛：有一足跡，長二尺許，云是釋迦從翠藍山來，從此處登岸，腳踏此石，故跡存焉。中有淺水不乾，人皆手蘸其水洗面拭目，曰佛水清靜。

有一座佛寺，寺裏有釋迦佛的原身，側着睡在那裏，萬萬年不朽。那些龕堂，都是沈香木頭雕刻成的。又且鑲嵌許多寶石，製極釋工巧。又且有兩個佛牙齒，又且有許多活舍利子。

瀛：左有佛寺，內有釋迦佛混身側臥，尙存不朽。其寢座用各樣寶石粧嵌沈香木爲之，甚是華麗。又有佛牙並活舍利子等物在堂。

星：下有寺，稱爲釋迦佛。涅槃眞身側臥在寺，亦有舍利子在其寢處。

一九、溜山(Maldive Island)第五十九回。

山在海中，天生的三個石門，如城闕之樣。其水各溜，故此叫做溜山。且溜山有八大處：第一叫做沙溜，第二叫做人不知溜，第三叫做處來溜，第四叫做麻里奇溜，第五叫做加半年溜，第六叫做加加溜，第七叫做安都里溜，第八叫做官嗚溜。八溜外還有一個半涳溜，約有三千餘里，正是西洋弱水三千。

瀛：海中天生石門一座，如城闕樣。有八大處，溜各有其名，一曰沙溜，二曰人不知溜，三曰起泉溜，四曰麻里奇溜，五曰加半年溜；六曰加加溜，七曰安都里溜，八曰官瑞溜；此八處皆有所主，而通商船。再有小窄之溜，傳云三千有餘溜，此謂弱水三千，此處是也。

星：其山海中天巧石門有三，遠望如城門，中可過船。溜山有八沙溜、官嶼溜、人不知溜、起來溜、麻里溪溜、加平年溜、加安都里溜。

二〇、大小葛蘭(Quilon)第六十回。

胡椒十石，椰子二十擔，溜魚五千斤，檳榔五千斤；

星：地產胡椒、椰子、溜魚、檳榔。胡椒十石，蘇木十石，乾檳榔五十石，波羅蜜五百斤，麝香一百斤。

瀛：土產蘇木胡椒不多。

星：產胡椒……乾檳榔，波羅蜜，……貨用……麝香。

二一、柯枝國（Cochin）第六十回。

國王是鎖里人氏。頭上纏一段黃白布，上身不穿衣服，下身圍着一條花手巾，再加一疋顏色紵絲，名字叫做壓腰。

瀛：其國王與民亦鎖俚（Soli，Čola）人氏。頭纏黃白布，上不穿衣，下圍紵絲手巾，再用顏色紵絲一匹纏之於腰，名曰壓腰。

國中有五等人：第一等是南昆人，與國王相似。其中剃了頭髮，掛綠在頭上的，最爲貴族；第二等是回回人；第三等叫做哲地，這卻是有金銀財寶的主兒；第四等叫做革令，專一替人做保，買賣貨物；第五等叫做木瓜。

瀛：國有五等人：一等名南昆，與王同類，內有剃頭掛線在頸者，最爲貴族；二等回回人；三等人名哲地（Chitti），係有錢財主；四等人名革令（Kling），專與人作牙保；五等人名木瓜（Mu-kuva）。

木瓜是個最低賤之稱。這一等人男女裸體，只是細編樹葉，或草頭遮其前後，路上撞着南昆人或哲地人，卽時蹲踞路傍，待他過去，卻纔起來。

瀛：木瓜者，至低賤之人也。……其出於途，如遇南昆、哲地人，卽伏於地，候過卽起而行。

星：又一種曰木瓜，無屋舍，惟穴居巢樹，入海捕魚爲業。男女裸體，紉結樹葉或草遮其前後。行人遇人，則蹲避道旁，俟過方行。

國王崇奉佛教，尊敬象和牛，蓋造殿屋，鑄佛像坐其中。佛座下週圍砌成水溝，傍穿一井。每日清早上撞鐘擂鼓，汲井水於佛頂澆之；澆之再三，羅拜而去。

瀛：其國王崇信佛教，尊敬象牛，建造佛殿，以銅鑄佛像，用青石砌座。佛座邊周圍砌成水溝，傍穿一井。每日侵晨，則鳴鐘擊鼓，汲井水，於佛頂澆之再三，衆皆羅拜而退。

又有一等人名字叫做濁肌，就是奉佛的道人。也有妻小，不剃頭，不梳頭。頭髮織的成毡，分做十數綁，或七八綁，披在腦背後。卻將黃牛糞燒成灰，搽在身上。身上不穿寸紗，只是腰裏繫着一根大黃藤，口裏吹着海螺響。後面跟着老婆，只有一塊布遮着那些醜物，沿門抄化過來。

﹏瀛：另有一等人名濁騰（yogi），卽道人也。亦有妻子。此輩自出母胎，髮不經剃，亦不梳篦，以酥油等物將髮搓成條縷，或十餘條，或七八條，披拽腦後。卻將黃牛之糞燒成白灰，遍搽其體。上下皆不穿衣，止用如拇指大黃藤，兩轉緊縛其腰。又以白布爲梢子，手拏大海螺，常吹而行。其妻略以布遮其醜，隨夫而行。此等卽出家人。倘到人家，則與錢米等物。

時候常熱，就像我南朝的夏月天道。五六月間日夜大雨，街市成河。俗語說道：『半年下雨半年晴。』就是這裏。

﹏瀛：其國氣候常煖如夏。……至五六月，日夜間下滂沱大雨，街市成河。……常言：『半年下雨半年晴，』正此處也。

二二、吸葛剌（bengal）第七十二回

吸葛剌國卽西印度之地，釋迦佛爺得道之所。

星：其國卽西印度之地，……乃釋迦得道之所。地方廣闊，物穰人稀，國有城池街市，城裏有一應大小衙門。

瀛：有城郭。其王府並一應大小衙門皆在城內。其國地方廣闊，物穰民稠。男子多黑，白者百中一二。……男子盡皆割髮，白布纏頭，上身穿白布長衫，從頭上套下去。圓領長衣，都是如此。下身圍各色闊布手巾。脚穿金線羊皮鞋。

瀛：人之容體皆黑，間有一白者。男子皆剃髮，以白布纏之。身服從頭套下圓領長衣。下圍各色闊手巾，足穿淺面皮鞋。

婦人齊整，不施脂粉，自然嫩白。……婦人髻堆腦後，四腕都是金鐲頭。手指頭，脚指頭，都是渾金戒指。另有一種名字叫做印度。這個人物，又有好處；男女不同飲食，婦人夫死不再嫁，男人妻死不重娶。孤寡無依者，原是那一村人；還是那一村人家，輪流供養，不容他到別村乞食。

星：不施脂粉，自然嬌白。……髻堆腦後，四腕金鐲，手足戒指。其有一種曰印度，不食牛肉。飲食男女不同處，夫死不再嫁，妻死不再娶。若孤寡無依，一村人家，輪流養之，不容別村求食。

風俗淳厚，冠昏喪祭皆依回回教門。

瀛民俗淳善。……民俗冠喪祭婚姻之禮，皆依回回教門禮制。

二三、卜刺哇（barava）第七十二回

堆石爲城，疊石爲屋。……草木都不生長。……有鹽池。……男子拳髮四垂，腰圍稍布。

星壘石爲城，砌石爲屋。山地無草木。……鹵有鹽池……男女拳髮，……圍梢布。

二四、竹步（guba）第七十二回

堆石爲城，疊石爲屋，……草木都不生長。

星壘石爲城，砌石爲屋，……草木不生。

二五、木骨都束（magadoxo）第七十二回

堆石爲城，疊石爲屋。……都是土石，黃赤少收，草木都不生長。數年間不下一次雨。穿井極深，用車絞起水來；把羊皮做成叉袋，裹之而歸。男子拳髮四垂，腰圍梢布。婦女頭髮盤在腦背後，

黃漆光頂，兩耳上掛絡索數枚，項下帶一個銀圈，圈上纓絡直垂到胸前。出門則用單布兜遮身，青紗遮面，脚穿皮鞋。……風俗囂玩，操兵習射。

星：堆石爲城，壘石爲屋。……男子拳髮四垂，腰圍梢布。女人髮盤於腦，黃漆光頂，兩耳掛絡索數枚，項帶銀圈，纓絡垂胸。出則單布兜遮，青紗蔽面，足履皮鞋。黃赤土石，田瘠少收。數年無雨。穿井甚深，絞車以羊皮袋水。風俗囂頑，操兵習射。

二六、祖法兒（zubar）第七十八回

疊石爲城。……國王有宮殿，砌羅股石爲之，高有五七層，如寶塔之狀。居民高可三四層。大則宴賓禮士，小則廚廁臥室，皆在其上。

星：其國壘石爲城，砌羅股石爲屋，有高三四層，若塔之狀。廚廁臥室，皆在其上。

家家戶戶門前都曬得是海魚乾兒。……吃不了的，曬來餵養牛馬駝羊。

星：民捕海魚曬乾，大者人食，小者餵養牛馬駝羊。

男子拳髮……身上穿長衫。……女人出來，把塊布兜着頭，兜着臉，不把人瞧看。

星：男女拳髮，穿長衫。女人出則以布兜頭面，不令人見。
倘伽……每文重二錢，逕寸五分。一面有紋，一面有人形之紋。

瀛：倘伽（tanka）每個重官秤二錢，徑一寸五分。一面有紋，一面人形之紋。

二七、忽魯謨斯（ormuz）第七十九回

壘石爲屋，高可三五層。廚廁臥室待賓之所，俱在上面。……女人卻編髮四垂，黃漆其頂，兩耳掛絡索金錢數枚，項下掛寶石珍珠珊瑚細纓絡。臂腕腳腿，都是金銀鐲頭。兩眼兩脣，把青石磨水粧點花紋，以爲美飾。

星：壘石爲屋，有三四層者。其廚廁臥室待客之所，俱在上。……女子編髮四垂，黃漆其頂。……兩耳輪周掛絡索金錢數枚，以青石磨水妝點眼眶脣臉花紋，以爲美飾。

人物修長豐偉，面貌白淨，依冠濟楚。

瀛：人之體貌淸白豐偉，衣冠濟楚標致。

草上飛一對，大如貓犬，渾身玳瑁斑，兩耳尖黑，性極純。若獅象等項惡獸見之，卽伏於地，乃獸中之王。

瀛：草上飛……如大貓大，渾身儼似玳瑁斑貓樣，兩耳尖黑，性純不惡。若獅、豹等項猛獸，見他即俯伏於地，乃獸中之王也。

鬭羊十隻。前半截毛拖地，後半截如剪淨者。角上帶牌，人家畜之以鬭，故名。

瀛：鬭羊……前半截毛長拖地，後半段皆剪淨……角彎轉向前，上帶小鐵牌……好事之人喂養於家，與人鬭賭錢物爲戲。

二八、阿丹(aden)第八十六回

麒麟四隻。前兩足高九尺餘，後兩足高六尺餘。高可一丈六尺。首昂後低，人莫能騎。頭兒邊生二短肉角。

瀛：麒麟(giri)前二足高九尺餘，後兩足約高六尺。頭擡頸長一丈六尺．首昂後低，人莫能騎，頭上有兩肉角。

哺嚕嚟錢名，赤金鑄之王所用。重一錢，底面俱有文。

瀛：王用赤金鑄錢行使，名甫嚕嚟……底面有紋。

二九、天方(mekka)第八十六回

人物魁偉，……說的都是阿剌比言語。……頭上纏布，身上長花衣服，脚下鞋襪，都生得深紫膛色。

瀛：人物魁偉，體貌紫膛色。男子纏頭，穿長衣，足着皮鞋。說阿剌畢言語。

寺分爲四方，每方有九十間，每間白玉爲柱，黃玉爲地。……又一層如塔之狀，大約有九層。堂面前有一塊白石，方廣一丈二尺，是漢初年間從天上掉下來的。

星：其寺分爲四方，每方九十間。……皆白玉爲柱，黃甘玉爲地，中有黑石一片，方丈餘，曰漢初時天降也。其寺層次高上，如塔之狀。

正堂都是五色花石壘砌起來，外面四方，上面平頂一層。……堂門上兩個黑獅子把門。……堂裏面沉香木爲樑棟，……黃金爲閣霤。四面八方，都是薔薇露和龍涎香爲壁，……用皂紵絲罩定。……每年十二月初十日，各番回回都來進香，讚念經文，雖萬里之外都來。來者把皂紵絲罩上，剜割一方去，名曰香記。其罩出於國王，一年一換，備剜割故也。堂之左是司馬儀祖師之墓。墓高五尺，黃玉疊砌起來的。墓外有圍垣，圓廣三丈二尺，高二尺，俱綠撒不泥空石砌起來的。

瀛：其堂以五色石疊砌，四方平頂樣。內用沉香大木五條爲梁，以黃金爲閣。滿堂內牆壁皆是薔薇露、龍涎香和土爲之。……上用皂紵絲爲罩罩之。蓄二黑獅守其門。每年至十二月十日，各番回回人，甚至一二年遠路的，也到堂內禮拜，皆將所罩紵絲割取一塊爲記驗而去。剜割旣盡，其王則又預織一罩，復罩於上，仍復年年不絕。堂之左有司馬儀（Ismaël）聖人之墓。其墳壠俱是綠撒不泥寶石爲之。長一丈二尺，高三尺，闊五尺。其圍墳之牆，以紺黃玉疊砌，高五尺餘。

依照中國小說史略說，西洋記『所述戰事，頗竊西遊記、封神傳。』向覺明也說：『西洋記的作者一定看過吳承恩的西遊記，所以模仿的形跡很重。例如西洋記卷十第四十六回說到右先鋒劉蔭在女兒國影身橋上照影有孕，誤飲子母河水等等，這完全是襲取西遊記第五十三回唐三藏師徒們在子母河受災的故事。又西遊記中滑稽的意味很豐富，而西洋記中也時常應用淺俗的笑話來插科打諢。這都可以見出承襲之跡。』除上舉者外，還可以看出一些處。如金角大仙、銀國大仙是襲用西遊記裏的金角大王、銀角大王、羊角大仙是襲用西遊記裏的羊力大仙。西洋記第二十一回竟把魏徵斬涇河老龍和唐太宗遊地府的故事完全引了進去。惟師徒四衆的名稱與西遊記略異，豬八戒作朱八戒，沙和尙作淌來僧，這與引用八仙名一樣，故意揑造出元壺子和風僧壽來，而把張果和何仙姑删去。（此點俞樾在春在堂隨筆和茶香室叢鈔曾屢引之，不曾考出其來源）西洋記第二十八回裏的吸魂瓶也是西遊記裏所常用的玩意兒。第八十八回到第九十三回裏的崔鈺判官也是西遊記中的人物。他如哪吒韋馱等亦均見於西遊封神，惟以前都說是白臉，而羅懋登卻硬要寫成『朱臉獠牙』的，大約他總愛偸襲，同時也愛改頭換面來標新立異吧？第九十六回敍孫悟空把軟水改成硬水，則是羅懋登自己的想像，猶之在征西全傳裏我們也能看見唐僧四衆經過辟丁山的戰場一樣。又西洋記裏的馬公公，相當於西遊記裏的豬八戒。豬八戒一遇危難，就要散夥，回到高老莊上去看他的老婆；馬公公也是一樣。第四十九回云：『馬公公道：「似此難征，不如收拾轉去罷。」』第五十三回云：『馬公公又沒鞊鞡說道：「既是這等寶貝，不得贏他，不如回轉南京去罷。」』

但西洋記引用西遊記之處，雖是不少，提到三國演義之處卻更多，例如：

第十九回　麵人祭瀘水。

第二十四回　水淹七軍。

第三十一回　七擒七縱，又大贍姜維。

第三十三回　赤壁。

第三十五回　諸葛亮火燒藤甲軍，自知促壽。

第五十三回　張翼德喝斷灞陵橋。

第六十四回　賠了夫人又折兵。

第六十六回　只欠東風。

第七十一回　赤壁，又火燒博望和新野。

第七十二回　七擒七縱。

第七十六回　汜水關鎭國長老救關羽。

第七十七回　同上。

第八十一回　火燒藤甲軍。

第九十回　渡瀘。

此外第二十六回曾提到封神傳中的雷震子；第三十四回裏又曾提到水滸裏的浪裏白條張順。向覺明曾提到西洋記裏的諧趣，也是摹擬西遊記的。不過西洋記裏的諧趣實極笨拙，不及西遊記遠甚。大凡會說笑話的人，自己不笑，引別人笑。別人還不曾笑，自己先就笑了起來，其結果一定要失敗。西洋記每逢插科打諢的時候，總好像警告似的說：『現在我說笑話了：』因此，第二十九回在說過幾句笑話以後，來了一句『大家笑了一會』。第三十一回說笑以後，又來一句天師的回答：『不消取笑。』（第三十三回同此，例繁不備舉）並且羅懋登的笑話大都生湊，喜歡用經史成語讀別了音，引用出來，以引人笑，技巧極爲拙劣。

近人說西洋記『特頗有里巷傳說，如「五鬼鬧判」「五鼠鬧東京」故事，皆於此可考見，則亦其所長矣。』

按，五鼠鬧東京見第九十五回，又金鯉見第九十四回。這兩個故事又見於包公案。據現今所知，最早的包公小說專書是日本朝鮮總督府所藏的包孝肅公百家公案演義，乃饒安完熙生所作，今存七十餘回。此書刊於丁酉，卽一五九七，與西洋記同年。究竟收有玉面貓（卽五鼠鬧東京故事）與金鯉與否，未見原書，不得而知。惟包公案中確有這兩個故事，除文句不同外，情節完全相同。包公案寫作年代不可知，僅知其較包孝肅公百家公案爲晚出，當然也較西洋記爲晚出，故知包公案裏這兩個故事是襲用西洋記的。到了清代，皮黃戲裏的雙包案情節更爲簡單，差不多五鼠變成一鼠，只剩下眞假兩老包了。（原來是五鼠變成秀才、丞相、皇帝、國母以及包公，弄成各有兩個，近似西遊記的二心之爭。）

西洋記中除了以上三個傳說以外，還有許多是可以考見的。最可注意的是第九十一回田洙遇薛濤的故事。這故事取之於李禎的剪燈餘話，原名田洙遇薛濤聯句記。淩濛初的二刻拍案驚奇卷十七同窗友認假作眞女秀才移花接木的入話也引用了這個故事。惟二人唱和，淩濛初取的是四時回文詞的部分，羅懋登取的是聯句的部分。羅作極少想像，衹是等於把李禎的文言譯成白話。

西洋記第十九二十九十七回的人與猴結合的故事，至今民間猶有傳說。

事物原始的傳說有下列各條：

第四十四回　好人是怎樣來的（Pandora 的反面。）

第五十八回　紅線按脈

第七十回　牛鼻子道士

第七十一回　鹿皮神祠

第七十七回　銅柱

第八十四回　乳餅

此外穿插的傳說則有：

第十一回　戲白牡丹

第二十一回　夏得海（又第三十五回）

第四十三回　龜山傳說
第五十二回　隱身草呂洞賓點石成金
第五十三回　王明的思索（牛奶娘故事）
第五十五回　護法神奶出世
第五十六回　和合二仙的來歷
第五十七回　張躐蹋的出身

夏得海是洛陽橋傳說中的人物，西洋記卻把他當作通稱，所以第三十五回稱作『十個夏得海。』

第八十七回王明入地府遇妻，妻已嫁與判官，與後來的皮黃戲陰陽河相似。第九十二回收有玉通和尙私紅蓮的故事，這故事是『柳翠傳說』的一支。較早的是淸平山堂話本裏的五戒禪師私紅蓮記。

近人說西洋記『文詞不工。』我也有同感。一翻開第一頁的第一行，第一行的第一句，就是『粵自天開於子，便就有個金羊玉馬。』這『便就』兩字的連用，猶之『天地乃宇宙之乾坤』是一樣的滑稽。還有『問說道』也是常見的。『問道』就行了，何必『問說道』呢？『說』不就是『道』麼？『呢』『麼』兩字也弄不清楚，凡應該寫作『呢』字的，都寫作『麼』字或『罷』字了。舉例如次：

1. 你莫非是那個廟裏急脚地里鬼，怎敢來尋我金剛麼？——第六十三回。
2. 怎麼容得這等一干殺生害命的人在這裏作吵麼？——第六十九回。
3. 怎麼我的法術有些不靈驗麼？第七十三回。
4. 你何不大顯神通收了他的飛鈸罷？——第七十六回。
5. 那些飛鈸那裏有半個影兒罷？——第七十七回。
6. 黑烟起處，又是個甚麼神道麼？——第九十八回。

至於排句的濫用也是使人生厭的。本來排句也是修辭格的一種，用得少而得當，未始不可以收到相當的效果。西洋記裏的排句，每一排很長，至少有四五句，而各排又無變化，只是略改幾個字，好像寫童話一樣的寫下去。例如第七回敍碧峯長老與妖精鬭法，妖精逃到那裏，他也追到那裏。他是像這樣寫的：

他兩個就走到玉鶴峯上去，長老就打到玉鶴峯上去；他兩個走到麻姑峯上去，長老也打到麻姑峯上去，他兩個走到仙女峯上去，長老也打到仙女峯上去……

好了，我已經寫得討厭了，他還很有興致的一直寫了二十幾排，只把地名換上會眞峯、會仙峯、錦繡峯、玳瑁峯、金沙洞、石臼洞、朱明洞、黃龍洞、朱陵洞、黃猿洞、水簾洞、蝴蝶洞、大石樓、小石樓、鐵橋、鐵柱、跳魚石、伏虎石等。像這樣的大排場，我們至少可以遇到十幾次，看到這等地方，無法可想，只有跳過去，不聽他的嘮叨。差幸這些排句只在前幾卷裏有，倘若全部都是如此，那眞是不堪卒讀了。

西洋記的段落是『第一至七回爲碧峯長老下生，出家及降魔之事；第八至十四回爲碧峯與張天師鬬法之事第十五回以下，則鄭和掛印，招兵西征天師及碧峯助之斬除妖孽，諸國入貢，鄭和建祠之事。』（參閱中國小說史略）倘若把第十五回以後再仔細分列，則如下表：

第二十三回至第三十三回　金蓮寶象國

第三十四回至第四十五回　爪哇國

第四十六回至第五十回　女兒國
第五十一回至第六十一回　撒髮國
第六十二回至第七十一回　金眼國
第七十二回至第七十八回　木骨都束國
第七十九回至第八十三回　銀眼國
第八十四回至第八十六回　阿丹國
第八十七回至第九十三回　酆都國

在這九個國度裏都有過戰爭，克服以後必經過一國乃至數國，聞風來降，無須攻打，這時就把兩種勝覽裏的材料塞進去。

『西洋記不是一部有藝術價值的書，但牠能保存許多傳說，又能容納兩種勝覽裏的文字，採用較早的版本，使後世得以校勘，其功卻也未可盡沒。』（錄趙景深先生三寶太監西洋記）

第三節　明代的擬宋人小說及其後來選本

宋人說話影響於後來的，最大莫過於講史，明代的說話人也大率以講史事而得名，間或亦有說經諢經，但講小說的實在希有。不過到了明末，則宋市人小說之流復起，或存舊文，或出新製，頓又廣行世間，可是舊名湮昧，不再稱爲市人小說了。

這一類的書的繁富的，最先有全像古今小說四十卷，書肆天許齋告白云，『本齋購得古今名人演義一百二十種，先以三之一爲初刻』。綠天館主人序則謂『茂苑野史家藏古今通俗小說甚富，因賈人之請，抽其可以嘉惠里耳者，凡四十種，俾爲一刻』，而續刻無聞，已而有三言。

(一)三言

三言是喻世明言、警世通言及醒世恆言的總稱。現存的京本通俗小說全部八種及清平山堂等所刻單本話本的一部分皆被編入。編者馮夢龍？（？——一六四六）字猶龍，一字子猶，長洲人。崇禎時，官壽寧縣知縣，明亡殉難。所居曰墨憨齋，嘗刪訂明人傳奇若干種，且更易名目，總名曰墨憨齋定本傳奇。又著有七樂齋稿，編有智囊補、譚概……等。他除增補平妖傳外；他人託名的有海烈婦百煉眞傳十二回，敍康熙初年徐州海烈婦事；編有古今列女傳演義六卷，凡一百十則，除採列女傳外，明代名婦故事及海烈婦事都被採入上列三書，都是平話體。他又曾勸沈德符以金瓶梅錄付書坊刻板發行，卒未如願。

（二）喻世明言

喻世明言凡二十四篇，她的前身實爲古今小說。古今小說凡四十篇，和警世通言、醒世恆言無一篇重複，且篇數同樣爲四十。喻世明言則取古今小說的二十一篇，警世通言的一篇，醒世恆言的二篇編成，實不能獨立爲一書。又有覺世雅言，有綠天館主人序，說隴西茂苑野史家藏小說甚富，有意矯正風化，故授之賈人；則似完全翻印舊本，惜不知茂苑野史爲誰。全書共八篇，其中一、五、七、八四篇，醒世恆言中亦有一、二、四兩篇，喻世明言亦有之；第三篇則爲初刻拍案驚奇所有，第六篇不詳所本。此書或卽古今小說的前身，或係坊賈雜集他書而成，現在還沒有人考定。

三言中除前述宋、元人所作外，所收明人話本確有不少。在古今小說中，譚正璧引出比較顯明的有：『卷一蔣興哥重會珍珠衫，文中有明代地名湖廣；卷二陳御史巧勘金釵鈿，所述官制皆爲明制；卷十滕大尹鬼斷家私，有「話說國朝永樂年間」字樣；卷十二衆名姬春風弔柳七，敍柳耆卿與妓女謝玉英事，其故事與清平山堂所刻翫江樓記不同；卷十三張道陵七試趙昇，以唐寅一詩起。卷十四陳希夷四辭朝命，其風格絕類明末人的擬話本；卷十六范巨卿鷄黍死生交，風格亦爲明末人的擬話本；卷十八楊八老越國奇逢，敍元代事，但形容倭患甚詳；卷二十二木綿菴鄭虎臣報冤，觀其引張志遠詩及議論，當作於明代；卷二十七金玉奴棒打薄情郎，中引鄭元和唱蓮花落事；卷三十一鬧陰司司馬貌斷獄，所敍較元刊三國志平話爲詳；卷三十二遊酆都胡母迪吟詩，當作在雜劇東窗事犯之後，卷三十七梁武帝累修歸極樂，其風格似明人；卷四十沈小霞相會出師表，其主人翁即爲明人。尚有卷五窮馬周遭際賣鎚媼，卷六葛令公生遺弄珠兒，卷七羊角哀捨命全交，卷八吳保安棄家贖友，卷九裴晉公義還原配，卷十一趙伯昇茶肆遇仁宗，卷十七單符郎全州佳偶，卷二十臨安里錢婆留發跡，卷二十三張舜美元宵得麗女，卷二十五晏平仲二桃殺三士，卷二十八李秀卿義結黃貞女，卷二十九月明和尚度柳翠，卷三十明悟禪師趕五戒，卷三十四李公子救蛇獲稱心等十四篇，其時代雖不可考知，但不是宋人所作，卻大略可以確定；或元或明，不可臆測。惟其中大部分，若斷為明作似較為近理，像卷七羊角哀，卷八吳保安，卷九裴晉公等，都是具有很濃厚的近代的擬作的氣息的。

(三) 警世通言

警世通言中的明人作品，有卷十一蘇知縣羅衫再合，卷十七鈍秀才一朝交泰，卷十八老門生三世報恩，卷二十二宋小官團圓破氈笠，卷二十四玉堂春落難逢夫，卷二十六唐解元一笑姻緣，卷三十二杜十娘怒沉百寶箱，卷三十四王嬌鸞百年長恨，卷三十五況太守斷死孩兒，以上皆敍明世事；卷二十一趙太祖千里送京娘，文中有『因遭胡元之亂』語；卷三十一趙春兒重旺曹家莊，官制地名皆屬明代。此外除去宋元所作，所餘十三篇，亦大都為明代作品，如卷五呂大郎還金完骨肉，文中用『江南』一地名；卷六俞仲舉題詩遇上皇，引風月瑞仙亭作入話，卷二十五桂員外途窮懺悔，開端有『話說元朝大順年間』語，似為明人口氣，卷二十八白娘子永鎮雷峯塔，較宋話本西湖三塔加詳；卷四十旌陽宮鐵樹鎮妖，即單行本題『鄧志謨撰』的鐵樹記，文字幾全同：這五篇也灼然可知爲明人之作。餘如卷一兪伯牙摔琴謝知音，卷二莊子休鼓盆成大道，卷三王安石三難蘇學士，卷九李謫仙醉草嚇蠻書，卷十五金令史美婢酬秀童，卷二十三樂小舍拚生覓偶等六篇，就其風格而論，也可知大約皆爲明人所作。惟卷二十九宿香亭張浩遇鶯鶯，除了開頭數語外，全篇皆爲文言，實是一篇傳奇文，其著作時代很難定；但像這類的傳奇文，明代也產生得不少。

（四）醒世恆言

醒世恆言最爲後出，故所收以明人之作爲最多。其中如卷十劉小官雌雄兄弟，卷十五赫大卿遺恨鴛鴦縧，卷十六陸五漢硬留合色鞋，卷十八施潤澤灘闕遇友，卷二十張廷秀逃生救父，卷二十一張淑兒智脫楊生，卷二十七李玉英監中訟寃，卷二十九盧大學詩酒傲公侯，卷三十五徐老僕義憤成家，卷三十六蔡瑞虹忍辱報仇，所敍皆明代事，當然爲明人所作。餘如卷三賣油郎獨占花魁，敍及掛枝兒小曲；卷九陳多壽生死夫妻，說起『國朝曾棨狀元應制詩做得甚好』；卷十九白玉娘忍苦成夫，有『淮東地方已盡數屬了胡元』語：這三篇也是明代作品。此外，像卷一兩縣令競義婚孤女，卷二三孝廉讓產立高名，卷五大樹坡義虎送親，卷七錢秀才錯配鳳凰儔，卷十二佛印師四調琴娘，卷二十二呂純陽飛劍斬黃龍，卷二十五獨孤生歸途鬧夢，卷三十李汧公窮邸遇俠客，卷三十二黃秀才徼靈玉馬墜，卷三十七杜子春三入長安，卷三十九汪大尹火燒寶蓮寺，卷四十馬當神風送滕王閣等十二篇，也都一望可知爲後來的擬作。惟卷四灌園叟晚逢仙女，卷八喬太守亂點鴛鴦譜，卷十一蘇小妹三難新郎，卷三十六薛錄事魚服證仙，卷二十八吳衙內鄰舟赴約，卷三十四一文錢小隙造奇寃，卷三十八李道人獨步雲門等七篇，時代頗不易斷定。

（五）拍案驚奇二刻

兩拍爲初刻拍案驚奇與二刻拍案驚奇的總稱。編者凌濛初（約一五八四——一六四四）字玄房（一作元方）號初成（一作稚成）亦號卽空觀主人，烏程人。父迪知，喜校刻古書，凌氏書風行天下。濛初壯時，累困場屋，專以刻書著作爲事。崇禎時，官上海縣丞，後擢徐州判，死於流寇之亂.生平著作甚富，除兩拍外，尚有燕筑謳、南音三籟、惑溺供……等十八種，或傳或不傳，今已不易攷。又善作曲，名目亦不甚可攷，僅知其所作至少在五種以上。他編作兩拍的動機，因爲看見馮氏編刻的三言，語多俚近，意存諷勸，有益世道；但宋、元舊種，已被搜括殆盡，所以他取古今雜碎之事，可資聽談者，演爲若干篇彙刻成書，初拍三十六卷卷爲一篇凡唐六宋六元四明二十，亦兼收刻於天啓七年，可知爲在淩氏未入宦途時所編。二拍三十九卷，凡春秋一，宋十四，元三，明十六，刻於爲上海縣丞的次年，自此以後，遂專心仕途，於文學上沒有什麼貢獻了。

三言和兩拍有絕不相同的一點，就是一祇是翻刻舊籍，一卻完全爲創作。初刻拍案驚奇原本凡四十篇，今本都爲三十六篇，或只三十四篇；二刻拍案驚奇原本亦爲四十篇，今本或爲三十九篇，或只三十四篇，三十九篇本的第二十三篇，和初刻的第二十三篇不但文字全同，回目亦全同，疑爲後來刻書的人誤入，原本當不如是。又有三刻拍案驚奇三十回，一名幻影，又名型世奇觀，題夢覺道人編；此書雖以三刻相標榜，實與前兩拍無關。

三言兩拍完全出世後十餘年，有抱甕老人嫌其卷帙浩繁，不便普通觀覽，乃選刻四十種，名爲今古奇觀。全書取自古今小說者八篇（內含喻世名言五篇，因此我疑心古今小說在明代已改稱喻世明言，今二十四篇本的喻世明言，當爲後人妄托；否則抱甕老人何以在喻世明言之外，再取古今小說三篇）警世通言十篇，醒世恆言十一篇，初刻拍案驚奇七篇，二刻拍案驚奇三篇，餘一篇不詳所出，或採自足本的兩拍，亦爲事理所當有。此書在清代中葉，曾奉諭删去若干回，故未至完全失傳。坊間又有所謂續古今奇觀者，凡三十篇，卽取今古奇觀選餘的初刻拍案驚奇二十九篇編成，又加入今古奇聞一篇。

（六）今古奇觀及西湖二集等

明人所編刻的通俗短篇集，除前述的三言兩拍外，並有西湖二集三十四卷附西湖秋色一百韻，題『武林濟川子淸原甫纂。』每卷一篇，亦雜演古今事，而必與西湖相關。觀看它的書名，當有初集，然而沒有看見前有湖海士序，稱淸原爲周子，嘗作西湖說，餘事未詳，淸康熙時有大學生周淸原字浣初，然爲武進人（國子監志八十二鶴徵錄一；）乾隆時有周昰字淸原，錢塘人（兩浙輶軒錄二十三，）而時代不相及，皆別一人也。其書也是以他事引出本文，自名爲『引子。』引子或多至三四，與旁的書稍有不同；文也很流利，然好頌帝德，垂教訓，又多憤言，則殆所謂『司命之厄，我過甚而狐鼠之侮我無端』（序述淸原語）之所致矣。它假借唐詩人戎昱而發揮文士不得志之恨的在下面：

……且說韓公部下一個官，姓戎名昱，爲浙西刺史。這戎昱有潘安之貌，子建之才，下筆驚人，千言立就，自恃有才，生性極是傲睨，看人不在眼內。但那時是離亂之世，重武不重文。……那戎昱是自負才華，到這時節……就是寫得千百篇詩出，上不得陣，殺不得戰，退不得虜，壓不得賊，要他何用。戎昱負了這個詩袋子，沒處發賣，卻被一個妓者收得。這妓者……姓金名鳳，年方一十九歲，容貌無雙，善於歌舞，體性幽閑，再不喜那喧譁之事，一心只愛的是那詩賦二字，她見了戎昱這個詩袋子，好生歡喜，戎昱正沒處發賣，見金鳳喜歡他這個詩袋子，便把這袋子抖將開來，就像個開雜貨店的，件件搬出。兩個甚是相得，你貪我愛，再不相捨；從此金鳳更不接客。正是：

悲莫悲兮生別離　樂莫樂兮新相知

自此戎昱政事之暇，遊於西湖之上，每每與金鳳盤桓行樂。……（卷九韓晉公人奩兩贈）

今古奇聞二十二卷，卷一事題『東壁山房主人編次。』其所錄頗陵雜，有醒世恆言之文四篇（十五貫戲言成大禍，陳多壽生死夫妻，張淑兒巧智脫楊生，劉小官雌雄兄弟，）別一篇爲西湖佳話之梅嶼恨蹟餘未詳所從出。文中有『髮逆』字，故當爲清咸豐同治時書。

續今古奇觀三十卷，亦一卷一事，無撰人名。其書全收今古奇觀選餘之拍案驚奇二十九篇。而以今古奇聞一篇（康友仁輕財重義得科名）足卷數，殆不足稱選本，同治七年（一八六八）江蘇巡撫丁日昌嘗嚴禁淫詞小說，拍案驚奇亦在禁列，有人疑此書卽書賈於禁後作之。

醉醒石十五回，題『東魯古狂生編輯』所記惟李微化虎事在唐時，其餘都是明代，且及崇禎朝事，大概那個時候作的。文筆頗刻露，然因爲過於簡鍊，所以平話習氣，時時逼人，至於垂教誡，好評議，則尤甚於西湖二集。有人認爲『宋市人小說雖亦間參訓喩，然主意則在述市井間事，用以娛心；及明人擬作末流，乃誥誡連篇，喧賓奪主，且多豔稱榮遇，回護士人，所以形式僅存而精神與宋完全不同了。』例如十四回記淮南莫翁以女嫁蘇秀才，久而女嫌蘇窮，自己要求離去，再醮爲酒家婦，蘇後聯捷成進士，榮歸過酒家前，看見女當鑪，下轎與女揖，女貌不動而心甚苦，又不堪衆人笑罵，遂自經死，這就是所謂大爲寒士吐氣的呢。

覆水無收日　去婦無還時　相逢但一笑　且爲立遲遲

結末有論，以爲『生前貽譏死後貽臭』『是朱買臣妻子之後一人。』引論稍恕，科罪是在男子之不安『貧賤』者之下，然而也終不可宥呢：

若論婦人，讀文字達道理甚少，如何能有大見解，大矜持？況且或至飢寒相逼，彼此相形，旁觀嘲笑難堪，親族炎涼難耐，抓不來榜上一個名字，灑不去身上一件藍皮，激不起一個慣淹蹇不遭際的夫壻，儘堪痛哭，如何叫他不要怨嗟。但『餓死事小失節事大，』眼睜睜這個窮秀才尚活在……難道沒有旦夕恩情，忒殺蔑去倫理！這朱買臣妻，所以貽笑千古。

第七章 清朝

清代是以異族入主中原，所以對於漢人常起猜疑。對待文人更注意，金聖歎，就在那時因了哭廟案而第一批開了刀。接着借了奏銷案的名義，大批的大批的文人學士都鋃鐺入獄。大詩人吳梅村也因此出亡了好久。所以清朝的文學環境與明代不同。終究文人雖屈伏在專制的君主權威之下，但仍然產生了些有價值的小說。

第一節 清代的擬晉唐小說及其支流

唐宋人小說的單行本，到明初已十九亡失；太平廣記又絕少流傳，明人偶一得見，彷之爲文，卽爲世人所驚賞。其時有錢塘人瞿佑（一三四一至一四二七）字宗吉，自號存齋，錢塘人。少以和凌雲翰梅雪爭春詞知名。累官周府長史。永樂中，以詩禍謫保安。終內閣辦事。生平著述宏富，最著者爲傳奇文剪燈錄四十卷，剪燈新話四卷二十一篇。稍後，有李禎（一三七六至一四五二）字昌祺、廬陵人。永樂進士，歷官廣西河南左布政使。致仕后，足跡不蹈公府，守貧以終。嘗續瞿佑書作剪燈餘話四卷二十二篇。三書皆一味模仿唐人，且好敍寫閨情豔事，爲時流所喜，仿傚的紛起，甚至遭禁止方息。然佑等的作風，實開了清代聊齋志異的先聲。

天水趙源，早喪父母，未有妻室。延祐間，遊學至於錢塘，僑居西湖葛嶺之上。其側，卽宋賈秋壑舊宅也。源獨居無聊。嘗日晚徙倚門外，見一女子從東來，綠衣雙鬟，年可十五六。雖不盛妝濃飾，而姿色過人。源注目久之。明日出門，又見。如此凡數度，日晚輒來。源戲問之，曰：『家居何處？暮暮來此？』女笑而拜曰：『兒家與君爲鄰，君自不識耳。』源試挑之，女欣然而應。因遂留宿，甚相親昵。明旦，辭去。夜則復來。如此凡月餘，情愛甚至。源問其姓氏居址。女曰：『君但得美婦而已，何用強知！』問之不已，則曰：『兒常衣綠，但呼我爲綠衣人可矣。』終不告以居址所在。

源意其爲巨室妾媵，夜出私奔，或恐事蹟彰聞，故不肯言耳。信之不疑，寵念轉密。一夕，源被酒，戲指其衣曰：『此眞可謂「綠兮衣兮，綠衣黃裳」者也。』女有慚色，數夕不至。及再來，源扣之，乃曰：『本欲相與偕老，奈何以婢妾待之，令人忸怩而不安。故數日不敢侍君之側。然君已知矣，今不復隱，請得備言之。兒與君舊相識也。今非至情相感，莫能及此。』源問其故。女慘然曰：『得無相難乎？兒實非今世人，亦非有禍於君者。蓋冥數當然，夙緣未盡耳。』源大驚曰：願聞其詳。』女曰：『兒故宋秋壑平章之侍女也。本臨安良家子，少善奕。某年十五，以某童入侍。每秋壑回朝，冥坐半閒堂，必招兒侍奕，備見寵愛。是時，君爲某家蒼頭，職主煎茶。每因供進茶甌，得至後堂。君時少年，美姿容，兒見而慕之。嘗以繡羅錢篋，乘暗投君。君亦以瑇瑁脂盒爲贈。彼此雖各有意，而內外嚴密，莫能得其便。後爲同輩所覺，讒於秋壑，遂與君同賜死於西湖斷橋之下。君今已再世爲人，而兒猶在鬼籙，得非命歟：』言訖，嗚咽泣下。源亦爲之動容。久之，乃曰：『審若是，則吾與汝乃再世因緣也。當更加親愛，以償疇昔之願。』自是遂留源舍，不復更去。……（剪燈新話卷四綠衣人傳）

嘉靖間唐人小說復出現，編成叢集者很多，明初陶宗儀所編說郛一百二十卷，亦於此時刊行。於是有陸楫（字思豫，上海人）編古今說海一百四十二卷，徐應秋（字君義，浙江西安人）編玉芝堂談薈三十六卷，陸貽孫（蘇州人）編烟霞小說二十二卷，李某編歷代小史一百五卷，葉向高（字進卿，號台山，福清人）編說類六十二卷，陶珽（姚安人）編續說郛四十六卷，王圻（字元翰，上海人）編稗史彙編一百七十五卷，顧元慶（字大有，長洲人）編文房小說四十種，明朝四十家小說……等，都大行於世。即當時一般專爲古文的人也喜爲異人俠客童奴以至虎狗蟲蟻作傳，編於個人文集中。此風至清初仍不減，吾們讀張潮從各家文集輯出而成的虞初新志，和鄭澍若的續志，可以想見一時之盛。

清代作傳奇及志怪書的風氣又大盛，赫然佔有社會勢力者凡三大家：一爲聊齋志異，以遺辭勝；一爲新齊諧，以敍事勝；一爲閱微草堂筆記，以說理勝。然以文學的眼光評此三書，則不能不推聊齋志異爲此中「祭酒」。

聊齋志異爲作醒世姻緣傳的蒲松齡所作，他的生平已見前述。通行本聊齋志異凡八卷，或析爲十六卷，凡四百三十一篇，作者年五十時始寫定。初惟有傳鈔本，漁洋山人曾激賞之，聲名益振。至於刻本則至著者死後方有；且有但明倫、呂湛恩等爲之注。所記雖亦爲神仙狐鬼精魅故事，然都和易可親，使讀者忘其爲異類；是合志怪書傳奇於一爐，而別開生面的。又有拾遺一卷，凡二十七篇，其中殊無佳構，疑爲作者所刪棄，或是他人的擬作。

……陶飲素豪，從不見其沉醉。有友人曾生，量亦無對，適過馬，馬使與陶較飲。二人……自辰以訖四漏，計各盡百壺。曾爛醉如泥，沉睡坐間。陶起歸寢，出門踐菊畦，玉山傾倒，委衣於側，即他化爲菊；高如人，花十餘朵，皆大於拳。馬駭絕，告黃英；英急往，拔置地上，曰：『胡醉至此？』覆以衣，要馬俱去，戒勿視。既明而往，則陶臥畦邊。馬乃悟姊弟菊精也，益愛敬之。而陶自露迹，飲益放。……值花朝，曾來造訪，以兩僕舁藥侵白酒一罎，約與共盡。曾醉已憊，諸僕負之去。陶臥地又化爲菊；馬見慣不驚，如法拔之，守其旁以觀其變。久之，葉益憔悴，大懼，始告黃英。英聞，駭曰：『殺吾弟矣！』奔視之，根株已枯；痛絕，掐其梗埋盆中，攜入閨中，日灌溉之。馬悔恨欲絕，甚惡曾。越數日，聞曾已醉死矣。盆中花漸萌，九月既開，短幹粉朵，嗅之有酒香，名之『醉陶』，澆

以酒則茂。……黃英終老，亦無他異。（卷四黃英）

此書相傳因有隱譏滿人之語，或以書中言狐，實諧『胡』音，故不爲後來四庫全書所收。但以作者生平思想推之，恐不甚確。

新齊諧凡二十四卷，續十卷，初名子不語，後因見前人所作已有此名，故改題今名。作者袁枚（一七一六至一七九七）字子才，號簡齋，又號隨園老人，錢塘人。乾隆進士。知江寧等縣，有循吏名。年四十告歸，築隨園於小倉山，頗放情聲色。好著述，又喜獎拔文士才女，四方宗仰。所著隨園全集，多至三十餘種。新齊諧之作，恰如其書名，純爲志怪之作。其文據事直書，不尙雕飾，好言因果，有六朝風。但亦好作僞，其卷二十四所載唐人控鶴監祕記二則（普通本已刪除）與楊愼所得之漢人雜事祕辛爲同流。

俗傳凶人之終，必有惡鬼，以其力能相助也。揚州唐氏妻某，素悍妬，妾婢死其手者無數。亡何，暴病，口喃喃詈罵，如平日撒潑狀。鄰有徐元，膂力絕人，先一日昏暈，躭呼叫罵，如與人角鬪者。逾日始蘇。或問故，曰：『吾爲羣鬼所借用耳。鬼憑閻羅命拘唐妻，而唐妻力強，羣鬼不能制，故

來假吾力縛之。吾與鬭三日，昨被吾拉倒其足，縛交羣鬼，吾纔歸耳。』往視唐妻，果氣絕，而左足有青傷。（卷二鬼借力制兇人）

台州富戶張姓家，有老僕某，六十無子，自備一棺，嫌材料太薄，訪有貧者治喪，倉卒不能辦棺，者借與用之，還時但加厚一寸以爲利息。如是數年，居然棺厚九寸矣，藏主人廂房內。一夕鄰家火起，合室倉皇，看火者見張氏宅上立一黑衣人，手執紅旂，迎風而揮，揮到處，火頭便轉。張氏正宅無恙，惟廂房燒燬。老僕急入扛取，棺業已焚，及忙投水塘中，俟撲滅餘火後拖起刨之，依然可用，但尺寸之薄，亦依然如前矣。（卷八命該薄棺）

和聊齋志異明樹異幟的，爲紀昀的閱微草堂筆記五種。他是主張排除唐代傳奇浮豔的作風，而追仿六朝志怪書的質直的；但過偏於議論，且其目的爲求有益人心，已失去了文學的意義。紀昀（一七二四至一八〇五）字曉嵐，一字春帆，自號石雲，直隸獻縣人。乾隆進士，官至侍讀學士，因事被謫戍烏魯木齊。後召還，爲四庫全書館之總纂官，他的畢生精力，都用在多至二百卷的四庫全書總目提要上。後又累遷大官。筆記五種爲灤陽消夏錄六卷，如是我聞、槐西雜志、姑妄聽之各四卷及灤陽續錄六卷。每種一脫稿卽爲書肆刊行，故當時五種都單行。後來他的門人盛時彥將五種合刻，始名閱微草堂筆記。論者謂作者『本長文筆，多見祕書，又襟懷夷曠，故凡測鬼神之情狀，發人間之幽微，托孤鬼以抒己見者，雋思妙語，時足解頤；間雜考辨，亦有灼見；敍述復雍容淡雅，天趣盎然，故後來無人能爭其席。』言雖如此，但其行世，反不如聊齋異志爲雅俗所共賞。

呂太常含輝言：『京師有富室娶婦者，男女並韶秀，親串皆望若神仙，觀其意態，夫婦亦甚相悅。次日天曉，門不啓，呼之不應，穴窗窺之，則左右相對縊，視其衾，已合歡矣。婢媼皆曰：「是昨夕已卸粧，何又著盛服而死耶？」』異哉，此獄！雖皐陶不能聽矣。（如是我聞二）

田白岩言：嘗與諸友扶乩，其仙自稱眞山民，宋末隱君子也，倡和方洽，外報某客某客來，乩忽不動。他日復降，衆叩昨遽去之故，乩判曰：『此二君者，其一世故太深，酬酢太熟，相見必有諛詞數百句。雲水散人拙於應對，不如避之爲佳；其一心思太密，禮數太明，其與人語，恆字字推敲，責備無已，閒雲野鶴豈能耐此苛求，故逋逃尤恐不速耳。』後先姚安公聞之曰：『此仙究狷介之士，器量未宏。』（槐西雜志一）

李義山詩『空聞子夜鬼悲歌』，用晉時鬼歌子夜事也；李昌谷詩『秋墳鬼唱鮑家詩，』則以鮑參軍有蒿里行，幻窅其詞耳，然世間固往往有是事。田香沁言：『嘗讀書別業，一夕風靜月明，聞有度崑曲者，亮折清圓，悽心動魄，諦審之，乃牡丹亭叫畫一齣也。忘其所以，傾聽至終。忽省牆外皆斷港荒陂，人迹罕至，此曲自何而來？開戶視之，惟蘆荻瑟瑟而已。』（姑妄聽之三）

其他作品，其作風總不脫上述三家的範圍。和聊齋同派的作品有：諧鐸十卷，吳門沈起鳳作；夜譚隨錄十二卷，滿洲和邦額作；螢窗異草初二三編共十二卷，長白浩歌子作；影談四卷，海昌管世灝作；昔柳摭談八卷，平湖馮起鳳作；六合內外瑣言二十卷，一名璅蛣雜記，江陰屠紳所作。近至金匱鄒弢作澆愁集八卷，長洲王韜作遯窟讕言、淞隱漫錄、淞濱瑣話各十二卷；天長宣鼎作夜雨秋燈錄十六卷；亦筆致純傚聊齋。然漸由寫狐鬼而敍烟花粉黛間及異人奇事，一似唐人傳奇的擴大六朝志怪書的描寫的對象。至於擬倣紀氏的作品有：耳食錄十二卷，二錄八卷，臨川樂鈞作；聞見異辭二卷，海昌許秋垞作；翼駉稗編八卷，武進湯用中作；三異筆談四卷，雲間許元仲作；印雪軒隨筆四卷，德清俞鴻漸作。此外如德清俞樾所作右台仙館筆記十六卷、耳郵四卷，頗似傚法新齊諧而記敍簡雅，不涉因果，和袁作又不同。江陰金捧閶的客窗偶筆四卷，福州梁恭辰的池上草堂筆記二十四卷，桐城許奉恩的里乘十卷；亦爲志怪書，惟旨在勸懲，離小說的旨趣漸遠。

第二節　清代的諷刺小說

（一）儒林外史

諷刺小說實起源於戲曲的打諢，宋人遊技已有『說諢經』一門，與『說話』並列，惜無書可見。明末董說的西遊補和劉璋（太原人）的鍾馗捉鬼傳十回，一則已富含譏刺，一則語帶謾罵，都是屬於諷刺的作品。但是用客觀的描寫，能婉而多諷，使讀者憤笑不得的，當首推吳敬梓的儒林外史。

吳敬梓（一七〇一至一七五四）字敏軒，安徽全椒人，幼穎異，詩賦援筆立就。他不善治生，性又豪邁，不數年揮資財都盡，時或至於絕糧。雍正時曾一度被舉應博學鴻詞科，不赴。後移居金陵，爲文壇之中心，又集同志建先賢祠於雨花山麓，祀泰伯以下二百三十人，經濟不足，賣去所住的屋來湊成。因此家裏更貧了。晚年，客居揚州，自號文木老人，尤落拓縱酒。所著尚有詩說七卷，文木山房集五卷，詩七卷，皆不甚傳。

敬梓所有著作的卷帙，都爲奇數，儒林外史凡五十五回，卽其一例。後有人割裂作者文集中的駢語，排列全書人物爲『幽榜』，作爲一回，加在全書之末；又有人補作四回，雜入全書中，所以現在通行本有五十五回及六十回本兩種。作者專在攻擊矯飾的頹風，又痛心於一般士人醉心於制藝而忘記了社會生活，所以書中描寫的都是此種人物。他所根據的都是親聞親見，故能燭幽索隱，凡官僚、儒師、名士、山人，間亦有市井細民，都現身紙上，聲態如生，一一呈露在讀者眼前。惟全書無主幹，僅驅使各種人物，行列而來，事與其來俱起，亦與其去俱訖，雖云長篇，頗同短製；但如集諸碎錦，合爲帖子，雖非巨幅，而時見珍異，因亦娛心使人刮目。敬梓又愛才士，『汲引如不及，獨嫉「時文士」如讎，其尤工者，則尤嫉之。』（程晉芳所作傳云）

儒林外史所傳人物，大都實有其人，而以象形諧聲或庾詞隱語寓其姓名，若參以雍、乾間諸家文集，往往十得八九。馬二先生字純上，處州人，實卽全椒馮粹中，爲著者摯友，其言眞率，又尚上知春秋漢唐，在『時文士』中實猶屬誠篤博通之士，但其議論，則不特盡揭當時對於學問之見解，且洞見所謂儒者之心肝。至於性行，乃亦君子，有人說：例如西湖之游，雖全無會心，頗殺風景，而茫茫然大嚼而歸，迂儒之本色固在：

馬二先生獨自一個，帶了幾個錢，走出錢塘門，在茶亭裏喫了幾碗茶，到西湖沿上牌樓跟前坐下，見那一船一船婦女來燒香的，……後面都跟着自己的漢子，……上了岸，散往各廟裏去了。馬二先生看了一遍，不在意裏。起來又走了里把多路，望着河沿上接連幾個酒店，……馬先生沒有錢買了喫，……只得走進一個麵店，十六個錢喫了一碗麵，肚裏不飽，又走到間壁一個茶室喫了一碗茶，買了兩個『處片』嚼嚼，到覺有些滋味。喫完了出來，……往前走，過了六橋，轉個灣，便像些村莊地方。又有人家的棺材厝基中間，走也走不清，甚是可厭。馬二先生欲待回去，遇着一個走路的，問道：『前面可是有好玩的所在？』那人道『轉過去便是淨慈，雷峯，怎麽不好頑？』馬二先生於是又往前走，……過了雷峯，遠遠望見高高下下許多房子，蓋着琉璃瓦，……馬二先生走到跟前，看見一個極高的山門，一個金字直匾，上寫『勅賜淨慈禪寺；」山門旁邊一個小門。馬二先生走了進去；……那些富貴人家女客，成羣結隊，裏裏外外來往不絕。馬二先生身子又長，戴一頂高方巾，一幅烏黑的臉，腆着個肚子，穿着一雙厚底破靴，橫着身子亂跑，只管在人窩子裏撞。女人也不看他，他也不看女人。前前後後跑了一交，又出來坐在那茶亭內，……喫了一碗茶。櫃上擺着許多碟子：餃餅，芝蔴糖，粽子，燒餅，處片，黑棗，煮栗子，馬二先生每樣買了幾個錢，不論好歹，喫了一飽。馬二先生覺得倦了，直着脚跑進清波門，到了下處，關門睡了。因爲多走了路，在下處睡了一天；第三日起來，要到城隍山走走。……（第十四回）

儒林外史的體裁，每描述一人完畢，卽遞入他人，全書都是這樣的蟬聯而成。仿他的體裁而作的小說，直到清末纔盛行。和他同樣含諷刺意味的小說，有李伯元的官場現形記、文明小史……等。但亦尠有以公心諷世之書如儒林外史者。

第三節　清代的人情小說

（一）紅樓夢

清朝雖是學問興盛的時代，但詩文概不及明代。但是當康熙、乾隆底盛時承明末右文之影響，乘開國之氣勢來文運之隆昌，以至詩宗文豪輩出，就中在俗文學界出現了如金聖歎、李笠翁那樣的大批評家。金聖歎初名采，字苦采，後改名人瑞，字聖歎，評撰第五才子書，第六才子書，爲戲曲小說吐萬丈的氣焰。李笠翁名漁，笠翁乃其號。作曲之外，精於論曲，他底著作有閒情偶寄一書，他以爲帝王之國事，以塡詞而得名，大大地推重元曲，至以之與漢史、唐詩、宋文相配。

歷朝文字之盛，其爲各有所歸，漢史、唐詩、宋文、元曲，此世人口頭語也。漢書、史記，千古不磨，尙矣！唐則詩人濟濟，宋有文士蹌蹌，宜其鼎足文壇，爲三代後之三代也。元有天下，非特政刑禮樂，一無可宗，卽語言文字之末，圖書翰墨之微，亦少槪見。使非崇尙詞曲，得琵琶、西廂以及元人百種諸書傳於後代，則當日之元，亦與五代、金、遼同其泯滅，焉能附三朝驥尾而掛學士文人之齒頰哉！此帝王國事，以塡詞而得名者也。由是觀之，塡詞非末技，乃與史傳詩文同源而異派者也。

在戲曲方面有洪昉思底長生殿，與孔云亭底桃花扇，是可與西廂、琵琶並稱的小說有紅樓夢，堪與水滸、西遊相當。實際西遊記底幽玄奇怪，水滸傳底華麗豐贍，可以之配列天、地、人三才，不獨在中國小說界鼎立爭霸，卽推出於世界底文壇也無遜色。

紅樓夢一名石頭記。其原由在開卷第一就詳細地說述過。據說從前女媧氏煉石補天的時候，在大荒山底無稽崖煉成了高十二丈，方二十四丈的頑石三萬六千五百另一塊，只用了三萬六千五百塊。剩下的一塊石被棄於此山底青埂峯下，誰知此石旣經過鍛煉，已通靈性，嗟嘆衆石俱得補天，只自己因無材不能入選，且日夜啼泣着。有一天。一僧與一道士經過，看見一塊鮮明瑩潔的美玉，縮成扇墜那樣大小，恰好可以佩帶，其僧取於掌上，笑着說道，照這原樣纔不見得有趣，須鐫刻幾個文字，使人一見就知道爲奇物纔好。且說，攜你到隆盛昌明之邦（京師），詩書簪纓之族（榮國府），花柳繁華之地（大觀園，）溫柔富貴之鄉（紫芝軒）安身樂業去罷。石頭非常喜歡，問其字其處，但僧卻笑而不答，說後日自明白，卽袖此石與道士一起飄然而去，終竟不知道往何方，又不知經歷幾世幾刼。後有所謂空空道人者，訪道求仙，經過此地，忽見一大石上字跡寫得分明，從頭仔細看去，原來記的，是因這石不是補天之材，所以幻形入世，茫茫大士與渺渺眞人把他帶到紅塵之中，歷盡離合、悲歡、炎涼所有的世態人情，從家庭閨閣底瑣事以至閑情、詩詞、謎語都全備了，只朝代年紀缺而不明，其後有偈一首道：

無材可去補蒼天　枉入紅塵若許年　此係身前身後事　倩誰記去作奇傳

道人再把石頭記細閱，其中大旨雖是談情，但其事卻是實錄，絕無假擬，妄稱、私約、偷盟底淫穢，原是君臣、父子、夫婦、兄弟倫常攸關之所，爲詩人忠厚之至，實非別書所可比。因此從頭至尾都鈔錄下來。由此因空見色，由色生情，傳情入色，因色悟空，遂名『情僧，』並把石頭記改爲『情僧錄，』東魯底孔梅溪則題爲『風月寶鑑。』後曹雪芹於悼紅軒中，披閱十載，增删五度，纂成目錄，分出章回，又題曰『金陵十二釵，』並題一絕道：

滿紙荒唐言　一把辛酸淚　都云作者癡　誰解其中味

這就是石頭記卽紅樓夢底緣起。

這書以那含着通靈寶玉而生的榮國府底賈政底公子賈寶玉爲中心，配之以楚腰纖細的情塊『金陵十二釵』底正册，卽賈家四豔：元春、迎春、探春、惜春，寶玉底愛人林黛玉，後爲正室的薛寶釵，以外就是王熙鳳其女巧姐，以及李紈、秦可卿、史湘雲、道院底尼姑妙玉之十二姬，更以侍妾、丫鬟等十二釵底副册二十四個美人爲副，加之以外家底兄弟，僮僕等總計以男子二百三十五人，女子二百十三人錯綜配合，全篇分章爲一百二十回。計畫規模非常偉大，結構細密，用意周到，禍福相倚，吉凶互伏，雖千變萬化，然如線之穿珠，如珠之走盤，情節底概略是很能一貫的了。偶然時日有矛盾，事件缺照應，特別是十二釵中的史湘雲，和妙玉底來歷沒有明記，何時進賈府，實不免粗漏，要之這只是白璧之微瑕，不足以蔽其眞美。全書滔滔九十萬言，殆是一部倍於史記與水滸傳的大册子，爲古今東西第一的言情小說。以天地底秀氣，不鍾於男子而鍾於女子，女子實是情塊。水滸傳主要的是各式各樣地描寫三十六個男子底剛德，紅樓夢反之，務在各人各樣地發揮金陵十二釵三十六美人底女性美，曲盡溫柔、優雅、淸高、戀愛、執着、嫉妬、淺慮、陰險等所有的情海底波瀾，把男女兩性底悲歡離合，嬉笑怒駡底心理狀態，詳細地演述出來了。雖同是言情小說，卻與金瓶梅大異其趣。這是描寫才子佳人，那是描寫奸夫淫婦，這是描寫紈袴少年，那是描寫市井小人。卽金瓶梅爲下等社會底談話之類，是記載世間一般的下層的戀愛關係的，頗是卑下的作品，然而紅樓夢是以富貴紅樓底上流社會爲中心的，恰相當於日本底源氏物語。故不妨以此爲士君子底愛玩品。總之，中國是文明之舊邦，文化爛熟之地，人情風俗，充分發達，發展之極，則流爲享樂的，遂終於頹廢。例如中國飲食底濃厚一樣，只因爲中國人底性情，是極其複雜的緣故，以喜歡淡泊的刺激與鹽燒的日本民族底單純的性情，到底不是其敵手。實際與中國人初見面的寒暄話，其辭令之巧，眞只有驚服而已。在中國文學裏，見到其虛飾之多，也很可以知道其複雜的國民性。餐藜藿食粗糠的人不足與論太牢底滋味，慣於清貧的生活的，不能與通溫柔鄉裏的消息，窮措大底心理，無論怎樣也是不能領會到紅樓夢底妙文章的了。在這點上，卽如我（鹽谷溫）就完全沒有談紅樓夢的資格。

閑話休題。先以學究底態度試把賈家底系譜鈔錄出來，以示主人翁賈寶玉與十二金釵底關係。如列表。

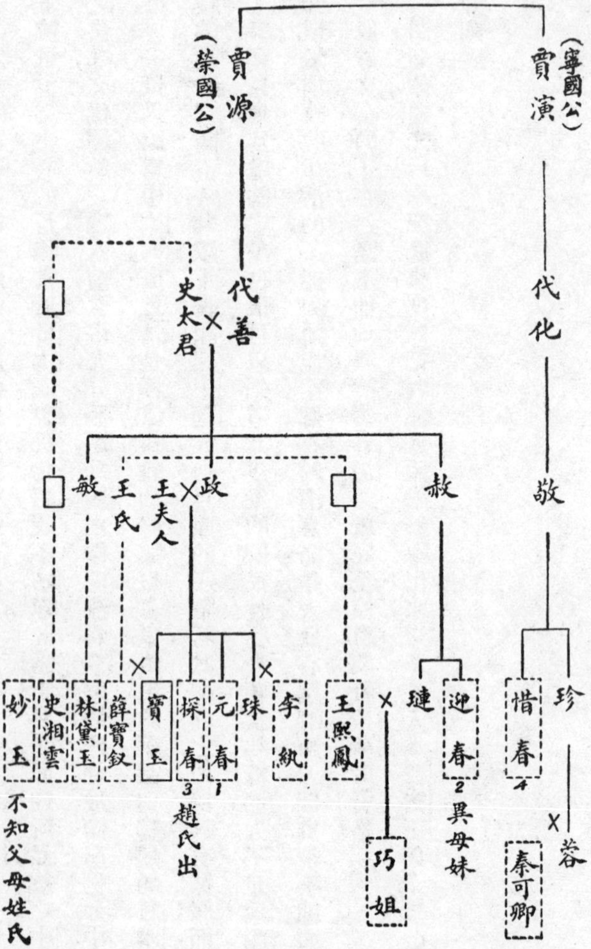
賈演
（寧國公）
賈源
（榮國公）
代化
代善
史太君
敬
赦
政
王夫人
王氏
敏
珍
蓉
秦可卿
惜春
4
迎春
2
異母妹
璉
王熙鳳
巧姐
李紈
珠
元春
1
探春
3
趙氏出
寶玉
薛寶釵
林黛玉
史湘雲
妙玉
不知父母姓氏

注意
黑線是表示賈氏的系譜，點線是表示外家的系譜。
外圍長方形框子的，是紅樓夢的中心人物，卽賈寶玉與金陵十二釵。
×示夫婦的關係。
入名下底數目字，是賈家四豔底長幼順序。

紅樓夢底結構，是演述寧國公與榮國公兩賈家僅僅八年間的盛衰的事情。但這是背景，實際本書底中心人物卽賈寶玉與林黛玉薛寶釵三人，現在把這三人底關係略說一說。寶玉乃是榮國公賈赦之弟榮國府底主宰者賈政底第二個兒子，生的時候口裏會含着一塊寶玉。其玉卽成爲問題的通靈寶玉。當週歲時，他父親欲試驗他底將來的志向，擺的種種的東西，叫寶玉去拿，寶玉對於別的東西一切不顧，伸手只抓脂粉與釵環。因此父親很不愉快，說這將來定是酒色之徒，不甚愛惜了，然賈母史太君卻多方寵愛，儘量撫養。從孩子底時候已有一種乖性，其所言頗出人意表，例如說女兒是水做成的，男子是泥做成的；我一見女兒便覺爽快，一見男子便覺煩惱之類。黛玉是寶玉之父底妹敏底女兒，寶釵是寶玉之母王夫人底妹底女兒，與寶玉都是表姊妹。這兩人因家庭底事故，於己酉之歲（紅樓夢正傳底第一年）相尋而來到榮國府。時黛玉僅十一歲，寶釵十二歲與寶玉同年。寶釵很奇怪地在小時從一癩頭和尚，送給了伊一把金鎖。這金鎖與寶玉所有的寶玉，是證明兩人底夫婦緣的。紅樓夢一說作金玉緣就是基於此。風流蘊藉，可以說是古今第一淫人的寶玉，圍繞以正副十二釵的美人，恰如遊戲於千紅萬紫中的蝴蝶。壬子（第四年）底正月十五日因寶玉之姊賈妃（元春）省親，在邸內的大觀園開大遊園會，其盛況難以言語形容，實有天下的富貴集於賈家的觀感。這是賈府全盛的時代。黛玉於絕世美人之上，又加以極聰慧，人品才情實是紅樓夢中第一人，可惜的只是身體多病。寶釵才不及黛玉，然溫柔閑雅，具有一種爲人所愛的女性底素質。譬之如花，則黛玉如梅如蘭，寶釵卻如牡丹。然黛玉是寶玉最愛敬的意中人，兩人深相契於心。黛玉思寶玉情切，終至臥病，寶玉自身也發生了一不祥的事。那就是把寶玉常掛在身上的那塊玉失掉了。由此寶玉如失了神的一般，家內都憂慮非常。賈政因新拜命地方官，想在其赴任前完了寶玉底婚事；因賈母底意見，結果不迎娶他人，就黛玉與寶釵兩人中銓議，以健康的緣故選擇了寶釵配寶玉。事情在綽號鳳辣子的王熙鳳底毒計之下，極其祕密進行，但不意傳到了病中的黛玉耳中。黛玉自信爲寶玉底妻的，自己以外再沒有他人，今聽到這事，驚得氣幾欲絕，直赴寶玉之室問病，寶玉答以並不知道這麽一回事，且笑說：我正爲林姑娘害着病呢。黛玉不堪憂慮，歸到自己房中暈倒吐血，從此病勢轉劇，恰於寶玉喜慶之日，痛哉辭了此世。時當乙卯（第七年）之春，黛玉年十七歲。寶玉自信得與黛玉結婚，非常愉快，迨臨禮堂，那料新婦不是黛玉，卻是寶釵。寶玉呆然如夢，驚異悲嘆，又至於病了。先是賈妃薨，兩國府不幸續出，家運漸傾，賈政赴外任，賈母尋亡。寶玉思黛玉不休，醫藥無效，殆陷於瀕死的狀態，家人擁枕憂慮，忽來一僧，拿着寶玉所失掉的玉，求一萬兩的償銀。寶玉拿着那玉在手，一旦蘇醒，忽然又氣絕，寶玉之靈已被那僧導遊幻境奉神仙之教去了。大旨與曾從警幻仙姑那裏所聽到的相同。（見後。）寶玉在天宮底深處，看見黛玉之姿，即欲相近，卻被仙姑斥退，正在望着迎春等一羣女子求救，忽變成鬼怪底形像來打寶玉。寶玉在這進退維谷的時候，又爲那僧所救。從僧那裏聽到世上的情緣即魔障的話，喝了一聲回去罷，就突然飛去了。寶玉叫了一聲，在牀上再蘇醒過來，翻然悔悟，從此改行，如另外一人一樣，大大地發憤，以謀挽回家名，丙辰（第八年）

之年，應鄉試中舉人第七名，寶釵也旋成爲母底身體，但寶玉不知何時已失所在了。適賈政葬亡母史太君於金陵，在歸途中雪夜泊舟毘陵驛，忽見一光頭赤脚身穿一領的猩猩紅的外套的人，立在船頭四拜，仔細一看，不是別人，乃是寶玉底和尙裝扮，大驚欲去問話。然來一僧一道士，說俗緣已畢，把寶玉拉去了，三人飄然上岸，歌道：

我所居兮青埂之峯　我所遊兮鴻蒙太空

誰與我遊兮誰吾與從　渺渺茫茫兮歸彼大荒

賈政急追之，終不見其姿。那享盡了紅樓富貴之樂的寶玉喪失了愛人，感覺世之無常，終於入了佛門了。這就是紅樓夢底要領。

最後又應照前面作結。那僧和道士照舊把玉拿到青埂峯下置於女媧煉石的原處而去。後空空道人又經過，細讀石頭記，恐怕歲久磨滅，再鈔錄至悼紅軒以之示曹雪芹，請求整理，雪芹先生笑道：這原不過是假語村言，可供二三同志酒餘飯後，雨夕燈下，消閒之樂，不必要大人先生之品題以傳世。空空道人聽之，仰天大笑，擲鈔本飄然而去，口中說道；果然是敷衍荒唐。不但作者不知，鈔者不知，並閱者亦不知委之爲遊戲之筆墨不過陶情適性而已。後人見這傳奇亦曾題了四句的詩：

說到辛酸處　荒唐愈可悲　由來同一夢　休笑世人癡

這就是紅樓夢第百二十回的大結尾。

要之，紅樓夢是滿紙荒唐之言，是演述因情以說色，因色以悟空的悟道的大旨的。那『厚地高天，堪歎古今情不盡，癡男怨女，可憐風月債難酬；』與『假作眞時眞亦假，無爲有處有還無』兩聯，是很能洩漏情海底祕密的全篇的警句。試引那住在離恨天，忘愁海中的放春山遺香洞的太虛警幻仙姑導賈寶玉之靈至太虛幻境，進以美酒，饗以佳肴，命歌姬舞女演紅樓夢仙曲十四遍，然後告戒寶玉的一節以介紹作者底微意。

歌畢，寶玉自覺朦朧恍惚，告醉求臥。警幻便命撤去殘席，送寶玉至一香閨繡閣中。其間鋪陳之盛，乃素所未見之物。更可駭者，早有一位女子在內，其鮮豔嫵媚，有似乎寶釵；風流嬝娜，則又如黛玉，正不知何意。忽警幻道：塵世中多少富貴之家，那些綠窗風月，繡閣烟霞，皆被淫汚紈袴，與那些流蕩女子，悉皆玷辱；更可恨者，自古來多少輕薄浪子，皆以好色不淫爲解。又以情而不淫作案，此皆飾非掩醜之語也。好色卽淫，知情更淫，是以巫山之會，雲雨之歡，皆由旣悅其色，復戀其情所致也。吾所愛汝者，乃天下古今第一淫人也；寶玉聽了，嚇的忙答道：仙姑差了！我因懶於讀書，家父母尙每垂訓飭，豈敢再冒淫字；況且年紀尙幼，不知淫爲何物？警幻道：非也，淫雖一理，意則有別：如世之好淫者，不過悅容貌，喜歌舞，調笑無厭，雲雨無時，恨不能天下之美女，供我片時之趣興，此皆皮膚濫淫之蠢物耳；如爾則天分中生成一段癡情，吾輩推之爲意淫。惟意淫二字，可心會而不可口傳，可神通而不能語達，汝今獨得此二字，在閨閣中固可爲良友，然於世道中，未免迂闊怪詭，百口嘲謗，萬目睚眦；今旣遇令祖寧、榮二公剖腹深囑，吾不忍君獨爲我閨閣增光，而見棄於世道，故引子前來，醉以美酒，沁以仙茗，警以妙曲，再將吾妹一人，乳名兼美，表字可卿者，許配與汝，今夕良時，卽可成姻，不過令汝領略些仙閨幻境之風光尙然如此，何況塵境之情景哉！而今後萬萬解釋，改悟前情，留意於孔、孟之間，委身於經濟之道。說畢，便祕授以雲雨之事，推寶玉入房中，將門掩上自去。那寶玉恍恍惚惚依警幻所囑之言，未免有兒女之事，難以盡述。至次日，便柔情繾綣，軟語溫存，與可卿難解難分。

因二人攜手出去遊玩之時，忽然至一個所在，但見荊榛遍地，狼虎同行，迎面一道黑溪阻路，並無橋梁可通，正在猶豫之間，忽見警幻從後追來說道：快休前進，作速回頭要緊；寶玉忙止步問遺此係何處？警幻道：此卽迷津也！深有萬丈，遙且千里，中無舟楫可通，只有一個木筏，乃木居士掌柁，灰侍者撐篙，不受金銀之謝，但遇有緣者渡之。爾今偶遊至此，設如墮落其中，則深負我從前諄諄警戒之語矣。話猶未了，只聽迷津內響如雷聲，有許多夜叉海鬼，將寶玉拖將下去，嚇得寶玉汗下如雨，一面失聲喊叫：可卿救我！

俄然覺醒，這實是紅樓一齣之夢。全篇底大旨也在此。

紅樓夢底作者如書中所明記的一般，都以爲是曹雪芹。雪芹是曹寅之子，寅字子清，號楝亭，漢軍旗人，康熙中爲江寧底織造（官名）頗富貲財，且是風雅之人。雪芹是舉人，其傳雖不明，但是雍正、乾隆時代的人，亦頗文采風流是可想像的。因此作爲紅樓夢底作者，雖則無異議，然除此以外，卻也沒有有力的證據。可是在袁隨園詩話中明說是曹雪芹所撰。

康熙間，曹楝亭爲江寧織造，其子雪芹撰紅樓夢一部，備記風月繁華之盛。中有所謂大觀園者卽余之隨園也。

又槐翁曾在早稻田文學雜誌上，引桐陰淸話，極信成於康熙年間京師某府底幕賓某孝廉之手之說。本書有八十回本與百二十回本，後面的四十回一說是高鶚所續。鶚字蘭墅，乾隆六十年進士，以詩得名，娶張船山之妹，亦是有詩才的人，近頃題爲原本紅樓夢的八十回本在上海出版，然八十回本只是說了一半並沒完結。據通行本之首的程偉元之序說『原本目錄一百二十卷，然只藏有八十卷。其後數年間苦心集了二十餘卷，更又求得十餘卷與同志加以修正，鈔成全部始鐫板。』那末，無論怎樣曹雪芹百二十回的計畫，恐怕是有了的罷。後半的四十回，也許還未完成，而爲高蘭墅所續成的。然這因沒有確證，所以從結構而論，從文筆上看，作爲成於一人之手較穩妥。其文體不但是純粹的北京官話，且風俗習慣底一切，都是北京化的，所以究非北京人不能做出，我以爲還是照着古來所說作爲曹雪芹所編好了。而其年代大概是乾隆初年。如開首緣起所說，恐怕曹雪芹也是有一種原本作根據而纂成的。實際曹楝亭是一個愛書家，其家想是藏着有許多的珍書祕本之類。這些書就是紅樓夢底粉本了。至於影寫曹雪芹以後的事情，自然這是後人底補筆。爲了參考，姑引兪

曲園之說於此。（春在堂叢書曲園雜纂小浮梅閒話）

此書末卷，自具作者姓名，曰曹雪芹。袁子才詩話云：曹楝亭、康熙中為江寧織造，其子雪芹撰紅樓夢一書，備極風月繁華之盛，則曹雪芹固有可考矣。又船山詩草有贈高蘭墅鶚同年一首云：豔情人自說紅樓。注云：傳奇紅樓夢八十回以後，俱蘭墅所補。然則此書非出一手。按鄉會試增五言八韻詩，始乾隆朝，而書中敘科場事已有詩，則其為高君所補可證矣。（自注：納蘭容若飲水詞集有滿江紅詞，為曹子清題，其先人所構楝亭，卽曹雪芹也。』

曲園直以曹子清為曹子芹，殊不知子清是雪芹之父寅之字。（葉德輝先生筆談）

在紅夢樓裏所記的，既是當時貴族社會底寫實，但主人翁賈寶玉究是影寫何人，考究起來，是很有興味的問題。其第一是納蘭成德說。據曲園雜纂：

紅樓夢一書，膾炙人口，世傳為明珠之子而作。明珠之子何人也？余曰：明珠子名成德，字容若，通志堂經解，每一種有納蘭成德容若序，卽其人也。

明珠是滿洲底世族，在康熙朝為宰相。其子納蘭成德從少年時代就有才名，康熙十五年賜進士出身，極得皇帝底寵愛，但不幸於康熙二十四年以三十一歲而亡。成德長於塡詞，與朱竹垞、陳迦陵齊名，其集名飲水詞。遊於徐健菴之門，與一時名士嚴蓀友、姜西溟等交尤厚，在滿洲人中，如他那樣的學力文才的人，實在沒有。因是翩翩的風流貴公子，擬以賈寶玉的資格是充分的。且以兩人底事跡、性行、比較也是很符合的。曹雪芹之父寅與成德爲深交，記中的逸事，說是從父處聽到的。這是從來爲一般人所相信的一說。

第二清之世祖順治帝說。在王夢阮、沈瓶菴所共撰的紅樓夢索隱之提要裏這樣說破過：

蓋嘗聞之京師故老云：是書全爲淸世祖與董鄂妃而作，兼及當時諸名王奇女也。

即『世祖曾納冒氏之妾董小宛爲妃，因董妃不幸早世，帝傷感不已，遂遁跡於五臺山爲僧。這就是所謂情僧，林黛玉不外是董妃底影寫。紅樓夢之作，畢竟是諷刺世祖的。』然順治帝與秦淮名妓董小宛實際年歲非常相差，（小宛於順治八年以二十八歲而亡，時帝纔十四歲）其謬妄不待論。其說在石頭記索隱底附錄董小宛考裏詳細地辨明了。

第三康熙帝底廢太子胤礽說。這是石頭記索隱底著者蔡元培氏底主張。蔡氏爲我（著者）

在德國留學時相識的一人，爲南方派底重要人物，第一次革命後任教育總長，現爲北京大學校長，學問淹博，識見高邁，其說頗足傾聽，特爲介紹。蔡氏在其卷首揭破道：

石頭記者，清康熙朝政治小說也。作者持民族主義甚摯。書中本事，在弔明之亡，揭清之失，而尤於漢族名士仕清者，寓痛惜之意。

卽以紅樓夢底紅字影射朱氏，意謂明朝（姓朱）或漢人；石頭記卽指明之舊都金陵（今南京，古名一云石頭城）賈府是僞朝（賈假同音假借）之意，係指淸朝，賈寶玉是僞朝底帝系，以「寶玉」爲傳國璽之義；並以廢太子胤礽底事跡與賈寶玉底事跡對照。又以書中的男子是指滿人，女子是指漢人，以金陵十二釵的美人擬淸初的江南學者，加以細評。例如；

林黛玉……朱竹垞

薛寶釵……高江村

探　春……徐健菴

王熙鳳……余國柱

史湘雲……陳其年

妙　玉……姜西溟

惜　春……嚴蓀友

寶　琴……冒辟疆

劉老老……湯潛菴

之類是。以外各人要一一盡舉實是至難，強勉爲之，則陷於傅會。然大體卻是有趣的研究。其所本是出於郎潛紀聞底徐柳泉之說。

紅樓夢一書，卽記故相明珠家事。金釵皆納蘭侍御所奉爲上客者也。寶釵影高澹人，妙玉卽影西溟先生。

小說叢考底編纂者錢靜方氏底紅樓夢考（石頭記索隱附錄）也有同樣之說。但不如蔡氏所說的詳。博引旁索，精比細較，如蔡氏可以說是熟讀紅樓夢的了。

蔡氏爲民國時代的人，所以極明顯地以民族主義說紅樓夢，但在清朝底時代一般以爲誹謗滿洲朝廷，發露滿洲貴族家庭底隱事，很遭滿人底忌諱，其版遂被毀。然隨毀隨刻的結果，到底不能廢絕。且愈加流行起來，評之贊之，猶不足，並演之，繪之，刻之以至所有的模樣、裝飾、家具、食器等，無不受紅樓夢底影響，就是在會話中也以用其語句為得意，其流行之勢力實在是很雄厚的。紅樓夢底作者底深意雖在諷諭，但因為是腐敗的上流社會底內情底寫實，在讀得很有興趣的時候，不知不覺精神上便受了影響。流行享樂主義，而成為耽溺、淫蕩、墮落、頹廢了，消耗青年底元氣，莫此為甚，簡直與鴉片的毒沒有兩樣。於是紅樓夢底亡國論就因之而起了。然以一管的綵筆，能左右天下之人心，至於如此，實具有一種不可思議的力。文章眞是經國的大業，不朽的盛事哩！興國自有興國的文學，亡國有亡國的文學，文學以之可以興國，以之也可以亡國，不但要十分注意選擇書籍，且讀的方法也不可不研究。一概說是亡國的文學而專意排斥的，猶之看見酒底弊害而強行禁酒一樣，也是極其不徹底的論調。因為那樣的固陋的見解，到底不能指導世間底人心。唯讀的人底理解極重要，所以這是應預為注意的。

紅樓夢底續編甚多。有紅樓夢補、紅樓後夢、紅樓續夢等，以外還有紅樓夢賦、紅樓夢詩、紅樓夢詞、紅樓夢論贊、紅樓夢譜、紅樓夢圖詠、紅樓夢散套、紅樓夢傳奇等等。把這等搜集攏來就能很出色地成立了一種紅樓夢文學。中國人呼此爲紅學。還有英譯有（Reneraft Joly）底譯本二册，但只到第五十六回止。日文譯的就我所知僅有最近岸春風樓氏底新譯紅樓夢，與關天彭氏底紅樓夢傳奇梗概（中國戲曲集。）這都是因爲如紅樓夢那樣的名文讀起來實不容易。說從事翻譯，必得有非常的大手筆與努力，總該有一部完全的紅樓夢底訓譯出現罷，我不勝切望着。（參照中國文學概論講話）

紅樓夢出世後，卽奪去三國志演義之席而居四大奇書之一。牠在淸人小說中，其地位恰如金瓶梅之於明人小說；而所寫亦恰皆爲一家一門之事跡。惟金瓶梅所寫，爲市井無賴之家庭，其中人物，都居中下流階級；紅樓夢所寫，爲富豪貴族的大家庭，人物大都豪華奢麗，另成一種景象。二書結構造境，亦有相似處：金瓶梅敍潘金蓮與李瓶兒爭寵，卒至瓶兒失敗身死，中間插入婢女春梅，她在西門慶死後嫁人，備享幸福；紅樓夢敍薛寶釵與林黛玉同愛賈寶玉，以致演成三角戀愛，到底寶釵勝利了，黛玉鬱死，中間插入婢女襲人，她在寶玉出家後嫁人，夫婦很和洽。所不同者，一寫婦人之爭寵，一寫少女之妬情而已。金瓶梅寫西門一家，由盛而衰至於家破人亡；紅樓夢的主旨亦相同，惟因後四十回爲另一人所作，故預示復興之兆，實非原作者之本意。至於描寫的方法和背景的設置，那麼二書並沒有一處相像，否則紅樓夢成了襲人窠臼之模仿文學，何能盛行到現在而被千萬人所頌贊和推許啊！

紅樓夢原名石頭記，又名金玉緣；作者自云：一名情僧錄，或名風月寶鑑，又名金陵十二釵。作者相傳爲曹霑，（？至一七六四）字雪芹，一字芹圃，漢軍正白旗（一作鑲藍旗，一作鑲黃旗，均誤）人。祖寅父頫俱爲江甯織造。寅曾作楝亭詩鈔，著傳奇二種，並刻書十餘種；好藏書，家藏精本二千餘種。清聖祖五次南巡，曾有四次以寅的織造署爲行宮。故霑幼年乃生長於豪華之環境中。後頫卸任，霑隨父歸北京，時約十歲。後曹氏忽衰落，衰落之因，是否如石頭記中所說，已不可考。中年時的霑，乃至貧居郊外，啜饘粥。石頭記卽作於此時。乾隆二十九年殤子，霑傷感成疾，數月而卒，年四十餘。石頭記未完稿，初成八十回，遂有鈔本流傳。後曾續作，但都於死後佚失。

現在流行本百二十回的紅樓夢，其後四十回爲高鶚所作。鶚（約一七九五前後在世）字蘭墅，漢軍鑲黃旗人。乾隆進士，官侍讀。嘉慶時，爲順天鄉試同考官。他補作紅樓夢，當在未成進士之前；乾隆末程偉元據以印行今流行本卽爲此本。同年，程氏又將初刻本校改修正再付印行，遠勝於初印本；此本流行不廣，近始由亞東圖書館，加以新標點符號而付之重印。

紅樓夢爲曹霑所作，經胡適作紅樓夢考證而更確定。但自壽鵬飛紅樓夢本事辯證出世，而作者爲曹霑之說遂見動搖。壽氏僅認曹雪芹爲增删紅樓夢之一人，而雪芹亦非曹霑；馬水臣以爲係上海人曹一士。一士（一六七八至一七三六）字諤廷，號濟寰，亦號沔浦生，雍正進士，官兵科給事中，二詩文有四焉齋集。一士於康熙末未通籍時，入京假館某府者十餘年，所居與海寧陳相國比鄰，與樗散軒叢談所言『康熙間某府西席某孝廉所作』相合。至高鶚續作之說，壽氏亦不承認，僅認其曾爲釐訂修正而已。故紅樓夢的作者究竟爲誰？至今又成爲未決的懸案了。

全書內容的大概是這樣的：主要人物賈寶玉、林黛玉與薛寶釵等同居大觀園中。賈寶玉是個癡情人，善於奉迎女性，卽婢女亦蒙其青睞，最恨利祿中人，詈之爲『祿蠹』。林黛玉是個多愁多病的女子，無端生感，哭泣終宵是其常事；一朵花的萎落，一片葉的飄零，都足使她感傷不盡。薛寶釵似乎是一個很賢惠的女子，很熟趨奉，儀態大方，但性格不及黛玉來得爽直。他們形成了三角戀愛，時常發生暗鬭。寶玉自小便和這般姑娘們以及丫頭襲人、紫鵑、晴雯……等厮混。後來年漸長大，父賈政欲爲娶婦，方始赴外任作官，因爲黛玉羸弱，恐妨後嗣，便決定娶寶釵。姻事由從嫂王熙鳳謀畫，知寶玉屬意黛玉，用了偷樑換柱之計，待結婚晚上，寶玉始知娶的是寶釵。其時已爲黛玉所知，咯血成病，就在寶玉成婚那天死了！寶玉憤婚姻之不如志，又痛心於黛玉之亡，懨懨成病，後來他隨了僧道亡去，不知所終。

作者自云『將眞事隱去，』故引起後人種種猜測。有謂書中人皆影當時名伶的（樗散軒叢談，）有謂記金陵張侯（名勇）家事的（周春紅樓夢隨筆，）有謂記故相明珠家事的（陳康祺燕下鄉脞錄、俞樾小浮梅閒話等，）有謂刺和珅事而作的（譚瀛室筆記，）有謂藏讖緯之說的（寄蝸殘贅，）有謂全影金瓶梅的（闞鐸紅樓夢抉微，）有謂記淸世宗與董小宛故事的（王夢阮、沈瓶广紅樓夢索隱，）有謂影康熙朝政治狀態的（蔡元培石頭記索隱，）有謂作者曹雪芹自述生平的（胡適紅樓夢考證，）此外猶有以爲演明亡痛史的，演淸開國時六王七王家姬事的，異說紛紜，莫衷一是。此中以胡適之說最佔勢力，而蔡元培之說最爲合理。壽鵬飛更擴充蔡氏之意，以爲紅樓夢包羅順治、康熙兩朝八十年的歷史，林、薛之爭寶玉，當指康熙末胤禎諸人奪嫡一事。寶玉乃指玉璽，黛玉爲廢太子胤礽（封代理親王）而寶釵乃爲世宗、胤禎，王熙鳳指相國王熙，賈母指康熙帝，金陵十二釵正册副册又副册諸女子，指康熙三十六子；賈政猶言僞政府，癩僧乃影明太祖，跛道人影崇禎帝，南京、甄寶玉影明、弘光帝，史湘雲爲作者自喻，北靜王影吳三桂，……引證頗詳，十九似可憑信。壽氏又謂：『吾意紅樓夢一書，原本既不分章回，必專寫宮闈祕事，或倘信筆直書，近於野史，未必盡合小說體裁。後値文字之獄迭興，慮遭時忌，諱莫如深，於是托之閨闥，故爲顚倒事實，以亂人目。迨禁中索閱，避忌愈甚，改竄愈多，去事實愈遠，遂全爲隱語寓言之作。至雪芹而五次增删，體裁盡變，章回顯分，惟情文之是取，致本事之愈漓。加以輾轉傳鈔，後先異本，故於諸皇子影事，不甚完全眞切，令讀者難於揣測。』因爲不甚完全眞切，故蔡、壽二氏之說，賜與他人以攻破之隙，且不易致信於人。而近出之各文學史，亦無採用之者。

……一徑來至一個院門前，鳳尾森森，龍吟細細，卻是瀟湘館。寶玉信步走入，只見湘簾垂地，悄無人聲．走至牕前，覺得一縷幽香從碧紗窗中暗暗透出。寶玉便臉貼在紗窗上，往裏看時，耳內忽聽得細細的歎了一聲道：『鎮日家情思睡昏昏。』寶玉聽了，不覺心內癢將起來。再看時，只見黛玉在牀上伸懶腰。寶玉在窗外笑道：『爲什麼「鎮日家情思睡昏昏」的？』一面說。一面掀簾子進來了。黛玉自覺忘情，不覺紅了臉拿袖子遮了臉翻身向裏裝睡着了。寶玉纔走上來要扳他的身子，只見黛玉的奶娘並兩個婆子都跟了進來說：『妹妹睡覺呢！等醒來再請罷。』剛說道，黛玉便翻身坐了起來笑道：『誰睡覺呢？』那兩三個婆子，見黛玉起來，便笑道：『我們只當姑娘睡着了。』說着便叫紫鵑說：『姑娘醒了，進來伺候。』一面說，一面都去了。黛玉坐在牀上，一面擡手整理鬢髮，一面笑向寶玉道：『人家睡覺你進來做什麼？』寶玉見他星眼微餳香腮帶赤，不覺神魂早蕩，一歪身坐在椅子上笑道：『你纔說什麼？』黛玉道：『我沒說什麼。』寶玉道：『給你個榧子喫呢，我都聽見了。』二人正說話，只見紫鵑進來，寶玉笑道：『紫鵑，把你們的好茶倒碗我吃。』紫鵑道：『那裏有好的呢！要好的，只好等襲人來。』黛玉道：『別理他，你先給我舀水去罷。』紫鵑道：『他是客，自然先倒了茶來，再舀水去。」說着倒茶去了。寶玉道：『好丫頭！「若與你多情小姐同鴛帳，怎捨得叫你疊被、鋪牀！」』林黛玉登時撂下臉來，說道：『二哥哥你說什麼？』寶玉笑道：『我何嘗說什麼。』黛玉便哭道：『如今新興的外面聽了村話來，也說給我聽；看了混帳的書，也拿我取笑兒，我成了替爺們解悶兒的。』一面哭，一面下牀來往外就走。寶玉不知要怎樣，心下慌了，趕忙上來說：『好妹妹！我一時該死，你別告訴去，我再敢這樣說，嘴上就長個疔，爛了舌頭。』正說着，只見襲人走來說道：『快回去穿衣服，老爺叫你呢。』寶玉聽了，不覺打了個焦雷一般，也顧不得別的，疾忙回來穿衣服。……林黛玉聽見賈政叫了寶玉去了，一日不回來，心中替他憂慮。至晚飯時，聞得寶玉來了，心裏要找他問問是怎麼樣了。一步步行來，見寶釵進寶玉的房內去了，自己也隨後走了來。剛剛到了沁芳橋，只見各色水禽盡都在池中浴水，也認不出名色來，但見一個個文彩炳灼，好看異常，因而站住看了一回。再往怡紅院來，門已閉了，黛玉卽便叩門。誰知晴雯和碧痕二人正拌了嘴，沒好氣，忽見寶釵來了，那晴雯正把氣移在寶釵身上，正在院內報怨說：『有事沒事跑了來，坐着，叫我們三更半夜的不得睡覺。』忽聽又有人叫門，晴雯越發動了氣，也並不問是誰，便說道：『都睡下了，明兒再來罷。』林黛玉素知丫頭們的性情，他們彼此玩耍慣了，恐怕院內丫頭沒聽見是他的聲音，只當別的丫頭們了，所以不開門，因而又高聲說道：『是我，還不開門麽？』晴雯偏生沒聽見，便使性子說道：『憑你是誰！二爺吩咐的，一概不許放人進來呢。』林黛玉聽了，不覺氣怔在門外，待要高聲問他，逗起氣來，自己又回思一番：雖說是舅母家如同自己家一樣，到底是客邊。如今父母雙亡，無依無靠，現在他家依棲，如今認眞嘔氣，也覺沒趣。一面想，一面又滾下淚來了。正是回去不是，正沒主意，只聽裏面一陣笑語之聲，細聽一聽，竟是寶玉、寶釵二人。林黛玉心中越發動了氣，左思右想，忽然想起早起的事來，必定是寶玉惱我告他的原故，但只我何嘗告你去了，你也不打聽打聽，就惱我到這步田地！你今兒不叫我進來，難道明兒就不見面了！越想越傷感起來，也不顧蒼苔露冷，花徑風寒，獨立牆角邊花陰之下，悲悲切切嗚咽起來。……忽聽院門響處，只見寶釵出來了，寶玉、襲人一羣人送了出來，待要上去問着寶玉，又恐當着衆人問羞了寶玉不便，因而閃過一傍，讓寶釵去了，寶玉等進去關了門，方轉過來，尙望着門灑了幾點淚，自覺無味，轉身回來，無精打彩的卸了殘妝。紫鵑、雪雁素日知道林黛玉的情性，無事悶坐，不是愁眉，便是長歎，且好端端的不知爲了什麼常常的便自淚不乾的。先時還有人解勸，誰知後來一年一月的竟常常如此，把這個樣兒看慣了，也都不理論了，所以也沒人去理，由他悶坐，只管睡覺去了。那林黛玉倚着牀欄干，兩手抱着膝，眼睛含着淚，好似木雕泥塑的一般，直坐到二更多天方纔睡了。……（第二十六至二十七回）

專門爲批評或考證此書的作品，除已見前述外，猶有護花主人之評論及摘誤，明齋主人的總論，太平閑人的石頭記讀法及青釋、大觀園圖說問答，蝶薌仙史之細評，簣覆山房的紅樓夢偶說，願爲明鏡室主人的讀紅樓夢雜記，王雪香的石頭記評贊，王國維的紅樓夢評論，張其信的紅樓夢偶評，話石主人的紅樓夢本義約編，兪平伯的紅樓夢辨，胡適的考證紅樓夢的新材料……等，尙有散見於清末名家筆記中的，不能一一盡舉。

紅樓夢的續書有兩種：一爲續八十回本，除高鶚所補四十回本外，有歸鋤子的紅樓夢補四十八回，失名的紅樓幻夢二十四回，實皆自九十七回續起；一爲續一百二十回本，則有托名曹雪芹的後紅樓夢三十回，秦子忱（號雪塢，隴西人，官兗州都司）的續紅樓夢三十卷，王某（號蘭皋主人）的綺樓重夢（原名紅樓續夢，亦名蜃夢情夢）四十八回，失名（署紅香閣小和山樵、南陽氏）的紅樓復夢一百回，魏某（號娜嬛山樵）的補紅樓夢四十八回，增補紅樓夢三十二回，雲槎外史的紅樓夢影二十四回，臨鶴山人的紅樓圓夢三十回，及失名的紅樓後夢、紅樓再夢……等，大抵都在補書中的缺陷，而結以寶、黛團圓。紅樓夢的特色，本在以悲劇結全書，使讀者綽有餘情。一般續作者不明此意，欲以喜劇作結，遂不免於『畫蛇添足』之誚了。

才子佳人書在清代作者亦多，然無一可稱。今略舉其較流行的，則有錦香亭四卷十六回，題古吳素菴主人編；水石緣六卷三十則，題稽山、李春榮、芳普氏編；雪月梅十卷五十回，陳朗（字曉山，號鏡湖逸叟）撰；駐春園小史六卷二十四回，題吳航野客編；聽月樓二十回，爲『九種奇情』之一，失名撰；白圭志十六回，崔象川（博陵人）撰；二度梅全傳六卷四十回，題惜陰堂主人編；英雲夢傳十六回，題震澤九宮樓主人松雲氏撰；五美緣八十回，失名撰；蘭花夢奇傳六十八回，題吟梅山人撰；林蘭香八卷六十四回，題隨緣下士編；……共不下數十種。又有改作彈詞爲小說的，如龍鳳配、再生緣七十四回，完全敍再生緣彈詞中元、孟麗君事。又有繡戈袍全傳，托名袁枚作，係敍倭袍傳彈詞事。又有情夢柝二十回，題蕙水安陽酒民著，敍胡楚卿改扮書童，賣身沈府，圖與沈若素小姐結合，終於達到目的；這顯然仿自三笑姻緣彈詞，而只變換了主人翁的名字……此外還有許多，也不及一一舉出。

（a）重印乾隆壬子本紅樓夢序

紅樓夢最初只有鈔本，沒有刻本。鈔本只有八十回。但不久就有人續作八十回以後的紅樓夢了。俞平伯先生從戚本八十回的評注裏看出當時有一部『後三十回的紅樓夢』（紅樓夢辨下卷一至三七）這便是續書的一種。高鶚續作的四十回，也不過是續書的一種。但到了乾隆五十六年至五十七年之間，高鶚和程偉元串通起來，把高鶚續作的四十回同曹雪芹的原本八十回合併起來，用活字排成一部，又加上一篇序，說是幾年之中搜集起來的原書全稿。從此以後，這部百二十回的紅樓夢遂成了定本，而高鶚的續本也就『附驥尾以傳』了。（胡適的紅樓夢考證，頁五三至六七；俞平伯紅樓夢辨上卷，一至一六二）

前年我的朋友容庚先生在冷攤上買得一部舊鈔本的紅樓夢，是有百二十回的。他做了一篇『紅樓夢的本子問題質胡適、俞平伯先生』（北京大學國學週刊第五、六、九期）舉出他的鈔本文字上與程甲本及亞東本不同的地方，要證明他的鈔本是程本以前的曹氏原本。我去年夏間答他一信，曾指出他的鈔本是全鈔程乙本的，底本正是高鶚的二次改本，決不是程刻以前的原本。前八十回有『鈔本各家互異』，故他改動之處，如上文舉出第二回裏的改本還可以假託『廣集核勘』的結果。但他既明明承認『後四十回更無他本可考，』又既明明宣言這四十回的原文『未敢臆改，』何以又有第九十二回的去改動呢？豈不是因爲他刻成初稿（程甲本）之後，自己感覺第九十二回的內容與回目不相照應，故偷偷地自己修改了，又聲明『未敢臆改』以掩其作僞之跡嗎？他料定讀小說的人決不會費大工夫用各種本子細細校勘。他那裏料得到一百三十多年後居然有一位容庚先生肯用校勘學的工夫去校勘紅樓夢，居然會發現他作僞的鐵證呢？

這個程乙本流傳甚少；我所知的，只有我的一部原刻本和容庚先生的一部舊鈔本。現在把汪原放標點了這本子，排印行世，使大家知道高鶚整理前八十回與改訂後四十回的最後定本是個

什麼樣子這是我們應該感謝他的。（節錄胡適文存三集卷五）

第四節　以小說見才學者

（一）野叟曝言

借小說來發抒作者的學問，唐人張鷟的遊仙窟已開其端，惟只限於文字的修飾，而不在於內容。以作者平生的學問借小說的內容爲皮藏之工具實始於清人夏敬渠的野叟曝言。此書在光緒初年始出版，而作書時期卻在康熙時。全書凡二十卷，以『奮武揆文，天下無雙正士；鎔經鑄史，人間第一奇書』二十字編卷回數多至一百五十四回，等到印行時已稍有缺失；今通行本均完全無缺，當爲他人所補。作者夏敬渠（約一七五〇前後在世）字懋修，號二銘，江陰人。英敏積學，通經史旁及諸子、百家、禮樂、兵刑、天文、算數之學，無不淹貫。生平足跡，幾遍全國。於野叟曝言之外，著有綱目舉正、全史約編、學古編及詩文集等。相傳野叟曝言成時，適值聖祖南巡，乃裝潢備進呈。敬渠有女頗明慧。以書中多狂悖語，帝性猜忌，恐禍且不測。但父性剛愎，知勸諫亦無益，乃與父門人某謀一良策，乘夜裁紙訂成同式書本，將原書私爲易去。到了進呈之日，敬渠啓視，見無一字，乃大哭，以謂奇書遭天忌，故字跡都被吸收去；女復乘間勸慰之，乃悒悒而罷。敬渠老於諸生，生平經濟學問，鬱鬱不得一試，乃盡出所蓄著爲這一部小說。凡敍事、談經、論史、教孝、勸忠、運籌、決策、藝之兵、詩、醫、算，情之喜、怒、哀、懼，講道學，闢邪說，無所不包。凡古今來之忠孝才學富貴榮華，都萃於主人翁文白（字素臣）之一身。一切小說中紀武力，述神怪，描春態，一切文籍中談道學，論醫理，講歷數，無不包羅於此書中。有的人以爲文白卽作者自況（析『夏』字爲『文白』二字，）他把自己生平所學的，所欲做的，所夢想的，完全寫在野叟曝言中了；所以這部小說，乃成了抒寫作者才情，寄托作者夢想的工具。

白字素臣，是錚錚鐵漢，落落奇才，吟遍江山，胸羅星斗，說他不求宦達，卻見理如漆雕；說他不會風流，卻多情如宋玉。揮毫作賦，則頡頏相如；抵掌談兵，則伯仲諸葛，力能扛鼎，退然如不勝衣；勇可屠龍，凜然若將隕谷。旁通歷數，下視一行；閒涉岐黃，肩隨仲景。以朋友爲性命，奉名教若神明。眞是極有血性的眞儒，不識炎涼的名士。他平生有一段大本領，是止崇正學，不信異端；有一副大手眼，是解人所不能解，言人所不能言。（第一回）

以排偶之文試爲小說的，則有陳球之燕山外史八卷。球字蘊齋，秀水諸生，家貧，以賣畫自給，工駢儷，喜傳奇因有此作（光緒嘉興府志五十二。）自謂『史體從無以四六爲文，自我作古，極知僭妄……第行於稗乘，當希未減。』蓋未見張鷟遊仙窟（見第八篇，）遂自以爲獨創。其本成於嘉慶中（約一八一〇，）專主詞華，略以寄慨。故卽取明馮夢楨所撰竇生傳爲骨幹，加以敷衍，演爲三萬一千餘言。傳略謂永樂時有竇繩祖，本燕人，就學於嘉興，悅貧女李愛姑，迎以同居，久之，父迫令就婚淄川宦族，遂絕去。愛姑復爲金陵鹺商所紿，輾轉落妓家，得俠士馬遴之助，終復歸竇，而大婦甚妬虐遇之，生不能堪，偕愛姑遁去，會有唐賽兒之亂，又相失。比生復歸，則資產已空，婦亦求去，孑然止存一身，而愛姑忽至，自言當日匿尼菴中，今遂返矣。是年竇生及第，累官至山東巡撫；迎愛姑入署如命婦。未幾生男，求乳媼，有應者，則前大婦也，再嫁後夫死子殤，遂困頓爲賤役，而生仍優容之。然婦又設計害馬遴，生亦牽連得罪；顧終竟昭雪復官，後與愛姑皆仙去。其事殊庸陋，如一切佳人才子小說常套，而作者奮然有取，則殆緣轉折尙多，足以示行文手腕而已。然語必四六，隨處拘牽，狀物敍情，俱失生氣，姑勿論六朝儷語，卽較之張鷟之作，雖無其俳諧，而亦遜其生動也。仍錄其敍寶生爲父促歸，愛姑悵悵失所之辭，以備一格：

……其父內存愛犢之思，外作搏牛之勢，投鼠奚遑忌器，打鴨未免驚鴛；放笠之豚，追來入笠，喪家之犬，叱去還家。疾驅而身弱如羊，遂作補牢之計；嚴錮而人防似虎，終無出柙之時；新虞龍性難馴，拴於鐵柱，還恐猿心易動，辱以薄鞭。由是姑也薔薇架畔，青黛將顰，薜荔牆邊，紅花欲悴，託意丁香枝上，其意誰知，寄情豆蔻梢頭，此情自喻。而乃蓮心獨苦，竹瀝將枯，卻嫌柳絮何情，漫漫似雪，轉恨海棠無力，密密垂絲。纔過迎春，又經半夏，采葑采葛，只自空期，投李投桃，俱爲陳迹，依稀夢裏，徒栽侍女之花，抑鬱胸前，空帶宜男之草。未能蠲忿，安得忘憂？鼓殘瑟上銅絲，奚時續斷，剖破樓頭藁影，何日當歸？豈知去者益遠，望乃徒勞，昔雖音問久疏，猶同鄉井，後竟夢魂永隔，忽阻山川。室邇人遐，每切三秋之感，星移物換，僅深兩地之思。……（卷二）

至光緒初（一八七九。）有永嘉、傅聲谷注釋之，然於本文反有刪削。（參照魯迅小說史略）

（三）鏡花緣

鏡花緣凡一百回，以描寫女子爲全書中心，以已受了彈詞的影響。但作者宗旨卻也是在發抒他生平所得的學問。作者李汝珍（約一七六三至一八三〇間在世）字松石，直隸、大興人。他於音韻及雜藝，如壬遁、星卜、象緯，以至書法、弈道，都很有研究；著有音鑑，主實用，重今音而敢於變古。生平不甚得志，老於諸生。晚年努力作小說以自遣，歷十餘年纔成功。道光時始有刻本。這部小說就是鏡花緣。書中有一大段論音韻的文字，那是作者最擅長的學問；書中還有許多論學、論藝的文字，和許多詩文及酒令之類，那也是作者所喜的或所欲談的東西。這部小說的歷史背景，是在唐、武則天時代，徐敬業討武氏失敗，忠臣子弟四散避難於他方。有唐敖者，與敬業等有舊，亦附其婦弟林之洋商舶至海外遨遊。途中經歷了遇見了無數的奇象與奇人。作者在這裏幾乎把全部山海經、神異經都搬入書中了。後敖至一山，食仙草而仙去，其女小山又附舶尋父，仍歷諸異境，且經衆險，終久未遇；但從山中一樵父得父書，名之曰閨臣，約她『中過才女』後可相見；更進，則見荒塚，曰鏡花塚，更進，則入水月村，更進，則見泣紅亭，其中有碑，上鑄百人名姓，第一名史幽探，末了畢全貞，而唐閨臣在第十一。人名之後有總論：

泣紅亭主人曰以史幽探哀萃芳冠首者，蓋主人自言窮探野史，嘗有所見，惜湮沒無聞，而哀羣芳之不傳，因筆誌之。……結以花再芳畢全貞者，著以羣芳淪落，幾至澌滅無聞，今賴斯而不朽，非若花之重芳乎？所列百人，莫非瓊林琪樹，合璧駢珠，故以全貞畢焉。（第四十八回）

閨臣尋父，不遇而返，卻結識了許多海外才女。值武后開科試才女，諸才女乃會聚京都，大事宴遊。不久，勤王兵起，諸女伴又從戎於兵間，致力於討武氏之事業。其結果，則諸才女各各不同，大抵其命運都已前定。書中關於女子之論特多，故胡適以爲是一部討論婦女問題的小說，牠對於這個問題的答案，是男女應該受平等的待遇，平等的教育，平等的選舉制度。敍寫很不壞：有很深刻的譏刺，很滑稽的調笑，甚至有很大膽的創見，如林之洋在女人國歷受種種女子所受之苦楚，爲尤可注意者。

鏡花緣全書凡一百回，書末有云『欲知鏡中全影，且待後緣，』那麼作者似乎還有續書。但今未見。其書亦似彈詞，頗爲閨閣中人所愛讀。

……多九公道：『林兄如餓，恰好此地有個充飢之物。』隨向碧草叢中摘了幾枝青草。……

林子洋接過，兄見這草宛如韭葉，內有嫩莖，開着幾朵青花，卽放入口內，不覺點頭道：『這草一股清香，倒也好喫。請問九公，他叫甚麼名號？……』唐敖道：『小弟聞得鵲山有青草，花如非，名『祝餘』可以療飢。大約就是此物了。』多九公連連點頭。於是又朝前走。……只見唐敖忽然路旁折了一枝青草，其葉如松，青翠異常，葉上生着一子，大如芥子，把子取下，手執青草道：『舅兄纔喫祝餘，小弟兄好以此奉陪了。』說罷，喫入腹內。又把那個芥子放在掌中，吹氣一口，登時從那子中生出一枝青草來，也如松葉，約長一尺，再吹一口，又長一尺，一連吹氣三口，共有三尺之長，放在口內，隨又喫了。林子洋笑道：『妹夫要這樣很嚼，只怕這裏青草都破你喫盡呢。這芥子忽變青草，這是甚故？』多九公道？『此是躡空草，』又名『掌中芥』取子放在掌中，一吹長一尺，再吹又長一尺，至三尺止。人若喫了，能立空中，所以叫作躡空草。』林子洋道：『有這好處，俺也吃他幾枝，久後回家，儻房上有賊，俺躡空追他，豈不省事。』於是各處尋了多時，並無蹤影。多九公道：『林兄不必找了。此草不吹不生。這空山中又誰吹氣栽？他剛纔唐兄喫的，大約此子因鳥雀啄食，受了呼吸之氣，因此落地而生，並非常見之物，你卻

從何尋找老夫在海外多年今日也是初次纔見若非唐兄吹他老夫還不知就是蹋空草哩。』……（第九回）

第五節　清之狹邪小說

（一）品花寶鑑

品花寶鑑凡六十回，作者爲陳森。陳森（約一八三五前後在世）字少逸，常州人。道光中居北京，嘗出入於伶人之中，因掇拾所見所聞，作爲此書。當時京中士大夫，每以狎伶爲務，使之侑酒歌舞，一如妓女。此風至清末始熄。在此書中，描寫此種變態的性愛，極爲詳盡。本爲男子之伶人，如杜琴言輩，乃溫柔多情如好女子；而所謂士大夫之狎伶者，則亦對他們致纏綿之情意，一如對待絕代佳人。在小說中保留這個變態心理的時代者，當以此書爲最重要的一部，也許便是惟一的一部。書中人物，亦大批爲實有，田春航之爲畢秋帆，侯石翁之爲袁子才，屈道翁之爲張船山，尤爲人所共知。但描寫有極猥褻處，故被列爲禁書。

現在將此書敍『名旦』杜琴言往梅子玉家問病時情狀：

卻說琴言到梅宅之時，心中十分害怕，滿擬此番必有一場羞辱。及至見過顏夫人之後，不但不加呵責倒有憐恤之心，又命他去安慰子玉，卻也意想不到，心中一喜一悲。但不知子玉病體輕重，如何慰之？只好遵夫人之命，老着臉走到子玉房裏。見簾幃不捲，几案生塵，一張小楠木牀掛了輕綃帳。雲兒先把帳子掀開，叫聲『少爺，琴言來看你了。』子玉正在夢中模模糊糊應了兩聲。琴言就坐在牀沿，見那子玉面龐黃瘦，憔悴不堪，琴言湊在枕邊，低低叫了一聲，不覺淚湧下來，滴在子玉的臉上。祇見子玉忽然呵呵笑道：

七月七日長生殿　夜半無人私語時

子玉吟了之後，又接連笑了兩笑。琴言看他夢魔如此，十分難忍，在子玉身上掀了兩掀，因想夫人在外，不好高叫，改口叫聲『少爺。』子玉猶在夢中想念，候到七月七日，到素蘭處，會了琴言，三人又好訴衷談心，這是子玉刻刻不忘，所以念出這兩句唐曲來。魂旣酣，一時難醒。又見他大笑一會，又吟道：

『我道是黃泉碧落兩難尋……』

歌罷，翻身向內睡着。琴言看他昏到如此，淚越多了，只好呆怔怔看着，不好再叫……（第二十九回）

品花寶鑑中人物，大抵實有，就其姓名性行，推之可知。惟梅、杜二人皆假說，字以『玉』與『言』的，就是『寓言』的說法。因爲著者以爲高絕，世上已沒有人足以供他影射的呢。

至作者理想的結局，則在末一回，爲名士名旦會於九香樓下。那時畫伶人小像爲花神，諸名士爲贊；諸伶又書諸名士長生祿位，公爲贊，皆刻石供養九香樓下……』云。

註：品花寶鑑乃陳森作，非陳森書。

（二）花月痕

花月痕，又名花月姻緣；凡十六卷五十二回，作者爲魏子安。子安（約一八五六前後在世）名學仁，一字子敦，福建、侯官人。早歲負盛名，長遊四方，好狹邪遊。所作詩詞多綺語。後折節學道，鄉里稱爲長者，但不忍棄其少作，乃托名眠鶴主人作花月痕以盡納之。或云，作者作於客居王慶雲撫晉時幕中，其書雖非全寫狹邪，但和妓女特有關涉，隱現全書中，配以名士，亦如佳人才子小說定式。書中寫二對戀人，韋癡珠與秋痕，韓荷生與采秋，一成一敗，使讀者於歡笑之時，亦露黯然之色。行文以纏綿爲主，時雜悲涼之筆；結末忽雜妖異之事，頗爲人所貲議。書中人物，或以爲均有所隱，但不甚可考。

……采秋道：『妙玉稱個「檻外人」，寶玉稱個「檻內人」；妙玉住的是櫳翠庵，寶玉住的是怡紅院。……書中先說妙玉怎樣清潔，寶玉常常自認濁物，不見將來清者轉濁，濁者極清？』癡珠嘆一口氣，高吟道：『一失足成千古恨，再回頭已百年身。』隨說道：『……就書中「賈雨村言」例之，薛者，設也；貸者，代也。說此人代寶玉以寫生，故「寶玉」二字，寶字上屬於釵，就是寶釵；玉字下繫於黛，就是黛玉。釵黛眞是個「子虛烏有」，算不得什麼。倒是妙玉，眞是做寶玉的反面鏡子，故名之爲妙。一僧一尼，暗暗影射，你道是不是呢？』采秋答應。……癡珠隨說道：『色即是空，空即是色。』便敲着案子朗吟道：

『銀字箏調心字香，英雄底事不柔腸。我來一切觀空處，也要天花作道場。採蓮曲裏猜蓮子，叢桂開時又見君，何必搖鞭背花去，十年心已定香薰。』

荷生不待癡珠吟完便哈哈大笑道：『算了，喝酒罷。』說笑一回，天就亮了。癡珠用過早點，坐着采秋的車先去了。午間，得荷生柬帖云：

頃晤秋痕，淚隨語下，可憐之至。弟再四慰解，令作後圖。臨行，囑弟轉致閣下云：『好自靜養。耿耿此心，必有以相報也。』知關錦念，率此佈聞。並呈小詩四章求和。

詩是七絕四首。……癡珠閱畢，便次韻和。

『……………………』

正往下寫，禿頭回道：『榮市街李家着人來請，說是劉姑娘病得不好。』癡珠驚訝，便坐車赴秋心院來。秋痕頭上包着縐帕，趺坐牀上，身邊放着數本書，凝眸若有所思，突見癡珠，便含笑低聲說道：『我料得你挨不上十天。其實何苦呢？』癡珠說道：『他們說你病着，叫我怎忍不來呢？』秋痕嘆道：『你如今一請就來，往後又是糾纏不淸。』癡珠笑道：『往後再商量罷。』自此，癡珠又照舊往來了。是夜癡珠續成和韻詩，末一章有『博得蛾眉甘一死，果然知己屬傾城』之句，至今猶誦人口。……（第二十五回）

註：花月痕作者名魏學仁……魯迅

(三)青樓夢

青樓夢六十四回作者署名爲慕眞山人，其眞姓名乃俞達。達（？至一八八四）字吟香，江蘇、長洲人。生平頗作冶遊，後以風疾卒。著有醉紅軒筆話、花間棒、閒鷗集等。青樓夢成於光緒四年，書中人物都爲妓女而不及其他。書中故事大略如下：蘇州人金挹香工文辭，頗致纏綿於諸妓女。後掇巍科，納五妓，一妻四妾，爲餘杭知府。不久，父母皆在府衙中跨鶴仙去，挹香亦入山修眞，又歸家度其妻妾盡皆成仙。曩所識之三十六伎，原皆爲散花苑主坐下司花的仙女，今已一一塵緣已滿，重入仙班。這種敍事，仍不脫佳人才子小說之舊套，惟將女主人翁閨閣佳人換做了青樓妓女而已。

……（挹香與二友及十二妓女）至軒中，三人重復觀玩，見其中修飾，別有巧思。軒外各花綺麗，草木精神。正中擺了筵席，月素定了位次，三人居中，衆美人亦序次而坐：……（第五回）

……一日，挹香至留香閣，愛卿適發胃，飲食不進。挹香十分不捨，忽想着過青田著有醫門寶四卷，尚在館中書架內，其中胃氣丹方頗多，遂到館取而復至，查到『香鬱散』最宜，令侍兒

配了回來，親侍藥爐茶竈，又解了幾天館，朝夕在留香閣陪伴。愛卿更加感激。……（第二十一回）

……心中思想道：『我欲勘破紅塵，不能明告他們知道，只得一個私自瞞了他們，踱了出去的了。』次日寫了三封信，寄與拜林、夢仙、仲莫；無非與他們留書誌別的事情，又囑拜林早日代吟梅完其姻事。過了幾天，挹香又帶了幾十兩銀子，自己去帶辦了道袍道服草帽涼鞋，寄在人家，重歸家裏。又到梅花館來，恰巧五美俱在，挹香見他們不識不知，仍舊笑嘻嘻在着那裏，覺心中還有些對他們不起的念頭。想了一回，歎道，『既解情關有何戀戀！』……（第六十回）

遂去，羽化於天台山，又歸家，悉度其妻妾，於是『金氏門中兩代白日昇天。』（第六十一回）

（四）海上花

海上花列傳凡六十四回，坊本或改稱新海上繁華夢，亦爲寫妓院之小說。作者韓邦慶（一八五六至一八九四）字子雲，別署花也憐儂，松江人。善奕棋，嗜鴉片，旅居上海甚久，爲報館編輯，沈酣於花叢中閱歷既深，遂著此書。書中故事，大都爲實有，不如其他人情小說之嚮壁虛造。其中人物，至今尚可指出其爲某人某人。此書與他書二種合印爲海上奇書三種，每七日出一册，每册中有此書二回，甚風行，爲上海一切小說雜誌的先鋒。全書結構亦爲儒林外史式，亦無一定之主人翁；但敍寫逼眞，能吸引讀者興趣。又全用蘇州語，在方言文學上亦占極重要地位。此書大略以趙樸齋爲線索，因訪母舅至滬因遊靑樓，至『拉洋車』書至二十八回忽不印，此書在近二十年的影響極大，至今這種體裁的小說仍時有出現。

……王阿二一見小村，便攛上去嚷道：『耐好啊！編我阿是？耐說轉去兩三個月哓，直到仔故歇坎坎來，阿是兩三個月嗄？只怕有兩三年哉！……』小村忙陪笑央告道：『耐勿要動氣。我搭耐說。』便湊着王阿二耳朵邊，輕輕的說話。說不到四句，王阿二忽跳起來，沈下臉道：『耐倒乖殺哚。耐想拿件溼布衫撥來別人着仔，耐末脫體哉，阿是？』小村發急道：『勿是呀，耐也等我說完仔了啘。』王阿二便又爬在小村懷裏去聽，也不知咕咕唧唧說些甚麼，只見小村說着，又努嘴，王阿二卽回頭把趙樸齋瞟了一眼，接着小村又說了幾句。王阿二道：『耐末那價呢？』小村道：『我是原照舊啘。』王阿二方纔罷了，立起身來，剔亮了燈臺，問樸齋尊姓；又自頭至足，細細打量。樸齋別轉臉去，裝做看單條。只見一個半老娘姨，一手提水銚子，一手托兩盒烟膏，蹭上樓來，……把烟盒放在烟盤裏，點了烟燈，沖了茶碗，仍提銚子下樓自去。王阿二靠在小村身旁燒起烟來，見樸齋獨自坐着，便說：『榻牀浪來軃軃哩。』樸齋巴不得一聲，隨向烟榻下手躺下，看着王阿二燒好一口烟，裝在槍上，授與小村，颼颼颼直吸到底……至第三口，小村說：『勿喫哉。』王阿二調過槍來，授與樸齋。樸齋吸不慣，不到半口，斗門噎住……王阿二將簽子打通煙眼，替他把火。樸齋趁勢揑他手腕，王阿二奪過手，把樸齋腿膀儘力摔了一把，摔得樸齋又痠痛又爽快。樸齋吸完煙，卻偷眼去看小村，見小村閉着眼，朦朦朧朧，似睡非睡光景。樸齋低聲叫『小村哥。』連叫兩聲，小村只搖手，不答應。王阿二道：『烟迷呀，隨哩去罷。』樸齋便不叫了……（第二回）

（a）海上花列傳的作者

海上花列傳的作者自稱『花也憐儂，』他的歷史我們起先都不知道。蔣瑞藻先生的小說考證卷八引譚瀛室筆記說：

海上花作者為松江、韓君子雲。韓為人風流蘊藉，善奕棋，兼有阿芙蓉癖；旅居滬上甚久，曾充報館編輯之職。所得筆墨之資，悉揮霍於花叢。閱歷既深，此中狐媚伎倆，洞燭無遺，筆意又足以達之。……

小說考證出版於民國九年；從此以後，我們又無從打聽韓子雲的歷史了。民國十一年，上海、清華書局重排的海上花出版，有許廑父先生的序，中有云：

海上花列傳……或曰松江、韓太癡所著也。韓初業幕，以伉直不合時宜，中年後乃匿身海上，以詩酒自娛。既而病窮，……於是有海上花列傳之作。

這段話太浮泛了，使人不能相信。所以我去年想做海上花序時，便打定主意另尋可靠的材料。

我先問陳陶遺先生，托他向松江同鄉中訪問韓子雲的歷史。陶遺先生不久就做了江蘇省長；在他往南京就職之前，他來回覆我，說韓子雲的事實一時訪不着，但他知道孫玉聲先生（海上漱石生）和韓君認識，也許他能供給我一點材料。我正想去訪問孫先生，恰巧他的退醒廬筆記出版了。我第一天見了廣告便去買來看果然在筆記下卷（頁十二）尋得『海上花列傳』一條：

雲間韓子雲明經別篆太仙博雅能文自成一家言不屑傍人門戶嘗主申報筆政自署曰大一山人太仙二字之拆字格也辛卯（一八九一）秋應試北闈余識之於大蔣家衚衕松江會館一見有若舊識場後南旋同乘招商局海定輪船長途無俚出其著而未竣之小說稿相示顏曰花國春秋回目已得二十有四書則僅成其半時余正撰海上繁華夢初集已成二十一回舟中乃易稿互讀喜此二書異途同歸相顧欣賞不置惟韓謂花國春秋之名不甚愜意擬改爲海上花而余則謂此書通體皆操吳語恐閱者不甚了了；且吳語中有音無字之字甚多下筆時殊費研考不如改易通俗白話爲佳乃韓言：『曹雪芹撰石頭記皆操京語我書安見不可以操吳語？』並指稿中有音無字之覅嫑諸字謂『雖出自臆造然當日倉頡造字度亦以意爲之文人遊戲三昧更何妨自我作古得以生面別開？』余知其不可諫斯勿復語逮至兩書相繼出版韓書已易名曰海上花列傳而吳語則悉仍其舊致客省人幾難卒讀遂令絕好筆墨竟不獲風行於時而繁華夢則年必再版所銷已不知幾十萬册於以慨韓君之欲

以吳語著書，獨樹一幟，當日實爲大誤。蓋吳語限於一隅，非若京語之到處流行人人暢曉，故不可與石頭記並論也。

我看了這一段，便寫信給孫玉聲先生，請問幾個問題：

(1)韓子雲的『考名』是什麼？

(2)生卒的時代？

(3)他的其他事蹟？

孫先生回信說這幾個問題他都不能回答；但他允許我託松江的朋友代爲調查。

直到今年二月初，孫玉聲先生親自來看我，帶來小時報一張，有『松江顚公』的一條懶寓隨筆，題爲『海上花列傳之著作者。』據孫先生說，他也不知道這位『松江顚公』是誰；他託了松江、金劍華先生去訪問，結果便是這篇長文，孫先生又說，松江、雷君曜先生(瑨)從前作報館文字時署名『顚』字，大概這位顚公就是他。

顚公說：

……作者自署爲『花也憐儂』因當時風氣未開，小說家身價不如今日之尊貴，故不願使世人知眞實姓名，特仿元次山『漫郎聱叟』之例。隨意署一別號。自來小說家固無不如此也。按作者之眞姓名爲韓邦慶，字子雲，別號太仙，又自署大一山人，卽太仙二字之拆字格也。籍隸舊松江府屬之婁縣。本生父韓宗文，字六一，清咸豐戊午（一八五八）科順天榜舉人，素負文譽，官刑部主事。作者自幼隨父宦遊京師，資質極聰慧，讀書別有神悟。及長，南旋，應童試，入婁庠爲諸生。越歲，食廩餼，時年甫二十餘也。屢應秋試，不獲售。嘗一試北闈，仍鎩羽而歸，自此遂淡於功名。爲人瀟灑絕俗，家境雖寒素，然從不重視『阿堵物』；彈琴賦詩，怡如也。尤精於弈；與知友楸枰相對，氣宇閒雅；偶下一子，必精警出人意表。至今松人之談善弈者，猶必數作者爲能品云。

作者常年旅居滬瀆，與申報主筆錢忻伯、何桂笙諸人暨滬上諸名士互以詩唱酬。亦嘗擔任申報撰著；顧性落拓不耐拘束，除偶作論說外，若瑣碎繁冗之編輯，掉頭不屑也。與某校書最暱，常日匿居其粧閣中。興之所至，拾殘紙禿筆，一揮萬言。蓋是書卽屬稿於此時，初爲半月刊，

> 遇朔望發行。每次刊本書一回，餘爲短篇小說及燈謎酒令諸體詩文等。（適按，此語不很確，說詳後。）承印者爲點石齋書局，繪圖甚精，字亦工整明朗。按其體裁，殆即現今各小說雜誌之先河。惜彼時小說風氣未盡開，購閱者鮮，又以出版屢屢愆期，尤不爲閱者所喜。銷路平平，實由於此。或謂書中純用蘇白，吳儂軟語，他省人未能盡解，以致不爲普通閱者所歡迎，此猶非洞見癥結之論也。（適按，此指退醒廬筆記之說。）
>
> 書共六十四回，印全未久，作者即赴召玉樓，壽僅三十有九。歿後詩文雜著散失無存，聞者無不惜之。妻嚴氏，生一子，三歲即夭折；遂無嗣。一女字童芬，嫁聶姓，今亦夫婦雙亡。惟嚴氏現猶健在，年已七十有五，蓋長作者五歲云。……

據顛公的記載，韓子雲的夫人嚴氏去年（舊曆乙丑）已七十五歲；我們可以推算她於咸豐辛亥（一八五一），韓子雲比她少五歲，生於咸豐丙辰（一八五六）。他死時年僅三十九歲，當在光緒甲午（一八九四），海上花初出在光緒壬辰（一八九二），六十四回本出全時有自序一篇，題『光緒甲午孟春。』作者即死在這一年，與顛公說的『印全未久，即赴召玉樓』的話正相符合。

過了幾個月，時報（四月二十二日）又登出一條懶窩隨筆，題爲『太仙漫稿，』其中也有許多可以補充前文的材料。我們把此條的前半段也轉載在這裏：

小說海上花列傳之著作者韓子雲君，前已略述其梗概。某君與韓爲文字交，茲又談其軼事云：君小名三慶，及應童試，卽以慶爲名，嗣又改名奇。幼同從同邑蔡蕅雲先生習制舉業，爲詩文聰慧絕倫。入泮時詩題爲『春城無處不飛花，』所作試帖微妙清靈，藝林傳誦。踰年應歲試，文題爲『不可以作巫醫，』通篇係游戲筆墨，見者驚其用筆之神妙，而深慮不中程式。學使者愛其才，案發，列一等，食餼於庠。君性落拓，年未弱冠，已染烟霞癖，家貧不能傭僕役，惟一婢名雅蘭，朝夕給使令而已。時有父執謝某官於豫省，知君家況清寒，特函招入幕。在豫數年，主賓相得。某歲秋闈，辭居停，由豫入都，應順天鄉試。時擕有短篇小說及雜作兩册，署曰太仙漫稿。小說筆意略近聊齋，而詼詭奇誕，又類似莊、列之寓言。都中同人皆嘖嘖歎賞，譽爲奇才。是年榜發，不得售，乃鎩羽而歸。君生性疏懶，凡有著述，隨手散棄。今此二册，不知流落何所矣。稿末附有酒令燈謎等雜作，無不俊妙，郡人士至今猶能道之。（胡適文存三集卷六）

（b）海上花是吳語文學的第一部傑作

但是海上花的作者的最大貢獻還在他的採用蘇州土話。我們在今日看慣了九尾龜一類的書，也許不覺得這一類吳語小說是可驚怪的了。但我們要知道，在三十多年前用吳語作小說還是破天荒的事。海上花是蘇州土話的文學的第一部傑作。蘇白的文學起於明代；但無論爲傳奇中的說白，無論爲彈詞中的唱與白，都只居於附屬的地位，不成爲獨立的方言文學。蘇州土白的文學的正式成立，要從海上花算起。

我在別處（吳歌甲集序）曾說：

老實說罷，國語不過是最優勝的一種方言；今日的國語文學在多少年前都不過是方言的文學。正因爲當時的人肯用方言作文學，敢用方言作文學，所以一千多年之中積下了不少的活文學，其中那最有普遍性的部分逐逐漸被公認爲國語文學的基礎。我們自然不應該僅僅把着這一點歷史上遺傳下來的基礎就自己滿足了。國語的文學從方言的文學裏出來，仍須要向方言的文學裏去尋他的新材料，新血液，新生命。

這是從『國語文學』的方面設想。若從文學的廣義着想，我們更不能不倚靠方言了。文學要能表現個性的差異，乞婆娼女人人都說司馬遷、班固的古文固是可笑，而張三、李四人人都說紅樓夢、儒林外史的白話也是很可笑的。古人早已見到這一層，所以魯智深與李逵都打着不少的土話，金瓶梅裏的重要人物更以土話見長。平話小說如三俠五義、小五義都有意夾用土話。南方文學中如晚明以來崑曲與小說中常常用蘇州土話，其中很有絕精彩的描寫。試舉海上花列傳中的一段作個例：

……雙玉近前，與淑人並坐牀沿。雙玉略略欠身，兩手都搭着淑人左右肩膀，教淑人把右手勾着雙玉頭項，把左手按着雙玉心窩，臉對臉問道：『倪七月裏來裏一笠園，也像故歇實概樣式一淘坐來浪說個閒話，耐阿記得？』……（六十三回）

假如我們把雙玉的話都改成官話：『我們七月裏在一笠園，也像現在這樣子坐在一塊說的話，你記得嗎？』——意思固然一毫不錯，神氣卻減少多多了。……中國各地的方言之中，有三種方言已產生了不少的文學。第一是北京話，第二是蘇州話（吳語），第三是廣州話

（粵語）京話產生的文學最多，傳播也最遠。北京做了五百年的京城，八旗子弟的游宦與駐防，近年京調戲劇的流行：這都是京語文學傳播的原因。粵語的文學以『粵謳』爲中心；粵謳起於民間，而百年以來，自從招子庸以後，仿作的已不少，在韻文的方面已可算是很有成績的了。但如今海內和海外能說廣東話的人雖然不少，粵語的文學究竟離普通話太遠，他的影響究竟還很少。介於京語文學與粵語文學之間的，有吳語的文學。論地域，則蘇、松、常、太、杭、嘉、湖都可算是吳語區域。論歷史，則已有了三百年之久。三百年來，凡學崑曲的無不受吳音的訓練；近百年中，上海成爲全國商業的中心，吳語也因此而佔特殊的重要政位。加之江南女兒的秀美久已征服了全國的少年心；向日所謂南蠻鴃舌之音久已成了吳中女兒最繫人心的軟語了。故除了京語文學之外，吳語文學要算有勢力又最有希望的方言文學了。……

這是我去年九月裏說的話。那時我還沒有見着孫玉聲先生的退醒廬筆記，還不知道三四十年前韓子雲用吳語作小說的困難情形。孫先生說：

余則謂此書通體皆操吳語，恐閱者不甚了了；且吳語中有音無字之字甚多，下筆時殊費研考，不如改易通俗白話爲佳。乃韓言：『曹雪芹撰石頭記，皆操京語，我書安見不可以操吳語』？並指稿中有音無字之『朆，覅』諸字，謂『雖出自臆造，然當日倉頡造字，度亦以意爲之。文人游戲三昧，更何妨自我作古，得以生面別開。』

這一段記事大有歷史價值。韓君認定石頭記用京話是一大成功，故他也決計用蘇州話作小說。這是有意的主張，有計劃的文學革命。他在例言裏指出造字的必要，說：若不如此，『便不合當時神理』。這眞是一針見血的議論。方言的文學所以可貴，正因爲方言最能表現人的神理。通俗的白話固然遠勝於古文，但終不如方言的能表現說話的人的神情口氣。古文裏的人物是死人；通俗話裏的人物是做作不自然的活人；方言土話裏的人物是自然流露的活人。

我們試引本書第二十三回裏衛霞仙對姚奶奶說的一段話做一個例：

耐個家主公末，該應到耐府浪去尋啘。耐倽辰光交代撥倪，故歇到該搭來尋耐家主公？倪堂子裏倒勿曾到耐府浪來請客人，耐倒先到倪堂子裏來尋耐家主公！阿要笑話！倪開仔堂子做生意，走得進來，總是客人，阿管俚是倷人個家主公！……老實搭耐說仔罷：二少爺來裏耐府浪，故末是耐家主公；到仔該搭來，就是俔個客人哉。耐有本事，耐拿家主公看牢仔；爲倷放俚到堂子裏來白相？來裏該搭堂子裏，耐再要想拉得去，耐去問聲看，上海夷場浪阿有該號規矩？故歇覅說二少爺勿曾來，就來仔，耐阿敢罵俚一聲，打俚一記！耐欺瞞耐家主公，勿關俔事；要欺瞞仔俔個客人，耐當心點！

這種輕靈痛快的口齒，無論翻成那一種方言，都不能不失掉原來的神氣。這眞是方言文學獨有的長處。

但是方言的文學有兩個大困難。第一是有許多字向來不曾寫定，單有口音，沒有文字。第二是懂得的人太少。

關於第一層困難，蘇州話有了幾百年的崑曲說白與吳語彈詞做先鋒，大部分的土話多少總算是有了文字上的傳寫。試舉金鎖記的思飯一齣裏的一段說白：

（丑）阿呀，我個兒子，弗要說哉。囉里去借點得倄來活活命嘿好嗐？

(付)叫我到囉里去借介?
(丑)㕦介朋友是多個耶。
(付)我張大官人介朋友是實在多勾,纔不拉我頂穿哉。
(丑)阿呀,介嘿,直腳要餓殺個哉!阿呀,我個天吓!天吓!
(付)來,阿姆,弗要哭,有商量里哉。到東門外頭三娘姨搭(哚)去借點偖來活搭活搭罷。

然而方言是活的語言,是常常變化的;語言變了,傳寫的文字也應該跟着變。即如二百年前崑曲說白裏的代名詞,和現在通用的代名詞已不同了。故三十多年前韓子雲作海上花時,他不能不大膽地作一番重新寫定蘇州話的大事業。有些音是可以借用現成的字的。有時候,他還有創造新字的必要。他在例言裏說:

蘇州土白彈詞中所載多係俗字;但通行已久,人所共知,故仍用之。蓋演義小說不必沾沾的考據也。

這是採用現成的俗字。他又說:

惟有有音而無字者。如說『勿要』二字，蘇人每急呼之，併爲一音。若仍作『勿要』二字，便不合當時神理；又無他字可以替代。故將『勿要』二字併寫一格。閱者須知『覅』字本無此字，乃合二字作一音讀也。……

讀者注意：韓子雲只造了一個『覅』字；而孫玉聲去年出版的筆記裏卻說他造了『朆』『覅』等字。這是什麼緣故呢？這一點可以證明兩件事：(一)方言是時時變遷的。二百年前的蘇州人說：

弗要說哉，那說弗曾。（金鎖記）

三十多年前的蘇州人說：

故歇覅說二少爺勿曾來。（海上花二十三回）

現在的人便要說：

故歇覅說二少爺朆來。

孫玉聲看慣了近年新添的『朆』字，遂以爲這也是韓子雲創造的了。（海上奇書原本可證）(二)這一點還可以證明這三十多年中吳語文學的進步。當韓子雲造『覅』字時，他還感覺有說明的必要。近人造『覅』字時便一直造了，連說明都用不着了。這雖是九尾龜一類的書的大功勞，然而韓子雲的開山大魄力是我們不可忘記的。（我疑心作者以『子雲』爲字，後又改名『奇』，也許是表示仰慕那喜歡研究方言奇字的揚子雲罷？）

關於方言文學的第二層困難——讀者太少，我們也可以引證孫先生的筆記：

逮至兩書（海上花與繁筆夢）相繼出版，韓書……吳語悉仍其舊，致客省人幾難卒讀，遂令絕好筆墨竟不獲風行於時。而繁華夢則年必再版，所銷已不知幾十萬册。於以慨韓君之欲以吳語著書，獨樹一幟，當日實爲大誤。蓋吳語限於一隅，非若京語之到處流行，人人暢曉，故不可與石頭記並論也。

『松江顚公』似乎不贊成此說。他說海上奇書的銷路不好，是因爲『彼時小說風氣未盡開，購閱者鮮，又以出版屢屢愆期，尤不爲閱者所喜。』但我們想來，孫先生的解釋似乎很近於事實。海上花是一個開路先鋒，出版在三十五年前，那時的人對於小說本不熱心，對於方言土話的小說尤其不熱心。那時道路交通很不便，蘇州話通行的區域很有限；上海還在轎子與馬車的時代，還在煤油燈的時代，商業遠不如今日的繁盛；蘇州妓女的勢力範圍還只限於江南，北方絕少南妓，所以當時傳播吳語文學的工具只有崑曲一項。在那個時候，吳語的小說確然沒有風行一世的可能。所以海上花出世之後，銷路很不見好，翻印的本子絕少。我做小學生的時候，只見看一種小石印本，後來竟沒有見別種本子。以後二十年中，連這種小石印本也找不着了。許多愛讀小說的人竟不知有這部書。這種事實使我們不能不承認方言文學創始之難，也就使我們對於那決心以吳語著書的韓子雲感覺格外的崇敬了。

然而用蘇白卻不是海上花不風行的惟一原因。海上花是一部文學作品，富有文學的風格與文學的藝術，不是一般讀者所能賞識的。海上繁華夢與九尾龜所以能風行一時，正因爲他們都只剛剛够得上『嫖界指南』的資格，而都沒有文學的價值，都沒有深沈的見解與深刻的描寫。這些書都只是供一般讀者消遣的書，讀時無所用心，讀過毫無餘味。海上花便不然了。海上花的長處在於語言的傳神，描寫的細緻，同每一故事的自然地發展；讀時耐人仔細玩味，讀過之後令人感覺深刻的影象與悠然不盡的餘韻。現今有人稱贊海上花『平淡而近自然。』這是文學上很不易做到的境界。但這種『平淡而近自然』的風格是普通看小說的人所不能賞識的。海上花所以不能風行一世，這也是一個重要原因。

然而海上花的文學價值究竟免不了一部分人的欣賞。即如孫玉聲先生，他雖然不贊成此書的蘇州方言，卻也不能不承認他是『絕好筆墨。』又如我十五六歲時就聽見我的哥哥紹之對人稱贊海上花的好處。大概海上花雖然不曾受多數人的歡迎，卻也得着了少數讀者的歡賞贊歎。當日的不能暢銷，是一切開山的作品應有的犧牲；少數人的欣賞贊歎，是一部第一流的文學作品應得的勝利。但海上花的勝利不單是作者私人的勝利，乃是吳語文學的運動的勝利。我從前曾說：

有了國語的文學，方纔可以有文學的國語。……有了文學的國語，方纔有標準的國語。（建設的文學革命論）

豈但國語的文學是這樣的？方言的文學也是這樣的。必須先有方言的文學作品，然後可以有文學的方言。有了文學的方言，方言有了多少寫定的標準，然後可以繼續產生更豐富更有價值的方言文學。三百年來，崑曲與彈詞都是吳語文學的預備。但三百年中還沒有一個第一流文人完全用蘇白作小說的。韓子雲在三十多年前受了曹雪芹的紅樓夢的暗示，不顧當時文人的諫阻，不顧造字的困難，不顧他的書的不銷行，毅然下決心用蘇州土話作了一部精心結構的小說，他的書的文學價値終久引起了少數文人的賞鑑與模仿他的寫定蘇白的工作大大地減少了後人作蘇白文學的困難。近二十年中遂有九尾龜一類的吳語小說相繼出書。九尾龜一類的書的大流行便可以證明韓子雲在三十多年前提倡吳語文學的運動此時已到了成熟時期了。

我們在這時候很鄭重地把海上花重新校印出版。我們希望這部吳語文學的開山作品的重新出世能夠引起一些說吳語的文人的注意，希望他們繼續發展這個已經成熟的吳語文學的趨勢。如果這一部方言文學的傑作還能引起別處文人創作各地方言文學的興味，如果從今以後有各地的方言文學繼續起來供給中國新文學的新材料，新血液，新生命，——那麼，韓子雲與他的海上花列傳眞可以說是給中國文學開一個新局面了。

此外，類於青樓夢之寫妓女小說，有西冷野樵的繪芳錄八十回，鄒弢的海上塵天影六十章……等；體裁仿海上花列傳的，有張春帆的九尾龜十二集一百九十二回，孫家振的海上繁華夢三集一百回……等，都寫上海花叢的花花絮絮。但種類既多，並無創格，讀者遂爲之感到嫌厭，故都無足稱述。（節錄胡適文存三集卷六）

第六節　清代的俠義小說及公案

（一）兒女英雄傳

兒女英雄傳與鏡花緣一樣，也是以女子爲主人翁的，原本有五十三回，今殘存四十回。題『燕北閒人著』作者爲道光中的文康（約一八六八前後在世）他是滿洲鑲紅旗人，費莫氏，字鐵仙，大學士勒保的次孫。曾爲郡守，擢觀察，丁憂旋里。又特起爲駐藏大臣，以疾不果行。他家世本貴盛，而諸子不肖，遂中落，且至困憊。晚年塊處一室，僅存筆墨，乃作此書以自遣。升降盛衰，俱所親歷，故多感慨之音。卷首有雍正及乾隆時人序，那是作者故布的疑陣。是書初名金玉緣。又名日下新書，又名正法眼藏五十三參，最後纔題爲兒女英雄傳評話。

內容是有俠女何玉鳳，出身名門，而智慧驍勇。她的父親爲人所害，因奉母避居山林；早有爲父報仇之心。她的寃家紀獻唐，有功於國，勢力甚大，何玉鳳急欲報仇而沒有機會，就變姓名爲十三妹，往來市井間，頗落拓玩世，偶然在旅途中看見孝子安驥困厄，救之，是以相識，後來漸漸稔熟。以後紀獻唐爲朝廷所誅，何雖然未手刃其仇，但父仇已報，即預備出家，又被勸阻而嫁安驥。驥妻張金鳳本爲玉鳳所拯救而介紹給安的。是以二女相睦如姊妹，所以此書初名金玉緣。

近人說：『作者緣欲使兒女英雄之概，備於一身，遂致性格失常，言動絕異，矯揉之態，觸目皆是。如敍安驥初遇何於旅舍，慮其入室，呼人擡石杜門，衆不能動，而何反爲之運以入。』

……那女子又說道，『弄這塊石頭，何至於鬧的這等馬仰人翻的呀？』張三手裏拿着钁頭，看了一眼，接口說，『怎麼「馬仰人翻」呢？瞧這傢伙，不這麼弄，問得他動嗎？打諒頑兒呢。』那女子走到跟前，把那塊石頭端相了端相，……約莫也有個二百四五十觔重，原是一個展糧食的碌碡；上面靠邊，卻有個鑿通了的關眼兒。……他先挽了挽袖子，把那石頭撂倒在平地上，用右手推着一轉，找着那個關眼兒，伸進兩個指頭去勾住了，往上只一悠，就把那二百多斤的石頭碌碡，單撒手兒提了起來，向着張三李四說道，你們兩個也別閑着，把這石頭上的土給我拂落淨了。兩個屁滾尿流，答應了一聲，連忙用手拂落了一陣，說『得了。』那女子纔回過頭來，滿面含春的向安公子道，『尊客，這石頭放在那裏？』安公子羞得面紅過耳，眼觀鼻，鼻觀心的答應了一聲，說『有勞，就放在屋裏罷。』那女子聽了，便一手提着石頭，款動一雙小腳兒上了臺堦兒，那隻手撩起了布帘，跨進門去，輕輕的把那塊石頭放在屋裏南牆根兒底下；回轉頭來，氣不喘，面不紅，心不跳。衆人伸頭探腦的向屋裏看了，無不咤異。……

（第四回）

此書結果說安驥探花及第，又由國子監祭酒簡放烏里雅蘇臺參贊大臣，未赴，又『改為學政，陛辭後即行赴任，辦了些疑難大案，政聲載道，位極人臣，不能盡述。』因此，就有人作續書三十二回，文意都不佳，而且沒有完，並說有二續，序題『不計年月，沒有名氏』有人認為大概是光緒二十年的時候北京書估之造作哩。

兒女英雄傳與儒林外史的異同

我們已說過，兒女英雄傳不是一部諷刺小說，但這書中有許多描寫社會習慣的部分，在當日雖不是有意的譏諷，在今日看來卻很像是作者有意刻畫形容，給後人留下不少的社會史料。正因爲作者不是有意的，所以那些部分更有社會史料的價值；這種不打自招的供狀，這種無心流露的心理，是最可寶貴的，比那些有意的描寫還更可寶貴。

儒林外史極力描摹科舉時代的社會習慣與心理，那是有意的諷刺。兒女英雄傳的作者卻沒有吳敬梓的思想見解；他的思想正和儒林外史裏的范進高老先生差不多，所以他崇拜科舉功名也正和范進高老先生一班人差不多。兒女英雄傳的作者正是儒林外史裏的人物，所以兒女英雄傳裏的心理也正是儒林外史攻擊譏諷的心理，不過吳敬梓是有意刻畫，而文康卻是無心流露罷了。

儒林外史裏寫周進、范進中舉人的情形，是讀者都不會忘記的。我們試看兒女英雄傳裏寫安公子中舉人的時候：（第三十五回）

安老爺看了（報單，）樂得先說了一句『謝天地；不料我安學海今日竟會盼到我的兒子中了！』手裏拏着那張報單，回頭就往屋裏跑。這個當兒，太太早同着兩個媳婦也趕出當院子來了。太太手裏還拏着根烟袋。老爺見太太趕出來，便湊到太太面前道：『太太，你看這小子，他中也罷了，虧他怎麼還會中的這樣高；太太，你且看這個報單。』太太樂得雙手來接，那雙手卻攥着根烟袋，一時忘了神，便遞給老爺。妙在老爺也樂得忘了，便拏着那根烟袋，指着報單上的字，一長一短，念給太太聽。……

那時候的安公子呢？

原來他自從聽得『大爺高中了』一句話，怔了半天，一個人兒站在屋裏，旮旮兒裏臉是漆青，手是冰涼，心是亂跳，兩淚直流的在那裏哭呢。……

連他們家裏的丫頭，長姐兒，也是：

從半夜裏就惦着這件事，纔打寅正，他就起來了。心裏又模模糊糊記得老爺中進士的時候，是天將亮報喜的就來了；可又記不眞是頭一天，是當天。因此，從半夜裏盼到天亮，還見不着個信兒，就把他急了個紅頭漲臉。及至服侍太太梳頭，太太看見這個樣子……忙伸手摸了摸他的腦袋說：『眞個的熱呼呼的；你給我梳了頭，回來到下屋裏靜靜兒的躺一躺道去罷。』

看時氣不好！』他……因此扎在他那間屋裏，卻坐又坐不安，睡又睡不穩。沒法兒，只拏了一床骨牌，左一回右一回的過五關兒，心裏要就那拏的開拏不開上算占個卦。……還有那安公子的乾丈母娘——舅太太——呢！

只聽舅太太從西耳房一路嘮叨着就來了，口裏只嚷道：『那兒這麼巧事！這麼件大喜的喜信兒來了，偏偏兒的我這個當兒要上茅廁；纔撒了泡溺，聽見，忙的我事也沒完，提上褲子，在那涼水盆裏汕了汕手，就跑了來了。我快見見我們姑太太。』……他拏着條布手巾，一頭走，一頭說，一頭擦手，一頭進門。及至進了門，纔想起……還有個張親家老爺在這裏，那樣的敞快爽利人，也就會把那半老秋娘的臉兒臊了個通紅。……

頂熱心至誠的，要算安公子的丈母張太太了。這時候，滿屋裏一找，只不見這位張太太。………上上下下三四個茅廁都找到了，也沒有親家太太。……裏頭兩位少奶奶帶着一羣僕婦丫鬟，上下各屋裏，甚至茶房，哈什房，都找徧了。甚麼人兒，甚麼物兒都不短，只不見了張親家太太。

原來張親家太太一個人爬上魁星樓去了。她

聽得人講究魁星是管念書趕考的人中不中的，他爲女壻初一十五必來望着樓磕個頭。……今日在舅太太屋裏聽得姑爺果然中了，便如飛的……直奔到這裏來，……大着膽子上去，要當面叩謝魁星的保佑。及至……何小姐……三步兩步跑上樓去一看。張太太正閉着兩隻眼睛，冲着魁星，把腦袋在那樓板上碰的山響，嘴裏可念的是『阿彌陀佛』合『救苦救難觀世音菩薩。』

這一長段全文約有五千字，專寫安家的人聽見報安公子中舉人時候的心理。文康絕對想不到嘲諷挖苦安老爺以至張親家太太一班人：他只是一心至誠地要做一篇讚嘆歌頌科舉的文字，他只是老老實實地要描摹他自己歆羨崇拜科舉的心理，所以有這樣淋漓盡致，自然流露的好文章。

文康極力讚頌科舉，而我們讀了只覺得科舉流毒的格外可怕，他誠心誠意地描寫科第的可歆羨，而我們在今日讀了只覺得他給我們留下了一大篇科舉制度之下崇拜富貴利祿的心理的絕好供狀。所以我們說：兒女英雄傳的作者自己正是儒林外史要刻畫形容的人物，而兒女英雄傳的大部分眞可叫做一部不自覺的儒林外史。（摘錄胡適文存三集卷六）

（二）三俠五義七俠五義及小五義正續

三俠五義原名忠烈俠義傳，出現於光緒五年（一八七九）凡百二十回，爲石玉崑作。此書在中國社會上影響甚大，施公案續集以後及彭公案……等都是繼其軌而作的，這類書大都描寫勇俠之士，遊行村市，除暴安良，爲國立功，而必以一個有名的大官爲中樞，以總領一切豪傑。三俠五義中的領袖爲宋代的包拯，有三俠——展昭、歐陽春、丁兆惠——及五鼠——盧方、韓彰、徐慶、蔣平、白玉堂——做他的羽翼，到處破大案，平惡盜，並定襄陽王之亂。包公的故事，在元人戲曲中已盛見敍寫；明人又作龍圖公案十卷，亦名包公案，記包公所斷奇案六十三件，文意甚拙。後又有人演爲大部，仍稱龍圖公案，則組織嚴密，首尾通連，卽爲三俠五義的藍本。包公案的『五鼠鬧東京』本爲一樁神怪故事，在三俠五義中，卻都變做人的綽號，而成了武俠的遊戲故事了。後俞樾見此書，大爲歎賞，頗病開篇『狸貓換太子』之不經，乃援據史傳，別撰第一回。又以書中南俠、北俠、雙俠，爲數已四，又有小俠艾虎，艾虎之師黑妖狐智化及小諸葛沈仲元，均為俠士，乃改名七俠五義。後又有忠烈小俠五義傳及續小五義傳，相繼出現於京師，皆一百二十四回，每回前間引古事或唱句為入話，似宋人話本，專敍平定襄陽王一事而止於衆俠士皆受朝廷封賞，中間亦串插衆俠士在江湖間誅鋤惡霸事。序中亦稱為石玉崑原稿。石玉崑為北方之平話家，為柳敬亭一流人物，如彈詞家之有俞遇乾與馬如飛。又有正續小五義全傳，凡六十回，卽取二書合為一部，去其重複，汰其鋪敍，省略成五十二回，末又加八回而成。書中反增許多猥褻的描寫，故傳世甚希。至通行本七俠五義則僅百回，大約書肆以後二十回與小五義所敍重復，故删去。

俠義小說之在淸代，正接宋人話本正脈，固平民文學之歷七百餘年而再興的呢。但是後來僅有擬作反續書，而且多濫惡，卽證明此道又衰落。

淸朝初年，流寇都平了，遺民沒有忘記舊君，遂漸念草澤英雄之為明宣力的，所以陳忱作後水滸傳，則使李俊去國而王於暹羅（見第十五篇），歷康熙到乾隆百三十餘年，威力廣被，人民懾服，卽士人亦無二心，所以道光時俞萬春作結水滸傳，就使一百八人無一倖免（亦見第十五篇）然此尙爲僚佐之見。三俠五義爲市井細民寫心，比較有水滸餘韻，然也僅僅是他的外貌，而不是水滸的精神了。這時離明亡已久遠，說書之地又爲北京，其先又屢平內亂，游民都以從軍得功名歸耀鄉里爲榮。所以凡俠義小說中的英雄，在民間每每極粗豪，大有綠林結習，而終必爲一大僚卒，供使令奔走以爲寵幸，像這樣，非心悅誠服，樂爲臣僕時不辦呢？然當時對於此等書，則以爲『善人必獲福報，惡人總有禍臨，邪者定遭凶殃，正者終逢吉庇，報應分明，昭彰不爽，使讀者有拍案稱快之樂，無廢書長嘆之時。……』（三俠五義及永慶昇平序）云。

而那時歐人之力量，又侵入中國。

（a）胡適三俠五義與七俠五義意見

『三俠五義原名忠烈俠義傳，是從龍圖公案變出來的。我藏的一部三俠五義（卽亞東此本的底本）光緒八年壬午（一八八二）活字排本，有三篇短序。問竹主人（著者自號）序說：

是書本名龍圖公案，又曰包公案，說部中演了三十餘回，從此書內又續成六十多本；雖是傳奇誌異，難免怪力亂神。茲將此書翻舊出新，添長補短，删去邪說之事，改出正大之文，極讚忠烈之臣，俠義之事，……故取傳名曰『忠烈俠義』四字，集成一百二十回。……

又有退思主人序說：

原夫龍圖一傳舊有新編，貂續千言，新成其帙。補就天衣無縫，獨具匠心；裁來雲錦缺痕，別開生面。百二回之通絡貫脈，三五人之義膽俠腸。……

這可見當時作者和他的朋友都承認這書是用龍圖公案作底本的。但龍圖公案『雖是傳奇誌異，難免怪力亂神』，所以改作的人『將此書翻舊出新，添長補短，刪去邪說之事，改出正大之文，』遂同了一部完全不同的新書。龍圖公案裏鬧東京的五鼠是五個妖怪，玉貓是一只神貓，改作之後，五鼠變成了五個俠士，玉貓變成了『御貓』，展昭，神話變成了人話，誌怪之書變成了寫俠義之書了。這樣的改變眞是『翻舊出新，』可算是一種極大的進步。

可惜我們現在還不能知道這部書的作者究竟是什麼樣的人。依壬午活字本的三篇序看來，這書的原作者自號『問竹主人。』但壬午本還有兩篇序，一篇是入迷道人做的，他說：

辛未春，（一八七一）由友人問竹主人處得是書而卒讀之。……草錄一部而珍藏之。乙亥

（一八七五）司榷淮安。公餘時從新校閱，另錄成編，訂爲四函。年餘始獲告成。去冬（一八七八）有世好友人退思主人者，……攜去，……付刻於聚珍板。……

退思主人序也說：

戊寅冬（一八七八）於友人入迷道人處得是書寫本，知爲友人問竹主人互相參合删定，彙而成卷。

是此書曾經入迷道人的校閱删定。

壬午本首頁題『忠烈俠義傳，石玉崑述。』我們因此知道問竹主人卽是石玉崑。石玉崑的事蹟，現在還無從考起。後來光緒庚寅（一八九〇）北京文光樓續刻小五義及續小五義，序中說有『友人與石玉崑門徒素相往來，……將石先生原稿攜來。』這話大概不可相信。三俠五義的末尾有續集的要目，其中不提及徐良；而小五義以下，徐良爲最重要的人。這是一可疑。三俠五義已寫到軍山的聚義，而小五義仍從顏按院上任敍起，重述至四十一回之多；情節多與前書不同，文章又很壞，遠不如前集。這是二可疑。小五義中，沈仲元架走顏按院一件事是最重要的關鍵。然而前集百〇六回敍鄧車行刺的事並無氣走沈仲元的話；末尾的要目預告裏也沒有沈仲元架跑按院的話，這是三可疑。三俠五義末尾預告續集『也有不足百回，』而小五義與續小五義共有二百幾十回。這是四可疑。從文章上看來三俠五義與小五義決不是一個人做的。所以小五義序裏的話是不可靠的。然而小五義序卻使我們得一個消息：大概石玉崑此時（一八九〇）已死了。他若不曾死，文光樓主人決不敢扯這個大謊。

（附記）我從前曾疑心石玉崑的原本也許是很幼稚的，文字略如小五義。如果小五義序所說可信，那麼入迷道人修改年餘的功勞眞不小了。

三俠五義成書在一八七一年以前，至一八七九年始出版。十年後，（一八八九）俞曲園先生（樾）重行改訂一次，把第一回改撰過，改顏查散爲顏昚敏，改書名三俠五義爲七俠五義。七俠五義本盛於南方，近年來三俠五義舊排本已不易得。南方改本的七俠五義已漸漸侵入京、津的書坊，將來怕連北方的人也會不知道三俠五義這部書了。其實三俠五義原本確有勝過曲園先生改本之處。就是曲園先生最不滿意的第一回也，遠勝於改本。近年上海戲園裏編狸猫換太子新戲，第一本用三俠五義第一回作底本，這可見京班的戲子還忘不了三俠五義的影響，又可見改本的第一回刪去了那有聲有色的描寫部分便沒有文學的趣味，便不合戲劇的演做了。這回亞東圖書館請俞平伯先生標點此書，全用三俠五義作底本，將來定可以使這個本子重新流行於國中，使許多讀者知道這部小說的原本是個什麼樣子。平伯是曲園先生的曾孫。三俠五義因曲園先生的表章而盛行於南方，現在三俠五義的原本又要靠平伯的標點而保存流傳，這不但是俞家的佳話，也可說是文學史上的一段佳話了。

曲園先生對於此書曾有很熱烈的賞贊。他的序裏說：

……及閱至終篇，見其事蹟新奇，筆意酣恣，描寫既細入毫芒，點染又曲中筋節，正如柳麻子說『武松打店，』初到店內無人，驀地一吼，店中空缸空甏皆瓮瓮有聲。閒中着色，精神百倍。如此筆墨方許作平話小說；如此平話小說方算得天地間另是一種筆墨！

這篇序雖沒有收入春在堂集裏去，然而曲園先生的序跋很少有這樣好的文章，也沒有第二篇流傳這樣廣遠的。曲園先生在學術史上自有位置，正不必靠此序傳後；然而他以一代經學大師的資格來這樣贊賞一部平話小說，他的眼力總算是很可欽佩的了。

三俠五義有因襲的部分，大概寫包公的部分是因襲的居多，寫各位俠客義士的部分差不多全是創造的。

第一回狸貓換太子的故事，其中各部分大抵是因襲元朝以來的各種傳說，我們在上章已分析過了。第一回裏最有精采的部分是寫陳琳抱粧盒出宮，路遇劉皇后盤詰的一段。這一段是沿用元曲抱粧盒第二折的。我摘鈔幾段來做例：

（劉皇后引宮女衝上云）休將我語同他語，未必他心似我心。那寇承御這小妮子，我差他幹一件心腹事去，他去了大半日纔來回話，說已停當了。我心中還信不過他。如今自往金水橋河邊看去，有甚麼動靜便見分曉。（做見科，云）兀的垂楊那壁不是陳琳？待我叫他一聲。陳琳：（正末慌科，云）是劉娘娘叫我死也。（唱）……（曲刪）……（做放盒見科）（劉皇后云）陳琳，你那裏去？（正末云）奴婢往後花園採辦時新果品來。（劉皇后云）別無甚公事麼？（正末云）別無甚公事。（劉皇后云）這等，你去罷。（正末做捧盒急走科）

（劉皇后云）你且轉來。（正末回，放盒，跪科，云）娘娘有甚分付？（劉皇后云）這廝，我放你去，就如弩箭離弦，腳步兒可走的快。我叫你轉來，就如氈上拖毛，腳步兒可這等慢。必定有些蹊蹺。我問你，……待我揭開盒兒看個明白果然沒有夾帶，我纔放你出去。……取盒兒過來，待我揭開看波。（正末用手按盒科，云）娘娘，這盒蓋開不的。上有黃封御筆，須和娘娘同到萬歲爺跟前面說過時，方纔敢開這盒蓋你看。（劉皇后云）我管甚麼黃封御筆；則等我揭開看看。（正末按住科）……（劉皇后做怒科，云）陳琳，你不揭開盒兒我看，要我自動手麼？（正末唱）

呀；見娘走向前，唉！

可不我陳琳呵，這死罪應該？

（劉皇后云）我只要辯個虛實，覷個眞假，審個明白。（正末唱）

他待我辯個虛實；

覷個眞假，

審個明白！

（寇承御慌上科，云）請娘娘回去。聖駕幸中宮要排筵宴哩。（劉皇后云）陳琳，恰好了你。若不是駕幸中宮，我肯就放了你出去？（並下）

我們拿這幾段來比較三俠五義第一回寫抱粧盒的一段，可以看出石玉崑沿用元曲只加上小小的改動，刪去了『駕幸中宮』的話，改成這樣更近情理的寫法：

……劉妃聽了，瞧瞧粧盒，又看看陳琳，復又說道：『裏面可有夾帶？……』陳琳當此之際，把死付於度外，將心一橫，不但不怕，反倒從容答道：『並無夾帶。娘娘若是不信，請去皇封，當面開看。』說着話，就要去揭皇封，劉妃一見，連忙攔住道：『既是皇封封定，誰敢私行開看？難道你不知規矩麼？』陳琳叩頭說：『不敢！不敢！』劉妃沈吟半響，因明日果是八千歲壽辰，便說：『既是如此，去罷！』陳琳起身，手提盒子，纔待轉身，忽聽劉妃說：『轉來：』陳琳只得轉身。劉妃又將陳琳上下打量一番，見他面上顏色絲毫不漏，方緩緩的說道：『去罷。』

讀者不要小看了這一點小小的改動，須知道從『劉皇后匆匆而去』改到『劉妃緩緩的說道，去罷，』這便是六百年文學技術進化的成績。

這書中寫包公斷案的各段大都是沿襲古來的傳說，稍加上穿插與描寫的工夫。最有名的烏盆鬼一案便是一個明顯的例。我們試拿本書第五回來比較元曲盆兒鬼，便可以知道這一段故事大段是沿用元朝以來的傳說，而描寫和敍述的技術都進步多了。在元曲裏盆兒鬼的自述是：

孩兒叫做楊國用，就是汴梁人，販些南貨做買賣去，賺得五六個銀子。前日回來，不期天色晚了，投到瓦窰村『盆罐趙』家宵宿。他夫妻兩個圖了我財，致了我命，又將我燒灰搗骨，揑成盆兒。

在三俠五義裏，他的自述是：

我姓劉，名世昌，在蘇州閶門外八寶鄉居住。家有老母周氏，妻子王氏，還有三歲的孩子，乳名百歲。本是緞行生理。只因乘驢回家，行李沈重，那日天晚，在趙大家借宿；不料他夫妻好狠，將我殺害，謀了資財，將我血肉和泥焚化。

張懺古只改了一個『別』字，盆罐趙仍姓趙，只是楊國用改成了劉世昌。此外，別的部分也是因襲的多，創造的少。例如張別古告狀之後，叫盆兒不答應，被包公攆出二次，這都是鈔襲元曲的。元曲裏，盆兒兩次不應，一次是鬼『恰纔口渴的慌，去尋一鍾兒茶吃：』一次是鬼『害飢，去吃個燒餅兒；』直到張別古不肯告狀了，盆兒纔說是『被門神戶尉擋住不放過去。』這種地方未免太輕薄了，不是悲劇裏應有的情節。所以三俠五義及後來京戲裏便改爲第一次是門神攔阻，第二次是赤身裸體不敢見『星主。』

元曲盆兒鬼很多故意滑稽的話，要博取臺下看戲的人的一笑，所以此劇情節雖慘酷，而寫的像一本詼諧的喜劇。石玉崑認定這個故事應該着力描寫張別古的任俠心腸，應該寫的嚴肅鄭重，不可輕薄遊戲，所以他雖沿用元曲的故事，而寫法大不相同。他一開口便說張三爲人鯁直，好行俠義，因此人都稱他爲別古。『與衆不同謂之別，不合時宜謂之古。』同一故事，見解不同，寫法便不同了。書中寫告狀一段云：

考頭兒爲人心熱。一夜不曾合眼，不等天明，爬起來，挾了烏盆，拄起竹杖，鎖了屋門，竟奔定遠縣而來。出得門時；冷風透體，寒氣逼人，又在天亮之時；若非張三好心之人，誰肯沖寒冒冷，替人鳴冤？

及至到了定遠縣，天氣過早，尚未開門，只凍（的）他哆哆嗦嗦，找了個避風的所在，席地而坐。喘息多時，身上覺得和暖，老頭子又高興起來了，將盆子扣在地下，用竹杖敲着盆底兒唱起什不閑來了。剛唱句『八月中秋月照臺，』只聽的一聲響，門分兩扇，太爺升堂。……

這種寫法正是曲園先生所謂『閑中着色，精神百倍。』

寫包公的部分，雖然沿襲舊說的地方居多，然而作者往往『閑中着色，』添出不少的文學趣味。如烏盆案中的張別古，如陰錯陽差案中的屈申，如先月樓上吃河豚的一段，都是隨筆寫來，自有風趣。

三俠五義本是一部新的龍圖公案，但是作者做到了小半部之後，便放開手做去，不肯僅僅做一部新龍圖公案了。所以這書後面的大半部完全是創作的，丟開了包公的故事，專力去寫那班俠義。在這創作的部分裏，作者的最成功的作品共有四件：一是白玉堂，二是蔣平，三是智化，四是艾虎。作者雖有意描寫南俠與北俠，但都不很出色。只有那四個人眞可算是石玉崑的傑作了。

白玉堂的爲人很多短處。驕傲，狠毒，好勝，輕舉妄動，——這都是很大的毛病。但這正是石玉崑的特別長處。向來小說家描寫英雄，總要說的他像全德的天神一樣，所以讀者不能相信這種人材是眞有的。白玉堂的許多短處，倒能教讀者覺得這樣的一個人也許是可能的；因爲他有這些近情近理的短處，我們卻格外愛惜他的長處。向來小說家最愛教他的英雄福壽全歸；石玉崑卻把白玉堂送到銅網陣裏去被亂刀砍死，被亂箭射的『猶如刺蝟一般，……血漬淋漓，漫說面目，連四肢俱各不分了。』這樣的慘酷的下場便是作者極力描寫白玉堂的短處，同時又是作者有意教人愛惜這個少年英雄，憐念他的短處，想念許多他的好處。

這書中寫白玉堂最用力氣的地方是三十二回至三十四回裏他和顏查散的訂交。這裏突然寫一個金生，『頭戴一頂開花儒巾，身上穿一件零碎藍衫，足下穿一雙無根底破皂靴頭兒，滿臉塵土；』直到三十七回裏方纔表出他就是白玉堂。這種突兀的文章，是向來舊小說中沒有的，只有同時出世的兒女英雄傳寫十三妹的出場用這種筆法。但三俠五義寫白玉堂結交顏查散的一節，在詼諧的風趣之中帶着嚴肅的意味，不但寫白玉堂出色，還寫一個可愛的小廝雨墨；有雨墨在裏面活動，讀者便覺得全篇生動新鮮，近情近理。雨墨說的好：

這金相公也眞眞的奇怪。若說他是誆嘴吃的，怎的要了那些菜來，他連筷子也不動呢？就是愛喝好酒，也不犯上要一罈來；卻又酒量不很大，一罈子喝不了一零兒，就全剩下了，白便宜了店家。就是愛吃活魚，何不竟要活魚呢？說他有意要寃咱們，卻又素不相識，無仇無恨。饒白吃白喝還要寃人，更無此理，小人測不出他是甚麼意思來。

倘使書中不寫這一件結交顏生的事，徑寫白玉堂上京尋展昭，大鬧開封府，那就減色多多了。大鬧東京只可寫白玉堂的短處，而客店訂交一大段卻眞能寫出一個從容整暇的任俠少年。這又是曲園先生說的『間中着色，精神百倍』了。

蔣平與智化有點相像，都是深沈有謀略的人才。舊小說中常有這一類的人物，如諸葛亮吳用之流，但都是穿八卦衣拿鵝毛扇的軍師一類，很少把謀略和武藝合在一個人身上的。石玉崑的長技在於能寫機警的英雄，智略能補救武力的不足，而武力能使智謀得實現。法國小說家大仲馬著俠隱記（Three Musketeers）寫達特安與阿拉密，正是這一類。智化似達特安，蔣平似阿拉密。俠隱記寫英雄，往往詼諧可喜；這種詼諧的意味，舊小說家最缺乏。諸葛亮與吳用所以成爲可怕的陰謀家，只是因爲那副拉長的軍師面孔，毫無詼諧的趣味。三俠五義寫蔣平與智化都富有滑稽的風趣；機詐而以詼諧出之，故讀者只覺得他們聰明可喜，而不覺得陰險可怕了。

本書寫蔣平最好的地方，如一百十四五回偷簪還簪一段，是讀者容易賞識的，九十四回寫他偷聽得翁大翁二的話，卻偏要去搭那隻強盜船；他本意要救李平山，後來反有意捉弄他，破了他的姦情，送了他的性命。這種小地方都可以寫出他的機變與遊戲。書中寫智化，比蔣平格外出色。智化綽號黑妖狐，他的機警過人，卻處處嫵媚可愛。一百十二回寫他與丁兆蕙假扮漁夫偷進軍山水寨，出來之後，丁二爺笑他『妝甚麼，像甚麼，眞眞嘔人。』智化說：

賢弟不知，凡事到了身臨其境，就得搜索枯腸，費些心思。稍一疎神，馬腳畢露。假如平日原定你爲你，我爲我。若到今日，你我之外又有王二李四。他二人原不是你我；既不是你我，必須將你之爲你，我之爲我，俱各撇開，應是他之爲他。既是他之爲他，他之中決不可有你，亦不可有我。能够如此設身處地的做去，斷無不像之理。

這豈但是智化自己說法？竟可說是一切平話家小說家戲劇家的技術論了。寫一個鄉下老太婆的說史漢古文，這固是可笑；寫一個叫化子滿口歐化的白話文，這也是可笑。這種毛病都只是因爲作者不知道「他之中決不可有你亦不可有我。」一切有志作文學的人都應該拜智化爲師，努力「設身處地的」去學那「他之爲他。」

智化扮乞丐進皇城偷盜珠冠的一長段是這書裏的得意文字。挖御河的工頭王大帶他去做工。

到了御河，大家按檔兒做活。智爺拿了一把鐵鍬，撮的比人多，擲的比人遠，而且又快。旁邊作活的道：「王第二的！」（智化的假名）智爺道：「什麼？」旁邊人道。「你這活計不是這麼做。」智爺道：「怎麼？挖的淺咧？做的慢咧？」旁邊人道：「這還淺！你一鍬，我兩鍬也不能那樣深。你瞧，你挖了多大一片，我纔挖了這一點兒。俗語說的，『皇上家的工，慢慢兒的蹭。』你要這們做，還能吃的長麼？」智爺道：「做的慢了，他們給飯吃嗎？」旁邊人道：「都是一樣慢了，他能不給誰吃呢？」智爺道：「既是這樣，俺就慢慢的。」（八十回）

這樣的描寫，並不說智化裝的怎樣像，只描寫一堆作工人的空氣，眞可算是上等的技術了。這一段談話裏還含有很深刻的譏諷；『都是一樣慢了，他能不給誰吃呢？』這一句話可抵一部官場現形記。然而這句話說的多麼温和敦厚呵！

這書中寫一個小孩子艾虎，粗疏中帶着機警，爛漫的天眞裏帶着活潑的聰明，也很有趣味。

三俠五義本是一部新的龍圖公案，後來纔放手做去，撇開了包公，專講各位俠義。我們在上文已說過，包公的部分是因襲的居多，俠義的部分是創作的居多。我們現在再舉出一個區別。包公的部分，因爲是因襲的，還有許多『超於自然』的迷信分子；如狐狸報恩，烏盆訴寃，紅衣菩薩現化，木頭人魘魔，古今盆醫瞎子，遊仙枕示夢，陰陽鏡治陰錯陽差，等等事都在前二十七回裏。二十八回以後，全無一句超於自然的神話（第三十七回柳小姐還魂只是說死而復甦，與屈申白氏的還魂不同。）在傳說裏大鬧東京的五鼠本是五個鼠怪，玉貓也本是一隻神貓。石玉崑『翻舊出新，』把一篇誌怪之書變成了一部寫俠義行爲的傳奇，而近百回的大文章裏竟沒有一點神話的蹤跡，這眞可算是完全的『人話化，』這也是很值得表彰的一點了。

（三）施公案及彭公案

施公案奇聞一名施公淸烈傳，又名百斷奇觀，凡九十七回，出於三俠五義之先，（道光中，）未知作者姓名，敍康熙時施世綸斷案事，而文辭殊拙直。其後有續集、三集、四集，……始敍及諸俠客行義故事，但其出世卻在三俠五義之後。此書在一般社會上的勢力亦甚大，今人無不知有黃天霸者，卽無不知有施公案。又有施公洞庭傳，今已出至甲至己集，共二百四十八回，尙未完，主人翁亦爲施世綸（書中都作施仕綸。）全出於三俠五義之後者，有彭公案二十三卷一百回，爲貪夢道人作，敍彭朋於康熙中微行訪案，許多俠士爲之幫忙事。文辭亦甚拙直，然較施公案爲勝。亦有續集、三集、四集，每集八十回，皆大行於世。

此二書，施公案，彭公案，雖然把綠林好漢寫得有聲有色，但一想到黃三太，黃天霸之流是爲彭公、施公做奴才，就令人覺得這些書與水滸是完全不同的產物。

而且施公案有續至十集，彭公案也續至十七集之多，千篇一律，語多不通，甚至一人之性格，也先後不同，因爲經過衆人之手，卽成爲惡書，漫不加察，自然就多矛盾了。

第七節　清末之譴責小說

清末是官場最黑暗的時代，一般清正的人視作官人的行動處處不能入眼，官場現形記，是清末官場的大寫眞。

(一)官場現行記

李伯元（一八六七至一九〇六）名寶嘉，號南亭亭長，江蘇武進人。少時擅制藝及詩賦，以第一名入學；後累應舉不第。乃到上海辦指南報，旋中止，又辦游戲報，專作俳諧嘲罵文字；後又辦海上繁華報，專記優伶、娼妓消息，兼載詩、詞、小說，頗盛行一時。所著尙有庚子國變彈詞、海天鴻雪記、李蓮英、繁華夢、活地獄、文明小史等。文明小史凡六十回，寫維新時鄉曲儒紳蠢態，亦令人爲之忍俊不禁。官場現行記係應商人之託而作，分編告成，故隨作隨刊。作者死後，無嗣，伶人孫菊仙爲理其喪，彷彿似宋妓之於柳耆卿，這是菊仙報他在繁華報的揄揚之恩，菊仙也算伶人中知恩必報者了。

總之官場現行記。……皆迎合，鑽營，朦混，羅掘，傾軋等故事，兼及士人之熱心於作官，及官吏閨中的隱情頭緒很繁，腳色也多。其記事與儒林外史略同。然臆說頗多，殊不足望文木老人後塵。況所搜羅，又僅『活柄』聯綴以成書，官場技倆，本是小異大同，彙爲長編，卽千篇一律。但特別因爲時勢要求，所以官場現形記乃驟享大名。

……賈大少爺雖是世家子弟，然而今番乃第一次遭見皇上，雖然請教過多少人，究竟放心不下。當時引見了下來，先看見華中堂，華中堂是收過他一萬銀子古董的，見了面問長問短，甚是關切。後來賈大少爺請教他道：『明日朝見，門生的父親是現任臬司，門生見了上頭，要碰頭不要碰頭？』華中堂沒有聽見上文，只聽得『碰頭』二字，連連回答道：『多碰頭，少說話是做官的祕訣。』賈大少爺忙分辯道：『門生說的是上頭問着門生的父親，自然要碰頭；倘不問，也要碰頭不要碰頭？』華中堂道：『上頭不問你，你千萬不要多說話，應該碰頭的地方，又萬萬不要忘記不碰；就是不該碰，你多磕頭，總沒有處分的。』一席話說得賈大少爺格外糊塗，意思還要問，中堂已起身送客了。賈大少爺只好出來，心想華中堂事情忙，不便煩他，不如去找黃大軍機，……或者肯賜教一二。誰知見了面，賈大少爺把話纔說完，黃大人先問

『你見過中堂沒有?他怎麼說的?』賈大少爺照述一遍,黃大人道:『華中堂閱歷深,他叫你多碰頭少說話,老成人之見,這是一點兒不錯的。』……賈大少爺無法,只得又去找徐大軍機。這位徐大人上了年紀,兩耳重聽,就是有時候聽得兩句,也裝作不知。他平生最講究養心之學,有兩個訣竅:『一個是「不動心」一個是不操心。』……後來他這個訣竅被同寅中都看穿了,大家就送他一個外號,叫他做『琉璃蛋』……這日賈大少爺……去求教他。見面之後,寒暄了幾句,便題到此事。徐大人道:『本來多碰頭是頂好的事,就是不碰頭,也使得。你還是應得碰頭的時候,你碰頭,不必碰的時候,還是不必碰的爲妙。』賈大少爺又把華、黃二位的話述了一遍,徐大人道:『他兩位說的話都不錯。你便照他二位的話,看事行事,最妥。』說了半天,仍舊說不出一毫道理。後來找到一位小軍機,……纔把儀注說清,第二天召見上去,居然沒有出岔子。……(第二十六回)

(a)節錄官場現形記序

『官場現形記的著者自稱「南亭亭長,」人都知道他是李伯元,卻很少人知道他的歷史的。

前幾年因蔣竹莊先生（維喬）的介紹，我收到著者的姪子李祖杰先生的一封長信，纔知道他的生平大概。

他的眞姓名是李寶嘉，字伯元，江蘇上元人，生於淸同治六年（一八六七）。少年時，他在時文與詩賦上都做過功夫。他中秀才時，考的是第一名。他曾應過幾次鄉試，終不得中舉人。後來在上海辦指南報，不久就停了；又辦游戲報，是上海「小報」中最早的一種。他後來把游戲報賣了，另辦繁華報。他主辦的游戲報，我不曾見過。我到上海時，（一九〇四）還見着繁華報。當時上海已有好幾種小報，專記妓女的起居，嫖客的消息，戲館的角色等事。繁華報在那些小報之中，文筆與風趣都算得第一流。

他是一個多才藝的人。他的詩詞小品散見當時的各小報；他又曾刻圖章，有芋香印譜行於世。他作長篇小說似乎多在光緒庚子（一九〇〇）拳禍以後。官場現行記是他的最長之作，起於光緒辛丑，（一九〇一）至癸卯年（一九〇三）成前三編，每編十二回。後二年（一九〇四至五）又成一編。次年（光緒丙午，一九〇六。）他就死了。此書的第五編也許是別人續到第六十回勉強結束的。他死時，繁華報上還登著他的一部長篇小說，寫的是上海妓家生活，我不記得書名了；他死後此書聽說歸一位姓歐陽的朋友續下去，後來就不知下落了。他的長篇小說只有一部文明小史是做完的，先在商務印書館的繡像小說裏分期印出，後來單印發行。

李寶嘉死時只有四十歲，沒有兒子，身後也很蕭條。當時南方戲劇界中享盛名的鬚生孫菊仙，因爲對他有知己之感，出錢替他料理喪事。（以上記的，大體根據魯迅的中國小說史略頁三二七至八。參看作者自注。他的記載是根據周桂笙新菴筆記三，及李祖杰致胡適書。我現在客中，李先生原書不在我身邊，故不及參校。小說史略初版記李氏死於光緒三十三年三月，年四十，而下注西曆爲『一八六七至一九〇六』。一九〇六爲光緒三十二年丙午，我疑此係印時誤排爲三十三年。今既不及參校，姑且改爲丙午，俟將來用李先生原書訂正。）

官場現形記是一部社會史料。它所寫的是中國舊社會裏最重要的一種制度與勢力，——官。它所寫的是這種制度最腐敗，最墮落的時期，——捐官最盛行的時期。這書有光緒癸卯（一九〇三）茂苑惜秋生的序，痛論官的制度；這篇序大概是李寶嘉自己作的。他說：

……選擧之法興，則登進之途雜。士廢其讀，農廢其耕，工廢其技，商廢其業，皆注意於官之一字。蓋官者，有士、農、工、商之利而無士、農、工、商之勞者也。天下愛之至深者，謀之必善；慕之至切者，求之必工。於是乎有脂韋滑稽者，有夤緣奔競者。而官之流品已極紊亂。

限資之例，始於漢代。……開捐納之先路，導輸助之濫觴。所謂衣食足而知榮辱者，直是欺人之談！……乃至行博弈之道，擲爲孤注；操販鬻之行，居爲奇貨。其情可想，其理可推矣。沿至於今，變本加厲，凶年飢饉，旱乾水溢，皆得援救助之例，邀奬勵之恩。而所謂官者，乃日出而未有窮期，不至充塞宇宙不止；……

官者，輔天子則不官，壓百姓則有餘。……有語其後者，刑罰出之；有誚其旁者，拘繫隨之。……於是官之氣愈張，官之燄愈烈。羊狠狼貪之技，他人所不忍出者，而官出之；蠅營狗苟之行，他人所不屑爲者，而官爲之。下之，聲色貨利則嗜若性命，般樂飲酒則視爲故常。觀其外，偭規而錯矩；觀其內，踰閑而蕩檢。種種荒謬，種種乖戾，雖罄紙墨，不能書也。得失重則妒忌之心生，傾軋甚則睚眦之怨起；……或因調換而齟齬，或因委署而齮齕，所謂投骨於地，犬必爭之者，是也。其柔而害物者且出全力以搏之，設深心以陷之，攻擊過於勇夫，蹈襲逾於強敵。……國衰而官強，國貧而官富。孝弟忠信之舊，敗於官之身，禮義廉恥之遺，壞於官之手。……南亭亭長有東方之諧謔，與淳于之滑稽，又熟知夫官之齷齪卑鄙之要，凡昏瞶糊塗之大旨。……因喟然嘆曰『……我之於官，既無統屬，亦鮮關係，惟有以含蓄醞釀存其忠厚，以酣暢淋漓闡其隱微，則庶幾近矣。』窮年累月，殫精竭誠，成書一帙，名曰官場現形記。立體仿諸稗野，則無鈎章棘句之嫌。紀事出以方言，則無詰屈聱牙之苦。開卷一過，凡神禹所不能鑄之於鼎，溫嶠所不能燭之以犀者，無不畢備。……

作者雖自己有『以含蓄醞釀存其忠厚』的評語，但這一層實在沒有做到，他只做到了『酣暢淋漓』的一步。這部書是從頭至尾詛咒官場的書。全書是官的醜史，故沒有一個好官，沒有一個好人。這也是當時的一種自然趨勢。向來人民對於官，都是敢怒而不敢言；恰好到了這個時期，政府的紙老虎是戳穿的了，還加上一種儻來的言論自由，——租界的保障，——所以受了官禍的人，都敢明白地攻擊官的種種荒謬、淫穢、貪贓、昏庸的事蹟。雖然有過分的描寫與溢惡的形容，雖然傳聞有不實不盡之處，然而就大體上論，我們不能不承認這部官場現行記裏大部分的材料可以代表當日官場的實在情形。那些有名姓可考的，如華中堂之爲榮祿，黑大叔之爲李蓮英，都是歷史上的人物，不用說了。那無數無名的小官，從錢典史到黃二麻子，從那做賊的魯總爺到那把女兒獻媚上司的冒得官也都不能說是完全虛構的人物。故官場現行記可算是一部社會史料。』

（二）二十年目覩之怪現狀

『清末，梁啓超印行新小說雜志於日本的橫濱，月出一冊，吳沃堯即爲投稿者之一。他先後曾投電術奇談、九命奇寃、二十年目覩之怪現狀，凡三種。電術奇談一名催眠術，係演述譯本；九命奇寃三十回，爲一棒雪警富新書的改作。警富新書凡四十回，署安和先生撰，係敍雍正時粵東梁天來案事：二書都非創作。二十年目覩之怪現狀光緒三十三年乃有單行本甲至丁四卷，宣統元年又出戊至辛四卷共一百八回，全書以自號『九死一生』者爲線索歷記二十年中所遇新聞天地間驚聽的故事，上至官帥，下至紳商，莫不著錄。此書與恨海、刼餘灰……等，都是作者的創作。恨海對於舊家庭舊婚姻制度痛下攻擊，爲極新穎的問題小說。其他作品，則都無甚價值。

吳沃堯（一八六七至一九一〇）字繭人，後改趼人，廣東南海人，居佛山鎮，故自稱我佛山人。後至上海，爲日報撰小品文投稿新小說，亦於此時。後客山東，遊日本，皆不得意。仍回居上海，爲月月小說主筆，著劫餘灰、發財祕訣、上海遊驂錄十回，又爲世界繁華報作糊突世界十二回，爲繡像小說作瞎騙奇聞八回，爲指南報作新石頭記四十回。曾主持廣志小學校，頗盡力。宣統初，成近十年之怪現狀二十回，全書未完稿，忽以病死。死時，衣袋中僅賸小銀元二枚。他生時的窘況可想而知了。別有恨海十回、胡寶玉二書，在作者生時已發行；又嘗受商人之托，以三百金爲作還我靈魂記頌其藥，一時頗爲人訾議。又有趼廛筆記、趼人十三種、我佛山人筆記四種、我佛山人滑稽談、我佛山人劄記小說等，在坊肆頗盛行，都爲後人綴集作者之短文而成。』

……到了晚上，各人都已安歇，我在枕上隱隱聽得一陣喧嚷的聲音出在東院裏。……嚷了一陣，又靜了一陣，靜了一陣，又嚷一陣，雖是聽不出所說的話來，卻只覺得耳根不淸淨，睡不安穩。……直等到自鳴鐘報了三點之後，方纔朦朧睡去；等到一覺醒來，已是九點多鐘了。連忙起來，穿好衣服，走出客堂，只見吳亮臣、李在茲和兩個學徒，一個廚子，兩個打雜，圍在一起竊竊私議。我忙問是甚麼事……亮臣正要開言，在玆道：『叫王三說罷，省了我們費嘴。』打雜王三便道：『是東院符老爺家的事。昨天晚上半夜裏我起來解手，聽見東院裏有人吵嘴，……就摸到後院裏，……往裏面偷看：原來符老爺和符太太對坐在上面，那一個到我們家裏討飯的老頭兒坐在下面，兩口子正罵那老頭子呢。那老頭子低着頭哭，只不做聲。符太太罵得最出奇，說道：「一個人活到五六十歲，就應該死的了，從來沒見過八十多歲人還活着的。」符老爺道：「活着倒也罷了。無論是粥是飯，有得喫喫點，安分守己也罷了！今天嫌粥了，明天嫌飯了，你可知道要吃的好，喝的好，穿的好，是要自己本事掙來的呢。」那老頭子道：「可憐我並不求好吃好喝，只求一點兒鹹菜罷了。」符老爺聽了，便直跳起來說道：「今日要鹹菜，明日便要鹹肉，後日便要鷄、鵝、魚、鴨，再過些時，便燕窩魚翅都要起來了。我是個沒補缺的窮官兒，供應不起！」說到那裏，拍桌子打板櫈的大罵。……罵彀了一回，老媽子開上酒菜來，擺在當中一張獨脚圓棹上。符老爺兩口子對坐着喝酒，卻是有說有笑的。那老頭子坐在底下，只管抽抽咽咽的哭。符老爺喝兩杯，罵兩句；符太太只管拿骨頭來逗哈叭狗兒頑。那老頭子哭喪着臉，不知說了一句甚麼話，符老爺登時大發雷霆起來，把那獨脚棹子一掀，匉訇一聲，棹上的東西翻了個滿地，大聲喝道：「你便吃去！」那老頭子也太不要臉，認眞就爬在地下拾來吃。符老爺忽的站了起來，提起坐的凳子，對準了那老頭子摔去。幸虧站着的老媽子搶着過來接了一接，雖然接不住，卻攩去勢子不少。那凳子雖然還摔在那老頭子的頭上，卻只摔破了一點頭皮。倘不是那一攩，只怕腦子也磕出來了。』我聽了這一番話，不覺嚇了一身大汗，默默自己打主意。到了吃飯時，我便叫李在茲趕緊去找房子，我們要搬家了。（第七十四回）

（三）老殘遊記

又有老殘遊記二十章，題洪都百鍊生著。作者劉鶚（約一八五〇至一九一〇間在世）字鐵雲，江蘇丹徒人。少精算術，頗放蕩，後自悔，又行醫於上海，忽又棄而爲商，盡喪其貲。光緒丙午（一九〇六）於上海所作序，光緒十四年河決鄭州，鶚以同知投效於吳大澂，治河有功，聲譽大起，漸至以知府用。在北京時，上書請敷鐵道；又主張和外人訂約合開煤礦，旣成，世俗交謫，罵爲「漢奸。」庚子之亂，鶚以賤價購太倉儲粟於外人之手，用以賑飢民，活人甚衆；後政府加以私售倉粟罪名，放逐新疆而死。書中主人翁鐵雲，號老殘，即爲他自己。全書都記他的言論聞見，敍寫景物頗有可觀。攻擊官吏處亦很多，且摘發所謂清官者之可恨，或尤甚於贓官，言人所未嘗言。作者頗自譽爲特創。他以爲贓官可恨，人人知之，故自知有病，不敢公然爲非；清官尤可恨，人多不知。清官自以爲不要錢，便何所不可，剛愎自用，小則殺人，大則誤國。歷來小說，皆揭贓官之惡；有揭清官之惡者，自老殘遊記始。或以爲作者本未完稿，由其子續成。今又有續書二十章，則爲他人所托名。

> ……那衙役們早將魏家父女帶到，卻都是死了一半的樣子。兩人跪到堂上，剛弼便從懷裏摸出那個一千兩銀票幷那五千五百兩憑據，……叫差役送與他父女們看。他父女回說『不懂這是甚麼緣故？』……剛弼哈哈大笑道：『你不知道，等我來告訴你看，你就知道了。昨兒有個胡舉人來拜我，先送一千兩銀子，說你們這案，叫我設法兒開脫，又說，如果開脫，銀子再要多些也肯。……我再詳細告訴你，倘若人命不是你謀害的，你家爲甚麼肯拿幾千兩銀子出來打點呢？這是第一據。……倘人不是你害的，我告訴他：「照五百兩一條命計算，也

應該六千五百兩。」你那管事的就應該說：「人命實不是我家害的，如蒙委員代爲昭雪，七千八千俱可，六千五百兩的數目卻不敢答應。」怎麼他毫無疑義，就照五百兩一條命算帳呢？這是第二據。我勸你們早遲總得招認，免得饒上許多刑具的苦楚。』那父女兩個連連叩頭說：『青天大老爺，實在是冤枉。』剛弼把棹子一拍，大怒道：『我這樣開導，你們還是不招？再替我夾拶起來！』底下差役炸雷似的答應了一聲『嗄！』……正要動刑。剛弼又道：『慢着。行刑的差役上來，我對你說。……你們伎倆，我全知道。你們看那案子是不要緊的呢，你們得了錢，用刑就輕，讓犯人不甚吃苦。你們看那案情重大，是翻不過來的了，你們得了錢，就猛一緊，把犯人當堂治死。成全他個整屍首，本官又有個嚴刑斃命的處分。我是全曉得的。今日替我先拶賈魏氏，只不許拶得他發昏，但看神色不好，就鬆刑，等他回過氣來再拶。預備十天工夫，無論你甚麼好漢，也不怕你不招！』……（第十六章）

（a）老殘遊記及其二集

有這麼一天，到良友圖書公司去玩，遇見鄭君平先生，他說起他所主編的新小說要我寫點東西。我因爲林語堂兄新近送了我一本老殘遊記二集，就答應寫一篇關於這部小說的文章。接着鄭先生又寫了信來看看這文債是逃不掉的了，限期又已過了一天，只得提起筆來就寫。但是，材料還沒有齊備，至少我應該尋找劉淮生所編的目錄中劉鶚所作的抱殘守缺齋遺詩來看，也許我能從這些遺詩裏多看出一些老殘遊記中的自傳成分。還有，先父譽船在日曾拿一本繡像小說所折訂的老殘遊記給我看，說是與現今坊間所刻的不同，好像是第九章到第十一章之間，璵姑與申子平談話，其中有一大段是今本所沒有的，或許是指『北拳南革』這段的說法不同吧？可是這本書已經送給卿雲圖書公司或是中原書局了，無從印證。據劉鐵孫先生的跋文，老殘遊記正集二十回和續集六回都是在天津日日新聞報上發表的，那末正集曾否也同時在繡像小說發表呢？繡像小說裏的老殘遊記正集是否與通行本不同呢？聽說阿英先生藏有一部分繡像小說，這兩個疑問我希望他能够替我們解答。

老殘遊記正集已經有胡適先生的一篇很好的考證，二集又有林語堂兄的一篇很好的序文，我所要說的話，大部分都被胡、林兩先生佔了先，實在沒有什麼很多的可以說了。此處且沒有系統的作筆記式的雜感吧。

現在我們已經知道老殘遊記的作者是劉鶚，（一八五七至一九一九）（生卒據二集劉鐵孫跋，以及中國小說史略作一八五〇至一九一〇。相差不遠）並且知道他是江蘇丹徒人。我可以從書中所用的話來作證明，第一個是正集第十二章的『拏喬』，第二個是二集卷一的『花里胡紹』；『拏喬』的意思是『故意作難』或『搭架子』『自以爲奇貨可居』，『花里胡紹』的意思是『花花綠綠。』這樣的話是只有淮水附近一帶地方的人纔有的。丹徒雖在長江之南，他們的話與江北一帶似乎沒有十分很大的分別。『花里胡紹』這短語(phrase)在蕪湖也有，惟作『花里古紹，』意思相同。劉鶚雖刻意要用普通話來寫，究竟有時不免要露出家鄉的土話。不過我對北平、丹徒兩處的方言都不曾有過精密的研究，說得不對，還要請各該地的人指教。

老殘遊記正集的確意在『譴責，』所以著者將這書與李寶嘉官場現行記和吳沃堯二十年目覩之怪現狀等一同歸入清末之譴責小說。玉剛兩大臣的嚴竣固不必說，即第二章也已顯出了端緒：『也有坐二人擡的藍呢小轎的看這轎子後面，一個跟班的戴個紅纓帽子，膀子底下，夾了個護書，拚命價飛奔；一面用手巾揩汗，一面低着頭跑。街上五六歲的孩子，不知避人，被那轎夫無意踢倒一個，他便哇哇的哭起來了。那孩子的母親，趕忙跑來問：「誰撞倒你的？誰撞倒你的？」問了兩句，那孩子只是哇哇的哭，並不說話。問了半天，纔帶哭道：「這擡轎的人。」那母親擡頭一看，那轎子已經擡了有二里多遠了。』即使碰死了，恐怕也不見得有人抵命吧？跟班的眼睛是生在額角頂上的。

正集的主要目的，自然是『譴責，』所以胡適說：『老殘遊記二十回只寫了兩個酷吏：前半寫一個玉賢，後半寫一個剛弼。』（胡適把剛弼當作理想的人物如烏有先生之類，劉鐵孫以爲卽指剛毅。）但故意想要顯露才學或發揮議論的地方，也是隨處可以看見的。例如第十章談音樂的伴奏曲和箜篌第十二章論詩選，這樣的例子俯拾卽是。劉鶚又精於算術，著有句股天元章弧三角術等，所以第十一章又談到算學：『算學家說同名相乘爲正，異名相乘爲負，無論你加減乘除怎樣變法，總出不了這正負兩個字的範圍。』二集卷一談到溫涼玉，秦碣，古玩卷二談到北齊金剛經等，則可以證明劉鶚的確是喜愛金石的，這樣的話也只有抱殘守缺齋藏器目的作者一類人物纔說得出。

正集第二章寫王小玉說書自然是極成功的，但最後又說王小玉說黑驢段，不及前一段，我認爲是個贅瘤。倘若不是王小玉的不智，大約這樣的事不會有的吧？誰又願意把好的放在前面，壞的放在後面，讓聽者的好印象銳減呢？卽使是幻構的故事，怕也不應先竭力鋪張了一大陣，後來立刻『死痒活氣』的陰滅了下去吧？

有人說，老殘遊記正集後數章是他人續作的，像十三條性命都活了轉來，帶有超自然的色彩，自然是破壞了寫實局面的統一。但第十九章寫推牌九一段，繪聲繪色，卻是可以稱讚的。

老殘遊記的續集，以前記得見過百新公司與初集合訂的四十回本，大約就是胡適所說的僞本，此處撇開不談。現在且略談良友圖書公司所出版的老殘遊記二集。

這部書是劉鶚的後代尋出稿本付排的，當然不能疑心到僞造上去。但有兩個疑點，也不妨胡亂提出來說說：

一、儜字的常見　二集裏常用『儜』字，大約就是我們現在所用的『您』字，是『你』的尊稱。但這字在正集裏卻從來不曾見過。例如正集第十三章翠環說：『鐵老，你貴處在那裏？』用『你』

而不用『儜』照理，這樣客氣的話是正應該用『儜』字的。

二、天津成語的常見 二集引用到天津成語和風俗的，全書六回中就見了四次：面四六云：『斷不能像那天津人的話，「三言兩語成夫妻。」』面五八云：『不成了天津的話：「剃頭挑子一頭想」嗎？』面七三云：『其實天津落子館的話，「還有題目呢。」』面八三云：『像天津揑的泥人子。』

不過這兩點也有解釋，可說是劉鶚故意這樣寫的。大約正集在繡像小說發表，繡像小說由南方的商務出版，所以稱你而不稱儜。二集在天津日日新聞發表，爲便於天津人的了解和引起他們的興趣起見，便常常引用到天津的成語和風俗了。倘若我的推測不錯，那末劉鐵孫先生所說正集也是在天津日日新聞發表的話，就有些不確了。

二集裏有兩句話有些語病。面八二云：

請你把這一節一節怎樣變法，可以指示我們罷？

這句話簡直把『祈求語』和『疑問語』同時並用了，我以爲這句話應該改爲下列兩種方式的一種：

請你把這一節一節變法，指示我們。

這一節一節怎樣變法，可以指示我們罷？

用了『請你把，』就不能用『怎樣……可以……罷。』又面一〇九云：

一天恩德未報，我萬不能出家，於心不安。

既『不能出家，』當然就無須『於心不安；』倘若『於心不安，』一定是出了家。所以這話的正當說法也有兩個方式：

一天恩德未報，我萬不能出家。

一天恩德未報，我若出家，於心不安。

最有趣的是，我看二集先看正文，不看語堂的序，爲的是恐怕他的意見在我的腦中先入爲主，蒙蔽了我的意見。我把我所認爲警句的，都畫起線來。後來再讀語堂的序，竟吃了一驚。凡是他所認爲警句，特別寫出的，竟都是我所畫過線的，我眞不免要謬託知己了。（以前別人的評論偶然也有與我的意見暗合）不過我所畫過線的，還有兩處是語堂所不曾引用的也錄在下面，不知語堂兄也喜歡這兩節否？

我們山東人性拙，古人留下來的名蹟都要點綴，如果隋堤在我們山東，一定有人補種些楊柳，算一個風景。譬如這泰山上的五大夫松，難道當眞是秦始皇封的那五棵松嗎？不過旣有這個名蹟，總得種五棵松在那地方，好讓那遊玩的人看了，也可以助點詩興；鄉下人看了，也多知道一件故事。（面二二五）

到是做買賣的生意人還顧點體面，若官幕兩途，牛鬼蛇神，無所不有，比那下等還要粗暴些。（面二二八）

至於從面四六到面七二的心理分析，寫逸雲怎樣的愛任三爺，一大篇妙文，幾乎句句都好，無可擯捨，當然用不着完全鈔錄下來了。（摘錄趙景深先生老殘遊記及其二集）

（四）孽海花

孽海花傳本只二十回。初載於小說林雜志，稱歷史小說，目錄已定，凡六十回，載至二十五回時，忽中輟。傳本署『愛自由者發起，東亞病夫編述，』愛自由者為金松岑，東亞病夫為常熟人曾樸。初二回為金松岑所作，後以事繁，乃讓曾樸續撰。二十回本出世後，有陸士諤依作者所定回目為之續完，但為作者否認。七年前，曾樸又發憤續成全書，又續成數十回，且將前二十回亦大加修改，後忽又中輟。當時曾有金松岑亦將由二回起續作之說。但至今消息亦沈寂。曾樸（一八七一至）字孟樸，號籀齋，清舉人，曾與其子虛白設書肆於上海，編眞善美雜志，父子都專心於譯著。金松岑即吳江金天翮（或作天羽，）或以為字鶴望，則未知其確否。全書敍清季三十年遺聞軼事，故人物均隱約可指，金汮謂洪鈞，納名妓傅采雲為妾，後使英，傅稱夫人，洪沒於北京，傅赴滬為妓，稱曹夢蘭，至天津改名賽金花，中間紀庚子時事特詳，後賽金花為德聯軍統帥所暱，勢甚大，並寫達官名士模樣，亦淋漓盡致，筆鋒不下於官場現形記。

……只聽房內高吟道：『淡墨羅巾燈畔字，小風鈴佩夢中人。』小燕一腳跨進去，笑道：『「夢中人」是誰呢？』一面說，一面看，只見純客穿着件半舊熟羅半截衫，踏着草鞋，本來好好兒，一手捋着短鬚，坐在一張舊竹榻上看書。看見小燕進來，連忙和身倒下，伏在一部破書發喘，顫聲道：『呀，怎麼小翁來，老夫病體竟不能起迓，怎好怎好？』小燕道：『純老淸恙幾時起的？怎麼兄弟連影兒也不知？』純客道：『就是諸公定議替老夫做壽那天起的，可是老夫福薄，不克當諸公盛意。雲臥園一集，只怕今天去不成了。』小燕道，『風寒小疾，服藥後當可小痊。還望先生速駕，以慰諸君渴望。』小燕說話時，卻把眼偸瞧，只見榻上枕邊拖出一幅長箋，滿紙都是些擡頭，那擡頭卻奇怪，不是『閣下』『台端』也非『長者』『左右』，一疊連三，全是『妄人』兩字。小燕覺得詫異，想要留心看他一兩行，忽聽秋葉門外有兩個人，一路談話，一路蹑手蹑脚的進來。那時純客正要開口，只聽竹簾子拍的一聲。正是：

十丈紅塵埋俠骨　一簾秋色養詩魂

不知來者何人，且聽下回分解。（第十九回）

至於中國小說史略別題淸末的諷刺小說爲譴責小說。爲什麼叫譴責小說呢？他說：『揭發伏藏，顯其弊惡，而於時政，嚴加糾彈，或更擴充，幷及風俗。雖命意在於匡世，似與諷刺小說同倫，而辭氣浮露，筆無藏鋒，甚且過其辭，以合時人嗜好，則其度量技術之相去遠矣，故別謂之譴責小說。』

孽海花也有他人續書（碧血幕，續孽海花）皆不稱。

此外以抉摘社會弊惡自命，撰作此類小說者尚多。但十九學步前數書，徒作譙訶之文，轉無感人之力。其下者乃至醜詆私敵，等於謗書。遂爲『黑幕小說』當時又有人用此體裁以寫冶遊小說，如張春帆的九尾龜……等都是。

（a）趙景深：曾孟樸的孽海花

孽海花的文筆的確很不錯，怪不得能够轟動一時。雖然有時寫得有些過火，但是，如果不誇大的去寫，又怎能使讀者留下深刻的印象呢？

這部書是以賽金花爲主角，串插了清末三十年來政治與文化的變遷的。宇宙風第二期曾孟樸特輯上，蔡元培頗惋惜此書不曾敍到辛丑，即八國聯軍和議成立，西太后與德宗回鑾的那年。蔡先生說：『初稿是光緒三十二年一時興到之作，是起草時已在拳匪事變後七年。爲什麼不敍到庚子，而絕筆於青陽港好鳥歸籠的一回？是否如西施治吳以後（彩雲替梁新燕報仇）『一舸逐鴟夷』算是『神龍見首不見尾』的文法？但是第二十九回爲什麼又把燕慶里掛牌子的曹夢蘭先洩露了？讀卷端臺城路一闋，有『神虎營荒，鸞儀殿闢，輪爾外交纖腕』等語，似是指彩雲與瓦德西的關係。後來又說：『天眼愁胡，人心思漢，自由花神付東風拘管。』似指辛亥革命。是否先生初定的輪廓，預備寫到辛亥，或至少寫到辛丑，而後來有別種原因，寫到甲午，就戛然而止？可惜我平日太疏懶，竟不曾早謁先生，問個明白。今先生去世了，我的懷疑，恐永不能析了。』

其哲嗣虛白兄的答覆是並無別種原因，本意『想寫到辛丑年』因精力衰頹，未能繼續完成。但他也不曾找到書面的證據。

其實孽海花六十回的回目，像水滸一樣；在第一回的末了早就完全寫出來了。（見乙巳正月小說林社初版本印刷者爲日本東京翔鸞社，按是年卽光緒三十一年，一九〇五年，如讀書版權頁所記無誤，則初創此書至少當在光緒三十一年。而曾樸自云作於光緒三十二年。今人中國小說史略也說是光緒三十三年纔刊於小說林的。不知何故。後來此書由有正書局發行，版式完全相同，或許是同一紙型印出來的）後來曾樸創辦眞美善月刊，將孽海花續寫下去，恐怕回目要有更動，於是重排初集時便把這六十回回目一筆勾掉了。蔡先生所看的大約是後來的眞美善書店本，而小說林本和有正書局本不曾見到，所以不能明瞭曾樸原來的計劃，我現在祇摘出幾個回目來，便知曾樸在開始寫作時便想寫到辛丑以後，更不用說是庚子了：

第三十五回　黃蓮母升座總督堂　紅燈孃鬬法親王府

第三十六回　破津門聯軍歌德寶

第三十七回　豆粥素衣淒涼西狩　丹心碧血慘澹南雲

第 四 十 回　夜宿儀鸞殿曹夢蘭從頭溫舊夢

第四十一回　片語保鄉閭二爺仗義

第四十四回　贈瓊瑤英雄悵歸國　下綸綍典禮飾迎鑾

第五十五回　三名獄蘇沈幽囚同話舊

第五十九回　三堂會審顧影生憐

第六十回　專制國終嬰專制禍　自由神還放自由花

上面僅摘錄八回的回目，使知庚子拳匪之亂，以及『彩雲與瓦德西的關係』都已寫了進去。並且一直寫到彩雲因虐妓或婢被逮入刑部，解回蘇州原籍，這時已是光緒三十一年了。（據商鴻逵賽金花本事所附年表）所謂『三名獄蘇沈幽囚，』（二十三年申報載曾樸談話云：『賽因打死一丫頭，入刑部獄，同牢者有革命黨沈××，有老官僚蘇元春，號稱三名獄。』）所謂『三堂會審』（同上云：『後來由刑部發至蘇州，長洲、元和、吳縣，三堂會審。有人從中幫忙，乃得釋放。』）都是說的這件事。虛白說他父親本意『想寫到辛丑年，』其實本意是想寫到比辛丑年還要拉長四五年，即乙巳年。

孽海花的計劃，除了上面所舉的幾件大事外，還有一些小事也都收了進去。究竟賽金花後來怎樣呢？這是讀者所急切地需要知道的，現在有了劉復和商鴻逵所記錄的賽金花親口敍述的賽金花本事（民國二十三年北平星雲堂書店版）可以彌補這個缺憾。看過這書以後，再看孽海花預擬的回目，就明白了許多。

第三十三回的回目是『奪花魁兩旗爭夜席，』所謂兩旗是誰呢？賽金花本事裏說得很清楚：『在這時期中（按即光緒二十四年）我結識了不少的顯貴人物，有一位楊立山，性質極豪爽，和我最要好；……又有一位德曉峯人也誠懇，和我最投契。這兩位算是我在天津這個時期中所交最知己的朋友。楊立山是蒙古正黃旗人，官至戶部尚書；德曉峯是滿洲鑲紅旗人，曾任浙江江西巡撫。所謂兩旗自然就是楊立山和德曉峯了。

第四十三回『駝路屍尚書受辱』不知是否指戶部尚書楊立山『庚子時，因反對義和團被殺。死後，家人不敢收其尸，伶人姜妙香與交契，贖棺殮之。』姑且寫在這裏存疑。

第四十七回『買良爲賤鴇婦虐孤雛』當然是指那件有名的案子了。樊樊山後彩雲曲序云：『癸卯（按卽光緒二十九年）入覲，適彩雲虐一婢死，婢故秀才女也。事發到刑部，問官皆其相識，從輕遞籍而已。』序中並罵賽爲『淫鴇，』這些都與曾樸的回目吻合。賽金花本事中說她名叫鳳鈴，只說中人說她是『良家的姑娘，』她是買鳳鈴來做妓女的，並不是婢女，這與樊、曾所說稍有不同。

孽海花所敍大都是實事，第二十一回明白揭出『這部孽海花，卻不同別的小說，空中樓閣，可以隨意起滅，逞筆翻騰，一句假不來，一句謊不得。』這確是實話。我們至少可以說事實的輪廓都是眞的；加油加醬，這是在所不免。好在是小說，本來不一定要是信史。正如作者自己所說：『小說着筆時，雖不免有相當對象，然遽認爲信史，斤斤相持，則太不瞭解文藝作品爲何物矣。（二十三年申報）

因爲孽海花不是空中樓閣，所以纔有人替此書做『人名索引』。最初是無名氏的筆記，所載僅四十二人。（蔣瑞藻小說考證卷八面一八〇至一）後來松風閣筆乘又增加了三十九人。（小說考證拾遺面七九至八〇）最詳細的要算是孽海花第三册後面所附的人名索隱表，計共九十四人，比以前兩表又多了十三個人。這第三册僅第二十一回到第二十四回，後半本完全是孽海花人物故事考證。此書出版的年月日是丙辰（民國五年）九月，發行者是望雲山房。考證甚詳，足徵孽海花所敍的確無一事無來歷。卽如彩雲私通小奴阿福事，樊增祥的前彩雲曲中亦曾敍及。他如與德后（樊作英皇）並坐照像，煙臺媢妓等事，也都提到。謹節錄如次：

傅彩雲者，蘇州名妓也。年十三，依姊居滬上，豔名噪一時。某學士銜恤歸，一見悅之，以重金置爲簉室。待年於外，祥琴始調，攜至都下，寵以專房。會學士持節使英，萬里鯨天，鴛鴦並載，旣至英，彩嘗偕英皇並坐照像，時論奇之。學士代歸，從居京邸，與小奴阿福，姦生一女。學士逐福留彩，寢與疏隔。俄而文園消渴，竟夭天年，彩無何仍返滬爲賣笑計，改名曰賽金花，蘇人公檄逐之，轉至津門。雖年逾三十，而豔名不減疇昔。先是學士未第時，爲人司書記，居煙臺，與妓愛珠有齧臂盟，比皆至已魁天下，遽與珠絕。珠冤痛累月，竟不知所終，今學士已矣，唱金縷者出節度之家，得非霍小玉冥報李十郎乎？

如上所說，可見『煙臺孽報，』雖近因果報應的迷信，倒不是曾樸一人的私言。樊樊山也說是『霍小玉冥報李十郎，』胡適似乎不該以此獨責曾樸。至於商鴻逵的曾孟樸與賽金花說：『說是洪鈞在十五年前曾負一妓，妓憤自縊死，卽賽之前身，故頸上有一條紅絲，卻是用的因果小說舊套。我曾偷看過賽頸，就連半截紅紋也沒有，「遑論明若胭脂。」』但我認爲這是曾樸模仿元喬吉的玉簫女兩世姻緣的。

孽海花裏因爲有這種果報的迷信，當然太虛幻境預示結果的佈局是也要摹擬一下的了。因此第八回敍雯青與友人們行酒令，唐詩中嵌有『彩雲』二字者行令，竟由雯青說出白居易的『彩雲易散琉璃脆』來。難道作者想藉此預示雯青與彩雲不能白首諧老麼；這不是有紅樓夢中讖詩的意味麼?況且,這句詩恰巧是樊樊山前彩雲曲的結句呢!(按原詩云:『「彩雲易散琉璃脆,」此是香山悟道詩。』)

孽海花裏所記的人物,大半是作者的父執或友朋,據曾虛白的曾孟樸先生年譜上說:『一八九〇至一八九一。這年上半年,孟樸先生又赴北京,與京中諸名士如李石農、文芸閣、江建霞、洪文卿相周旋,潛心研究元史西北地理及金石考古之學。』所謂洪文卿,不用說,就是孽海花中的男主角金雯卿。此外則孽海花以黎石農射李芍農,(虛白作石農似誤)聞韻高射文芸閣,姜劍雲射江建霞:這幾個都是孽海花中比較上還算重要的人物。年譜上又說到副主考李盛鐸(木齋)在孽海花裏就是呂成澤(沐庵。)

年譜一八九二至五又說:『先生平日出入於翁同龢之門,而這次應考也由翁同龢爲之各處打招呼。翁、莊本不洽,因此莊也就移恨到先生身上,而先生竟落了第。落第之後,莊佩綸卻招先生而告之曰:『你要進總理衙門,何必應試,我可以保舉你的。』這明明是牢籠的手腕,先生鄙之,憤然拂袖而去。』翁同龢就是孽海花裏的龔平和甫、莊佩綸(實爲張佩綸,虛白誤以小說之姓爲姓)就是莊佶培崙樵。當時曾樸非常『憤懣』所以孽海花初稿第六回形容張佩綸的馬江大敗，不免帶些『惡謔』：

崙樵看法國兵船到了，要想學諸葛武侯空城計嚇退他。那曉得外國人最不會鬧這種小聰敏，只架着大礮打來。崙樵左思右想，原要盡忠的，無奈當不起礮火無情，只好頭上頂着個三寸厚的銅盤，赤着脚，鑽在難民淘裏，逃回省城來了。

但他的改稿卻把嘲笑改而爲責備，詞氣嚴正得多；這大約是由於他對於文藝的態度改變到嚴肅一方面去了：

莊崙樵……祇弄些小聰敏，鬧些空意氣。那曉得法將孤拔倒老實不客氣的乘他不備，在大風裏架着大礮打來。崙樵左思右想，筆管兒雖尖，終抵不過槍桿兒的凶；崇論宏議雖多，總擋不住堅船大礮的猛。祇得冒了雨，赤了脚，也顧不得兵船沈了多少艘，兵士死了多少人，暫時退了二十里，在廠後一個禪寺裏躲避一下。

此外年譜一八九七至九裏所敍到的費屺懷就是孽海第十四回怕老婆的米筱亭；年譜一九

〇三至七裏所敍到的張謇就是孽海花裏的章騫直蜚。

取賽金花本事與孽海花對讀頗覺有趣。

本事上說：『我同瓦（指瓦德西）以前可並不認識。（本事均用賽金花的口吻敍述此『我』字卽賽金花自稱）好像賽金花在歐洲不曾見過瓦德西似的，但孽海花卻敍述賽金花與瓦德西在歐洲頗爲親暱。照本事上瓦德西的照片看來，他的樣子很老；那末賽在歐時，瓦恐怕已經是個老將軍，孽海花卻把瓦形容成一個少年英俊：

卻見屋裏一個雄糾糾的日耳曼少年，金髮頳顏，風采奕然，一身陸軍裝束，很是華麗。見了彩雲，一雙美而且秀的眼光，彷彿雲際閃電，把彩雲周身上下打了一個圈兒。（第十二回）

這是瓦德西的初次出場，可說是春雲乍展。從此瓦德西就愛上了賽，甚至於親到俄國去追求她，險些兒爲了一根寶簪送掉性命；這纔是瓦德西的正式上場，扮演了第十四回到第十六回開端的主要情節。

可是，據商鴻逵最近所發表的曾孟樸與賽金花說，賽金花『不經意的說出，在歐洲原也和瓦有相當熟識。』我以爲無論賽與瓦在歐洲『並不認識』也好，『相當熟識』也好；寫起小說來，似乎一定要他們『熟識』更好一點；爲了結構，不妨犧牲一點事實因爲小說究竟是小說，不是信史。賽與瓦在歐洲熟識，是極好的伏線，也是極自然的安排。由此預先的佈置，引到庚子年二爺『片語保鄉閭，』方不顯得突兀；賽、瓦在中國重逢，更能增進讀者的興趣，使得結構上更爲嚴密。

再者，我讀孽海花的時候，不知道孫三兒是誰，照此書第三十回的形容，又是一個漂亮小夥子：一霎時，鑼鼓喧天，池子裏一片叫好聲裏，上場門繡簾一掀，孫三兒扮着十一郎，頭戴范陽捲檐白綠氈笠子，身穿攢珠滿鑲淨色銀戰袍，一根兩頭垂穗雪線編成的白蠟桿兒，當了扁擔，抗着行囊，放在雙肩上，在萬盞明燈下，映出他紅白分明又威又俊的橢圓臉，一雙旋轉不定神光四射的吊梢眼，高鼻長眉，丹脣白齒，眞是女娘們一向意想裏醞釀着的年少英雄，忽然活現在舞臺上，高視闊步的向你走來。

但本事第七節脫離洪氏後在上海之娼妓生活，卻把孫三兒形容成了醜陋的人：孫作舟，字少棠，天津人，……喜歡唱戲，也算是津、沽一帶的名票，……長得並不怎麼好看，臉上許多黑瘢，還有麻子，只是體格魁梧，性子也柔和，故我倆情愛甚篤，他行三，上下都稱呼他『三爺。』

此外，洪鈞與賽的初次相見，本事與小說倒差不多；也是在花船上相遇的；賽自己也說：『初次一見面，我倆便很投契。』足見是前生有緣了。

與德后的往來，本事裏也有幾句記載：『德皇同皇后，我都見過幾次。覲見時，我穿中服行西禮，鞠躬或握手，有時候也吻吻手。時候常是在晚間。那時宮裏還沒有電燈，全點蠟燭。』這在孽海花裏，便被巧妙地編成第十二回，說起賽常與一德國貴婦來往，直到覲見德皇歸來，賽纔知道那位與她過從甚密的貴婦，原來就是德后。

本事裏提起洪鈞在歐洲的用功研究學問云：『洪先生在歐洲整整三年。這三年中的生活，除去辦公務以外，差不多全是研究學問。他最懶於應酬，悶倦時便獨自一人到動物園去散步，回來又伏案看起書來。』孽海花第十二回也說他一天到晚潛心於編著元史補證，他的彩雲嘲笑他道：『老爺別吹滂，你一天到晚，抱了幾本破書，嘴裏咭唎咕嚕，說些不中不外的不知什麼話，又是對音哩，三合音哩，四合音哩，鬧得煙霧騰騰，叫人頭疼；倒把正經公事擱着三天不管，四天不理。不要說國裏的寸土尺地，我看人家把你身體擡了去，你還摸不着頭腦呢。我不懂，你就算弄明白了元朝的地名，難道算替清朝開了疆拓了地嗎？』

孽海花第十八回借馬美菽（卽馬氏文通的作者馬眉叔）之口提倡小戲曲云『各國提倡文學最重小說戲曲，因爲百姓容易受他的感化。如今我國的小說戲曲太不講究了。』因爲作者重視小說戲曲，所以寫孽海花也是用力去寫的，同時又有極好的才華，寫來自然不同流俗。

作者敍一件事，每每不先說明，後來方纔在無意中點出。例如第十回夏雅麗持槍要挾雯青捐款，分明是訛詐，卻偏要寫得光明正大，像煞有介事；直到第十六回（卷中面一〇八）方纔點明這是『訛詐』。又如第十五回敍雯青撞見瓦德西在他家裏，只不過『呆了呆。』後來畢葉說瓦德西是他的朋友，由他領來拜望雯青的，雯青便不疑心；直到第二十四回（卷下面七二至三）雯青臨終前說出譫語來，方纔吐露眞情：『哪，哪，哪！你們看一個雄糾糾的外國人頭頂銅兜，身掛勳章，他多管是來搶我彩雲的呀。』可見這件事他是有些知道的，不過一向隱忍未說罷了，在此時點出，最是神妙。

孽海花雖以金雯卿和傅彩雲爲主要人物，但也夾敍一些官場活現形的故事或是義俠的軼聞；關於前者，如第六回敍莊壽香（即張之洞）之私女僕，第七回敍寶廷之私船妓珠兒，第十四回敍米筱亭之怕老婆，第二十一回敍玉銘之不識字，第二十五回敍吳大澂之吹牛均是；關於後者，如第十六、七回敍夏雅麗之刺俄皇，第十九回敍大刀王五之爲孤兒寡婦復仇，第二十八回敍日人大癡與花子之偸盜中國地圖，第二十九回敍陳千秋之私運軍火均是：這些寫得都很生動，留下深刻的印象。他如寫光緒帝與二妞兒的戀愛悲劇，李純客的風流瀟灑，也極動人。

至於中國小說史略云：『書於洪傅特多惡謔。』關於傅的，可舉一例：『阿福指着洋琴道：「太太唱小調兒，我來彈琴，好嗎？」彩雲笑道：「唱什麼調呢？」阿福道：「鮮花調。」彩雲道：「太老了。」阿福道：「四季想思罷！」彩雲道：「叫我想誰？」阿福道：「打花會，倒有趣！」彩雲道：「呸，你發了昏！」阿福笑道：「還是十八摸，又新鮮，又活動！」說着，就把中國的工尺按上風琴彈起來。彩雲笑一笑，背着臉，曼聲細調的唱起來。頓時引得街上來往的人，擠滿使館的門口，都來聽中國公使夫人的雅調了！』（第十四回）這『雅調』兩字，可以當得惡謔。

關於洪的，也可舉一例。洪知其妾彩雲私僕阿福後，想藉故把阿福趕掉。恰巧阿福打破了料煙壺兒。洪便打阿福一個嘴巴，罵道：『「沒良心的忘八羔子，白養活你這麼大，不想我心愛的東西都送在你手裏；我再留你，那就不用想有完全的東西了！」阿福吃了打，倒還強嘴說：「老爺自不防備，砸了倒怪我！」』（第二十三回）這幾句雙關的對話，也可以當得惡謔。

（註二十五年十二月三日傅彩雲──賽金花歿於北平。）

第八章　民國

新文學的前驅與發展

明、清以來，小說盛興，如明朝的水滸傳、西遊記，清代的儒林外史、紅樓夢、兒女英雄傳、七俠五義、官場現形記、二十年目覩之怪現狀等，都是極優美的民間文學，不但在文字上，用很淺顯明暢的白話，卽在取材描寫上，也富於民間的情趣與色彩。明、清五百多年的白話小說，可以代表民間文學。由此可知任憑古文家如何的壓抑民間文學，任憑科舉的鎖鏈怎樣地束縛人民的思想，然而人民性情流露的作品，仍在生長發達，不爲所阻遏。民間文學的來源，遠在漢代之前，已有二千餘年的歷史，或有人問民間文學旣是如許的發達，何需乎新文學革命運動。殊不知無意中用白話文寫文學作品是一件事，有意主張白話文爲文學的正宗又是一件事。在民國五六年以前從沒有人主張白話文爲文學的正宗，直到胡適、陳獨秀等在提倡文學革命後，纔引起全國人士的注意，各地學子聞風

響應，遂造成空前未有的文學革命，眞可與歐洲十五世紀的文藝復興先後媲美，

當明末歐洲人初來中國的時候，官話書報初興起，許多人就已經認定白話是普及教育的利器。那時候王照的官話字母，與勞乃宣的簡字字母，竟爲官廳所提倡而推行頗廣。民國元年教育部以各地語言太爲紛歧，遂製定注音字母三十九個，以範正華文的讀音。直到民國六年胡適、陳獨秀等高呼國語的文學以後，教育部始於七年十一月公布這種注音字母，不久又設立國語統一籌備會，明年更通咨各省區『自本年秋季起國民學校一二年級先改國文爲語體文』不久又部令改國文爲國語。新式標點符號與國音字典都是在這一年頒行的。同時還開辦國語講習所。自此以後，國語始成爲學校的必修科目，而國語文學的進行也從此得到很大的便利。由此可知國語統一運動，對於新文學運動的關係了。（參看楊東蓴本國文化史大綱）

中國當十九世紀的末葉，翻譯的事業漸漸發達，但當時所譯的書範圍不廣。第一類是宗教的書，最重要的是新舊約全書的各種譯本。第二類爲科學及應用科學的書。第三類爲歷史政治法制的書，如泰西新史攬要、萬國公法等書。當光緒二十七至二十八年之交，譯述事業特盛，定期出版的

刊物，不下數十種。因知識饑荒的原故，譯者只求量多，不求質精，日本每一新書出版，便有許多人爭譯，新思想的輸入，眞是如火如荼，當時中國的學者總想西洋槍礮固然厲害，但文藝哲理總比不上我們這五千年的文明古國。嚴復、林紓恰好補救了這兩個大缺陷。嚴復首先直譯西文，介紹西洋近代思想。林紓首先翻譯西洋文學書籍，介紹西洋的文學。嚴復既通曉西文，譯文又臻佳妙，加以他很忠實用功，所以雖用古文譯書，仍受讀者歡迎，林紓本人不懂外國文字，全靠他的助手替他述意，他下筆很快，雖有時不免與原文互有出入，但他的譯筆卻具另一種風格。在量一方面說，嚴復只譯了天演論、羣己權界論、羣學肄言、原富、法意、名學等數種。而林紓則翻譯歐、美小說不下百十餘種，惟其中有第二流作品，混合其中。自嚴復、林紓翻譯西洋文藝思想書籍後，中國人纔注意到西洋的文學思想，這對於民國六年的新文學革命運動，也有莫大的幫助。

我國的新文學運動較後於文藝復興約四百五十年，並且有歐、美文明先進國可資模範，爲什麼發動較晚，這就是因爲科學制度沒有廢除，人民的思想不能自由發達的緣故。這兩個運動除了時間地點不同之外，它們的性質也有不同之點，文藝復興起初着重於復興希臘的古學，而新文學運動起初着重於廢止古文提倡國語的文學，然而它們的效果卻是一樣的偉大，它們都是劃分時代的文藝革命運動，它們都是各種革新運動的先河。繼文藝復興而興起了宗教改革，啓蒙思潮科學發明新大陸發現等等新文明，繼新文學運動之後，新思潮的勢力也如春草般的盛興起來，如五四運動、婦女運動婚姻自由、社會改革、勞工神聖、反帝國主義等等運動莫不直接或間接受新文學運動的影響。

辛亥革命以後，代表封建勢力的北洋軍閥，乘機攫取大權，宰制全國，而辛亥革命的首創者國民黨，反因第二次革命失敗，在國內已無立足之地。這樣一來，所謂中華民國不過空有其名，實際上仍然是封建的餘孽北洋軍閥把持政權。所以民國四年有袁氏的帝制運動，以後有張勳的復辟運動，又有南北戰爭，自從民國成立以來，幾乎沒有一天的安寧，把個國家弄得千瘡百疸，民不聊生。在這個時期，民衆本來渴慕與政體同樣維新的思想，忽然爲國內的擾攘，受了莫大的打擊，把他們火熱的期望，幾乎降低到冰點。他們在這種苦悶的積壓之下，無法擺脫，自不得不另尋途徑，以求解脫，恰好國外的政局變化，也給人們一種刺激，這就是歐戰方終，蘇俄革命的成功，及德國威廉第二的被逐。蘇俄的沙皇專制政體，根深蒂固，已有很長的歷史，竟被布爾塞維克黨人推翻了。德皇威廉第二，曾有爲世界之王的雄心，歐戰失敗以後，又被社會黨趕跑了，這樣的革命狂潮，不時的震盪着這個垂死的中國，所以新文學運動受了這內外兩重的動力，而起了空前的偉大的革命。

新文學運動，雖然發動於民國五六年，但它已經有很久的來源，在上章已經說過了。在清末民國初年的中國文壇，文學已呈現着五光十色的花樣，一部分人正在那裏模仿桐城派的古文，如林紓便是服膺桐城派的一人，也有一部分人，如王闓運、章太炎之流，從事古文的復興運動，極力做些周、秦以上的古文，能懂得的讀者，自然是更少了。梁啓超在日本辦新民叢報新小說，則極力解放文體，攙用白話及日本名詞，他的文筆常帶感情，已趨向於白話文的途徑。民國成立以後，章某人一派的謹嚴精密的政論文亦盛行一時，但不能普及通俗，所以對於民衆沒有很大的影響。那時候王國維頗具文學革命的眼光，以前不爲人所看重的小說戲曲，而王氏卻對之加以精密的系統的研究，並能徹底地了解小說戲曲的價值，他的紅樓夢評論，宋元戲曲史，都有特殊的見解，而爲他人所不及的。所以有人把他和梁啓超並稱譽爲新時代的先驅者，並不爲過分。他們雖然沒有正式高舉文學革命的旗幟，積極提倡這個運動，但是在中國荆棘滿目的文藝園內，得以誅鋤草茅，而開闢出一塊肥沃的土地，使後來的人們能在那裏撒下各樣的種子，開放燦灼的花朵，他們的功勞也正不小啊！

新文學運動以前，國內文壇的趨勢，已傾向於白話文學，但是沒有一個人出來高舉義旗，提倡文學革命，這是爲甚麼緣故呢？這是因爲這十餘年來，雖然有提倡白話報的，有提倡白話書的，有提倡官話字母的，有提倡簡字字母的，他們雖說也是有意的主張，但他們可以說是『有意的主張白話』，卻不可以說是『有意的主張白話文學』。因爲他們始終以爲白話文不過是爲一般平民階級的便利，而在他們自己，卻仍然保持着古文古詩爲文學的正宗，這麼一來，把他們自己與平民階級分成兩個階段了。等到民國五六年，胡適之、陳獨秀等提倡文學革命，主張國語的文學，高張鮮明的旗幟，登高一呼，全國響應，這次的運動，纔算是有意的主張白話文學。第一這次的新文學運動，沒有階級的區分，白話文並不只是普及下級社會教育的利器，乃是創造中國文學的惟一工具。第二這次的新文學運動，係對於古文下一種總攻擊令，認他爲『死文學』。從前那些提倡白話報，提倡白話書的人雖然也承認古文難懂，但他們自以為文章古雅，方顯得他們的才學淵博，可以矜示於人，即是費些辛苦總覺得不怕難的。至於對無知無識的小百姓，則不妨一發點慈悲的心，給他們做一點通俗的文字看，而他們自己仍然在那裏模仿漢、魏、唐、宋的文章，但是這次的新文學運動，卻宣告古文已經死了二千年了，正式的發出古文已死的訃文報告天下。這個訃文發出去以後，也有痛哭舉哀的，也有歡呼稱慶的，也有冷眼觀察的，素來很沈寂的中國文壇上，也頓呈一種熱鬧的情形。

新文學革命的發祥地，雖然是北京大學，但起初討論新文學革命的主張，只有幾個私人的通信與討論，並沒有團體的公同討論。直到民國六年（一九一七）一月，方纔有文字在新青年雜誌上正式的發表。第一篇文章便是胡適之文學改良芻議，當時他尚在美國，他的文章還脫不了古文的習慣，他的言論還是很和平的，沒有激烈的論調。他對於文學的態度，是一種歷史進化的態度，所以他在文學改良芻議裏說：

『文學者，隨時代而變遷者也。一時代有一時代之文學……因時進化，不能自止，唐人不當作商、周之詩，宋人不當作相如、子雲之賦，……卽令作之，亦必不工，逆天背時，違進化之跡，故不能工也。……以今世歷史進化的眼光觀之，則白話文學之爲中國文學之正宗，又爲將來文學必用之利器，可斷言也。』

後來他又寫歷史的文學觀念論一文，也是登在新青年上，在這篇文章裏，他的改革文學的意見，尚很簡單，只想把文體改變一下，不用文言而用白話，別的還沒有甚麼高深的企圖。他對於文學的態度，仍是以歷史進化的觀念而立論，

胡適在六年一月發表了他的文學改良芻議之後，繼之而發表議論的便是陳獨秀。

在民國七年這一年中，除了關於新文學的提倡與論辯之外，在建設方面也有兩件事可記。第一是用白話做詩的試驗，胡適在美國留學的時候，已經用白話嘗試作詩，如民國五年七月二十二日他曾做白話遊戲詩一首，他的朋友任某與梅覲莊都不以爲然。任氏謂：『白話自有白話用處，（如作小說演說等）然不能用之於詩。』梅氏謂：『小說詞曲固可用白話，詩文則不可。』（見嘗試集自序）胡氏則堅持白話詩的主張，仍然努力嘗試，但那時他未能脫除五七言古詩的陳套，

故不能盡量的表現白話的長處。後經錢玄同的鼓勵，胡適纔放手做長短無定的白話詩。在這一年中，沈尹默、周某人、劉復也加入白話詩的試驗，這一年中的新詩創作，雖不見得很好，但是他們這番勇於試驗的精神，爲後來的人們誅鋤蔓草，開闢新詩的園地，其功績眞不在小。第二是歐洲新文學的提倡，那時我國文壇正在青黃不接的時候，居然有大批的歐、美文學作品介紹輸入，使我國彷徨無主的作家得以參考借鑑，眞也是一件很可值得紀念的事。這一年中所介紹進來的作品最重要的如挪威的易卜生（Ibsen），瑞典的史特靈堡（Strindberg），丹麥的安徒生（Andersen），俄國的杜思退益夫斯基（Dostoyevsky）、庫卜倫（Kuprin）、託爾斯泰（Tolstoi），新希臘的艾弗特留蒂（Ephtaliolis），波蘭的顯克微支（Seinkiewicz）等人的作品，都是世界有數的名著，在這方面的工作，以周作人的成績最好，他用的是直譯法，盡量的保存原來的文法與口氣，近來文壇上歐化式的國語，多半是受了這譯文的影響的。

此外尙可紀述的，是同年冬天陳獨秀等又辦了一個每週評論，也是白話的，同時北京大學的學生傅斯年、羅家倫、汪敬熙等也出了一種白話月刊，取名新潮，卽與英文文藝復興（The Renaissance）有同一的意義。這時候新文學運動，已獲得多數青年的同情與贊助，故北大學生有同樣的響應。新潮的撰稿者多半是年富力強的青年，故出版時內容十分精采，堪可稱新添的一枝生力軍。等到民國八年春天，除了新青年、新潮、每週評論之外，北京的國民公報也有幾篇響應的白話文字，從此以後，國內瞭解同情於這個運動的更多了，各地報章雜誌聞風響應的也日有所聞，從此新文學的勞力便日漸浩大起來了。

蔡元培不但贊助胡、陳等的新文學運動，他自己也主張白話，所以他說：『我們中國文言同拉丁文一樣，所以我們不能不改用白話。……雖現在白話的組織不完全，可是我們決不可錯了這個趨勢。』（在北京高等師範國文部演說）他又說：『我敢斷定白話派一定占優勝。……將來應用文一定全用白話，但美術文或者有一部分仍用文言文。』（在北京女子高等師範演說）後來蔡氏本着這個主張，躬行實踐去做白話文章，只要稍注意他的文章的人，便可知這話不假了。

林、蔡的辯論是民國八年三月中間的事，在這個時期的前後，正是新思潮的勢力最澎漲的時期，西洋的新文化新思想，如怒潮似的輸入中國來。新青年在這時不但是一分提倡新文學的重要刋物，也是提倡新文化，介紹新思潮的急先鋒。如兩千多年來爲全國人民所尊奉欽仰的孔老夫子，在這時候，竟爲人所訾議，指爲阻礙中國文化進步的大障礙。數千年來根深蒂固地支配人心的舊禮教，到這時候，也根本動搖起來爲一般青年所攻擊。

青年的學子都起來附和，而攻擊最力，立論最偏激的，要算吳虞。由是新舊思想的衝突普遍於全國。青年學子的懷疑的精神也因此擴大起來，對於社會上的一切現狀，都發生了疑問。因疑問而深究探討，新文化的勢力也因此向前奔放，接着在中國文化史上最光榮的五四運動，也在八年五月四日爆發了，

我國的青年，向來只知埋頭讀書，國家的大事，向來是不聞不問的。惟自民國五六年以來，新文化的勢力已瀰漫全國，每個青年人的腦子裏。都受了新文化的影響，對於政治社會，都抱了很關心的態度，五四運動便是中國青年學生參與政治運動的開端。五四運動是如何發生的呢？在這裏有說明的必要。

原來在一八九九年德國借口教案，強迫清政府將膠州灣租借於彼國，及歐洲大戰方酣，日本

乘德國不暇兼顧遠東的時候，以兵力驅除德兵佔據膠州灣為己有。及歐戰告終，一九一九年在巴黎召集和議大會，我國政府亦派陸徵祥、王正廷、顧維鈞等出席，當時我國代表即要求日本將膠州灣（即青島）退還中國，而日本借口民四袁世凱訂立之二十一條條件，及民七曹汝霖、章宗祥與日政府私訂之高徐、順濟路借款合同為理由，不允交還。當民國四年適曹汝霖任外交次長，陸宗輿任駐日公使，故與訂二十一條有直接關係。民國七年曹汝霖復任交通及財政總長，章宗祥為駐日公使，故均與高徐、順濟路借款合同有關。所以民國八年四月巴黎和會中國代表雖力爭收回膠州灣，而列強以中國曾與日本訂有二十一條，及高徐、順濟等條約，故不能援助中國，中國外交之失敗，曹、章、陸等皆有關係，所以巴黎和會中國外交失敗之消息傳來後，國內學子對於簽訂賣國條約的安福系政客——曹汝霖、章宗祥、陸宗輿，憤恨萬分。北京學生於五月四日下午三時齊集於天安門約三千餘人，開會之後，遂遊行示威，行至東交民巷，外國使館以無中國政府的照會，不予通過。學生大隊遂行至東城趙家樓曹汝霖住宅，曹已潛逃，學生遂將曹宅什物搗毀粉碎，適遇章宗祥在曹宅附近一家小店裏與日人談話，故將章痛毆。後來警察趕到，捕去江紹原（北大）向大光（高師）

三十餘人，事後警察總監吳炳湘徇各校校長之保釋，於五月七日，將所捕學生，盡行釋放，這時候民氣激昂已達極點，急電巴黎和會之中國代表使拒絕簽字，接着商界罷市，工界罷工，來響應這個偉大的運動，各省的工商學各界也紛紛來電響應此次的舉動。政府不得已，罷免了曹汝霖、陸宗輿與章宗祥的職，民衆的憤慨，仍未平息。這個運動，表面上固然是爲外交問題，而實際上政治的腐敗，軍閥的橫行，便是這個運動的原因；它並且是一個反帝國主義含民族主義的運動，故能影響到以後的五卅運動上面去。但這個運動，是一個啓蒙運動，它的力量多偏於破壞的方面，而少有建設的工作。惟其如此，五四運動以後各種新主義，新思潮，蓬勃盛行，五花八門，美不勝收，於新文學的運動，有莫大的幫助。

在五四運動正激烈的時候，有一件最可紀述的事，便是白話雜誌刊物的盛行，各地的學生團體裏忽然產生了許多白話小報紙，形式略仿每週評論，這時候出版的白話雜誌也很不少。有人估計這一年（民國八年）之中，至少新出了四百種白話報。內中如上海的星期評論，如建設，如解放與改造，如少年中國等，在新文化運動上都有很好的貢獻。一年以後，日報也漸漸的改了樣子了。從前的日報的附張，往往記載些戲子妓女的新聞，現在改爲白話的論文譯著小說新詩了，如北京的晨報副刊，上海民國日報的覺悟，時事新報的學燈，會登載了許多白話作品，民國九年以後國內幾個歷史較久的大雜誌如東方雜誌、小說月報等也都改爲白話的了。

五四運動雖說與新文學運動是兩件事，但因五四運動之力，纔能把白話的傳播遍於全國，並且自五四運動以後，國內人士思想已大進步，他們對於新思潮也肯下一番研究觀察的工夫，不再盲目地仇視了，所以新文學運動纔能迅速地進步，這也不能不說是五四運動的影響。

五四運動以後，新青年的工作不僅在提倡文學革命，它的其次工作便是排孔與反禮教。於是家庭問題，婚姻問題，貞操問題，孝的問題，均爲當日討論的中心。新青年最明顯的主張，便是提倡德謨克拉西（Democracy）與賽因斯（Science），前者是反對封建的武器，後者是反對迷信的工具。全國青年學子，很受這兩種主義的影響，他們不但用白話文試驗創作文藝作品，並且對於社會、家庭、政治等問題，也感到濃厚的興趣，因此出版界的進步，大有一日千里之勢，惟自民國九年以後，新青年變成了共產主義的宣傳刊物，主編者仍爲陳獨秀。北大的若干人如胡適之等便和這個刊物脫了關係，而另研究別的問題去了。

白話文的勢力既然興盛起來，教育部又在八年四月重行頒布注音字母的新次序，八年九月國音字典出版，這對於國語運動有莫大的幫助。因爲原來民國元年教育部議定三十九個注音字母，是爲代反切之用，現在卻不知不覺地變成中華民國的國語字母了。

民國九年教育部頒布了一個部令，要國民學校一二年級的國文從九年秋季起一律改爲國語，以後初級師範，高級小學，中學也陸續採用國語了，白話文既成爲國語，反對者的聲浪也漸漸的銷沉下去了。

世界上每一種革命運動發生，決不能單純地進行，總會牽引到其他的運動，因爲社會人羣，是個互相結合的團體，彼此間均脫不了關係。新文學最初運動的目的，只是文體改革的問題，及至發難以後，接着新文化新思潮等等問題，也隨之而起，遂由新文學運動而擴大爲新文化運動了，這也是潮流所趨，不足深怪。這次的新文學運動，除了文學上的改革外，還有幾件可以紀述的事，今擇重要的列之於左：

甲、會社團體之成立　新文學運動勃興以來，國內研究學術的會社團體眞如同雨後的春筍勃興起來，只就文學的會社團體而言，也是數不勝數，試舉其重要的，如文學研究會、創造社、少年中國學會、未名社、語絲派、文學週報社、晨報副刊派、上海戲劇協社、摩登劇社、南國社、新月社、中國文藝社……或研究，或創作，或翻譯，或討論，都有不同的成績，這在中國新文學的萌芽期內，不能不說是一種好現象吧？只可惜有一部份文學會社團體帶有共產毒化思想色彩。

乙、出版物之盛行　自從五四運動以後，出版物的數量有驚人的增加率，這固然是因爲印刷術的日漸便利，但其最大的原因，乃在學術思想進步的很快，故出版物亦隨之而驟增。起先只有上海的幾家大書局，其他各地便寥寥無幾，五四運動以後，新成立的書局『與日俱增』，新出版的書籍雜誌，眞可謂充斥市面了。各位試在上海四馬路參觀一遭，至少有百數十家書店，如北新、現代、世界、新月、開明、神州國光社……都是五四運動以後纔成立的書局。其他各學校各機關附設的出版部，更不可以數計，在一九一九年一年之中至少出了四百種白話報，也可見出版物盛行之一斑了。

丙、外國名流之來華講學　新文化傳入中國以後，國內青年求知的慾望大增，除潛心研究學術外，還願意親聆外國名家的言論，所以經濟寬裕的，大都於畢業大學後赴歐、美留學去了。其不能赴外國留學者，只得聽外國名家講演，藉此一新耳目。此十餘年中來中國講演的外國名流如杜威、羅素、杜里舒、葛利普、華德、孟祿、太戈爾、愛羅先珂等均爲世界的名人，對於我國的學術思想界，均有莫大的影響。

丁、學生之參加實際運動　我國的學子，向來只知道讀死書，其他國家大事，社會運動，是一概不參加的。但自五四運動爆發以後，震醒了不少的睡夢的青年，他們開始覺得他們對社會國家所負的責任是如何的重大。所以他們以後不只是在紙上空談，並且屢次實地參加各種青年愛國運動。

中國小說史 / 郭箴一著. --臺一版. --臺北市：臺灣商務, 1999[民88]
面； 公分.--(中國文化史叢書)

ISBN 957-05-1577-5 (平裝)

1. 中國小說 - 歷史

820.97　　88003248

中國文化史叢書
中國小說史

定價新臺幣三五〇元

主編者　王雲五　傅緯平
著作者　郭箴一
封面設計　張士勇
出版者
印刷所　臺灣商務印書館股份有限公司
臺北市重慶南路一段三十七號
電話：(〇二)二三一一六一一八
傳真：(〇二)二三七一〇二七四
郵政劃撥：〇〇〇〇一六五－一號
出版事業登記證：局版北市業字第九九三號

・一九九九年四月臺一版第九次印刷

ISBN 957-05-1577-5 (平裝)　　56905001

廣　告　回　信
台灣北區郵政管理局登記證
第６５４０號

100臺北市重慶南路一段37號

臺灣商務印書館　收

對摺寄回，謝謝！

傳統現代　並翼而翔

Flying with the wings of tradition and modernity.

讀者回函卡

感謝您對本館的支持，為加強對您的服務，請填妥此卡，免付郵資寄回，可隨時收到本館最新出版訊息，及享受各種優惠。

姓名：________________________________ 性別：□男 □女

出生日期：_____ 年_____ 月_____ 日

職業：□學生 □公務（含軍警） □家管 □服務 □金融 □製造
□資訊 □大眾傳播 □自由業 □農漁牧 □退休 □其他

學歷：□高中以下（含高中） □大專 □研究所（含以上）

地址：□□□ ____

____

電話：（H）______________________（O）______________________

購買書名：____

您從何處得知本書？

□書店 □報紙廣告 □報紙專欄 □雜誌廣告 □DM廣告
□傳單 □親友介紹 □電視廣播 □其他

您對本書的意見？（A/滿意 B/尚可 C/需改進）

內容_______ 編輯_______ 校對_______ 翻譯_______
封面設計_______ 價格_______ 其他_______________

您的建議：____

____

____

臺灣商務印書館

台北市重慶南路一段三十七號 電話：（02）23116118・23115538
讀者服務專線：080056196 傳真：（02）23710274
郵撥：0000165-1號 E-mail：cptw@ms12.hinet.net